夏商周◎著

1

今年，我们

学区房

大

宝贝战争

中国青年出版社

图书在版编目（CIP）数据

今年，我们买学区房.1，宝贝战争 / 夏商周著.
—北京：中国青年出版社，2016.1
ISBN 978-7-5153-3963-4
I. ①今… II. ①夏… III. ①长篇小说—中国 - 当代
IV. ① I247.5

中国版本图书馆 CIP 数据核字（2015）第 282583 号

书　　名：今年，我们买学区房 1：宝贝战争
著　　者：夏商周
责任编辑：庄庸　王昕
特约策划：张瑞霞
特约编辑：于晓娟
出版发行：中国青年出版社
社　　址：北京东四十二条 21 号
邮　　编：100708
网　　址：www.cyp.com.cn
门 市 部：（010）57350370
印　　刷：三河市君旺印务有限公司
经　　销：新华书店
开　　本：710mm × 1000mm 1/16
印　　张：22
字　　数：300 千字
版　　次：2016 年 4 月北京第 1 版
印　　次：2016 年 4 月河北第 1 次印刷
印　　数：0,001~4,000 册
定　　价：35.00 元

郑重声明

本故事纯属虚构，如有雷同，实属巧合，请勿对号入座。

文中所有学区房信息、数据与分析，均服务于小说情节，切勿作为“学区房购房指南”。

若有读者照搬小说中所谓的购房策略与技巧“购买学区房”，发生意外与风险及其他一切“混淆文艺作品与现实生活”之不当行为，本作品概不负责。

还有，我写的其实不是“学区房”，而是“人生”。

如果读了几十页，都没有看到“学区房”三个字，请不要暴跳如雷——生活就是这么回事儿！

人生本来就是“大坑”、“小坑”、“很多坑中坑”串起来的，我不过是“挖坑”、“挖坑”还是“挖坑”……

“坑”的其实不是别人，都是自己！

感谢所有对本作品“被贡献”了细节、案例、言论与分析的“互联网+”盆友们……恕我不能把你们的名字一一列成“致谢名单”。你懂的。

最后奉劝诸位“焦虑的中国式家长”：学区房有风险，入市需谨慎！

真的！我是说真的！

信不信由你，反正我是信了。

本册主要人物表

秦晓珺

女，本书 1 号中国家庭的女猪脚（“女主角”之网络称谓也），绰号“辣椒公主”：姐就像红红的小辣椒一样，“爆掉本年度最红的款”。最喜欢自称“本宫”：从“女人要有房”到“孩子要有学区房”，乃本宫多年之心思；本宫梦寐之庭院，与名校毗邻，一岁就上常青藤；闲来可以约几位姐妹休闲逛街、喝茶闲聊、搓麻赏曲儿，好不快活；若能安家落户于此等福地，想必是极好的；虽需金银以万计，却绝不负恩泽。

附属标签：闺蜜帮，妈妈友，悦己派，辣妈教

罗光濯

男，1 号中国家庭的男猪脚，绰号“猪头觉悟君”：因为秦晓珺要求他要有“做好老公、做好奶爸、买学区房”的觉悟——但他有时候太“猪头”。最喜欢自称“阳光娘爸”——虽是大老爷们儿，本应该谈天说地谈理想谈人生谈社会问题，却经常聚在一起谈孩子谈奶粉谈尿不湿谈那些鸡零狗碎的打小怪兽问题、育儿先育己、和孩子共同成长的潮爸型男们。

附属标签：黑马王子，500 米宅男，（跪舔键盘）的键盘君，囧爸

秦茑萝

女，1 号中国家庭的超级宝贝，绰号“妖孽萌娃”：

一岁半就给自己选衣服，两岁半就试图支配爸妈的衣着打扮，两三岁就爆发强烈的“社交意愿”——以前辣妈娘爸带着萌娃混他们的圈子，现在是萌娃带着辣妈娘爸混她的圈子。最通常的称谓就是“茑萝格格殿下”——在世界的中心汇聚爱，她就是集万千宠爱于一身的小公主。经常奇谈怪论，好为人师，“来，我教你怎么玩……”

附属标签：阳光美少女，超级小怪兽，妖孽儿童，潮妞

崔麻麻

女，秦晓珺的妈妈，茑萝的姥姥，绰号“母后大人”：家里“名义上的最高掌权者”——但并不是“垂帘听政”的太后。在方圆数里中国大妈中绽放、舞蹈、唱曲、扮相……的“新广场舞教主”。最喜欢“公主教育导师”角色——总觉得自家闺女被女婿给“拐”弯了，所以想在外孙女身上给“掰”正了。

附属标签：女人战斗机中的战斗机，圣坛教主（其实是不食人间烟火），气质女王（呃，主要看气质），魔后

秦皇弟

男，秦晓珺的爸爸，茑萝的姥爷，绰号“皇帝哥”：一进厨房，君临天下；锅碗瓢盆，舍我其谁——是美厨大叔啊。最喜欢当秦晓珺和秦茑萝的“狗头军师哥”：哥若不是传说，这世上就真的没有传奇。

附属标签：救火队队长、小小官瘾、诸葛军师

谢雪梅

女，本书2号中国家庭的女猪脚，绰号“谢老大”：她是秦晓珺同宿舍“五朵金花”的“大姐”，是全家举债读书、飞出山沟栖梧桐的“凤凰女”，是闪婚晚育、渴望做贤妻良母的“勤俭持家女”。但事与愿违，她只能做一个自己扛粮食修马桶安电灯泡的“女汉子”，是最不负责任的中国爸爸缺席时的“假性单亲母亲”，是为孩子“进城上学的学票”血拼到底的“狼妈”。

附属标签：奋斗女，暴走娘子，职场*Loser*

何竹�

女，本书3号中国家庭的女猪脚，绰号“职场女王”：曾是“史上最牛大神”不可或缺的权势助手，也是南下北上长袖善舞的圈子达人……然而，王者欲归来，一条短信，让她裸辞即失业，人生第三次归零。最要命的是，离家三年，自家宝贝已经“熊熊”长大，夫妻俩、一家仨、婆婆、公公已经“离心离德”，她又将如何面对熊孩子、家庭危机和待业就业新“三座大山”？尤其是“摊上了学区房买到1%最差概率的大事儿”！

附属标签：老二哲学，缺席隐妈，女神范儿

目录

楔子 / XII

第 1 章 恋上学区房：且买且珍惜 / 001

“你要有做好老公的觉悟，你要有做好奶爸的觉悟，你要有买学区房的觉悟……”

傲娇而任性的辣椒公主秦晓珺一个看似草率实则深思熟虑的决定，让自己一家就像数十万中国式家庭一样，坐在了一个随时都有可能爆炸的大火药桶上：“今年，我们买学区房！”

第 2 章 全家总反弹：为什么要买学区房？ / 022

“学区房？我活一辈子都没听说过学区房！”母后大人第一句话就直接把秦晓珺无语掉——事实就是这样，我们一旦想改变现状，“最大的阻力”往往来自身边的人。秦晓珺发现自己必须要让他们明白：为何未来十年里学区房这些事情很重要？我们怎样才能改变现状？为什么“买学区房”代表着我们的希望、梦想和变革？

第3章　妖孽萌妞有主见：我是格格我说了算　/ 045

一岁半时，秦茑萝就开始自己选衣服。她喜欢自己打扮自己，并且用自己的审美要求别人：“妈妈，你穿这个衣服不好看！”一而再再而三，一直坚持到她妈妈从蓝裙子换成红裙子，她才满意地点点头：“呃，爸爸说了，这样才暗地妖娆。”罗光濯立刻“泪牛满面”。这是在给我上眼药水啊，闺女！

第4章　找啊找啊找朋友：我和我的小伙伴们　/ 073

找啊找啊找朋友，找到我的好朋友，几乎已经成了阳光娘爸和酷辣萌娃每天在小区必须的、一定的程序和仪式：她每天都要去摆地摊，跟小伙伴们一起分享玩具；她会跟所有遇到的人打招呼：“阿姨，我可以摸摸小弟弟吗？”“小妹妹，我邀请你到我们家去玩，好吗？”或者，跑到荡秋千的、玩跷跷板的、坐滑梯的……小朋友面前，一个一个地邀请：“跟我一起玩医生玩具吧！”

第5章　打呀打呀打小怪兽：当学租房遇上社交敏感期　/ 095

当秦晓珺做出从“学租房”到“学区房”逐渐过渡的决定时，正是茑萝格格从“Terrible Two”（麻烦的两岁）亦即“人生第一次叛逆”到整个三四岁最关键的“社交敏感期”：她正在努力辨认“自我意识”和“集体认同”，她现在非常需要这么一种熟悉的群体和集体……她才真正需要一个“过渡期”。

第6章　买学区房是“教育出轨”：日常世界的非常之旅　/ 119

引发改变的召唤，看起来像是外界的召唤，或是外面的刺激性事件：一个人（我要回北京为娃置换学区房了），一句话（你应该买学区房了），一件事（我的娃要通过学区房进二小）……但其实，秦晓珺们的内心，早就像兔子一样蹦跳了。不然，改变的信号弹一发升，她为什么就能立即接收到呢？因为，两者处于同一频率的啊。这只兔子在内心深处蹦跳的振幅，已经、正在、即将影响和制造整个家庭生活的摇摆和震荡……

第7章　当“狼妈”找上“娘爸”：孩子上学“最后一公里”　/ 143

谢雪梅的长线投资就在于，在娃还没生时，就盯准了这个二类学校，而且数年如一日，从不动摇。“她就是一个地地道道的‘狼妈’啊——对孩子‘狠’之前，先对自己‘狠’，而且比谁都对自己‘狠’。这忙还真的得帮。而且，要全心全意、竭尽全力地帮！”秦晓珺最后叮嘱道，“这可是在为她的孩子进入这所学校做公关的‘最后一公里’！你要添柴加火，而不能撤砖搬瓦。”不然——回去跪搓衣板！

第8章　“雾霾脸”下的部门政治：带娃上班OR弃娃保饭碗　/ 168

袁石森的这个部门新规很“狠”。“狠”就狠在你别说你晚上早走点“接娃”成为一种奢望，就连早上“送娃”后再上班，也变得是一种梦想。……这等于是硬生生地逼迫谢雪梅在孩子和工作之间做一个两难选择！而这，原来不需要这么逼迫的。袁石森是故意的！袁石森就是故意针对她的！

第9章　一个人，原来是如此的孤单：晚归妈妈OR滞留儿童　/ 188

再远，都不孤单。“妈妈！”“哎？”没事，我就是想叫叫。“磊磊！”“呃？”没事，妈妈就是想叫叫。“你为什么一定要给妈妈送一辆世界上最快最好看的真车呢？”“有了车后，无论我在哪里，妈妈都能比别的妈妈跑得更快、更早地来接我……”谢雪梅抬起脸来看天。那些毛毛雨忽然如此之多如此之大，是老天爷也忍不住泪奔了吗？

第 10 章　败家水晶男PK凤凰女汉子：比着钱包过日子　/ 214

谢老大自以为是个“粗”人，生活过得很“糙”。她的内心已经像女汉子一样强大而彪悍，她的生活确确实实是像汉子——而且是最粗的汉子一样糙。但王大官人不一样。就算没有条件也要讲究日常生活烟火味：一盘土豆丝，二两猪头肉，一碟花生米……王大官人都能对月独酌，一小杯酒能喝到天亮！说起来是穷酸，讲起来是格调，其实还不是“穷讲究”！

第 11 章　暴走娘子驯夫记：奶瓶丈夫OR蛋白质老公　/ 237

好，你说你会承担一个男人应该承担的事情！我相信。但别说那么大，行不行？你说到天上摘星星摘下来给我当耳环戴，把月亮捧下来给我当宫殿……现实吗？十七八岁，说起这样的话，叫浪漫；二十七八岁，还这样说，叫白痴。这个世界，不是甜言蜜语就能抹平的。生活就是酱米油盐醋。日子就是一把杀猪刀。你不想成为钝刀子慢宰的猪，你就必须要学会把这种琐碎和平庸过成一种幸福与诗意。

第 12 章　假性单亲妈妈的痛：从“蜗居梦”到“进城上学”　/ 262

王大官人就是那“在场却缺席的中国爸爸”。家就像是旅馆一样，来了睡，睡了走。妻子像是钟点工，儿子更像是屋里的盆栽，而他，不过是来看风景的人。甚或是，他是看风景看累了，把这儿当成一个歇脚的——对眼下这种平淡至极的风景，完全无视：装瞎装聋功夫一流，好像这个家除了提供他吃饭睡觉上网看电视打电话聊天之外，都不干他屁事。于是，永远都是谢雪梅一个人在带孩子，也只有她一个人日日夜夜地承受着如何让孩子“进城上学”的痛……

第13章　裸辞即失业：职场女王的回京之旅　/ 283

不是每一个人，都有勇气让自己一切归零，重新开始自己的第二人生。何竹筠就敢让自己数年的奋斗彻底归零，再一次从谷底开始。而且，不止一次。虽然，这样的代价之大，是生命中不可承受之轻。不说别的，何竹筠第二次归零所制造出来的家庭裂痕，到现在都无法缝补起来。但这一次，刚“裸辞”就又马上“失业”，她和她的整个家庭，是否还能够承受？

第14章　待业悍妈“摊上大事儿”：学区房买到1%最差概率　/ 309

如果能够把三年的怨气全都一次发泄掉，当一次“全家出气筒”又如何？然而，真正的事实不是这样的！裸辞失业的工作问题，熊孩子的教育问题，家庭的危机，成为何竹筠北回京城必须直面的新“三座大山”。但比起“学区房失效”这件大事来，其他的事儿，还算是事儿吗？“巨额买学区房”，买的是一个概率。但现在，这个概率，不是向99%最优质的方向发展，而是向那1%的最差结果滑落。这才是何竹筠这个“待业悍妈”，真正摊上的大事儿。

楔子

2015年，核心学区房价飙涨50%？

2016年，全国整体房价将再涨7%？

2017~2027年，生育高峰，学龄前人口数量将连创历史新高，

加上“二胎”政策，导致未来“新人口”增量呈上升的趋势，

年轻的辣妈潮爸将连续迎接“史上最难入学年”？

在将孩子培养成NO.1的道路上，初为父母，首先遭遇的是NO！

入学难，入好学校更难，“一岁就上常青藤”最难，

激烈竞争教育资源的中国式家长，陷入“集体焦虑”。

一切为了孩子，为了孩子的一切，

是时候——“血拼学区房”了?

且谨慎！学区房有风险，入市需谨慎！

身背巨债，代价太大，假若拼回一个不靠谱的学区房，真的值吗?

孩子无小事，件件皆漩涡；

孩子的事，再小也是大事；

孩子上学的事，是天大的事；

天大的事儿，制造出天大的漩涡。

秦晓珺、谢雪梅、何竹筠等闺蜜帮及诸多中国“妈妈友”们，

看似傲娇任性实则被逼无奈、看似深思熟虑却草率仓促的一个决定：

今年，我们买学区房——

让自己一家，就像数十万个中国式家庭一样，

坐在了一个随时都有可能爆炸的大火药桶上，

几乎时时、事事、处处都处于“宝贝战争”之中……

当下围绕“孩子”（宝贝）发生的一系列故事，

我们几乎时时、事事、处处都处于力量（Power）博弈的交锋之中——

夫妻之间，谁的观念占上风，主导孩子的成长?

是阳光娘爸的快乐成长，还是辣妈娇娃的买学区房，在有限的教育资源中争夺优势资源?

这是一种“话语权”的争夺。

“奶奶大大咧咧什么都应了孩子，姥姥强调管教事事要做规矩”，

孩子就亲近奶奶说奶奶好，但是会不听土鳖奶奶的话反而听霸道姥姥的话。

这就是“家庭的政治博弈”。

当婆婆遇上妈，

当“阳光娘爸”遇上“辣妈萌娃”，

当“隐性单亲狼妈”遇上“中国缺席父亲”……

一岁就上常青藤，天天都在打小怪兽，

“大事儿”一件接一件，

摊在宝贝和宝贝她/他妈、她/他爸、她/他爷爷奶奶、姥姥姥爷身上；

博弈接踵而来，“战争”随时爆发。

今年，我们买学区房！

不过是一个导火线，将整个家庭引向一个随时都有可能爆炸的大火药桶上。

宝贝战争，

无声无息地，

在庙堂之下，在江湖之上，在学龄之前，

已经揭开“打响了”的时代序幕……

第1章

恋上学区房：且买且珍惜

“你要有做好老公的觉悟，你要有做好奶爸的觉悟，你要有买学区房的觉悟……”

傲娇而任性的辣椒公主秦晓珺一个看似草率实则深思熟虑的决定，让自己一家就像数十万中国式家庭一样，坐在了一个随时都有可能爆炸的大火药桶之上：“今年，我们买学区房！”

1

“罗光濯！你这个猪头！”“辣椒公主”秦晓珺陡地一声河东狮吼，“给本宫滚进来！”

这就像——一声惊雷平地起，飓风千里奔袭大敌营，从“遥远”的室内第一个房间的地平线滚滚而来，突破薄薄的木板门，穿过第二个房间与卫生间之间逼仄而短小的过道，撞上拐角处的冰箱，踉跄了一下，冲势稍微受阻，但下一秒钟内立刻重整旗鼓，当机立断，分成两股强大的气流，气势汹涌地朝正坐在门旁餐桌上边翻阅书本边敲着电脑键盘的罗光濯童鞋席卷而去，举起两柄巨大的重锤，往他薄如蝉翼的耳膜狠狠地一夹击……

啪！地动山摇！

罗光濯头晕目眩，手一抖。刷刷刷刷刷……光标像银河里外星人试图跟地球通联一样的信号轻快而愉悦地闪烁。

罗光濯瞬间大脑一片空白，再一转眼眼底一片空白，下一秒钟视线渐次清晰，于是看到电脑文档上一片空白……这还并不是最残酷的。最残酷的是那光标还在“刷刷刷……”地删除——那些像蜗牛一样敲出来的文字，正在以像房价飙升一样的加速度消失——最后两行，最后一行，最后几个闪烁的字符……然后，静止，没了。文档一片空白。一个小时的心血就在罗光濯的眼皮底下消失得干干净净。

轰……那千里奔袭而来的飓风惊雷和罗光濯突地喷薄而出的活火山狠狠地撞击在一起，噼里啪啦，四处乱溅的火星点燃了内心的草原，熊熊燃烧起来。

罗光濯在那一片刻的呆滞之后，才反应过来，顾不上用微弱的唾沫星子去扑灭内心扩大的怒火，扑向鼠标，点击，关闭，再打开——空白；再点击，再关闭，右击，打开资源管理器，显示隐藏的文件，再打开——空白……精神高强度工作，一秒钟如过一年，折腾得筋疲力尽，徒劳无功。

罗光濯虚弱而疲惫地往简陋椅子上一靠，硌得疼。但谁还顾得上呢？他现在脑子里空空荡荡的，什么内容都没有，但是，又似有成千上万细碎的念头千转百回地闪动着：原来的家里书房里的那个电脑靠椅多么柔软，多么舒适啊……

说起来十分钟的故事，其实也就是一秒钟发生的事儿。秦晓珺河东狮吼一完毕，就杵在那里一动不动，像维纳斯的雕刻一样——呃，面子上是优雅而平静的，内心里是波涛汹涌，一波未平，另一波又起；一层层波涛接踵而至，把她的郁闷、愤懑、邪火……一次又一次地推高一寸，跌落两寸；再推高一尺，又再跌落两尺；再推高一丈，又再跌落一丈……直至那落差大到濒临心理崩溃的边缘。

这个时候，反而"吼"不出来了。人在生闷气的时候就是这样的，刚刚三分之一时，还能作狮子吼。到了三分之二时，从咽喉到舌尖的出口，突然变窄变细变得曲里拐弯；再强大的怒火，也只能挤出一丝丝，大多数都堵在从心脏到咽喉狭窄的通道前，千军万马都挤不过去。到了最后 0.005 分的时间里，出口完全窄缩甚至封闭，所有的怒火都被憋在心里，晃晃荡荡的，只有自己消化了……

女人尤其如此。尤其是因为她自己的原因迁怒于你的时候。要不，怎么说，莫要跟女人吵架呢。要吵也一定要拖到三分之二的时候，不然，怎么叫"扼住咽喉"？战争跟吵架的原理，本来就是相通的。

秦晓珺也是这样的。她这通邪火其实来得毫无道理。从兴高采烈地整理房间和书架开始，整理着整理着脸就沉下来了，再整理整理着内心那股邪邪的火苗就腾腾腾地往上蹿了……

罗光濯那一声声噼里啪啦的键盘敲打，就是往上不断浇灌的油。这也就罢了。这油浇得极不均匀！这一秒钟浇了一滴两滴，下一秒钟突然就浇了一罐甚至是一桶；然后，就是一段消失的空白——那是罗光濯正在看书或沉思——却让人像等待另一只靴子何时落地般煎熬着；再然后，突然就是一阵密集的噼里啪啦，犹如高空倒油，飞流直下三千尺，疑是银河落九天……那火苗就腾地蹿成了大火！

我叫你看书！我让你工作！我让你让我一个人整理房间！……但真是这个原因吗？自己正在像小蜜蜂一样辛苦地清理着蜂房，他却在外面优哉游哉地做着自己的事情？

看起来是，但秦晓珺知道肯定不是。但她不愿意或者说懒得去想真正的原因——她就是想发火。她也确实发了——从小辣椒到河东狮吼，那得要多大的肺活量啊。姐就是要拿你做出气筒！什么叫舌绽春雷？这就是。但春雷刚从舌尖一绽放，秦晓珺就觉得自己不对——从决定要买学区房开始，自己的心态就不对了。

这是赤裸裸的迁怒啊！

2

这不是要整理好房间，同时也整理好心情……来迎接室友兼闺蜜“五朵金花”重聚吗？

老二何竹筠终于决定要回北京了，准备到这家TEE公司（technology高科技，entertainment娱乐，education教育）的北京事业部担任首席运营官，彻彻底底地坐实了自己的“女王陛下”范儿——这次“北归”，是她三年离京后的王者归来。第一个微信语音给秦晓珺，两个人呱唧呱唧了半天。

不管怎么说，何竹筠这一次回京城，还是要到家里来的。这也正是秦晓珺现在最伤脑筋的地方。哪怕是何竹筠提前一周来也无妨，秦晓珺仍然可以在大三居里待客的啊。

但是，这一周……仅仅是一周之内，秦晓珺已经以迅雷不及掩耳之势，完成了准备购买学区房的“第一个关键步骤”：把自己“遥远”的大三居租了出去，在这个教育“核心”地带租了一个小两居——天哪，还要倒贴一千块钱——并且在两三天之内就完成了从“宜居”到“蜗居”的整个过程。

哪怕，这个“今年，我们买学区房”——还只是构想，尚未落实成决定，就已经遭到了母后大人崔麻麻的强烈反对。

虽然，也一如既往地得到了“辣椒公主这一辈子最好的哥们儿”——自己的老爸秦皇弟的“偷偷支持”。

只不过，在母后大人的强势碾轧之下，皇帝哥的暗中扶持很快就溃不成军，零落成泥，连一丝痕迹都没有留下，连一秒钟都没能挺住。

最让秦晓珺恼火恼怒，甚至是恼羞成怒的是老公罗光濯无数次的暧昧和意味不明的沉默！

“世界上有两件事最难：一是把自己的思想装进别人的脑袋里；二是把别人的钱装进自己的口袋里。前者成功了叫老师，后者成功了叫老板，两者都成功了叫老婆。跟老师斗是不想学了，跟老板斗是不想混了，跟老婆斗是不想活了……”

罗光濯没能第一时间站出来支持辣椒公主已经是“犯了罪”，其次还“很纯很暧昧”——一副不在沉默中死亡就在沉默中爆发的要死不活样儿，更是“重罪”；最后，居然还要老婆大人持续不断地做“把我的思想装进你的脑袋里、把你的钱装进我的口袋里”的艰苦卓绝的买学区房洗脑总动员，并且到现在居然还是油盐不进、针插水泼都没有效果……这简直是“十恶不赦”！

简直是一点觉悟都没有嘛：

“你要有做好老公的觉悟，你要有做好奶爸的觉悟，你要有买学区房的觉悟……由于上一代缺失教育，这一代不知如何教育，所以整整一代人都被关在孩子教育的铁屋子里，或是浑然不觉而熟睡，或者懵懂无知而混世茫然，只有较为清醒的那么一些人在摸索着……买学区房并不是全能的，但是肯定是摸索中的一种。你现在就像是那个在铁屋里的熟睡者或懵懂者。2003年以后买房子的黄金十年你没有觉醒，201×年以后买学区房的又一个黄金十年，你还没有觉醒……所以，我要在你耳边一直呐喊。”

于是，这便是秦晓珺给罗光濯取的新绰号——“觉悟君”的由来：把他从“熟睡”、不久都要“闷死”了、然后从“昏睡”入“死灭”的状态中喊醒过来并拯救他悲催的人生，是辣椒公主秦晓珺自觉必须承担并马上去践行的伟大使命。

不得不说，女人是不能随便惹的，惹了就得被她记一辈子的仇——哪怕秦晓珺是个随性忘性很大的人，也牢牢记住了觉悟君这暧昧找死的姿态。而且，一改“时不时呲他一顿”的小任性，就任它在心底一点一点地积累、酝酿、积蓄着总爆发的力量——你就等着让暴风雨来得更猛烈些吧。

心里窝了一团不断燃烧扩大的火，下意识里总是会有“针锋相对”的言行和动作的。

3

为了迎接何竹筠“北归”，为了迎接“五朵金花”“重聚”，为了迎接“五朵金花”家属找一个由头的“年度狂欢”……为了做好Party女主人，秦晓珺螺蛳壳里做道场。

怎么办？进行“一键清理”，收拾碎片，压缩文件，在不可能再逼仄的空间里，再释放出一寸两寸的空间。

第一个被她虎狼之光盯上的，就是觉悟君罗光濯那成堆成堆的书——没错，觉悟君的钱不多，但书多；腰围增长的加速度，远超钱包鼓起来的慢速度；但是，书的厚度，是两者永远都无法超越、都只能仰望的高山一样的存在。

键盘、iPad、书（加笔和传统的笔记本）是觉悟君罗光濯人生不可或缺的三大基本件。不然，怎么可能在大三居里，他独占一个书房的三分之二的空间；三座高高的书架全都是他的书——虽然，大多数都是摆出来“看”的。充其量他只是一个打酱油的“学者”，偶尔客串一下讲座和讲课。但这不妨碍他买来四分之三的书当参考资料“随便翻翻”啊（装装装——你就装个门面吧你）。

现在，从大三居变成小两居，书房没了，书架还是三个，但就像巨人族缩水变成了小矮人，还得从觉悟君一人独占变成“三分天下”：“酷儿书架”一个，“辣妈书架”一个（噢，不对，是半个；因为给娃的书生生挤掉了一半），最后，才分配给“囧爸书架”一个……于是，觉悟君那些高山仰止的参考书就悲催掉了，在搬家前一股脑儿地封存进了二四十个纸箱里，码在大三居的大阳台，注定要在岁月的尘角里寂寞无声了。

随身带过来的，是筛选了又筛选、挤压了又挤压、咬牙切齿地丢掉又心底痛惜地捡回来的极少数极少数少得可怜的书——但就算这样，仍然把整个房间的空地挤得满满的，搁不下。

别说书架了，觉悟君独具慧眼，在不规整的主卧拐角处开辟出一个可以搁下单人小书桌的空间，立刻不容置疑地据为自己的地盘，浑不顾辣椒公主柳眉倒竖等那电闪雷鸣飓风撕裂之预兆，一副不是“天不怕地不怕”——你爱怎么着就怎么着吧，这个犄角旮旯是哥的了，就是“老婆我好怕怕”的模样。

辣椒公主在暴走的边缘终于留存了一丝丝脑海的清明，想起觉悟君为了“学区房大业”做出的特殊贡献，于是，大棒高高举起轻轻放下：姐姑且放你一马。要想马儿跑，哪能不喂草？在尚需跟母后大人崔麻麻继续艰苦卓绝的斗智斗勇时，辣椒公主还是要建立广泛的统一战线的，觉悟君这种态度暧昧的中间分子，是要斗争的，但更是要争取的——至少，让他像根墙头草，稍微偏一偏，吸引一下母后大人的火力总是可以的吧？

于是，这个来之不易的旮旯书桌终于给了觉悟君。觉悟君立刻用了一下午的时间，在袖珍的书桌和狭窄的阳台间来了个无缝对接，然后就在这无缝对接的逼仄地带上码了一堆又一堆的书……噢，不对，“一下午”是秦晓珺吩咐和安排罗光濯必须把“三个书架”都整理好的时间，“我下班回家前必须看到清清爽爽干干净净整整齐齐的三个书架……”然后，飘然而去，上班了。

觉悟君没敢反驳。等她刚出门，下一句就抱怨：“领导一句话，又要折腾大半天。”

皇帝哥伪同情了一下：“晓珺也是的，干吗不下班回来自己整理啊？她又不是不知道你最近很忙……”

觉悟君翻翻白眼。这话虚伪，绝对虚伪！“最近”很忙，“现在”不忙——你抱怨那两句话的工夫，早就收拾好一个书架了。相处好几年了，岳丈大人的潜台词觉悟君还是听得懂的。

“你给她搁在那儿！”母后大人余怒未息，“让她自己回来收拾！看她怎么做！她能拿你怎么办！”

怎么办？凉拌。

拜托，母后麻麻！你们母女俩针尖对麦芒，那就硬碰硬好了。别拿我当枪使。那么直白的撺掇，我都听不出来吗？当我真的是“蛋白质”——蠢蛋、白痴、神经质吗？

你不是吗?

我是吗?

……

算了，高挂免战牌，我们就不探讨这样高深的学术话题了。

上有政策，下有对策，在整理“酷儿书架”时，觉悟君罗光濯还稍稍认真点，很花了点时间；到了“辣妈书架”，一股脑儿往书架上一堆，顶多码齐了就是——反正秦晓珺从来都看觉悟君整理的东西不顺眼，往往要重新整理一次。那就让她一次做到位好了。

真正费心思的，还是整理觉悟君自己的书架，以及阳台书桌地带上码的书堆——要怎样放才好呢？这些还有这些，是当下正用得着的；那些还有那些，是明年上半年特别是第一季度讲课要用的……

觉悟君压根儿就没有“觉悟”——自觉地想到还要把这些千辛万苦才带过来的书又打包封在纸箱里。

4

秦晓珺现在面对的，是这样一个看似清理整齐实则内里秩序紊乱的“果壳里的帝国”。

无论再怎么整理，这个房间都显得那么狭小、逼仄，没有游刃有余、腾挪转移的回旋空间；何况还码了无数乱七八糟的杂物——特别是罗光濯的书，连下脚的地方都没有。

就像一个空间，从外面看完美无缺，但内部却是严重的“失序”，甚至越整理秩序越乱——生存和生活于其中的空间，其实就象征和隐喻着她的内心。

辣椒公主的心乱了。越是整理书架越是清理书，内心深处的空间就越是失去秩序越是紊乱，就越是像一个大火药桶，一唾沫子火星都能引爆。

这不，罗光濯忙乱中落在“辣妈书架”上的一本学术专著，彻底引爆了秦晓珺的河东狮吼：

“都是你的书！都是你这些乱七八糟的书，把已经逼仄的空间挤压得混乱不堪，连一颗想要针尖大小的地方让自己安宁下来的心都没有立锥之地！”

这绝对是借题发挥。绝对是！秦晓珺自己，在那无法控制的吼叫滑出舌尖时，也清楚地知道——但女人就是不讲道理——“不要试图跟女人讲道理，一个月流血七天还不死的生物，在这个星球上本来就是逆天的存在……”

姐就是想迁怒于你！那又肿么了？

若是往常，辣椒公主叫觉悟君“滚”进来，觉悟君也就三下五除二，把自己这个方方正正的键盘折叠起来，揉搓成圆圆的灯笼柿子椒，滴溜溜地滚进来；再来一番觉悟君最为擅长的“在大水缸中太极搓球手”（这不是跟影帝李连杰学的哈），绝对能把辣椒公主爆爆的脾气搓圆、捏扁、抽丝、削减……大火转中火，中火变温火，最后——扑哧，最后一点火苗给口水唾沫浇灭了。

但是，今天——大半天的心血被辣椒公主千里奔袭的惊雷惊散了，飓风卷走了，口水骤雨给浇得干干净净……觉悟君满腔的怒火无处宣泄，如何还能做一个搓扁搓圆的灯笼椒？没有当场爆炒辣子鸡丁，就已经很彰显风度和气度了。

“罗光濯！”等了两三秒，不见门厅有什么动静，秦晓珺就又叫了一次，“你给本宫进来！”

不过，这一次气势“弱”了很多，压着火气，高分贝的声音硬生生给压低了——并不是辣椒公主大发慈悲，而是突然想到，母后大人崔麻麻还在次卧或客厅虎视眈眈，伺机而动。这么明显的迁怒，人精一样的母后大人，难道不会捕捉漏洞？

“什么事？”罗光濯一压再压，总算把溜到舌尖的那一团火，咽到喉咙里，卡在脖子里，火烧火燎——这已经是他现在能做到的最好程度了——然后，一步三重踏地踱进主卧。

“什么事？！”

一看觉悟君那少有的板着的僵尸脸，秦晓珺的声音不由自主又提高了几分贝，我在这里面累死累活，你倒好，一来就问什么事！

“把你那些破书清理清理。”

“我昨天已经清理了一下午了。”

你这不是没事找事么？破书，这些书哪些破了一个边一个角？你找出来给我看！不说都是新书，至少八成新吧！

“你这书架上那些乱七八糟的书！不要的，就清理了。”

好啊，你，你还敢顶嘴了！三天不打，上房揭瓦。给你一点阳光，你就灿烂。给你三分好颜色，你就要开个烂染酱铺。

“那我已经清理过了！”

“今天，我就跟你死磕到底了。怎么了？谁叫你眼睛长在脑门上，看不见我四排书都码得整整齐齐的么？就连缝隙间也塞得满满当当的吗？告诉你，老公我也不是吃稀饭的——虽然，开水泡干饭，就是家常便饭。”

“都给我打包打到纸箱里去！”

“小样，还涨姿势了！姐今天就要嚣张到底，釜底抽薪。知道这些书是你的痛点，姐就是要踩一踩。跟我斗，你还嫩了点。”

觉悟君果然是狐狸尾巴被踩到了痛脚，气急败坏，差点就跳了起来：“凭什么啊！”你都打包我三四十箱书，还不够啊？我就只剩下这三四箱书了，你还要我打包，压箱底！凭什么啊？

“凭什么？凭我是你老婆！”辣椒公主理直气壮，“老婆大人我要空间，要生存的空间，要发展的空间，要生活的空间……你——你的书——挤占了我的空间。”

我挤占了你的空间！

觉悟君欲哭无泪。苍天啊，大地啊，你睁开眼看看吧，猪八戒倒打一耙，还让不让活了？

5

客厅里，正压低电视音量、竖起尖尖耳朵偷听的皇帝哥及时地咳嗽一声。

注意啊，别太过分啊，蔫人出豹子；是男人，都有暴脾气；是龙，都有逆鳞……秦晓珺这句话，真真正正地拂到了罗光濯的逆鳞。

但皇帝哥的咳嗽起不到阻止的作用，反而就像扔进去一个炸药包，让那火苗，腾地，爆炸了。

“我挤占了你的空间?!讲话要凭良心。”觉悟君咬牙切齿，一向温和儒雅的脸庞经过时空的扭曲，变得格外狰狞，“你的空间！我从一间宽敞的大书房，被挤到主卧这个犄角旮旯里的书桌，又被挤到门厅狭小的餐桌的一角……我整个学习、生活和工作的空间越来越逼仄，最后连个针尖都插不下，几无立锥之地。你告诉我，我的空间是—谁—挤—占—的！”

最后一句话，罗光濯几乎是一字一句吼出来的。从来，没有这么酣畅淋漓地吼出来过；从来，没有像现在这样质问过辣椒公主；从来，没有这样直接而明确地表达过对老婆大人决定的质疑与反对！

如果不是你非要决定买“学区房”，并且一意孤行地先“换房”、“学租”、“体验”这个核心学区所谓的学习和生活，我的空间能被这样挤占吗？你还来诘问我挤占了你的空间！

咳，咳，咳……皇帝哥这次是真的被呛到了。大姑娘上轿第一回，好脾气的姑爷也成暴走君呐。姑娘，我们的好姑娘……这次真真正正地被惹到了吧？

果然，秦晓珺的脸一点点地沉了下来，语调也一分一分地低了下来，全身的气势也一寸一寸地向内收缩……到最后，整个人渊沉似水，风平浪静，无波无澜，似乎真的被罗光濯的话卡住了风暴眼，逐渐平息，再无兴风作浪的可能。

然而，就在这“平静近乎静止的一刻”，从主卧的觉悟君到客厅的皇帝哥，都立马汗毛森立，毛骨悚然，像野兽一样闻到了一股远古危险的气息：那是遥远而深邃的烟波深处，有一片落叶，以肉眼可以观测的速度枯萎、碎裂、分解，最后一小块碎叶漂在水里，发出一声轻微的叹息，就像浮萍一样从水烟深处向视野的地平线飘零，然后逐渐加快，逐渐加重，越来越快，越来越重，波澜渐起，风潮渐涌，大浪滔滔……什么叫“飓风起于青萍之末”？这就是啊！

“科学证明：女人直觉的时候想象力仅次于梵高，女人抓奸的时候智商仅次于爱因斯坦，女人失恋的时候文笔仅次于莫言，女人发火的时候战斗力仅次于奥特曼，女人发疯的时候仅次于藏獒！先生们，放弃抵抗吧，这是一种惹不起的生物，适当的妥协常常会有意外的惊喜，宠她，一切听她的，才是唯一的出路。”

不然呢？你就准备着颤抖吧，迎接毁灭一切的滔天巨浪，燃烧一切的怒火九重天，席卷一切的龙卷风……

于是，觉悟君和皇帝哥都一层又一层地体会到了从“平静天”到“大风暴”的整个酝酿过程：

“你觉得在门厅餐桌一角敲键盘很委屈，是不是？”

“你觉得在主卧犄角旮旯放一个袖珍书桌很委屈，是不是？”

“你觉得没了独立的书房很委屈，是不是？”

“你觉得我不应该把大三居舒适的家居房换成小两居憋屈的学租房，是不是？”

“你觉得我不应该做决定通过体验‘学租房’来买‘学区房’，是不是？”

“你觉得我是吃饱了撑的才决定要买学区房的，是不是？”

前面数个排比句，辣椒公主都很平静、温和、坚定或者说是一字一顿地问出来的；越是平静越是可怕，越是温和越是凌厉，越是坚定也就越是尖锐……每一字，每一顿，都像是铁神举锤，一遍又一遍地锤打着觉悟君的心肝儿——我的心啊，已经薄如蝉翼，几近透明，再轻轻一捅，就要破了的啊。到最后，重重的一锤，秦晓珺的声调果断地提了上去：

“我特么的贱啊！”辣椒公主平地路上一声吼，“你特么的马后炮啊！”

“我说要买学区房，你反对，就吭个声啊！”把手中抱起的一套书重重地往纸箱里一扔。

觉悟君生命不可承受之轻的心肝儿又是一颤。

“我说先租个学区房体验一下，你不满意，就言语一声啊！”往书架上一抽，十多本书扒拉扒拉就往下掉。

觉悟君心一惊肉一跳，所有鸡皮疙瘩都出来了。

“我说租两居，你觉得委屈，就提个议啊！”抓起“辣妈书架”里被他夹进去的私货，就往地上扔。

一本本都像鞭子，抽打在觉悟君细腻的神经末梢上。

“我说把书架腾出来给小妞把房间腾出个空间给她做睡床，你想要个空间，你就叫唤一声啊……”扒拉一下，“囧爸书架”上两排码得整整齐齐的书，忽地散在地上，噼里啪啦，那不是鞭炮，是炸药啊！引爆了，可是会把觉悟君碎尸成段的啊。

紧接着，秦晓珺猛地一抽，一箱子的童书哗啦啦地全给掀翻了——真的是地动山摇的啊！完了，完了，连萌娃的书都成为倾泄愤怒的媒介，事情这次真的大发了。

“你什么都不满足，你放个屁啊。家里大事做决定，你连屁都不放一下；一切都弄完了，你又满嘴跑火车，空口放大炮，你特么还像个男人么？……”

越说越气，越骂越愤怒，抄起童书就往这个熊男人身上砸：“你还敢要空间。你还敢占空间！你还敢说是我的原因，让你没有空间……我让你要，我让你占，我让你嘴皮子贱！”

觉悟君立刻就像踩在烧红的烙铁上，七蹦八跳，比孙猴子还手忙脚乱，顿时斯文扫地，嗷嗷乱叫。

“别砸。这是小妞美丽的书啊。”觉悟君晓之以理。

“我买的。有钱我任性。”辣椒公主蛮不讲理。

“大多数是我精挑细选呕心沥血才买来的啊。”觉悟君动之以情。

“你活该。搬起石头就是要砸你的脚。”辣椒公主无动于衷。

“痛！这是硬壳精装书啊！”觉悟君欲哭无泪。

“没砖头。不然一砖让你开个酱油铺。”辣椒公主犹不解恨。

……

6

咳，咳，咳。皇帝哥又给呛到了。

你们这是在吵架吗？是在打情骂俏！注意点公共影响。这个屋檐下不只住着你们两个人。

说理说不通，动情动不了，好汉不吃眼前亏，那就只好落荒而逃了。觉悟君嘴角犹自硬：“你扔，你扔，你扔扔扔。有本事全都扔了。”

啪啪啪，两三本硬壳精装图画书从卧室里扔了出来，强弩之末势不能穿鲁缟也，力有所不逮，就落到过道里了，距离觉悟君的脚后跟0.05公分。

“我就砸你个罗跑跑。”辣椒公主又是一阵噼里啪啦——不得不说，她饭量太小，食量不能转化为力量——“我砸，我就砸，我就砸砸砸！”

站在安全边界，觉悟君转过身来，双手抱胸，一脸冷笑：“你砸啊砸啊。有能耐你就砸啊。让本大人涨涨姿势。瞧你细胳膊细腿，还长本事了！”

咳，咳，咳，皇帝哥又给呛到了。

你的毛细血管怎么那么脆弱啊？

废话，那是咽喉通道，本来就又细又窄。遇到这两个活宝的活宝对话，能不呛着吗？换你来试试。

辣椒公主勃然大怒：“你过来。”

觉悟君正义凛然：“就不过去。”

辣椒公主轻佻地小手指一钩：“前进一步！”

觉悟君警惕地后退一步：“我傻啊！你傻啊？”

一寸前一寸险，谁爱做炮灰谁做！

一直在次卧里玩电脑QQ游戏的母后大人崔麻麻终于忍不住了，大吼一声：“你们还有完没完啊！多大的人啦，屁大的事儿，一边凉快去，该干嘛干嘛。”

一切戛然而止。

已经跑到舌尖的“你不傻难道我傻吗”生生地给逼回到了秦晓珺的咽喉里面，憋出了内伤。

过了五分钟——

“罗光濯！”

“干吗？”

“你过不过来？”

辣椒公主下了最后通牒，别敬酒不吃吃罚酒，给你一个台阶，你就赶紧给我下来。

觉悟君真没听出所谓的弦外之音言外之意：“我就不过来。”

辣椒公主怒其不明哀其不智：“你等着。”

觉悟君屎壳郎犟到底：“我就等着！”

僵局。

又过了十分钟——

“罗光濯！”

“干吗？”

“过来看你哪些书要打进包里。”

这真的又一次戳中觉悟君的痛点。

不情不愿，踌躇徘徊，一步三回头，觉悟君走到门槛就停住，探头一看，立刻又怒气冲冲——你这不是瞎折腾吗？我在书架上都码好的书，为什么又给我拿下来，往纸箱里装？

若是要打包，我还整理一下午干吗？

不过，一接触到辣椒公主那要杀你一千遍一万遍的凌厉的寒光，觉悟君明智地没有爆发，而是气冲冲地走过去，弯腰把一摞已经放进纸箱里的书码上了书架。

辣椒公主把这一摞书又扔进了纸箱。

觉悟君把这一摞书又码上书架。

辣椒公主把那一摞书又扔进了纸箱。

觉悟君把那一摞书又码上书架。

……

就这样杠上了。

两个人都没有言语，只有动作。这是一场无声的较量。不是西风压倒东风，就是东风战胜西风——谁退一步，谁就输了。

当然，通常，最后输的，肯定是觉悟君。

因为，辣椒公主烦了，啪地，又把一本书扔了，好巧不巧，正好打中了俯下身子去捞书的觉悟君的脸。

打人不能打脸。所以，觉悟君怒了。把手上那一摞书重重一扔，走了。

你爱打包不打包，老资不伺候了。

辣椒公主愣了。天地良心，那本书真是她随意扔的，并不是要故意打脸的。

7

又过了十五分钟——

“罗光濯！”

足足过了一分钟：“干吗？”

“过来看你这些书要打进包里。”

又足足过了两分钟：“你要打就打。”

你想打就打。你想把那些全都打进包里，都随你！反正这个家都你说了算。你是光，你是电，你是Super斯大——

但这话听到秦晓珺耳朵里，活像是说，你要战，便战。

于是，辣椒公主知道，这次觉悟君是真真正正地生气了。

打人，真的是不能打脸啊——尤其是，觉悟君是真真正正很重视他这张脸的啊！他说，他一直是靠这张脸面吃饭的——那意思，其实是说，虽然在家里的地位是垫底的，但走出去，哥还是有一定名气的。

又过了二十分钟——

“罗光濯！”

足足过了三分钟：“干吗？”

“把你阳台上的书都收了。”

又足足过了四分钟：“我收拾过了。”

“我是让你把它们全收进纸箱里！”

我让你稳让你酷让你板得像个僵尸脸，不捅你一下痛脚，你就不知道你只是癞蛤蟆，姐才是天鹅。从来只有天鹅凌驾于癞蛤蟆之上的傲娇，哪有癞蛤蟆骑在天鹅头上作威作福。

一秒钟不到：“凭什么！”

觉悟君的怒火成功地被点燃了：“你什么都想打包？你都打包了三四十箱还不够，还要把我最后几包书，也都打进纸箱里，你才甘心吗？那你干脆把我书架上的书都打进去好了。”

“这不好吧？”辣椒公主假惺惺地说，“我只是想让你把窗台给我腾出来而已。”

“做梦！”觉悟君断然拒绝，“这是我的地盘。我做土！”

“你的地盘你做主是吧？我还可以进行‘权利主张’！”辣椒公主慢条斯理地说，“你挡住我的阳光了！”

我一不哭二不闹三不搞啥调调，我就直戳你的泪点：“阳光是买不来的！”

觉悟君真的立刻泪牛满面。

“阳光是买不来的”是当初小两口买第一套房时秦晓珺的口头禅，也是两个人的爱情、梦想和奋斗的见证，当然也是觉悟君求爱、求婚、求宝贝的承诺……当然，也是他灵魂深处最柔软的一块地方。当两个人争执到一定程度时，只要辣椒公主一祭出这个法宝，觉悟君立马完败。

这次也不例外的啊。

苍天啊，大地啊，睁开眼看一看吧，我觉悟君怎么遇到这样一个妖孽老婆啊。真的是屡败屡战，屡战屡败——没有希望的战斗的最后就是绝望。我心灰了，我意冷了，我要抛弃了，我要放弃了。

“你爱打就打吧。你把那架书都打进包里，我也没意见了……”

最后脑海一闪电，鬼使神差地有一句话溜出了舌尖：“你最好把我也打进包里，永远封存吧。”

扑哧。

秦晓珺喷了。笑如夏花之绚烂，乐如秋叶之乱颤，于是整个家里都如沐春风，整个大地都成一片花田……

8

很久很久以后，一声叹息。

“唉……有个脾气不好的老婆怎么办呢？”

然后，是连连冷笑。

“怎么办？中国现在这个国情，有老婆就不错了！你还想福气好？你咋不上天呢？还想知道怎么办？只能惯着！惯着！惯着！知道吗？知道吗！”

啪！

不知道是打苍蝇，还是打蚊子……于是，整个世界就清净了。

一场风波就这样雷声大、雨点小，高高揭起，轻轻搁下，来时如洪水猛兽，去时如细丝轻烟，一会儿就烟消云散，仿佛一点痕迹都没有留下。

事实上，这只是一个假象。

在这恢复了和谐的形势一片大好的氛围中，仍然深深扎下了一根极具违和感的“楔子”——那就是辣椒公主秦晓珺惊天地泣鬼神抛下的那句话：“今年，我们买学区房！”

它就像一根永远都烧不远的导火线，已经、正在、即将引爆一系列的“小事件大爆炸”——哪怕只是一点点的火星，都能掀起震天动地的大风波；即使这种席卷整个家庭的滔天巨浪和暴风骤雨，在别人眼里，也只不过是一杯水里的芥末式风波——“杯水中的风波”。

如饮茶水，冷暖自知，傲娇而任性的辣椒公主秦晓珺这一个看似草率实则深思熟虑的决定，让自己一家就像数十万中国式家庭一样，坐在了一个随时都有可能爆炸的大火药桶上，甚至是一个随时都会喷薄出岩浆的活火山之上……

此时，此刻，此地，这一次预演，这一次操练，真的就只是一个“楔子”——从“宜居”到“蜗居”，恋上学区房，且买且珍惜。

第2章

全家总反弹：为什么要买学区房？

“学区房？我活一辈子都没听说过学区房！”母后大人第一句话就直接把秦晓珺无语掉——事实就是这样，我们一旦想改变现状，“最大的阻力”往往来自身边的人。秦晓珺发现自己必须要让他们明白：为何未来十年里学区房这些事情很重要？我们怎样才能改变现状？为什么“买学区房”代表着我们的希望、梦想和变革？

1

事实上，从“宜居”到“蜗居”，情绪最大、反弹最激烈的，不是觉悟君罗光濯，而是母后大人崔麻麻。

挤占了“空间”？你挤压了我的空间，我挤压了你的空间?! 真正被挤压空间的两个人——一老一小都还没有说话呢，你们开什么腔发什么言?

一老，自然就是母后大人崔麻麻——至于另一“老”，皇帝哥秦皇弟？那是母后大人身边的跟班，阳光底下的影子，完全可以忽略不计。一小，自然就是他们的超级宝贝秦茑萝！

你没听错，是“秦”不是“罗”，跟妈姓不是跟爸姓。造成这个结果的，就是这个堪称“时尚女魔头”的母后大人。

秦茑萝还没出生呢，母后大人就以强势和铁血手腕，宣布了对这个隔代宝贝成长和教育的军事化接管，包括对孩子“跟妈姓还是跟爸姓”这个小两口商议大半年一锤定音的决定权。辣椒公主秦晓珺刚一提异议，母后大人就以异常轻蔑和不屑的神色看着她：你自己都是一个孩子，孩子带孩子，你确定——你能带好这个孩子?

正酝酿着气势汹汹情绪的秦晓珺一下子就卡了壳。没有当过妈的人的确不知道怎么当妈——虽然，这样说怎么都像是一句废话。但秦晓珺的确从怀孕起就一直有这样一种莫名的焦虑和烦恼：我要怎样才能当好这个妈咪呀?这大概是所有这一代人初做辣妈潮爸时都会焦虑的问题。

这一卡壳不要紧，最重要的是那一口气立马就泄了，从此就丧失气场和优势，在以后漫长的岁月里要付出多少艰辛的代价才能一寸寸地争夺回对娃娃的“公主教育”主控权啊：什么时候刷牙，应不应该用汤匙，两岁前孩子该不该沾盐味……每一个鸡毛蒜皮的小事件，都会引发母女俩的宝贝教育大战争。真的可以写一部血泪斑斑的大历史了！

噢，扯远了。上帝说要有光，就有光……一部《圣经》创世纪，告诉我们的，其实就是一个简单的道理：谁掌握了命名权，谁就掌握了主导权——对姓“秦”还是姓“罗”的裁决，彰显了母后大人的强势，不仅仅是对自己女儿的，更是对自己女婿的。所谓“丈母娘看女婿，越看越有趣”，纯粹是扯淡。母后大人从来就没有把这个等同于“上门女婿”的男人看顺眼过。

所幸，罗光濯很明智地闭上了自己的嘴——从他成功赢得了这场恋爱和婚姻的持久战起，他就非常清楚，自己得付出巨大的代价，来迎接“敌军”摧毁一切的疯狂反扑。

好吧，秦晓珺是他们的心肝他们的尖儿，是他们捧在手心里怕掉了、含在嘴里怕化了、藏在心里怕憋着的小宝贝，但仍然成了“别的男人婚床上的女人”，整个生活的重心也从自己的父母移到了这个“其貌不扬”的男人身上。何况，这个男人还是他们竭力反对的男人。

这让母后大人和皇帝哥得有多大的被抛弃感啊！

所以，觉悟君怎能不退？怎能不弃权？

那句话是怎么说的？你得到一个“宝贝”，就得奉献上另一个“宝贝”。

2

从恋爱到结婚到怀孕，再到有了自己一家仨里最倔强最犀利最泼辣的小辣椒，秦晓珺这个研究生宿舍“五朵金花”里最小最娇宠最个性的小公主，也曾经有过自己超级嗨的宝贝时光——

“姐没样貌，没身材，不是白富美，就连潜规则也没人要……但是，姐还是要你来疼！还等着一个白马王子翩翩而来，而且还偷偷地指望你是高富帅。”

噢噢噢，岁月真是一把杀猪刀，左一刀，右一刀，削减了你的风骚，也砍掉了姐的节操……当年宣称要等着高富帅的辣椒公主，在无数遍幻想白马王子趾趾的马蹄走进自己如小小巷子寂寞的心，带着自己等在季节里的如莲花开落一样的容颜，走上青桥的石板，从此走向人生这个永远的旅途——之后，终于不得不承认，那骑马的不是王子而是唐僧，别说白马王子就连黑马王子也都只是个过客而不是归人，世界上没有哈利·波特式的魔法可以一个红唇把青蛙吻成王子，只有人才能改造成“人”。

于是，在茫茫红尘中，辣椒公主秦晓珺随手一指：就是你了，觉悟君！戳中了一刹那“对上眼”了的罗光濯同学——这种“草率”和“轻率”，恰恰是母后大人和皇帝哥最不可容忍的——开始了数年如一日、生命不止、改造不息的“王子人造”计划。

造来造去，造出了一个可以骑在他们头上发号施令的“小人”——秦茑萝！该宝贝浑不像她妈从《诗经》上扒出“茑为女萝，施于松柏”时，沾沾自喜“父母为松柏、女儿为茑萝”的缠绕、纤秀、佳丽之喻意，整个一个酷、萌、熊……一系列你所能想象得到的辣妈潮爸正在忙着“打小怪兽”的所有形容词都无法形容完的——宝贝。

于是，王子改造没有成功，辣椒公主秦晓珺把自己成功地改造成了“辣妈萌娃”大军中最普通的一员——噢，还有一个“囧爸”。当白马王子/青蛙王子/黑马王子……都当了“囧爸”，王子和公主，还能“幸福地在一起”吗？中间有一个层出不穷地出状况又么么哒的“超级小怪兽”啊！

于是，原本扮演反角的母后大人毅然决然地站了出来，承担起了拯救一家仨“幸福生活”的超级女英雄——不得不说，“时尚女魔头”和“超级小怪兽”的确是绝配。

你看过那风靡微信朋友圈的婆孙俩翩翩广场舞吗？然后，镜头一转：土得掉渣的“中国大妈”，忽然替换成时尚前卫、光鲜靓丽得让无数年轻女孩惊呼“这哪是我们的妈妈，简直就是比我们还站在时尚前沿的姐姐”的“辣妈的辣妈”；然后，是那个繁复流畅的八花小瓣、穿得漂亮长得漂亮活得更漂亮、简直是人见人爱花见花开的“超级萌娃”；两个人，前后左右，左右前后，旋转交叉，随风扶柳，蹁跹起舞……没错，这就是在母后大人微信朋友圈里广泛流传的“萌娃魔后”微视频。

母后大人是家里第一个玩微信的人——最潮的秦晓珺也过了半年才用上。还有，连罗光濯都不懂美图秀秀，她却经常把秦茑萝的照片美图美化，然后在微信圈里秀出来。这真的是一个爱孩子也爱自己、爱生活也爱人生、永远年轻永远不老的中国大妈。也正是因为这样的态度和性格，才会培养出秦晓珺快乐小辣椒的人生吧？也才会影响又一个小不点萌娃秦茑萝的自由生活吧？

这样一个连雾霾天都要戴上口罩去公园里走两圈的人，信奉的就是要有一个自由呼吸的空间——如果没有这样的空间，那还能叫呼吸吗？所以，母后大人始终觉得，给孩子一个自由而独立的空间才是第一位的。

为让秦茑萝从小就有这种“独立空间”的感觉，她不惜挤压女婿罗光濯最为重视的书房空间，甚至不顾他的强烈反对，自作主张地在书房地板上铺上榻榻米——就是让孩子可以自由地爬啊爬的；也不惜挤压客厅姥爷的视听空间，频频发生战争，大战不断，小战连连，寸土必争……终于一点点为秦茑萝挤出了游戏的空间、娱乐的空间、玩耍的空间。

现在，从宜居到蜗居，小茑萝的空间一下子就没了：书房活动的空间没了，客厅玩耍的空间也没了，就连卧室里自己独立的小床空间也没了，只有横七竖八跟爸妈挤在一张大床上……

蜗居也一下子挤压掉了母后大人生活圈的大部分空间：家里转圈的空间没了，小区活动的空间没了，附近公园的呼吸空间更是没了……

我们一老一小的空间，都给整没了，你俩还好意思在那儿荒腔走板地叫唤——我木有空间啊，有木有?!

3

最是“故土难离”的，便是母后大人崔麻麻了。

这个地方，她已经生活了十年。人生能有几个十年？从刚退休时的“失落文艺老年”，到现在在方圆数里中国大妈中绽放、舞蹈、唱曲、扮相……的“新广场舞教主”，她已经获得不少从点赞到追随的粉丝。

她已经把自己都嵌进这个社区生活圈了：“为什么我的眼里常含泪水？因为我爱这土地爱得深沉！”

这个已经扎下根系、让浮萍之花可以绚烂绽放的地方，成了她重新寻找、追求和实现她的“第二人生”（the second life）的大舞台。现在，一下子要把这个大舞台给拆掉，她如何能够坦然接受？

她在这儿羁绊甚多。虽然都是往常看起来有些格格不入、档次都要差上那么一两截的中国大妈……但是，十年来的舞友、曲友和票友，千丝万缕的情感线，怎么能够一下子就能割得断？

因此，崔麻麻在小区里跟中国大妈们告别的“最后一课”，就成了“拉面”——越拉越长。大妈们从“震惊”到“惋惜”，从追忆“以前的似水年华”到焦虑“未来我们的舞谁再来教”……情绪跌宕起伏中，总免不了追问原因。

当知道都是学区房惹的祸后，大妈们立刻陷入了对房价飙升的狂热讨论，并且纵横三千里，揽括寰宇内，从股市、楼市再到中国黄金……对以学区房为代表的教育地产是不是中国大妈们下一轮投资的重点（噢，不对，中国大妈淡定地表示，很久很久之前她们就已经进场了……），展开了热烈、激烈甚至是碰撞式的讨论。离题两万里之后，眼见得崔麻麻的脸色越来越差，终于有一两个还是有些眼力介的中国大妈终于省悟过来，于是试图把话题往回扯。东扯西扯，居然扯到了对辣椒公主秦晓珺的口诛笔伐上。大意是：

这个女儿怎么回事？只顾小，不顾老？育儿重要，养老难道不重要？虽然我们老了，比不了小太阳是“核心”，但也不能把我们抛到边缘啊。

我们老都老了，怎么还要为他们操持？一生都是儿孙命。为大的操碎了心，现在，又轮到为小的“消得人憔悴了”……

话题又开始要跑偏了。中国大妈们从席卷全球的“投资经”，又滑向了小家小户的“抱怨经”……无论念哪本经，中国大妈们都是如此一股强大的势力，强大得足以忽略崔麻麻那种“君临天下”的哀怨和美丽的忧愁。

没人在意她的这些感受。崔麻麻既愤怒又失落，几欲拂袖而去。然而，终究还是没舍得——这一去，就再也回不来了。有多少记忆，有多少时光，就此逝去不再复返？怎么不可，让它定格——在那“最美的一瞬间”呢？

好在，茑萝小格格上场了——

不得不说，小丫头正是撒娇卖萌的最好年华：恬美的长相，可爱的碎碎念，老少皆宜的社交活力……何况，还有崔麻麻亲自调教的天籁一样的唱腔、最美中国风的扮相，让所有中国大妈都无力抵挡。

而且，最精灵搞怪的，其实还是她那个生了娃都还像少女心一样玲珑剔透的妈，把所有最中国风的唱腔唱曲唱词，都翻译成了中国大妈们又爱又恨的流行语——当然，崔麻麻最后又进行了“艺术再加工”。所以，这一唱一说，就立刻让中国大妈们炸了窝。

崔麻麻如花美眷地唱：“我怎敢转身，见你掌心泪痕，断我心中安稳，你的萧瑟爱恨……”

茑萝格格脆碗豆地解说："把人套在你心中的股市君啊，你过来，我保证不打死你！"

崔麻麻似水年华地唱："我日日美梦渡黄粱，君挥袖纸上画江山，那日踏碎长安诗词沉香，原来不过是一场镜中花。"

茑萝格格脆萝卜点樱桃地解说："新闻联播，我书读的少，你别骗我——中国黄金到底还能买不？"

崔麻麻激越悲凉地唱道："君爱半壁江山半壁锦色，卿爱半醒浮生半醉山河，陌路交错，谁又能千语道破，悲欢离合。"

茑萝格格烂桃熟杏地说道："媳妇，你说的好有道理，婆婆我竟无言以对。"

崔麻麻哀婉深沉地唱道："君有志震四方，奈何命薄凄凉，难敌这秀才三千，拱手焚香，谁许我一场浮生不朽，命格无双，头条王座。"

茑萝格格石榴红哩火晶珠一样地说道："中介小哥，你别忽悠我，加拿大的别墅真的几百块钱就能买？"

崔麻麻情意缠绵地唱道："我自倾杯思卿妆，一杯凉，两杯霜。"

茑萝格格枇杷籽里藏金石地说道："医生，开药时请手下留情——我这个报不了医保。"

崔麻麻失落失声似的唱道："红尘三千墨，不如卷上繁华皆凉薄，一字一成酌。"

茑萝格格怒目催讨地说道："我去写张卷子冷静一下——坑爹啊，这幅花了一万块钱的字，还不如我爸写得好！"

崔麻麻顾影自怜："尘世三千繁华，我且与酒拜桃花，任尔金玉琳琅良驹成双，不敌我眉间红豆朱砂。"

茑萝格格童声爽脆利落地说道："买什么学区房啊？我只是想安静地做一

个地地道道的——买菜做饭跳广场舞‘打一打酱油’的中国大妈！”

言为心声，怎一个“阻力”了得?

4

早在秦晓珺提出“今年，我们买学区房”的计划，并把“从宜居到蜗居”的可能性前景一描述，母后大人就第一个跳出来反对。

“学区房? 我活一辈子都没听说过学区房！”

母后大人第一句话就直接把秦晓珺无语掉——我总不能再花半天时间重新“科普”一下学区房是近几年才有的概念吧。

总之，这不是关键，关键是母后大人认为一个小学有什么可挑的，在这儿读也是读，在那儿读也是读，在哪儿读都是差不多——当然仅限于是北京范围内。

在母后大人的概念里，北京的教育都是杠杠的。你非要把北京小学和山村小学拿来比较，来反问我“哪里一样了”，那不是反驳，那是抬杠——所以，为什么不选家门口的小学，非要为了上一个十万八千里外的另一个小学，就要买一套房子?

何况，这个小区这个房住得好好的，搬来搬去不嫌瞎折腾——你的方脑壳没有起包没有进水没有掉进豆腐渣吧?

于是，千言万语全都给堵在嗓子眼里。秦晓珺感觉自己肚子里晃荡晃荡，连熬了多少夜才做足了功课、积累起来的“成系统”的“为什么要买学区房”的常识，竟然一个字眼都挤不出来啊。

文盲啊，新时代的文盲啊——哪怕像她这样识文断字且知识背景浓厚的父母，在北京教育的问题上，也是“无知者无畏”啊。

第 2 章　全家总反弹：为什么要买学区房？

为什么要置换学区房？

因为，尽管从小区到房子，都很“宜居”，但是，小区的功能是不完善的。它没有充分考虑到孩子的上学问题。

作为小两口，我们已经“宜居”了很多年。但是，作为父母，如果还是把宜居放在第一位，我们就是自私的。

业主或许都是有素质的，小区物业管理也算是有一定的水平；但是，从小区幼儿园到附近普通得不能再普通的不入流小学……都是有点像皇城根儿“中国大妈”式主办的。你懂的。

最要命的，无论此前变态的“学籍”管理，还是当下的跨区择校，还是未来的就近入学……所对应的中学，在新老北京人的口碑中都是“毁人不倦”的学校啊。就算你的孩子超牛，考上它最牛的学校，放在整个京城，也只是进入了第三梯队的啊。

不能输在起跑线上，决战在中考……但是，当你发现，即使你中考决战中臻至巅峰，你也仍然是给人家垫底的啊。

你奋斗十二年的终点，不过是人家提前落户三年就能赢得的起点！

这让梦想着“一岁就上常青藤”的年轻父母情何以堪？这让奉行“不能让孩子输在起跑线上”的辣妈潮爸们情何以堪？这让已经、正在和即将“陪吃陪玩陪睡陪读陪考”的N陪妈妈情何以堪？

所以，秦晓珺一锤定音：今年，我们买学区房。

但说时容易做时难，秦晓珺立即陷入通关的难题。首先，母后大人这一关，就一夫当关万夫莫开。

她说一句，母后大人那儿有十句等着她。

“不一定非去那么好的重点小学！”

她把学区房直接等同于重点小学区域的房子——这不能说不对，但并不完全对。

“也不一定是重点小学区域的房子啦……”

“不是重点小学那还换个什么劲？费那么大的劲，就换一个一样的普通小学？”又绕了回来。

“是金子在哪儿都会发光。只要孩子优秀，在哪个学校，都是一样的。”

但环境可以影响和改变人啊！

“与其把这个钱花在一套房子上，还不如砸在对孩子自身的教育上。”

把钱砸在学区房上，也是砸在孩子教育上的一种方式啊。

“咱们家茑萝很优秀，顺其自然挖掘她的潜能就可以了，有必要非得给她买个学区房吗？”

母后大人的答案自然是否定的——没有必要。

归纳起来，母后大人的观点和逻辑如下：

首先，秦茑萝继承了她妈优良的血统和基因——自动忽视了来自罗光濯的优良品质：她爸？有他嘛事儿？哪儿凉快哪儿歇着去！——而她妈优良的血统和基因当然来自她妈的妈，亦即母后大人本人。

其次，学校重要，学苗更重要。孩子“自身”的因素决定一切。孩子本身就是一颗优良的种子，给点阳光就能长成参天大树、栋梁之材。

第三，所谓学区房没必要，小学在哪儿读都一样，优良种子在哪儿都能成才，母后大人对承传她自身的基因以及她的教育自信爆棚：“小学主要靠家长。你当年不是也没上重点小学，不照样成高考状元！”

绕了一圈，起点又回到终点，秦晓珺成了最重要的佐证和案例。

真的像是搬起石头砸了自己的脚啊。

秦晓珺直接晕倒。

5

强行浇一桶冰水，让自己的脑子不再像是糨糊，秦晓珺求助于“她的好哥们儿”秦皇弟。

并不像想象的一边倒支持，皇帝哥在这件事上是持保留意见的。听来听去，他感觉自己听到的最多的词，就是“加压”——

“不要太难为自己和孩子了，重点小学压力太大了！我们要让孩子轻松些、快乐些成长……”

当年，我打篮球时，不就是让你在一旁快乐地看着我“长大”的吗？

我们也没对你严厉要求过——完全是“放羊式”的教育——你不是一样很杰出很优秀的嘛。

那纯粹是你一厢情愿的回忆和粉饰！你问问母后大人，她当初对我严厉苛刻得都想呕吐。

这不是关键。关键是，哥，你也恁不了解行情了。

快乐、放松教育的前提是自律和他律。你闺女是自律能力很强的人，但你闺女的闺女像是很有自律和他律的人吗？

你那完全正确是老皇历了。老皇历心态啊，哪里适应得了这现代化的节奏？尤其是在这全球化的时代，你知道从那些孩子到家长有多“蛮拼”的吗？

现在最大的问题就是：在小学前，甚至在进幼儿园前，很多人都想“快乐教育”，让孩子自由成长，有一个快乐的童年；甚至，各有各的快乐，各有各的自由，就像千枝万枝散花开……但是，一旦进了小学，甚至是进了幼儿园，一下子就要“收口了”，所以，好多家长、孩子都不适应，就产生了震荡，产生了转型，产生了很多的不适应甚至是挫折——你看何竹筠家，不就是这样的？进入幼儿园，多么不适应啊。孩子整个的性格和言行，都发生了极大的逆转。前车之鉴啊！

现在不给我们自己“加压”——踮起脚尖去触碰学区房，将来就得给孩子加更大的“压”——跳起脚来，才能摘到中高考胜利的苹果。

为什么像我们一样的中国辣妈潮爸，都在纷纷进军“西海东”（西城、海淀、东城）？就是有条件得上，没条件都得创造条件上，希望通过“学区房”有能力给孩子一个上重点小学/中学的机会，并获得更高概念的成功可能性。

这是一种阶梯式的学区房路线：让孩子从普通小学进入区重点小学；或从区重点小学进入市重点小学——直接瞄准的，还是小升初的优质中学，决战中高考。

而且，这些“30+”的人，正在创造一种人群不断细分之后又重新聚集起来的强教育社群。为什么“30+”的人会成为购买学区房的主力？因为，第一，经过数年的工作积累，有经济实力；第二，孩子至少在三岁前，就要考虑学区房——刚需倒逼；第三，他们在年轻时已经有一套或两套房垫底，置换房或重新买学区房属于“踮着脚尖够得着”——踮着脚尖，我们够得着阳光……他们正在通过学租房和学区房的教育生活圈，重新构建“资源禀赋”，来重塑自己和孩子的成长、成才和成功之路。

这并不是说狭义的家长/同学人脉、关系和资源，而是指那种本质上、崭新的“志同道合”之路——现在的中国式家长正在不断地进行人群细分，分阶层、分类型、分群体，然后基于时间、空间、兴趣，还有孩子成长教育的理念，重新聚合也就是重新“组织”起来，形成一种全新的亚文化圈、新部落和微社群。在这种重新“聚集”的过程之中，你进入不同的学区，就有可能进入不同垂直的“社群”，可以共享、分享很多资源，以及自助、互助、共助的关系，从而获得不同的自我意识、族群认同和资源禀赋。

这是一种新的“组织”。没有“组织”的人，是可耻的。尤其是未来，不同的“组织”有可能会垄断不同的教育资源。

买学区房，其实也是在寻找当下和未来的“组织”。

说起来，其实你是不懂的。

哥，你老了。

6

那就去寻找懂的人吧。

谁才是懂我的人呢？

是你吗？我亲爱的猪头老公，罗光濯！

没想到的是，这个以为“世界上最懂我的”老公，才是让秦晓珺最疲惫的人。因为，买学区房，就要先商量卖房子。一说到要把这三居卖掉，罗光濯立刻就跳起脚来：

“别人都是把城里的老房子卖了，到城外买个大房子，外加一辆车……尤其是那些房价最具报复性反弹动力的价值洼地，如 ×× 新城之类，享受清净的氧吧和明媚的阳光，让自己活着，且活得更美好。你是逆流而行，让自己的人生更苦逼。”

“你有没有活在地球上啊？说的话一点儿都不接地气。那是 N 多年前郊区售楼小姐忽悠多少人掉下去都没有填满的大坑啊。宜居、车辆、阳光，还氧吧……这都是哪年的老皇历了！没看见现在有孩子的人都在往城里走吗？这才是潮流，这才是趋势。你奔腾的芯早就该升级了……”

“不用您操心，我的大脑自动更新自动升级。倒是你，脑子秀逗了，一百多平米的三居想换成一个十平米的卫生间，还是人住的地方吗？”

“至于这么夸张吗？不就是将城外稍大些的房子，换到市里等价位或者价位高上那么一点的两居小房子吗？既满足了孩子上学的刚性需求，又满足了我们活得更好的软性需求……这可以说是非常大的改善了。可以说经过这样的改善，我们的家庭已经迈上了一个新的台阶。”

“是我耳朵长了草还是你的舌头发了霉？把郊区不满十年的大房子卖了，换一个二三十年的城区老旧小破房，和一帮天天没事东拉西扯的老头老太太为邻居，这也叫改善？”

“怎么不叫改善？就算你住在这儿，房子好、户型好、小区好……总之，跟房子有关的一切方面都好，但是，周边呢？尤其是生活、工作、教育、养老等一切跟房子没有关系的事情都不好。所有城市的附属设施，比如医院、学校、图书馆、商业广场、电影院、博物馆、美术馆……只有住城里才能享受。这就是房子的隐形财富。你在郊区的大房子住得再舒服又怎么样？还说是掏了税金，让别人享受。何况，我们这房子并不大。”

“那我住着也舒服！那周边配套再好，隐形财富再庞大……与我又何干？它能落到我的口袋里成为我的一张人民币吗？我的世界三样宝——孩子、妻子和苹果电脑——哪一件又跟它们有多大的关联？”

“你没有，但我们的孩子呢？她看到的舞台有多大，她心飞翔的世界就有多大。她看得有多远，她未来就能走多远——不能小看了这从 100 米到一公里半径空间的拓展。”

“她看得到吗？哪一个人不是 500 米男/女？ 500 米已经是一个人活动的极限。那一公里的世界再精彩，对她的成长有意义吗？何况，从这 100 米到这一公里，你完完全全是在拿人民币去铺的啊。这比修高速路还费钱啊！我们有这个能力为她修一条所谓的、实际上并不存在的光速路吗？没有！做人，要量力而行。”

"有条件要上，没有条件，创造条件也要上。'当年，全家举债让我读书，我和你全家举债买房；现在，我们仍然要全家举债买学区房……'"

"别拿谢老大的事儿来套在自己身上，整得自己就像一个悲催女——当心母后大人抽你。十年前拼，是因为我们年轻；现在你还蛮拼的，那不是理性而是疯狂——为了孩子的教育，你又要牺牲掉我们十五年的人生！你这心态，典型的是要家里每一个人都跟着你，不但要做房奴，还要做孩奴！而且是——一辈子为奴！"

"难道不是你'该'的吗？孩子就是你上辈子的债主，这辈子连息带本来讨债的了。这是你必须承担的义务和责任。你不能一直很任性，很自私，很不负责——做人可以自私，但是做父母不能自私。"

"秦晓珺！你不要动不动就上纲上线、定性下结论！每个人都有自己选择居住地和生活方式的权利。你不能因为跟你观念不合，就鄙视这个，贬低那个。各有各的活法！尊重别人就是尊重你自己！"

两个人不欢而散。

这大概是两个人结婚以来，不，两个人恋爱以来，爆发的最激烈的一次冲突。

要命的是，自从决定买学区房以来，这次冲突似乎成了家常便饭，一次比一次激烈，每一次都在刷新历史的"激烈"纪录。

以至于秦晓珺很是怀疑，自己是不是遇错了一个人？

这还是那个"温良恭俭让"的国民好老公吗？

7

经过无数次激烈的碰撞而体无完肤之后，罗光濯现在也开始学习"弯道超车”、“曲线救国”，拐着话来提反对意见了。

比如说，不是不买学房，我们缓一缓时机，行不行？现在房价上行，正在高位运行。我们现在进场，不正是“高位”接盘吗？这不但是我们蹦极都够不够得着的问题，更重要的是时机对不对的问题——你是想“套”在泥潭里出不来吗？

但秦晓珺反驳说，“学区房”首要的是我们的刚需，其次才是所谓投资的良机。刚需无论如何都要买。一旦出现了需求，就是最佳时机，最佳时机不在于房价将来是否会更便宜，而是在现有条件下，如何选择对我们最有利的方式。不可能一直保持观望，而要伺机而动，机会才会落到我们头上，相反，会错过现有的良机……

那也不能眼看着房价“噌噌”地上涨，就紧赶慢跑像跳高冠军一样创世界纪录般去追涨吧？罗光濯说，现在，这学区房暴涨的速度，真可以创世界纪录了。就我们俩这收入水平，哪里是踮着脚尖就够得着的啊，就算是跳高也达不到那个水平杆啊，非得要蹦个极啊！你确信现在咱们家有这个“玩的就是心跳”的心理预期和承受能力么？咳，咳，我的意思不是说否定瞅准时机买学区房；而是说，能不能等我再准备准备——眼下有一个前所未有的机遇，抓住了收入和事业就是大丰收啊，咱们家的财政状况立马就能得到改善——到时，再买学区房不是小菜一碟吗？哪里还用得着卖房啊。人家，现在，真的没有做好心理准备啊……

打住，你都准备十年了还没有准备好，你是不是还打算再准备个十年，等到黄花菜都凉了。你是不是又要满嘴跑火车再跑个十年二十年啊……

一句话，又把罗光濯打回了原形。于是，琢磨了半夜后，又换了个策略。

“干吗呀，干吗呀……大不了，将来让妞上私立小学好了？正好我有个朋友在那儿有关系，可以搞到内部指标，可以省不少钱呢。虽然咱不缺钱……”

“不缺钱个鬼啊，你这个冤大头！”秦晓珺气得立即给了罗光濯一个爆炒栗子，“一个私立小学的指标值什么钱？那就是一个坑——专门就坑你这样的不缺钱的冤大头。”

“咱不缺钱”是罗光濯的顺口溜。并不是说他真的很有钱，而是说他好像从来就没有觉得“钱”是个压力——大钱没有，小钱不断，哥真的就没有缺过钱。

想当年，作为未来十年买房记“最早觉醒的那一批人”，秦晓珺毅然决然地举债买了人生中的第一套房，半夜睡着睡着，一想到一天就欠了银行多少钱，愁得就整夜睡不着……

顺便插一句话，当时跟母后大人正在冷战（冷战且冷战的理由可以再讲述一百万字）之中，基本是偷偷摸摸买的房子，没有参谋，没有指导，没有所谓过来人的现身说法，“觉醒得不彻底”，所以革命事业只成功了一半，没有在年轻时候一步到位就购买学区房。当然，也是因为：第一，是钱不够；第二，没有那种教育地产的概念和意识。第三，没有规划和远见……

罗光濯问清楚她失眠的原因，顺口就溜出来了：“咱不缺钱。但为什么欠银行的债呢？因为欠钱的是大爷。不信，你看……”后来数年，事实证明，果然欠银行的钱是对的。

但这不是关键。关键是，罗光濯还真不只是“安慰”。在秦晓珺一感到有经济压力时，他总是能很快扒拉来人民币，而且人民币的数额跟秦晓珺的压力正相关：压力大，扒拉来的钱就多些；压力小，扒拉来的钱就少些；分寸把握得刚好解决秦晓珺的压力阀值，以至于秦晓珺一度怀疑这厮在枕头底下是不是藏了私房钱？并且，还经过精确测量，秦晓珺有多少声叹息，就拿出多少叠人民币！要不然，怎么每次都刚刚好？一次是偶然，两次是巧合，三次就是妖孽了……

事实证明，罗光濯真没有在枕头下藏私房钱。他就是有这能力，在秦晓珺一有经济压力时就能刚刚好解决。这能力来得让他自己也感到莫名其妙，所以“咱不缺钱”也就说得稀松平常，久而久之，秦晓珺也都麻木了。

说实话，这次决定踮起脚尖甚至跳跳脚也要买学区房，有一小半的原因，也是对罗光濯这莫名其妙的“咱不缺钱”之能力的莫名其妙的信任，以及期盼着看这厮这次到底又能拿出多少钱来填充压力阀值的隐秘心思。

不管怎么说，“咱不缺钱”的顺口溜，表明罗光濯：一，对钱的压力满不在乎。二，有随时扒拉来钱的能力。三，对自己的信心和乐观……所以，尽管他钱包增厚的速度的确比不上房价、CPI和腰围增长的加速度，但他顺口溜出的“咱不缺钱”，还是经常莫名地给了秦晓珺安全感和信心。

当然，这种“经常”并不包括现在——当秦晓珺明显处于暴走的边缘时，罗光濯说出这句顺口溜时，不是骚包，就是欠抽。居然，张嘴就来跟说“孩子上私立”，让孩子一岁就上常青藤，咱不缺钱?!

你做梦吧你？这是京都不是魔都。京都最好的中小学是公立而不是私立，魔都最好的中小学是私立而不是公立……

“不会吧？那朋友忽悠得挺好的呀——全封闭环境，国际化教学，跟欧美同步；还有什么模拟联合国辩论、常青藤联盟游学，将来直接报考国际著名中学……”

你还知道这是大忽悠啊。“一岁就上常青藤”——这是大多数家长都很迷醉的教育理念——但问题是，中国的土壤制造中国的问题。在中国的环境里，你有多少的可能践行所谓的“常青藤教育”？至少，我们两个人的家庭，可能吗？

从游学到留学？你真以为有你到“新马太”（新街口、马甸和太平庄）溜一圈那么容易？这有一系列的事情应该考虑……你想过这些环节吗？

（罗光濯心想，我还真想过。说这句话时，脑海里立刻想起了前同事千辛万苦带孩子移民加拿大的例子：京都的雾霾连我都已经无法忍受了，何况我的孩子？）

一看，你就没有调查过，张嘴就乱说……

好吧，我真的是张嘴就说——没有调查就没有发言权——不过，那么多人都走了这条路，我们其实也是可以考虑的吧……咱不缺钱。

8

秦晓珺真的失望了。

谢老大说得对，男人真的靠不住——在买学区房的事情上——购买学区房的主力，是而且只能是女性。她们身边已经、正在和即将购买学区房的，都是“30+”的女性。

为什么这些“30+”的女性，会成为购买学区房的主力？因为，只有女人，不仅有情感有理性，还会有直觉，洞察到买学区房背后的事情——选择学区房，就是在选择不同的教育体系、生活圈和未来的阶层。

而他们的男人，还像婴儿一样，没有觉醒。从房产投资的“黄金十年”，转为教育投资的“未来十年”，在这个极重要的时代转折点元年，由于自己的成长经验、生活环境，以及眼界、视野和周围人脉与资源禀赋所限，还在铁屋子里熟睡。

犹如他们在 2000 年以后买普通商品房时没有觉醒，现在，在购买学区房的热潮中，他们仍然没有觉醒——

这些男人并没有意识到今后十年最重要的事情，就是婴儿潮人口周期和学区房概念重塑，已经将他们整个家庭都绑架上了“上了就不能下”的马车。

从兔宝年、龙宝年、马宝年等“超级宝贝”婴儿潮一波接着一波袭来，到单独放开二胎引发的人口周期……“每一个三年后”入学的孩子都“很多很多很多”，就连幼儿园亲子班都排得满满的，不论公立园私立园。因此，可能每一年都会被炒作成“史上最难入学年”……甚至在“未来十年”里，会持续达到一个新的高潮。

买房的“黄金十年”已经过去，但“未来十年”，仍将是房产的白银时代——学区房将开辟教育地产的新黄金时代；这不仅仅是孩子成长教育的纽带，有可能也是整个家庭财富创造、积累、增长的路径。

这些男人没有意识到买学区房并不只是买房子，而是对孩子的成长教育进行“系统性、预见性、创造性、实效性”的规划，和just to do it的目标/任务、路径和当下最重要做的事情。

这主要是三个层面：

第一个层面，不是从问题倒逼——跟在孩子成长的后面擦屁股，而是领先半步——对孩子的当下和未来进行家庭教育、学校教育和校外教育三条线的规划和设计。

第二个层面，就是对孩子的成长资源禀赋（同学、朋友、小伙伴）和自己的教育资源禀赋（家长会、老师及其他人脉）进行拓展。

第三个层面，其实进行最深层结构的类型、群体和阶层——圈子、部落和亚文化进行拓展，将真正决定从家长到孩子的视野、眼界、当下和未来的地平线，以及真正的综合性培训、培育和培养——可以让我们自给自足需要的生活资源和让孩子可以健康成长的教育资源。

这些男人没有意识到买学区房，也是构建自己个人、家庭和整个人生的“向上的阶梯”。

大多数人——就连像罗光濯这样的人——都过得很懵懂，走一步看一步，连当下这一步都看不清楚，更别想三个月、三年、五年的规划设计和蓝图路径了。

所以，对“活在当下”、“个人发展”、“变化、希望与梦想”（追爱、寻梦和奋斗）没有一揽子计划。

所以，才会对“今年，我们买学区房”没有概念和想法：为什么要买学房？如何买学区房？到底应该买哪里的学区房？买学区房到底买的是什么？

他们还需要——觉醒、启蒙和教育啊！

谢老大说得真对。我们的老公或者伴侣，就是“没有觉醒的人”。要买学区房，我们真的得先教育自己的男人。

一号女猪脚总是承担着教育和启蒙一号男猪脚的使命和责任。

我们必须从自身的角度（经历与经验、体验与思考）出发，去审视和思考这些问题，并且以此要感动、打动并让他们行动——我们必须要让他们明白：为何未来十年里学区房的事情很重要？我们怎样才能改变现状？为什么“今年，我们买学区房”代表着我们的希望、梦想和变革？

在这个过程中，我们并不需要说服他们——大多数时候，只需要说服“那一个人”，那就是我们自己——而是去做。

连拖带拽，让他们跟着我们走好了。

哪里需要浪费口舌！

9

于是，到最后，直面母后大人、皇帝哥和猪头老公觉悟君“都没有觉悟”的言行，秦晓珺不“说”了。

说服？我干脆直接就做！

在买学区房前，先从学租房开始，从大三居的“宜居”换租成小两居的“蜗居”……

秦晓珺真这么一意孤行地做了，大家反倒无可奈何了；即使彪悍如母后大人，拿她没有办法，也只有捏着鼻子认了。

虽然真正到生活的现状做出改变时，那种习惯性的阻力，还是造成了层出不穷的矛盾和冲突……但这，终究是既成事实了，是不是?

但千算万算，秦晓珺还是没有算到，三岁多的秦茑萝小盆友，却来了当头一棍，给她改变现状、梦想、希望和变革的学区房大计，造成“最大的阻力”和“最大的困扰”。

事情说来很简单。在这个貌似母后大人是最强势的领导实则是以秦晓珺为领导核心的家庭里，实行的是民主集中制——大家民主，秦晓珺集中。在买学区房之前，从大三居“宜居”到小两居的“蜗居”，先体验一下学区的教育和生活。秦晓珺也算是假假地征求过各个“民主”人士的意见：她“征求”过母后大人的意见（尽管是强烈数百倍的反对），征求过皇帝哥的意见（虽然他最后的妥协和同意轻飘飘得没有分量），“征求”过猪头老公觉悟君的意见（虽然他是很纯很暧昧的沉默）……但是她独独没有征求过小丫头片子秦茑萝小格格的意见——这个“小丫头片子”还很有自己的主见，很犟很任性还很有脾气。

于是，当租房合同都签了，搬家已成定局，学租生活已经揭开新的篇章，秦茑萝小格格一声尖叫，“我不走！我就是要留在2005的家。”这个幼儿园的亲子班，她“还想上”；这个小区的小伙伴，她还舍不得离开。

于是，秦晓珺坐蜡了。

第3章

妖孽萌妞有主见：我是格格我说了算

一岁半时，秦茑萝就开始自己选衣服。她喜欢自己打扮自己，并且用自己的审美要求别人：“妈妈，你穿这个衣服不好看！”一而再再而三，一直坚持到她妈妈从蓝裙子换成红裙子，她才满意地点点头：“哦，爸爸说了，这样才暗地妖娆。”罗光濯立刻“泪牛满面”。这是在给我上眼药水啊，闺女！

1

细说起来，小格格秦茑萝就是一个“妖孽儿童”，特别有主见。

最典型的表现就是，茑萝格格喜欢自己打扮自己，并且用自己的审美要求别人。

一岁半时，自己选衣服：“我就要紫色的！”小小年纪，就自己打扮；还时不时化妆假面。

两岁时，自己搭配帽子、围巾，翻来覆去地试穿……这是一个时尚而前卫的小小女郎。

两岁半时，开始装怪。穿姥爷的衬衣，姥姥的衣服，妈妈的高跟鞋；额头小床单、长帕子，包裹自己或束发；把妈妈的长袜子拉到自己的小腿上……从阿拉伯酋长，到乡村里的小村妞，千变万化，就是一个精灵小古怪。

偏爱那几件她认为“最漂亮的衣服”——穿脏了、穿旧了都不肯脱。

每天都固执地要自己去选：衣服，袜子，帽子……每天都会跟妈妈、姥姥发生冲突。

甚至大夏天，穿上冬天的长袜子——“你这个傻妞妞。这是冬天的长袜子。”茑萝格格迅速反击：“你这个傻妈妈！”

还经常，啪啪一下，把鞋架上的鞋子全都拉倒在地；然后，一只只地摆着，摆成一个巨大的扇形。辣椒公主秦晓珺下班回来，推门一看，吓了一大跳……妞妞，你是在探索一些很神秘的星空哲学吗?

还会干预妈妈、爸爸，偶尔也有姥姥的穿着：“妈妈，你别穿这个！”“爸爸，你穿这个衣服不好看！”“给姥姥姥爷买这个衣服吧。”

茑萝格格对辣椒公主最关注的就是她的衣着：“妈妈，你穿这个衣服不好看！”拼命不准她妈妈穿她认为“不好看”的衣服。

一而再再而三，无数次后，辣椒公主很生气："宝贝，你不能勉强别人做自己不喜欢做的事。妈妈穿什么衣服是自己的事。你有建议权，但妈妈有决定权。"

茑萝格格很无辜地眨眨眼："可是姥姥说我有'一票否决权'啊！"

一直坚持到她妈妈从蓝裙子换成红裙子，她才满意地点点头："哦，爸爸说了，这样才暗地妖娆。"

罗光濯立刻"泪牛满面"。

我不过是随口评论一下，那个那个电视剧里的文艺女青年——噢，不对，文艺女中年——怎么能穿红裙子呢？也不看看自己的年龄，还暗地妖娆！

这是在给我上眼药水啊，闺女！

也不知道茑萝格格这是秉承了谁的性格。觉悟君罗光濯和辣椒公主秦晓珺都没有这么偏执啊？难道，正因为他们俩都这么没有"抉择"，所以，老天就赋予茑萝格格特别执拗的性格？

不过，这也难说。说不定是觉悟君和辣椒公主都把自己个性中的偏执给掩藏了起来，茑萝格格却把这种棱角磨得又尖又锐，扎破了人生圆和之球，时时刻刻提醒别人——比如，提醒姥姥姥爷——他们的人生不是面团，可以任意揉搓。

2

所以，当茑萝格格尖锐的棱角，碰上了母后大人崔麻麻的偏执，就有了一系列剧烈的冲突。虽然，一个只有三岁，一个已届六十，但仍然很较真地像是在进行一场人生的拔河赛。

就连皇帝哥也说过母后大人的较真。何必呢？你何必跟一个孩子一般见识？

母后大人反唇相讥，三岁孩子看到老！她就是长歪了，我也要把她给掰正了！

潜意识里，她是把秦茑萝当成了秦晓珺。或者确切地说，从秦晓珺遇上罗光濯起，母后大人就认为，秦晓珺的人生之树就长歪了……她一直想把它掰正过来。秦晓珺却从来就没有给过她这个机会。

而现在，母后大人把茑萝格格当成了微缩版的秦晓珺，怎么不用尽十二分的力气，来弥补一下当初的缺憾？所以，她还真的没把茑萝格格当成三岁的小孩，而是潜意识里当成了人生之大敌——茑萝格格每一个"特有主见"的荒谬之举，都像是秦晓珺人生之树上长歪了枝丫，她崔麻麻非得付出全身心的气力，把它修剪正了不可！

于是，这一老一小，整天都在发生大大小小的战争。

这不，茑萝格格要出去玩了，母后大人给她选择了清凉的连衣裙。

茑萝格格直接拒绝："我要自己去选！"

母后大人不容置疑："你选什么选？姥姥都给你选好了！"

茑萝格格跳下沙发，光着脚丫就往屋里跑："不嘛！我要自己去选！"

"茑萝，穿鞋！"母后大人很恼火，扔下手中的衣服就往屋里追，"天天都不穿袜子！"

茑萝格格却丝毫没察觉到母后大人已经调高八分贝的噪音意味着什么："姥姥，你抱我上去。我要自己选！"

母后大人去拉她的小胳膊："你选什么选！走，出去！"

"我不！"茑萝格格挣脱，自己往桌上爬，"我就要自己选！"

母后大人气急："我看你怎么爬！"

话音未落，茑萝格格已经像小猴儿一样，爬上了电视柜，拉开了旁边的衣柜，在里面翻来捣去。

“你找什么呀！”母后大人伸手阻止，“你看你把这个衣柜抄得乱七八糟！”

“乱七八糟！”茑萝格格成人气十足地学嘴，“你这个坏小孩！”

母后大人逗乐了：“你还知道坏小孩啊！”随后意识到这个时候怎么能笑呢，正是要严肃地给小孩子讲人生道理的时候，“走，出去穿姥姥选的那件裙子！”强行把她抱下了衣柜。

“我不！”茑萝格格一阵乱扑腾，挣扎着摆脱母后大人，又迅疾地爬上床头柜。“姥姥，穿这件！”

“怎么能穿这件呢？这是长袖啊！那么热的天气！走，就穿姥姥选的那件！”

“我不，我就要穿这件！”

一老一小，就像拔河一样，扯来拉去，谁也不让谁。

皇帝哥在客厅里听不下去了：“你就让她穿她自己选的嘛。明知道改变不了她的主意，又何必把你自己的意愿强加给她呢？”

这句话触动了母后大人内心的隐痛。她立刻就像被马蜂蜇了一样，跳了起来，咆哮道：“秦皇弟，你不懂就别瞎说。当初，闺女就是这么给你误了的……”

这扯老皇历的架势一出，皇帝哥立刻闭嘴。

但皇帝哥这拦腰一斩，还是有效果的。至少让母后大人的气势弱了几分：“秦茑萝，你是不是非要选这冬天穿的长裤？”

茑萝格格斩钉截铁：“是的！”

母后大人马上当了甩手掌柜：“那随便你。你爱咋的咋的。姥姥不管你了……”

3

这其实给秦茑萝的“教育”问题带来很大的考验。

尤其是觉悟君罗光濯所谓“成长教育”的探索和实践。他可是一直就想当一个“阳光好爸爸”的。

但面对秦茑萝的“妖孽”，觉悟君这个“阳光好爸爸”当得——实在有些“不知所措”。

秦茑萝是个女孩，从出生起就喜欢车。还是小宝宝时，她的睡前功课，不是听姥姥讲故事，不是听妈妈哼摇篮曲，而是看她爸爸罗光濯给她翻《新周刊》、《国家地理》等高大上的杂志；不是看人物，看风光，看人文，而是看广告——而且，看、只看汽车广告；而且的而且，是看所有的汽车吗？不，只看好的汽车广告——到后来：“翻杂志只翻《新周刊》，看《新周刊》只看车广告，看车广告居然都只看好车的广告。”

是觉悟君告诉她哪些是好的汽车，哪些是不好的汽车吗？不是，是她自己，一翻一个准儿——连觉悟君自己，其实都不知道哪些是真正的好车。

连秦晓珺都曾讥笑他：“罗光濯？就知道宝马、奔驰这些大路货！”在这方面，三十多岁的罗光濯确实不如还不到三岁的秦茑萝。

一翻开《新周刊》，觉悟君习惯性地要从头给她翻到尾，哪怕只是读标题、念导语、看人物、赏图片。但是，茑萝格格只看广告，只看汽车广告，只看那几页的好汽车广告……小手像指挥棒一指，觉悟君立马就要进入“读写笔”状态；指到哪儿，就把哪一句广告语要念出来，哪怕是一大段细琐繁杂的说明文字。

你说，像“未来向我奔来”、“站在时代的左右，就能左右时代”、“历史是由这个车轮滚动的”……这样有“文采”的广告语也就罢了，那些带有技术参数的说明文字，连觉悟君看都看不懂，茑萝格格怎么就听得津津有味呢？仿佛比那最好听的童话故事还好听！

噢，不对，不是津津有味，而是专心、专注——是的，觉悟君发现，茑萝格格在听他“念”这些文字时，不是在听他“阅读”，而似乎是在吸收“信息”。她对“未来向我奔来”这样的语句很是“略微皱眉”，但一遇上“DSG”之类技术参数的说明却眼神收敛……于是，久而久之，觉悟君发现茑萝格格似乎是在把“倾听”当作一种信息输入的方式。在她还不能识字的时候，图片/影像和倾听都被她当作了一种信息输入的方式。

这是什么意思呢？意思是说，觉悟君无论给她念什么，如果是以“阅读”的方式，要讲究语音语调、声情并茂，甚至慢了一点点，都会被茑萝格格小手打断；她需要他以眼睛“扫描”或者键盘“输入”的方式，直接把“信息”输入到她的大脑里。对她来说，这是、而且只是一种信息。所以，她需要觉悟君把语速提高，念慢了不行，得再快一点，再快一点，再再快一点……直到觉悟君语速提高得就像跟机关枪赛跑一样时，茑萝格格才满意了那么一点点。

所以，你指望用缓慢、优美、细水长流的方式给她讲《猜猜我有多爱你》，那是不行的。对她来说，那就是一本“比较”说明书——长短、高低、远近……那富有哲理性的故事被她的小脑袋瓜解构成一个个不断罗列和排比的信息。但与此同时，那些高大上杂志的“豪车”说明文字，却被她解码成了一个个故事单元，然后重组成一个正在讲述的故事……没错，把故事解析成信息，把信息虚构成故事，这就是茑萝格格大脑机器正在干的事。

而且，这个秘密迄今仍无人发觉。无论是罗光濯，还是秦晓珺都只是有那么一点点感觉，却不会想得这么深。

当觉悟君 口气念完这一整版的汽车广告，歇口气，往后翻几页，想接着讲……把这几版汽车广告讲完，她就应该困了吧。茑萝格格却又把页码翻了回来，又指着这一整版的广告，要觉悟君重讲……一遍，两遍，三遍，N遍。

直到觉悟君口干舌燥，头晕眼花，大脑已经被这些重复、重复再重复的信息膨胀得无一寸空间去思考和诘问为什么时，茑萝格格才头一歪，靠在爸爸的胸前，睡着了——嘴角和眉宇前，还流露着一丝淡淡的若有所思的神情。

4

以后数百个日日夜夜，这样的故事反复重演。

家里买了一堆的汽车玩具，从最名贵的车模到十块钱一堆的地摊货，“我就喜欢车没有壳”；从一路散步就认车“路虎有没有，道奇有没有”，到开始支配和安排家里的安排，“爸爸，你什么时候可以换车啊？”

“你读小学的时候吧。”

“现在就换吧。”

“你想换一辆什么车呢？”

“宝马、奔驰？还是保时捷？换一辆绿色的吧。”

“你还是把爸爸换了算了！”

再到，什么都要自己说了算：“就这样！就这样！我就要这辆宝马！”……最终选定了一辆天蓝色的宝马车模！

以此为脚本，不断演绎着其他各种版本的汽车总动员：

“爸爸，大众的车多吗？”

“多。”

这是父女俩在小区的树荫里散步时，茑萝格格拉着觉悟君的手，去一个一个认车标。

“丰田的多吗？”

“满大街都是。”

“爸爸，你见过道奇的车吗？”

“没见过。茑萝见过吗？”

“我见过。”

“你确信你见过吗？”

“我确信。”

“你在哪儿见过？”

“在……”茑萝格格犹豫了一下，猛然下定决心说，“在车库里！”

“是吗？”觉悟君很怀疑，“你确定吗？”

这是小盆友又在“想象”一个故事呢？还是“确实”见过这样的车？他不确定。因为，他确实不知道“道奇”是种什么车。不得不承认，他在车方面的知识，连一个小宝贝的水平都不如。

“我确定。”

“你肯定吗？”

“我肯定。”

罗光濯语气一滞，本能地意识到逻辑不通，但最后那一个词还是一如往常地溜出了舌尖，“你一定吗？”

“确定，肯定，及一定。”茑萝格格很认真很严肃很郑重地点点头。

这是父女俩常玩的“秀才语言”游戏。在觉悟君一次又一次地“确定、肯定、一定”式的问话游戏下，她现在习惯性地进行“三定”总结了。

“爸爸，你看——”茑萝格格忽然顿住，扯住觉悟君的脚步，“那是一辆路虎车。”

“哪里，哪里？”

“马路对面。”

“你的视线真好。”觉悟君由衷地称赞道，“可是，路虎车在哪里呢？”

“就是那辆绿色的车啊！”

“你确定那是一辆路虎车？”觉悟君看了半天。这难道不是一辆福特吗？我记得是哪个朋友开的就是这样的车？不过，实在不能确定。

“我告你，它就是路虎。”小盆友生气了，后果很严重。你怎么能挑战我的“权威”呢？

觉悟君温和地笑笑，没有说“你说是就是吧”——这是不负责任的吧？也没直接针对她的情绪回应：“你怎么生气了呢，爸爸只是在和你探讨问题啊。”

而是想了想，用商量的口吻说：“爸爸把它拍下来，晚上回去我们对车标书，请妈妈帮我们认一认是不是路虎车，好吗？你可不可以告诉爸爸，路虎有什么特征呢？”

5

这就是引导。

罗光濯并没有清晰的目标，要把秦茑萝培养成什么样的人。也不知道要达至这样的目标，要采取什么的措施。他只是顺着他当下意识到的秦茑萝是什么样的，或者有什么样的苗头或兴趣，就稍稍往那个方面引导去……

比如说，从小到大，秦茑萝喜欢车子，罗光濯就一点点引导她去收集、探索有关汽车的东西：从汽车广告，到玩具，再到汽车泡泡贴、泡车画册，甚至最后拿4S店的汽车广告册，给她去研究………

在这个过程中，你要说罗光濯从一开始有什么清晰的教育理念和教育意图，那倒未必。他是在发现和培养秦茑萝的兴趣中，觉得可以引导她基于兴趣，去把一个个的“信息点”串起来，并且一级一级地“提高提升”，就像同一个知识点在不同的年龄和阶段掌握不同的内涵和深度，到最后把这串成一个“知识谱系”……

“难道你是想把闺女培养成汽车专家吗？”

“噢，不是。这只是一种自主探究的学习、思考和表达方式的训练而已。任何一个知识点，在不断提升、拓宽和加深的过程，都会涉及比较、分析、抉择……各种思考和做事方式。你没有觉得，闺女在这个过程中，其实是锤炼了一种基于兴趣的学习能力……这种学习能力一旦形成，可以让她在任何知识点上举一反三；甚至，可以适应当下和未来‘中高考一考就考十二年’的趋势……”

“什么？什么？中高考一考就考十二年？这是神马情况？”

“意思是说，现在已经出现了这样的趋势，未来的高考，绝不只是考高三这一年或高中这一学段的课，而是要考你整个十二年有关这个‘知识点’的基本知识和系统化思维……这个方向肯定是对的。培养的不是孩子对知识点的掌握，而是对这个知识的系统学习和思考能力。”

“老公，你好有前瞻的眼光啊。”辣椒公主一脸“崇拜”地看着觉悟君，“居然，都想到用一考十二年的思维，来培养你家闺女了。我好崇拜你噢。”

“咳，咳，”觉悟君有些尴尬又有些小得意地说，“我也是没事看看教育新政之类的，事后分析出来的……”

话音未落，茑萝格格拿过来一本汽车 4S 店广告手册，问：“爸爸，妈妈说你这么有眼光，你知道这是什么吗？”

又是技术参数。觉悟君瞠目结舌。

“切。”茑萝格格鄙视地看了自己爸爸一眼，“你什么都不懂，还在那儿充专家！”

……

没错，现在在汽车方面，别说罗光濯，秦茑萝都已经可以鄙视身边的大多数人了。觉悟君在欣慰之余，又有些心虚。因为，茑萝格格一问，他三不知啊。

但好在觉悟君没有“权威父亲”的感觉。他经常放低身段，向小老师求教。这个小老师态度还挺“恶劣”：“我告你这是什么什么，它为什么这么这么！爸爸，你这是怎么回事，我已经告诉你三遍了，你怎么还记不住？”

觉悟君态度很诚恳：“对的。真的吗？你真的告诉我三遍了吗？”

“真的。真得不能再真。”茑萝格格很严肃，“这是最后一遍教你了哈。爸爸，你能不能不再这么笨？”

辣椒公主看不下去了：“茑萝你怎么回事？怎么能跟你爸爸这么说话呢。”

“没事，没事。”觉悟君摆摆手，“茑萝这是在给爸爸讲DSG的原理呢。”

“你就惯她吧！这个DSG原理有什么好讲的？”

“话不能这么说。你没注意闺女刚才是在用‘比较’分析的方法，来讲述这个跟普通的不一样的吗？”

6

这就是罗光濯的目的。

有些思维逻辑的训练方法，并不是要专门拉出来分门别类地进行有目的的训练，而往往就是在这种基于兴趣的自主探究式学习中，不知不觉地就习得了……

教育孩子，要的就是这种效果。

罗光濯认为自己无知者有畏。你知道得越多，你未知的领域就越广大。所以，任何一件事，你都没有绝对的把握，能够掌控全局，更别说是在驾驭全局之下，用“全能者”的视角，来剖析那些目标/任务、路径和关键的步骤，以及每一个精神的组件，然后把它重组成性价比最好的建筑。

你只有通过有限的信息去猜测全域，通过一个碎片去描绘和想象完整的整体，然后设计你的第一步、第二步、第三步……第三步之后？那就得根据进一步的判断来决定自己的下一步。甚至，在你迈出第一步后，就要根据不同的反应，来研判、预判和抉择自己的行为……

人生不是游戏。你不可能从一开始就知道自己要闯几道关、如何闯关以及闯了关后，会获得什么样的报酬。

所以，罗光濯基本是走一步看三步，走了三步再决定下一步……在无法逻辑和演算时，就只有靠本能和直觉了。不管是在家庭、婚姻、孩子的成长教育，还是他的人生、生活和事业，都是如此。

他总觉得，培育亲密无间的亲子关系是 0~3 岁以致整个学前都很重要的主题。

有种专家论点认为，“你要多陪孩子”——这种亲子关系是靠时间、精心和耐心“累积”出来的。

于是，很多爸妈诉苦：“我要上班啊，还没上班就已经很累了，下了班就更累了；哪有更多的时间、精力和耐心来陪孩子啊……”这成了一个看似无解的死结。

事实上，这个大道理没错。多些时间陪孩子是好的；但是不是越多陪就越好呢？不一定。“时间投资”的观念和方式很重要。用在孩子身上的时间，“多少”是量，但“有无效”却是质；而且，孩子在成长的过程中，也是需要“独立”的。

所以，无论对孩子还是对家长来说，“时间都是最宝贵的财富”，要好好投资。

在这方面，罗光濯也是走一步看三步，一步步地探索和引导，试探着：如何能把“时间投资”用得像针尖一样，能在很微小的点上，建立起亲密有效的亲子关系?

或许，往往是从互相的认知开始的：我的宝宝是个什么样的人；我的爸爸/妈妈是什么样的人? 比如，爸爸/妈妈叫什么“名字”？“××”是谁? 他/她是一个什么样的“人”？

罗光濯经常会问茑萝家里一大堆人的名字：“爸爸叫什么‘名字’？”

茑萝格格：“爸爸叫罗光濯！”

觉悟君：“罗光濯是谁？”

茑萝格格这一次很费劲地想了一下：“罗光濯是个‘超人’。”

觉悟君愣住了，然后，忍住笑问：“为什么你说爸爸是个超人？”

茑萝格格理直气壮：“因为爸爸会打死蛾子！”

全家人爆笑。

这里的背景是，某一天家里天花板上发现了好几只虫子和虫子已经蝶变的蛾子，首先是辣椒公主秦晓珺很紧张：“快快快，看家里什么吃的变质了，赶紧找出来扔了！”

其次是茑萝格格很焦虑：“哎呀呀，怎么办？天花板上出现了虫子和蛾子！”

再然后，就是姥姥姥爷全家总动员，把所有吃的都翻了一遍。在三天之后，终于发现是花了八十五元钱买的一袋核桃长了虫。

只有觉悟君很淡定：“家里长虫子了，说明生态还是很环保的。”

“这比起前年的前年咱家的小米长虫的那次好多了。”

那次满屋都是爬来爬去的虫子和飞来飞去的蛾子，防不胜防，灭而不绝；这一次嘛，“就那么几只”——所以，觉悟君见一只就灭一只。

每次罗光濯用撑衣杆裹上餐巾纸，捅死天花板上的长虫，或是用快递袋装上书稿纸拍死飞在墙壁上的蛾子时……茑萝格格都会有固定的三部曲：

第一部曲，又一次很焦虑很焦虑："哎呀呀，又有虫子了怎么办？"比总统思考世界的未来还要焦虑。

第二部曲，强烈要求围观："爸爸，你等我！"辣椒公主一再催促她去洗手。

第三部曲，屏住呼吸，然后惊喜尖叫，像狂欢节一样舞蹈："we did it！""成功啦！"——这就是在学《朵拉历险记》了。结尾处，每当朵拉和她的小伙伴做成一件事后，都是跳这个舞一起庆祝。

觉悟君也禁不住跟着扭了起来，边跳边唱："we did it！""成功啦！"

手里还拿着撑衣杆，像哈利·波特的魔法扫帚。

辣椒公主笑骂："两个疯魔。"

7

但这样的教育是不是有效果？

貌似是的。

茑萝格格在表达自己的要求时，从来都是很"彪悍"的——理直气壮且理所当然地说："我要！"

觉悟君说："哎！宝贝，当你请求别人为你做什么事情时，可不可以加一个'请'字啊？"

辣椒公主说："你是小女生耶，能不能有点小女生的味啊——你看你沫沫姐姐，想要什么，总是轻轻柔柔地说，妈妈，我想要XX；受了什么委屈，总是一个人在旁边默默地、默默地抹眼泪……多淑女啊！哪像你，总是大吼大叫，像个女汉子！”

觉悟君笑了：“宝贝，你知道女汉子是什么意思吗？你应该跟你妈妈多撒撒娇！”转脸对辣椒公主说，“话说，这是遗传的吗——你妈就不是一个会撒娇卖萌的小淑女，还是有样学样——跟姥姥姥爷说话越来越公事公办的女汉子样？”

茑萝格格和辣椒公主同时翻白眼。

辣椒公主：“我撒娇给谁看啊！”

茑萝格格呢？噢，噢，又像女汉子一样彪悍地蹿到妈妈跟前，搂着她的脖子，就像猴子一样往上吊，压得秦晓珺连声叫唤：“茑萝你不能这样，妈妈的腰杆都要断了！”然后，茑萝突然很害羞、很温柔、很撒娇、很吹气如兰地在秦晓珺耳边说：“妈妈，我好爱你！”

一时静默。

正从厨房出来的崔麻麻没听清，嗓门陡然高了八分贝：“你说啥呀？”

如此种种。很多成了经典的“成长笑料”。

比如，茑萝格格说要骑自行车。觉悟君说好啊。她就说你帮我把自行车弄出来吧。

觉悟君就把自行车下摆放的鞋子捡走，把客厅的小板凳挪到旁边，把拦在路上的小木马移走……

茑萝就跨上自行车，把拖鞋蹬掉，以茶几为中心小岛，环绕着骑了几圈。

骑了一会儿，停下来，问罗光濯：“我可以骑进厨房吗？”

觉悟君摇摇头：“不可以啊。姥姥在里面炒菜。”

“可是我的办公室在里面啊。”茑萝格格说，“我要到我的办公室里上班啊。”

噢？这可是茑萝“第一次”才出现的新鲜说法。

“你的办公室原来是在厨房里啊！那怎么办呢？姥姥在里面炒菜，有油烟，有燃气的啊。”觉悟君本来已经滑到舌尖的“你不能到厨房办公”又给咽了回去，转念一想，假作思考，帮她想办法。

“让我们想一想，有没有什么好办法？”茑萝格格竖起了食指，“我有好办法了。我先刷卡。等姥姥炒完菜后，我再进去。”

说完，就翻下自行车，赤着脚丫子，往茶几处跑。

“你把鞋穿上吧。地板上凉。”

“没关系的，我很快的。”茑萝格格打开她的百宝箱，把那一堆名片都翻了出来——她把罗光濯包里的名片全都放到她的百宝箱里，说是她的“茑萝卡”（银行卡，幼儿园门卡，打折卡）——找出一张蓝色的小卡片，嘴里还不停地碎碎念，“我找出了一张蓝卡，就在这个锁眼上刷。好了，成功啦。爸爸，我现在可以进我的办公室了吗？”

“可是姥姥还在炒菜啊。”

“没关系的，我的办公室在姥爷屋。我刷完卡，去姥爷屋里上班就行了。”

噢？这么短的时间，茑萝的办公室就搬家了？从厨房搬到姥爷屋里去了。

“可以啊。”觉悟君想了想，补充了一句：“不过，你要征得姥爷的同意。”

“好了，我的闺女啊，我要上班挣钱去了。”茑萝格格重新跨上自行车，向觉悟君挥挥手，“bye，bye。”

觉悟君愣了一下，刚从屋里走出来的秦晓珺却止不住地大笑起来。

“她说的什么？”还在一头雾水的罗光濯问。

“她说，”辣椒公主乐不可支，“我的闺女啊，我要上班挣钱去了。”

……

但是——总是会发生反复。

茑萝格格对觉悟君“注意力”最聚焦的点，就是他的眼镜，经常冷不丁地抢掉他的眼镜扔在地上，然后咯咯咯地疯笑没完……

一而再再而三，无数次后，觉悟君终于很生气了，甚至有一次很愤怒地“咆哮”：我要惩罚你……

茑萝格格也很“生气”：“你吼什么吼？什么都别说啦！我逗你玩呢。”

8

最大的反复，就是茑萝格格“熊”起来，可真不要命。

茑萝格格睡完午觉醒来，又“故态重萌”，才下午三点钟，就又要去灌水枪，装水瓶，为五六点罗光濯带她出去玩做准备了。

问题是：一如往日，小时工阿姨还在做保洁，卫生间里污水渍满地，根本就下不了脚。而且，阿姨正坐在小板凳上洗衣服，盆里盆外，占了一大堆。

茑萝格格灌水，还不要姥爷、姥姥帮忙，而是要自己站在小板登上，自己开水龙头接。

这样子，怎么去接啊？

所以，姥爷皇帝哥就阻拦她，说等小时工阿姨把保洁做完了，再去接水吧。

茑萝格格一听，不遂她意，就开始闹腾。坐在地上，哭着，闹着，捶地板，皇帝哥越说“把自己的手捶疼了”，她就捶得越疼。捶了一会儿，见姥爷不让步，她把眼泪一抹，骨碌一下翻身起来，绕过姥爷身子就想往卫生间闯。皇帝哥往东，她就往西；皇帝哥往西，她就往东；皇帝哥拦在中间，她就把头一低，想从下面钻下去——母后大人瞧见了，就笑骂道：“你干吗啊，又不是小狗，还想钻洞啊！”

茑萝格格很蛮横地把手一挥："我就是要去灌水。姥爷，你走开！"

"你怎么对姥爷说话的呢！"母后大人干预了，"快向姥爷道歉！"

茑萝格格又把手一指："我不道歉。姥爷，你走开！别拦我路。"

皇帝哥又好气又好笑，逗她："我就是要拦在这里。"

"那我推你！"茑萝格格伸出小胳膊去推，推不动。汲一下鼻涕，猛地伸出胳膊，抱住姥爷，头埋进姥爷腿间，扭来扭去，呲溜，把鼻涕抹在了姥爷的裤子上。

"咳，咳，你怎么把鼻涕蹭在姥爷裤子上啊！"

"我就是要蹭。"茑萝格格霸气十足地说，"谁叫姥爷不让我去灌水。我还要蹭。"作势又要往前扑。

母后大人又笑骂道："你真是小狗啊！"忙过去把她抱开，"来，来，来，姥姥让你到厨房灌水吧。"

这才消停。

灌完了水枪，茑萝格格又颠颠地跑过来："姥爷，我那矿泉水瓶呢？我还要灌满一瓶水。"

但皇帝哥有点生气了："你就是这样啊！什么都依着你！"

才消停了没一会儿，茑萝格格就又开始大呼小叫了——因为，她故意把袜子脱了，然后光着脚丫，在地板上撒腿就跑，边跑边咯咯咯地笑，似乎看着姥爷追拦的样子很好玩。

皇帝哥急了："茑萝，穿上袜子。地板是湿的。阿姨还在拖地呢。"

茑萝格格咯咯咯地笑，东躲西藏："我不穿袜子。"

皇帝哥去捉她："快上来！到沙发上来。你感冒了呀。地板凉，光着脚丫，这感冒就好不了。"

仿佛是印证姥爷说的话，茑萝格格马上打了一个大大的喷嚏。鼻涕还没来得及擦，又接着连打了两个喷嚏……

“看吧！看吧！姥爷怎么说的！”皇帝哥一边急着拿纸试图去给茑萝擦鼻涕，一边教训她：“叫你不要脱袜子，叫你光着脚丫在地上乱跑，叫你不听话！”

“我自己来擦！”茑萝格格一把抢过姥爷手中的纸——噢，不，是撕走；因为，抢得急，姥爷又没放手，有一大半还拽在姥爷手里呢。

茑萝拿起纸，就往鼻子上胡乱一抹——她那动作吧，很稚嫩；抹得又像模像样，但那纸又被小手揉搓，皱成了团；抹的时候，小鼻翼、眼睛、眼眉都跟着“皱”起……所以，看起来很有点“小可爱”。

这么一抹下去，那鼻涕非但没有抹去，倒像是挂在屋檐下的小虫子，被一阵“大风”吹过，但眼疾手快，足钩住了瓦片的另一边，整个身体就像一弯镰刀月斜挂在屋檐一角——呃，特别像是“梁上君子”：好玄啊，差点没摔下去；幸亏我急中生智，悬挂在半空；楼下有佳人过，于是，躺着如吊床，还要吟诗弄月：“好黑好黑的夜，好白好白的月啊……”

茑萝格格可没意识她正在制造极佳的戏剧反讽效果。她嘴一撇，小手拽着残纸团往回一抹，又揉了两揉。结果，那团鼻涕虫真就成了不成形的团儿——看起来，有那么一点点“小恶心”。

皇帝哥越看越生气：“你怎么抹的！姥爷给你抹！”

“我不！我要自己抹！”茑萝格格犟起脖子，又去抢姥爷手中的纸。皇帝哥手一躲，没抢着，这激怒了小霸王：“姥爷！”她尖叫起来，那声音锐利如锥，似乎要把人的耳膜刺破……

“你叫什么叫！”皇帝哥也被激怒了，“自己做错了事，还这么不讲道理！”

“你走开！”茑萝格格又是手一挥，似乎是想把姥爷像用扫把一样扫走，“小人大大生气啦！小人大大快出来……”

又开始进入了她那如魔法仪式一般的程序性动作：双拳握起，左拍一下，右拍一下；伴随着手的动作，左腿和右腿交叉弯起，弹蹦；身子摇来摆去，就像巫师围着篝火跳起舞蹈，边跳还边饶舌念唱：“小人大大快出现。小人大大来帮忙。小人大大会打你……”

这几乎是她这一两个月生气时固定出现的程序。茑萝格格只要一生气，总会说，“我有个好办法，我请小人大大来帮忙。”

“小人大大说可以。”

小人大大，就是她所想象的好朋友——无所不能，无所不应，就是能满足她所有的要求，尤其是特殊的、不合理、不为大人们所接受的要求。

怎么出现的，已不可考。至于“小人大大”是从哪儿冒出来？谁都不知道——看过的图书、动画和其他玩具，貌似都没有这个小人物的原型。

“小人大大会打你！”皇帝哥不怒反笑，“小人生气了！姥爷还生气了。你感冒还想好不好了！快点，去穿上袜子。”

“我就不。”茑萝格格犟劲儿上来，越是不让她干什么，她就越干什么，“我就是不穿袜子。我就是想感冒。”

像是示威似的，她朝姥爷握握小拳头。然后，哧溜，又像小泥鳅一样滑出姥爷伸出来捉她的大手，跑到沙发旁，把头埋下去，左一抹，右一抹，再噌噌噌反复晃了几下小脑袋；然后，再抬起头来，挑衅地看着姥爷——那长长的鼻涕虫立刻香消玉殒，但是毁尸不灭迹，那脏脏的“痕迹”就乱七八糟地烙在了沙发上……

皇帝哥的脸色很难看，甚至开始扭曲。好巧不巧，茑萝格格这个时点又狠狠地打了一个大大的喷嚏——就像最后一根稻草压垮了骆驼，就像是最后一寸导火线燃尽，终于引爆了屁股底下坐着的大火药桶，皇帝哥的情绪终于像活火山一样爆发了："我叫你不听话！我让你愿意感冒……"

他猛地往前趋了一步，一下子就拽住了茑萝格格的小手。

由于动作太猛，像是泰山压顶，茑萝格格懵了一下，下一秒就立刻拼命挣扎——又开始使出她那"拼命三招"：

第一招："拼了命"地挣。从手、胳膊使劲地扭麻花儿开始，整个身子就像老树藤扭大树钻一样，一圈一圈、一层一层地往地心里"钻"。

第二招："钻"不下去了，就开始用双手去抓姥爷，用尽全身力气，向下、向后、全身向屁墩儿坠，两腿还拼命地向姥爷腿上蹬。

第三招：这两招都不管用的话，就开始哭着喊着叫着闹着，"你把我抓疼了。""你把茑萝吓着了。"……姥爷还不肯放手的话，身子就立刻往前扑，反抓住姥爷的手，埋下头去，小钢牙就狠狠地咬了下去——于是，两个鲜红的牙印就深深地嵌进了姥爷的拳头里。

皇帝哥暴走了："你咬我！你是小狗吗？太不听话了，太不像样了！走，坐到沙发上去！"最后一句几乎是吼出来的，而且最后一个动作几乎是"拽"出来的——就像拎小鸡儿一样，把她拖到了沙发上。

连一向儒雅的姥爷都出离愤怒了，可见茑萝格格的行为是多么天怒人怨了。

茑萝格格可能从来就没看见过姥爷像暴怒的狮子一样，可能是真正被"吓"着了——当被姥爷像小鸡一样拖上沙发时，茑萝格格象征性地反抗了一下，然后安坐在沙发上，像柔顺的绵羊一样，没有反应。

过了好半天儿，终于醒过味儿来，于是，连滚带爬，翻下沙发，一屁股坐到地板上，使出了"最后的撒手锏"——惊天动地地"嚎叫"了起来："救命啊，小人大大救命啊！"

边“嚎”边用手用力地捶打地板；边“捶”，边察言观色偷看大人的反应……

母后大人终于怒了：你们俩还有完没完?!一边凉快去，该干嘛干嘛去！

声音戛然而止。

9

面对这个“嚎叫的儿童”，从母后大人到秦晓珺、罗光濯伤透了脑筋。

可不可以蹲下身子，跟孩子等高甚至是仰望的视角，来看看她眼中的世界：“可以做一个有趣的练习，就是写一个关于孩子和他想象的朋友的故事，这个朋友只有他看得见。想想看你要如何用图画表达孩子所理解的现实和实际状况的差异。”

我们如何“像茑萝一样看见她的好朋友”，并跟她的好朋友说话，然后像小人大大　样跟她说话，告诉她：

不应该这么动不动就嚎叫；

不应该抢哥哥的玩具；

不应该蹬爸爸的座椅；

不能玩爸爸的电脑；

不能把手伸进爸爸的水杯里，把矿泉水倒进来，洗自己的手，然后还喝这个水……

噢，不能老是说“不“！

我们真正的目的，是要转换一下立场，像她一样，去看她想象的那些事情和世界：

她吃饭时，为什么要把水或者汤倒进奶酪，然后用匙舀起吃?

为什么她会冷不丁地去抢哥哥的餐巾？当然，也要问，哥哥为什么会冷不丁地踢她？

为什么她非要闹着洗澡，如果不遂她意，就滚在地板上嚎叫？或是跑到姥姥床上耍赖？

当爸爸没有像妈妈一样，“她要闹就让她闹吧”，而是跟她挠痒痒，然后说啊，两天洗一次，冬天洗多了皮肤痒……多玩多说，她似乎更容易听进去。

她为什么要坚持给爸爸去洗车。爸爸不同意，也嚎叫；但是，一说去洗车，就很高兴；洗车时，就玩水……换一个角度看，也没什么嘛？帮爸爸干家务嘛！

为什么每天早上都是四部曲：一是没睡醒，不起床；二是要自己选衣服，嚎叫半天；三是要在家吃东西；四是要姥爷抱着去上幼儿园：“我不要妈妈送。因为，妈妈不准姥爷抱我走？”

为什么在游乐场想跟小朋友一起玩，又没能跟小朋友好好一起玩：小姐姐搭积木煮饭菜，她不顾小姐姐的反对，拼命添柴添菜；跟小哥哥抢球；要玩大姐姐玩的滚筒；小男孩们一起玩房子时，她很想挤进去玩……

也正是在这些地方，从秦晓珺到罗光濯，一次又一次看到“成长关键期”的敏感期，发现：自己对“0~6 岁”成长关键期，还是不熟悉不了解。

如何掌握这些知识？

如何在日常生活中，配合她的成长关键期，有意识地引导孩子的成长——比如，故事复述、语言拓展，如何在绘本中帮她提高语言的关键期？

如何在跟她一起玩中，多做游戏，训练她的思维能力？

如何帮助她增加知识百科、数学概念和审美能力？……

这些都是教育的问题啊。

10

这种成长和教育的问题，总是会成为家里的“导火线”，大大小小的争议、纷争甚至是战争都会由此爆发。

在孩子闹着“非要什么不可”的时候，我们非得都“惯”着她吗？

在茑萝闹着要早就忘在十万八千里之外的某个玩具时，姥爷和爸爸“全家男人”总动员，把沙发、小书房和玩具区都翻了个底朝天，仍然找不到她想要的东东时，秦晓珺看不下去了：“你们就惯着她吧！”

秦晓珺总觉得皇帝哥和觉悟君都太宠溺小丫头了——哪能她想要什么东西就给什么东西啊：“这猴年马月的东西，哪里找得着啊。”

觉悟君觉得很冤，辩白道：“这又不是什么原则性的事情！尊重孩子的需求和意愿，又有哪里不好？”

他觉得秦晓珺有点小题大做，上纲上线，乱扣帽子了。

“茑萝，妈妈给你讲：你这是在浪费大家的时间。”秦晓珺蹲下去，试图给茑萝讲道理——她一直秉承一个最基本的教育理念，就是要蹲下来，跟孩子平视，把孩子当成平等的、可以协商和对话的小伙伴，要让她明白最核心的做人理念和最基本的道理；然后，给她各种选择，让她自己做出最适合的选择。

“时间是人最宝贵的资产。我们可能什么都浪费得起，但就时间浪费不起。姥姥姥爷、爸爸妈妈都有很多事情要做，我们的时间都很宝贵。当你请求姥姥姥爷、爸爸妈妈为你做什么时，实际上就意味着他们必须放下自己手上的事情，把时间用在你身上。时间是有限的，每做一分就少一分。姥姥姥爷、爸爸妈妈把时间用在你身上一分，就意味着用在自己身上的时间就少一分，那就意味为你多做一件事情，我们就要为自己少做一件事情……这不是说：我们先就着你，要事第一，把你的事情当作最重要的事情；然后，把自己的事情往后推延，等做完了你的事情再去做自己的事情。有些事情是可以的，从道理上讲，这也是行得通的。但是，有一点你要明白的是，当你现在的事情挤压姥姥姥爷、爸爸妈妈现在要做的事情，把它们往后推往后拖，那这些往后推往后拖的事情肯定会挤压更后面要做的事情。这就像你把这些积木排起来……”

秦晓珺把积木列成一排，想用形象的案例来帮助茑萝理解这个抽象的道理：“这些事情就像这排积木一样。每一块积木都代表一件事情。每帮你做一件事情，我们的事情就要往后推迟一块。”

她往前一推。

“你看，一件件地推下去，总会挤压后面做事情的时间。这段有限的距离，就像我们有限的时间。到最后的deadline（截止时间）时……你看——”她以茶几边缘作为最后的时间截点，“就像每天24小时，到了这最后的时间，我们都要睡觉。但这被推到这个时间节点后的事情，我们是不是就做不了了？”

她轻轻一推，那拖到最后的几块积木，就从茶几边缘上掉了下去。

“你明白了吗？所以，浪费别人的时间是可耻的。你要学着自己的事情自己来做，确实需要大人帮助的，可以提出请求，并且要表示感谢和感恩——因为别人是在牺牲自己宝贵的时间来为你做事情啊。姥姥姥爷、爸爸妈妈都愿意为你做事情，但限于那些最基本最重要的事情。你不能无休止地要求我们做同一件事情——比如，找这样一件找了很多遍都找不到的玩具。妈妈跟你约定一个最基本的规则吧。一件玩具，如果找三次，找不到，我们就不找了，好吗？”

母后大人撇撇嘴。

理念是好的，做法值得商榷。这一番大道理碎碎念下来，别说小朋友了，就连大人都绕晕了。茑萝听得懂吗？

11

但不管怎么样，全家人都在学着如何平等、尊重地对待这个随时可能嚎叫的“妖孽宝贝”。

一眨眼间，从当初撕心裂肺地嚎叫着要在沙发上睡觉起，茑萝已经在沙发上睡了大半个月了：

每天在沙发上闹半天觉，才肯睡着；睡熟了睡着了，才由爸爸抱到床上睡——因为妈妈抱不动嘛；偶尔抱着的时候在床上醒过来，就哭着喊着闹着要到沙发上睡觉……

当初秦晓珺把这当成原则问题，坚持不让步，结果茑萝哭得撕心裂肺，全家集体崩溃……最后秦晓珺成为千夫所指、孤家寡人，不得不让步。

茑萝完胜。

可是，大人们从来没有细察过：她为什么爱在沙发上睡觉？

是沙发像蔚蓝色的海洋，如摇篮曲一样安宁，让她在梦乡里都可以笑醒？还是沙发像深沉的星空，给予她灿烂的抚慰？

抑或，沙发介于大人睡的床和摇篮床之间，让她有一种“我的地盘我做主”的感觉。

追溯起来，是不是跟婴儿时期，爸爸怕打扰妈妈休息，抱着她在沙发上哄她入睡——或是把她放在沙发上睡，自己在下边铺了一个垫子，守着她？她的记忆里，从此对沙发有了一种安全感和温暖感。

长大点，妈妈在床上给她讲睡前故事，就要把门关上——把姥姥、姥爷和爸爸都关在门外，没有了“family time”，她不喜欢。

她喜欢一家人都在的感觉——就像姥姥散步，爸爸出差，妈妈工作，她经常会说，“别出去”。因为，她真的喜欢一家人在的感觉。

在沙发上，提供了这样一种感觉：全家人都在，亲情和温暖陪伴着她，环绕着她。

因为，在沙发上她可以跟爸爸玩藏书的游戏——乐此不疲。

可以跟爸爸一块儿扮演睡前故事，如，老鼠牙医生，“求求你吧。”

还可以跟妈妈一块儿背睡前的唐诗，如：“举头望明月，低头思故乡。”

叫痒痒的时候，一叫爸爸，爸爸就能立刻给她抹药。

而且，她睡的角度，一抬头，就能看见爸爸，因为爸爸正在餐桌上看电脑呢。“爸爸，你别工作了吧……”

爸爸的背后，就是她的一个小书架。

而且，她所有的玩具，还有小人们，都环放在客厅的窗台上下，像一个半圆的扇形，环绕着她。

就像一家人温暖的手臂，在抱着她一起睡觉。

秦茑萝就在这种“全家人都在”的感觉里香甜地睡去。有时候在梦里还会笑出声来……

晚安，宝贝！世界因为你而温馨。

第4章

找啊找啊找朋友：我和我的小伙伴们

找啊找啊找朋友，找到我的好朋友，几乎已经成了阳光娘爸和酷辣萌娃每天在小区必须的、一定的程序和仪式：她每天都要去摆地摊，跟小伙伴们一起分享玩具；她会跟所有遇到的人打招呼："阿姨，我可以摸摸小弟弟吗？""小妹妹，我邀请你到我们家去玩，好吗？"或者，跑到荡秋千的、玩跷跷板的、坐滑梯的……小朋友面前，一个一个地邀请："跟我一起玩医生玩具吧！"

1

大概是从两岁时起，茑萝格格就突然爆发了强烈的社交意愿和需求。

每天都要觉悟君罗光濯带她出去找小朋友玩，并强烈要求带一大堆的玩具："我去邀请小朋友跟我一起玩吧……"

有时是固定找某个人："我要找圆圆玩"，"巧巧在哪儿呢"？

有时是念叨一群小伙伴：安安他们为什么不在广场呢？我要跟他们分享我的sticker。

茑萝格格一见到她"认识"的小朋友，就会兴奋得大喊大叫："真好，我又见到我的好朋友了！"

然后，像风一样疾跑过去，说："你好。"

然后，开始叽里呱啦说一大通，也不给人搭话的时间：

"我爸爸带我出来散步。"

"我们要到跷跷板那。"

"这是我妈妈给我买的……"

BLABLABLA的。

最后问："你叫什么名字啊？"……

找啊找啊找朋友，找到我的好朋友，几乎已经成了阳光娘爸和酷辣萌娃每天在小区必须的、一定的程序和仪式：

她每天都要去摆地摊，跟小伙伴们一起分享玩具；

她会跟爷爷奶奶、叔叔阿姨们打招呼，以及跟哥哥姐姐、弟弟妹妹们一起拥抱："姐姐，我可以牵你的手吗？"

"阿姨，我可以摸摸小弟弟吗？"

"小妹妹，我邀请你到我们家去玩，好吗？"

或者，跑到荡秋千的、玩跷跷板的、坐滑梯的……小朋友面前，一个一个地邀请：“姐姐，跟我一起玩医生玩具吧！”

“哥哥，我们一起坐火车头火车尾吧？”

这个过程中，不同小朋友反应的“类型”大致如下：

往后畏缩型，甚至猛钻到大人怀里，吓哭了的都有；

漠然无视型，很淡定地看着她，无动于衷；

以及比茑萝格格更主动更积极的，跑过来就要拥抱……

但即使一遍遍被拒绝，秦茑萝也毫不气馁。继续找啊找啊找朋友，找到一个好朋友。

她喜欢这个小区，她把这个小区变成一个乐园，她每次都记得跟小朋友的约定……

2

这不，到时间点了，茑萝格格就又要爸爸带她出去找啊找小朋友了。

就带什么玩具、穿什么衣服出门……又跟母后大人产生了一系列“尖锐”的冲突。等到好不容易协调好了，太阳都快下山了。

出门时，觉悟君随口问茑萝格格还要带什么东西。问完了，不由得想抽自己嘴巴。这不是给母后大人以口实吗？

茑萝格格扫瞄了一眼，看见门口的自行车筐里放了一顶花帽子，就说：“我还是再戴一顶帽子吧。”

母后大人忍不住又要干预说：“茑萝，你用不着戴帽子！你头发扎了小辫的。戴了帽子就遮住了，把小辫也弄乱了。”

茑萝格格没听，仍然拿起帽子戴上，并在头上试来试去，调整一个自我感觉好的位置，嘴里同时自言自语："还是戴一顶吧。这样，我就不用打伞了。就不用怕太阳晒了。"

觉悟君又随口道："好吧，好吧。"

"这个时候还有什么太阳！"母后大人气道，"你们就狠着劲儿惯她吧！"

觉悟君假装没听到。母后大人看女婿，越看越生气，他最明智的做法，就是保持沉默。

真到下楼梯时，茑萝格格还一直喋喋不休："爸爸，我是不是戴了一顶漂亮的帽子呀？这样，我就不用打伞了，就不用怕太阳晒了。"

觉悟君有一搭没一搭地回答说："是呀，你戴了一顶漂亮的花帽子。"

出了楼门，下台阶时，外面明明已经没啥太阳了，可茑萝格格仍说："我戴了帽子，不怕太阳晒了。爸爸不用给我遮太阳！"

觉悟君愣了一愣，好半天才反应过来，她说的是之前的情况：因为天气热，兼打蚊子，罗光濯经常会带一把扇子。茑萝格格没戴帽子，一遇到阳光，就哎呀呀地很夸张很"矫情"地叫了起来："哎呀，太阳晒着我啦。爸爸快点给我遮太阳——"觉悟君就马上用扇子给她遮在额头上。她还自己抬起手掌遮在前方："我给自己挡住太阳了。"

……

今天，茑萝格格大步迈了出来："太阳晒不着我啦。我不用打伞了。"

然后，一路走过去，在没有太阳的地方，就把帽子取下，递给觉悟君："爸爸给我收着。"出了阴影的地方，就管觉悟君要："你把帽子给我。"戴上后，就往"太阳"底下去，边走边又重复地问："爸爸，我戴了帽子，不怕太阳晒了。我就不用打伞了，是不是……"

觉悟君左手替她拎着一堆的汽车玩具，右手还拿着水枪，现在顺带着滑板车，顶上她的帽子……真的感觉有些左支右绌，恨不得赶紧到地儿，把东西放下来。

于是，问她："我们现在去哪儿？直接去跷跷板那里？"

茑萝格格歪着脑袋想了一想："我们先去广场上找我的好朋友吧！"

在楼下走了一圈，都没有看到熟识的小朋友。

觉悟君说算了吧，我们自己一个人玩儿吧，或者，邀请新朋友一起玩？

茑萝格格不甘心，要满小区地找，不找到一个熟识的小朋友不甘心："我们去小池边吧！"

"我们去跷跷板那儿吧！"

"我们去健身场吧！"……

"她或她们一定在那里。是的，她们一定是在那儿玩。"

"你为什么那么肯定她/她们就在那儿？"

"哼，"茑萝格格鼻子里哼了一声，对觉悟君质疑她很不高兴，"我就是知道，她/她们就在那儿！"

3

话音刚落，就远远看见了巧巧和她的姥姥。

茑萝格格有些不确定地问："那是我的好朋友吗？"

觉悟君说："那得你告诉我呀！那是谁呀！"

"巧巧？对，就是巧巧！"茑萝格格斩钉截铁地说，"我去跟她打个招呼吧！"

"好呀！"

话还没说完，茑萝格格就像一支箭一样射了出去："你好。你要玩我的水枪吗？"

把刚买的新水枪递了过去——连罗光濯都没想到她这么快就可以跟小朋

友分享自己的新玩具。

巧巧正在翻身骑自行车，抬起眼皮看了看茑萝格格和她的水枪，摇了摇头。罗光濯心中有些奇怪。巧巧不像往日见着茑萝格格很主动，今天有点爱搭不理的。

巧姥姥说："茑萝给你打招呼呢。你怎么不说话呢？快点给茑萝说，我不玩，谢谢。"转过嘴来，对罗光濯解释道，"不知道是中午觉没有睡好，还是在幼儿园没有吃饱，正在闹腾呢。"

罗光濯这才注意到巧巧的眼睛有点红红的，"噢，哭过啦？在幼儿园也没有吃饱？茑萝回来都要吃平时一大半的面条！"

茑萝格格又把水枪递了过去："给你玩我的新水枪，好吗？"

巧巧低下头下又看了看，说："我不玩。"

茑萝格格拉了拉自己的帽子，说："我戴了一顶帽子。这样，太阳就照不到我了，我就不用打伞了。你戴帽子了吗？"

当茑萝格格再一次问巧巧用不用戴帽子时，罗光濯才意识到"帽子"成了茑萝格格今天核心的主题。

他抬起头看了看巧巧的头发，也是扎的小辫——而且，巧巧的头发比茑萝格格的浓密、繁多，扎的小辫也比茑萝格格的要粗要大——所以，罗光濯脱口想说："巧巧的辫子很漂亮的啊！所以，不会戴帽子……"跟母后大人的思维一模一样。

还没说出口，巧姥姥指了指车筐："巧巧的帽子搁在包里呢。"

巧巧的车筐里放着一个包，包里装满了杂物，估计跟罗光濯拎的塑料袋一样吧，出门都装一大堆小朋友要玩的玩具。

茑萝格格的小脑袋往前凑了凑，似乎有些迷惑，又有些要探究。罗光濯本能地把胳膊一伸：你可不能去翻别人包呀——这可是有“前科”的。茑萝格格小脑袋往前凑，张头探脑地看别人袋子里有什么玩具时，马上就自己伸手去拿，也不管这是不是自己熟识的小朋友的……

巧姥姥说：“巧巧，你让茑萝骑一下车子吧？你想玩茑萝的水枪吗？”

巧巧犹豫了一下，那小手就松开了车把，看那意思，有点想伸手拿水枪的——在罗光濯带茑萝格格玩过的小朋友里，巧巧是不到两三次就给了他深刻印象的小朋友。比如，她会张开双臂，站在茑萝格格面前，一副小大人似的，对浩浩说：“这是我姐姐。你不准欺侮她。你跟她道歉。”与此同时，被保护的茑萝格格一脸茫然，实在没有姐姐样，或者受保护的觉悟。

除此之外，巧巧给罗光濯的感觉是，这个小孩不“独”；大人们说什么，她基本上都愿意配合，比如，跟茑萝格格交换着玩具玩……当然，除非她保护欲上来。比如，有一次茑萝格格正在玩浩浩的车，她就过来干预了几次：“这是浩浩的车。你不许玩。”巧姥姥就追着她说：“这（正）是浩浩的车啊！”言下之意，你怎么能干涉姐姐玩浩浩弟弟的车呢？

但与此同时，或许是爸爸本能的阻拦起了效果，又或许是茑萝格格小脑袋朝向的探究没有发现有趣的玩具……

总之，巧姥姥的话音刚落，巧巧的小手刚伸，茑萝格格就已经扭头走了。一脸兴味索然的样子，或者茫然无聊的样子，又或者，注意力已经开始散乱，四处游走着，寻找重新可以聚焦的点。

“绾绾！”

才走两步，茑萝格格就像发现了新大陆似的惊喜地叫了一声，把帽子一摘，顺手就把水枪也递给了觉悟君：“爸爸，你帮我拿着。”然后，就朝前奔。

觉悟君一把把她胳膊拽住：“你要做什么！”

“那是我幼儿园的好朋友！我过去跟她打个招呼吧！”

4

不等罗光濯有所反应，茑萝格格早就颠颠地跑过去了。而且，一路跑，一路叫："绾绾，绾绾……"

还有五六米远时，就张开了手臂，想跟对方来一个热情而激烈的熊抱。

茑萝格格很喜欢绾绾。对于喜欢的小朋友，她总是会"突然"去牵别人的手，"猛地"去拥抱别人，"狠狠"地揪一下人家的小胳膊，甚至"冷不丁"把小辫子上的头花给揪下来……总是会把大人都吓一跳，引起许多不必要的误会甚至不满。

但是，绾绾最直接的反应，又是立刻后退半步，像小刺猬一样，充满戒备、提防、警惕，甚至是敌意的目光，看着茑萝格格；仿佛只要茑萝格格一"进攻"，她就立刻转向"全面防御"。

于是，在后面一路急追的觉悟君赶紧高声提醒道："茑萝，要跟小朋友先打个招呼（提醒她不要直接冲上去熊抱），问个好（提醒她不要直接去拉人家的手）……"

或许是罗光濯的提醒，或许是茑萝格格自己也没那个打算，总之，在罗光濯以为她又要给绾绾来一个"熊抱"时，茑萝格格却意外自觉地在三五步之遥来了个急刹车，很彬彬有礼地问："我们可以一起玩吗？"

罗光濯注意到，在茑萝格格直奔而来时，绾绾全身有明显绷紧，略有些戒备，又有些抵触，像是在防备茑萝格格带有冲击力的"熊抱"，或是防止她那"神出鬼没"的揪头发……不过，比起前几次全身都绷得"像小刺猬一样"要好很多了。一起玩？

绾绾盯着茑萝格格，似乎还在提防她有所动作；在茑萝格格连问了两遍"我们一起玩好吗"，她才面无表情地摇了摇头，仍然戒备地盯着茑萝格格，嘴里却问她的姥姥："她今天会揪我的小辫吗？"

绾姥姥立刻"嘘"地制止。

罗光濯假装没听见。我们不尴尬……这次不会又这样吧?

然而，茑萝格格话音未落，就已经上前一点，伸出手，想拉绾绾的手："走吧，我们一起去玩跷跷板吧！"

绾绾就像受了惊吓一样，马上就往绾姥姥的怀里缩。绾姥姥还鼓励了她两句："小朋友邀请你去玩呢。你去吗？"

绾绾拼命摇头，拼命往绾姥姥怀里缩。茑萝格格却一点自觉都没有，绾绾越往后缩，她就越往前挤，也不管"征未征得小朋友或大人的同意"是个什么概念，直接就抓住了绾绾的手。绾绾越挣扎她就抓得越紧，边抓还边说："没关系，我们一起去玩吧。"绾绾的手都被抓出了"沟"。

她真的被抓痛了。

觉悟君赶紧干预："茑萝，你快放手！小朋友不愿意，你就不能勉强小朋友跟你一起玩！……"

BLA，**BLA**，反正又是一顿说教。

说教没有效果。

茑萝格格毫不气馁，屡败屡战："来吧，绾绾，我们一起玩吧。"茑萝格格热情地再度向绾绾发出邀请。

绾绾抬起眼皮瞄了她一眼，又低下头去玩自己的滑板车。茑萝格格连续发出好几次邀请，都被绾绾冷淡的反应拒绝掉了。

结果，罗光濯——请注意，不是茑萝格格——"很受伤"，就给茑萝格格和自己找台阶下："绾绾自己玩得挺高兴的，没空跟你玩，我们去找别的小朋友吧。"

茑萝格格却没有这样的尴尬。她仍然热情地、英勇地邀请着……

5

终于，在茑萝格格又一次颇有淑女范儿的话问出后，绾绾全身明显一松。她点了点头。

但迈步时，绾绾脚步还是往旁边移了半步，然后慢慢地、沉稳地走向罗光濯，距离一公分时站住了，半仰起脸，很严肃地、郑重地、不苟言笑地问："我可以玩水枪吗？"一个字一个字地往外蹦，虽然低缓，却很是铿锵有力。她目光下移，看着罗光濯手里那红红绿绿的水枪。

罗光濯点点头："可以啊！"手递了出去，才递了一半……有一只小手却已经伸手拦截了！

这当然是茑萝格格的。她已经回撤。当绾绾起步走时，她还没动。当绾绾站住时，她才开始动。绾绾问完话后，她已经站在了旁边。

罗光濯回答"可以啊"后，绾绾仍然站着没动，似乎仍然需要思考和判断——罗光濯的话是不是"正确"的，或者说，现在征得了同意，她是不是可以伸手拿了。所以，让茑萝格格抢了先……这次，还真的不能说是茑萝格格"抢"着拿的。绾绾的思考和不作为，给茑萝格格留下了足够的时间和空间。

所以，罗光濯觉得，从这个小细节里就能看出两个人的不同来。

如果是茑萝格格，恐怕是言在动后，罗光濯话还没落下时，就已经伸手把水枪拿在手里了；或者是，手和话同时到："我可以玩一下吧……"甚至是，已经飞快地把玩具拿到手里后，那话还没说完呢："我可以玩一下吗……"这三种情况都是有前例的。当罗光濯追着说"你还没有征得小朋友/阿姨/姥姥……的同意呢"，茑萝格格的回应绝对是理直气壮："……是同意了的！"

而绾绾，给罗光濯的印象，似乎是家教很严格——因此，每一次见到她，都让罗光濯感觉她是四步走：

第一步，当她注意到了你时，先远远地观察一下，似乎在判断应不应该走近，然后再慢慢地走近。

第二步，走到近处，跳离 0.05 公分时，站住，再观察一下，也不言语。

第三步，就像今天这样，很严肃、很郑重、很一字一句地问，“我可以……吗”

第四步，当征得同意后，她似乎还在迷惑，还要思考和判断一下，这是不是/可不可以/如何做之类的……

今天同样如此。所以，罗光濯其实也很迷惑。因为，从这些“白天”偶遇的印象来看，绾绾是很成熟、稳重、“很懂规则”的早熟小孩。但是，某一天晚上的舞蹈班，绾绾的表现却把这一切颠覆了：比茑萝还疯，和茑萝一样淘……后来问起绾姥姥时，似乎这一种印象才更符合绾绾的实际。

无论如何，绾绾的“没动作”，让茑萝格格抢了先——茑萝格格把水枪先抢在自己手里，开始玩了起来。绾绾又一次重复问：“我可以玩水枪吗？”

“可以啊！”罗光濯弯下腰去，对茑萝格格说，“你给绾绾玩一下好吗？好东西轮流分享。”

茑萝格格没说“不”——准确地说，是没理罗光濯——更准确地说，正在忙着调水枪，根本顾不上理罗光濯，即使听见罗光濯说的话也当耳旁风，或是压根儿就没听罗光濯说什么——她的注意力现在全在水枪上呢。她正专心致志地调着水枪，往石阶上一站，弯腰往坡面上喷。坡面下斜，一两尺下就是水，水里还是盆树和盆景。

茑萝格格边玩还边嘟哝：“我给石头喷点水，这样它们就不渴了。”这是她最近在水池边玩水时的“经典动作”和“对白”之一。

绾绾盯着罗光濯，缓慢、执拗地问："我可以玩水枪吗？"

她表现得如此有礼貌，让罗光濯觉得茑萝格格再不同意自己都不好意思待下去了。于是，又一次低下头去干预："给绾绾玩一玩水枪好吗？你一直都在玩的啊！"

绾姥姥也开始干预了——不过，她的干预跟罗光濯有着细微却根本的差异："绾绾，你自己去跟茑萝说！"

6

旁边咚咚地跑来一个人。罗光濯侧脸一看，"哟，是巧巧啊。"

巧巧很严肃地点点头，也不说话，也不动作，就站在旁边看着——巧巧"一向"都是如此，既不抢玩具，也不争着要。很多时候，都是"默默"地在旁边看。

茑萝格格仍然在专心致志地喷着石头。

绾绾重复地问道："我可以玩水枪吗？""专注"似乎是绾绾的优点。她"专心致志"地表达着同一件事情，而且只是一而再再而三地"表达"，希望得到"同意"和"回复"：如果没有得到同意和回复，我是不会做的……而不像茑萝格格没有得到即时的满足时，就马上"行动"——哭，闹，或是抢。

罗光濯的抱歉无以言表。当一个小朋友如此专注地盯着你同不同意时，你好意思说你做不到吗？虽然，我"同意"了，并不代表茑萝同意；我只能说服她同意……但是，她不同意，我又不能"抢"过来给你啊！那可是当爸爸的做不出来的噢……

给小朋友解释不清楚，只好跟大人面对面地解释："她最近比较'独'，尤其是自己喜欢的玩具——不像以前那样，比较乐意分享自己的玩具。"

茑萝格格最近迷上了喷水和玩沙子，尤其是把泥沙喷水弄成泥浆……所有“用得着”的工具（水枪、铲子、花桶、塑料鱼），都不在她分享之列，除非是她想玩别人的玩具，在罗光濯的提示下“跟小朋友交换着玩”。

其实，这样的解释是没有说服力的——但是，管它呢，有时候大人之间，不是需要一点说法，来化解因为小朋友带来的尴尬吗？

绾姥姥显然也领会了这个意思，说：“其实，我们家也有水枪。就是我嫌带着出来麻烦。”看见罗光濯又有“干预”茑萝格格的意思，她说：“你不用管她们。绾绾，你要是想玩茑萝的水枪，就自己去对茑萝说！”

这话引起了罗光濯的注意——他开始明白绾姥姥的“意思”：如果你想玩水枪，那就自己去对茑萝说，而不是对罗光濯说，让罗光濯去让茑萝交出水枪。

当绾绾“盯”着罗光濯说时，罗光濯本能的反应，就是干预茑萝格格，试图说服茑萝格格；而绾姥姥的意思似乎是，大人不要过多的干预，而应该让小朋友们自己学着直接商量：“我可以玩你的水枪吗？”

这是一种细微却根本的区别。罗光濯决定退后一步，继续观察绾绾的反应，同时留出时间给自己思考。绾绾听懂了绾姥姥的意思，果然转了向，上前两步，对着茑萝格格问：“我可以玩你的水枪吗？”

茑萝格格还是没反应，仿佛还是没听到绾绾的问话。但下一秒钟，让罗光濯大跌眼镜的是，她把水枪递了过来：“你玩吧！”

还是小朋友直接沟通的好啊！大人的干预，转了几个弯。罗光濯感慨，在心底琢磨起绾姥姥的这种教育法。有多少时候，罗光濯像大多数大人一样，在干预小朋友的行为？

就像刚才，罗光濯本能地教茑萝格格“谢谢阿姨的夸奖”，好像不作点反应，对大人不尊敬。但教小孩这么说，小孩才懒得搭理你；就像是鹦鹉学舌地说上两句，也是口不对心——茑萝格格这两种反应都有……这种“无意识的本能的反应”似乎只为表达大人对大人的“正确态度”，却是借着小孩的口。

这事儿真经不起琢磨。一琢磨，好像这还真是一种普遍、常见的行为：茑萝，谢谢阿姨没?

茑萝，回答阿姨你几岁啦?

茑萝，给奶奶问个好吧！

茑萝……

7

绾绾拿着茑萝格格的水枪，就往一边走了。

茑萝格格百无聊赖地在小广场上走走停停，一时不知道玩什么好。她的目光看似四处分散，实际上像雷达一样，四处搜索。

于是，才过一秒钟，她的眼睛一亮，直奔了过去——不远处，停了一辆粉红色的小车；车筐里有一个小喷水器，跟家里那个坏了的差不多，但是粉色的。

茑萝格格指指小喷水器：“我可以玩玩那个吗？”

觉悟君：“不可以。你没有征得小朋友的同意。爸爸都不知道这是哪个小朋友的。”

茑萝格格：“我征得了同意的。”

觉悟君：“小朋友都不在这里。你到哪里去征得她/他的同意啊？”

“这是……”茑萝格格小脑袋犹豫了一下，搜索了几个名字，然后很肯定地说，“这是绾绾的！”

“哪里是绾绾的呀！”鉴于茑萝以前有“瞎编乱造胡安上某个小朋友名字以求能玩”的前例，觉悟君毫不犹豫地否决了她的要求，“你没有征得小朋友的同意，不可以玩她/他的玩具。”

茑萝格格霸道地说：“我就是要玩！”

觉悟君：“不可以！”

茑萝格格嘴一瘪，马上哭出声来，还用双手蒙住：“我就是要玩！”眼珠儿却骨碌碌地转，从手指缝里偷窥觉悟君的表情。

觉悟君：“说了不可以。”

茑萝格格：“呜呜呜……”

“玩吧，玩吧！”绾姥姥的声音从背后传来，“这个车就是绾绾的。”

还真是绾绾的啊！罗光濯心想，这是歪打正着，还是她真的认识绾绾的车？“既然绾姥姥同意了，那你就玩吧。谢谢姥姥！”

“谢谢姥姥！”茑萝格格双手往外一抹，顾不得掩饰什么，就迅疾如闪电，抓起了喷水器，“这个喷水器比家里的那个好看。”家里的那个是黑色的，外形也比这个粗重，就像个汉子。绾绾的这个就像粉色的小公主，所以茑萝喜欢。

这不是重点。重点是，当茑萝格格的手抹开眼睛时，除了眼皮上有一点点揉红，哪里有一颗眼泪？假哭！这绝对是假哭。

绾绾玩了一会儿水枪，就还了回来——她就图个新鲜，觉得别人家的玩具好，眼馋，过一下手，就兴味索然了。

茑萝格格倒是对绾绾这个喷水器爱不释手，边玩还边絮絮叨叨：“这个喷水器比我们家的小。我对着水面喷。爸爸，它是不是也需要加点水了？你看，还能喷得出来。”

自问自答，自己就把自己的问题揭过去了——她沉浸在自己的世界里，并不需要罗光濯的答话。就算罗光濯接上了话头，她也自顾自地，按照自己的逻辑和思路，继续言语和动作下去。

8

不知道什么时候，巧巧又蹲在了旁边，一脸严肃地看着茑萝格格玩喷水。

她其实这样看着就挺好的，罗光濯总觉她也挺想玩的——但这个小姑娘这点挺好，想玩也不主动要，更不会闹着要。

罗光濯于是说："茑萝，你跟巧巧分享一下水枪吧？"话一出口，立马想起了绾姥姥的话，立刻觉得自己干预是多余的了。应该鼓励巧巧自己去跟茑萝交流？

巧姥姥这时已经过来了："巧巧不玩的哈！"

这是典型的"大人思维"——当孩子想玩别人的玩具，第一反应是"阻止"：怕难堪，怕被拒绝，怕陌生人不舒服……而不是鼓励孩子大胆去表达和交际。这让罗光濯想起自己曾经多少时候都是这种"本能的反应"啊？

巧巧自己的反应，是退了一步，屁股墩挪上巧姥姥蹲下来的膝盖，赖在巧姥姥的怀里，仍然一脸严肃地看着茑萝格格玩水枪。

茑萝格格先是没听见似的，嗤嗤嗤地滋了几下水；巧姥姥的话音刚落，她就侧转身来，把水枪递了过去："你来玩吧。"

巧巧嗖地就蹦了下来，脚还没有站稳，手就已经伸了出去，指尖刚碰着水枪，茑萝格格的手就已经缩了回来，又转过背去，身子前倾，向着水面滋水，一边滋一边说："我来教教你怎么喷水吧。你看，手得这么扣着，抬起来，对着……"

巧巧站在旁边，仍然一仍严肃，但略微有些茫然。

茑萝格格喋喋不休：“你看，抬高一点，水就远一点……”

觉悟君忍不住了：“巧巧不需要你教。她比你会喷。不信，你拿给她试试？”

话一说完，罗光濯又立马觉得自己错了。三句话，就有三个错。第一句，不尊重事实——你怎么知道巧巧不用教？第二句，把两个小孩进行比较，谁比谁做得好？不好！第三句，循循善“诱”，也是“诱”啊！

为了转移注意力，觉悟君立刻说：“你看，你看，那水底下有鱼！快喷，快喷，鱼儿正游来游去呢。”

茑萝格格和巧巧的注意力果然马上就转到小鱼儿上了，滋滋滋的，水点和视点，都落到水面上了。

罗光濯擦了擦额头。唉，跟小朋友说话，不注意点措辞，不行的啊。虽然茑萝格格未必听进去了罗光濯的话，即使听进去，也未必能注意到里面微妙的差异……

但谁知道呢？你说话，以为小孩子没在听，没听懂。但很久以后，她的反应……却还是证明受到了影响。

9

还是转移注意力吧。

“茑萝，你看看那是谁？”

“圆圆！”

“茑萝！”

两个年龄仅相差十天的小朋友，在广场上南北两边相望，都立刻惊声尖叫；然后，都不约而同地骑上各自的小车/滑板车飞奔而来，速度之快，呈直线快速运动，唬得圆圆奶奶小脚颠儿颠儿地跟着跑："小祖宗，慢点跑哦，慢点跑哦！这个广场是水泥地哦。摔一下跤就不得了，会磕破皮的，流血的。"

就连罗光濯也担心她们这样直线速进，如果不拐个弯，很容易直接相撞，分贝不由自主地提高道，"茑萝，速度慢慢，踩点刹车。"顺手拿起水枪，就跟着跑，哪里还顾得上绾绾的车和巧巧迷恋水枪的眼神！

开玩笑，广场上可不止她俩。还有不少正在咿呀学步的一两岁小朋友，以及一大堆小学阶段正在踢足球的大哥哥们；更那个什么的，还有一个明显已经是高中甚至是大学的男青年，正在满场骑赛车，而且是脱把塞着耳机的……不少小朋友的家长直翻白眼，"干什么呀！耍酷呀。这不是你的秀场。"忙不迭地招呼并护着自家的孩子，直直地看着这个耍酷的人塞着耳机，听着音乐，脱把骑着赛车，满场穿蜂引蝶。

跑题了。圆圆骑着自己的小车，茑萝格格滑着自己的滑板车，快速、直线、相对奔去，五十米，三十米，二十米，十米，五米……然后，不约而同地一踩刹车，生生在相隔一尺左右停了下来。

"茑萝/圆圆。"

圆圆奶奶舒了一口气。罗光濯抹了一把冷汗。

然后，两个小朋友迅速下车，也不多费话，直奔对方的车而去：茑萝格格翻身骑上了圆圆的车，圆圆踩上了茑萝格格的滑板车……同时拐了个弯，撒丫子跑了出去，速度超快，像闪电一样。

圆圆奶奶和罗光濯刚停下来，还没来得及喘口气呢，眼见得两个小朋友又像小泥鳅一样滑了出去，不假思索地又跟着跑了出去……没办法，这广场上"人山人海"呐，谁撞谁都不是好玩的。这两个小家伙又都是不省心的。

茑萝格格向右，顺时针飞快地骑。圆圆向左，逆时针地滑。圆圆奶奶和罗光濯跟着跨了一圈，发现又跑回来了：起点就是终点，两个人居然合力跑出了“8”字形；然后，同时刹车，相视而笑，呵呵呵的，全是合谋得逞后得意的笑……这俩小家伙，什么时候这么默契了呀？

紧接着，两个小朋友又迅速下车。圆圆快速地迈上自己的小车，茑萝格格呢，却没有即刻回到自己的滑板车上，而是一翻身，坐在圆圆车的后坐上……那就是单车上的俩小伙伴啊。

罗光濯愣了一下，一时没反应过来。小朋友的车不是都没有后座的吗？

“茑萝，你快下来。这儿不能坐。”

“能坐。”茑萝格格居然知道罗光濯没有说出来的意思，“圆圆的车是有后座的。”

罗光濯这才恍然。可是，再看看圆圆——能骑得动吗？

10

圆圆比茑萝格格小十天半个月，但可能因为是北方人的缘故，反而比茑萝格格高，身体比茑萝格格壮，也比茑萝格格有力气。

即便如此，这小小的单车，却要带着两个小朋友，她蹬得动吗？

圆圆看起来人小，力气却大。脚下一蹬，还真就带着茑萝格格缓缓起步。

看着小小单车上的两个小女孩，罗光濯有些恍然。时光流逝如梭。不经意间，还要抱着扶着牵着的小宝宝，都长得如此大了……都有自己的朋友了。

就在罗光濯如是文艺男中年般的感慨和沉思之中，圆圆奶奶仍然不肯放松警惕，小脚碎步，接踵跟着——她是对的。不到五步十步，小小单车就接连出状况。三步一停，五步一卡；东拐西扭，踉踉跄跄，就像喝醉了酒一样……虽然不至于摔倒在地，但看着总让人提了三分心，吊了五分胆。

伴随着的，是圆圆不时响起的急叫，和圆圆奶奶的叫唤。由于广场上人声嘈杂，圆圆的声音又比较小，罗光濯听不清她说什么。圆圆奶奶的口音又重，要贴近了，仔细辨听，才有可能听清楚。所以，罗光濯听了好几次，目光又投注到茑萝格格身上，观察了良久，才恍然大悟，她们原来说的是茑萝。

圆圆是说：茑萝老捣乱。

圆圆奶奶是说：茑萝，你不要踩车轮……

小小单车真的很小。茑萝格格坐下去后，双手抱着圆圆，或紧拽着车座，双腿其实就绷着，有点伸不直。绷伸开去吧，太累；想屈起来搁在车杠上吧，太难受。所以，还真只能放在车轮和车身的辐辏轴上……可是，车子太小，那轴有多宽？极短得就只能放下一只小脚而已。脚稍微往外一移，就踩在了车轮上。

茑萝格格的两只脚就不断地踩在车轮上：一是这样舒服。二是，这样她觉得好玩。

但这样就凭空增加了摩擦系数。圆圆蹬起来费力。而且，因为觉得好玩，茑萝格格一时踩，一时又不踩，就像刹车一样，时灵时不灵，而且你还没办法预期它哪时灵哪时不灵……圆圆很恼火。她没办法控制车啊！所以，她不停地叫，“茑萝你能不能不捣乱啊？”

圆圆奶奶也跟着说，“茑萝你能不能不捣乱啊？”

罗光濯观察了好一会儿，觉得看似危机四伏，实则并没有多少危险……所以，就没有上去干预。相反，笑意盈盈地站着，跟茑萝格格一样，觉得这样真的很好玩，觉得她和圆圆这样一起骑单车的感觉真好。甚至，圆圆奶奶跟在后面跑的场景，也挺温暖和温馨的。

但是，圆圆奶奶不这样想。小朋友都这样了，大人还不管啊？

她叫唤了几次，发现没有效果。非但茑萝格格变本加厉，就连圆圆，在茑萝格格不停地在她背后碎碎嘴地说叨——茑萝格格有个话唠的特点，就是任何时候任何地点任何一次活动，都能碎碎嘴地说一路——之后，也开始觉得东歪西拐的很有趣，也咯咯咯地笑个不停。

转了大半圈回来，圆圆奶奶跟罗光濯站在了同一条线上，半是无奈半是抱怨也半是玩笑似的说，你家茑萝真“作”啊。

“作”？罗光濯愣了一下。然后，脸就沉下来了。我们的心态就是这样，越来越能容忍别人说自己不好，但是越来越不能容忍别人说自己的孩子不好。——茑萝的行为，哪点“作”了？

罗光濯不动声色地移了半步。离圆圆奶奶远了一些，距离俩小女孩近了一些。不喜欢跟碎嘴损人的大人待在一起！因为这一点，情绪也有些恶劣，准备随时干预和中止她们在一起的玩耍。

大人们的气场不合，也会影响小朋友们能不能在一起玩。

11

离得近了，发现茑萝格格还真是有些“作”。

虽然是圆圆掌舵，但坐在后座上的茑萝格格却是“大脑”——或者说，她在不断试图扮演大脑指挥者的角色，不停地给圆圆发出各种指令：“圆圆，你把手放在这里，往那个方向转……你知道了吗？”仿佛她是无所不知，无所不能，老是要“教”别人怎么样。圆圆无可无不可。所以，按照茑萝格格的想法试了试。不舒服，两个人很快就放弃。

“圆圆，来，你把腿放到那里，我来蹬车轮。”茑萝格格总会有一些稀奇古怪的想法，想尝试一些新鲜玩意儿。在这一点上，圆圆倒是愿意跟她一块儿疯。圆圆掌方向，茑萝格格蹬车，两个人配合还挺默契，觉得这样挺好玩，咯咯咯地笑不停。

“圆圆，你来后座坐，我来前面蹬好吗？”茑萝格格是一个很有主见的人，总是希望别人按照自己的意志来做事，所以，想把方向盘掌握在自己的手里。但圆圆拒绝了：“这是我的车。”很干脆，利落。

很小很小的片断，但两个小孩的性格纤毫毕现。茑萝格格不愿意局囿于常规，总想变换着法子玩；而且，特别希望自己来主导，按照自己的意志来玩；如果人家不愿意，她不会积极配合，来点小捣乱，甚至，会生气……

但总体来说，茑萝格格和圆圆还是玩得挺愉快的。圆圆愿意配合她尝试一些稀奇古怪的玩法，如果真的好玩，两个人都会很快乐地咯咯咯地笑。当然，在最核心的原则上，圆圆会很直接地拒绝掉：我的车，我做主。

如果这就是所谓的“作”，不也挺好的嘛？罗光濯有些愉快地想。那些不愉快的感受，在看到两个小女孩不停地协商、不停地尝试、不停地玩和笑中，消失得干干净净。

圆圆奶奶又过去干预了两次，退回来，对罗光濯说，你家茑萝真不好好“坐”啊！这次因为距离近了些，口齿清晰了些，罗光濯听得清楚了些。他有些疑惑地看着她。到底说的是“作”，还是“坐”？真是有些分不清楚了。

你家茑萝就是调皮。圆圆奶奶又一次肯定地说。

这一次罗光濯确定自己听明白她的语气了：一是恼火。因为这种调皮给她带来了困扰，要提心吊胆地看着自家的孙女。二是宠溺——没错，是宠溺的口吻。是奶奶带着某种烦人的喜爱，着着孙女的调皮。

茑萝格格的调皮，其实在无害的情况下，看起来还是蛮可爱的，是不是？

第5章

打呀打呀打小怪兽：当学租房遇上社交敏感期

当秦晓珺做出从“学租房”到“学区房”逐渐过渡的决定时，正是茑萝格格从“Terrible Iwo”（麻烦的两岁）亦即“人生第一次叛逆”到整个三四岁最关键的“社交敏感期”：她正在努力辨认“自我意识”和“集体认同”，她现在非常需要这么一种熟悉的群体和集体……她才真正需要一个“过渡期”。

1

在找啊找啊找朋友中，如何引导茑萝格格认识到“不是每一个小朋友都像她一样，想……”，跟不同类型的孩子相处并愉快地在一起玩，这其实是一个让罗光濯很头疼的问题……

比如，绾绾是在所有的小朋友中拒绝茑萝格格最多的人。从罗光濯知道茑萝格格小幼儿园（即亲子班）有个绾绾起，他带着茑萝格格在小区里玩时，无数次地碰到过绾绾。每一次都是茑萝格格的热情遇到绾绾的淡定，甚至是戒备和冷淡——包括带她的大人的不温不火。

比如，当茑萝格格热情地“扑”过去时，绾绾会戒备地后退两步——预防茑萝格格的过度热情把自己冲击到了——然而，在确定茑萝格格不会对自己产生妨碍后，绾绾会主动地前进一两步，小心、谨慎却不乏友善地观察、接触并试图跟茑萝格格“玩”在一起。

圆圆呢，却是另外一种一燃就爆的性格。当茑萝格格远远看见她，大喊着“这是我的好朋友”并冲过去时，圆圆也会猛地爆发，尖叫着，两个人拥抱在一起，又跳又笑又闹……倘若不是旁边的大人伸手提防着，很有可能就会摔在一起。

这或许不仅仅是茑萝格格“跟小朋友打交道的方式”不太容易接受，还可能是各自的个性问题。

罗光濯被逼着不停地思考和尝试：孩子在这个“里程碑”式的成长过程中，应该教她什么……

所以，每次看到自家闺女热情而迫切地想跟人家交朋友，而人家都是淡定、冷淡甚至是逃避，罗光濯都会“很受伤”，怕孩子心灵受到伤害，因此设法找各种理由帮她善后，也在引导她学着用一种正确的方式去交朋友：

“不是每个小朋友都像你一样……”

“不是每个小朋友都愿意……”

“我们应该……”

并试图不断地提示她：

你会怎么邀请小朋友跟你一起玩呢？

小朋友拒绝时你怎么办呢？

如果别的小朋友邀请，你不愿意，要怎么拒绝呢？

……

但均无效。茑萝格格仍然固执地按照她自己的方式找啊找啊找朋友，找到她的好朋友。

下一次见到绾绾时，依然如同往常，想给对方一个“熊抱”。所以，只要罗光濯带茑萝格格出去玩，只要远远看见绾绾，罗光濯就立马要带茑萝格格绕道而走。然而，茑萝格格的眼睛还贼精贼尖，在罗光濯还未来得及急转弯时，就已经像发现新大陆一样：

“那不是我在幼儿园的好朋友吗？”

“是吗？”

“是的！”

“爸爸怎么觉得不像啊！我们还是往这边走吧！”

“我觉得是。我们还是过去打个招呼吧。”

“不用了吧？我们去看绿皮车（邮政车）吧！”罗光濯赶紧提出一项诱惑计划。

“我不！我要去邀请我的好朋友跟我一起玩！”

“她要回家了。没时间跟你一起玩。”

“我们过去问问吧……”

无论罗光濯如何绞尽脑汁，如何拖延时间，都挡不住茑萝格格热情的脚步。长此以往，罗光濯那颗“很受伤的心”，在伤痕累累之后，已经麻木不仁了。

由她去吧，罗光濯淡淡地想。自家闺女也真够皮实的，屡败屡战……

淡定中，开始慢慢观察和摸索：

自家宝贝是什么“类型”的人啊？具体表现如何？

让自己印象最深刻的有哪几种宝贝类型？都分别如何表现？

不同类型的小朋友有不同的交往和反应方式，跟自家宝贝最玩得来的是哪种类型？有什么具体特征和表现？如果遇到跟自家宝贝“气场不合”的小朋友怎么办？

在这个过程中，罗光濯忽然意识到，自己之前的种种做法是不对的。

育儿先育己，最重要的，不是“教”孩子怎么做，而是应不停地琢磨和试探自己应该怎么做。

每个孩子都是宝，要尊重他/她自身的成长规律和性格特点，不能以“邻家的那个孩子就是好”来作标准……

罗光濯也常不自觉地说“你看沫沫姐姐多乖啊”，总是会下意识地拿别人家宝贝来做参考系，约束茑萝格格现在的行为。

但是，现在，他在刻意地“约束自己”不要用别的孩子为标准来评判茑萝格格的行为，而且学着用孩子的需求倒逼自己的改变：

假若你是一个“社交恐惧症”轻度患者，似乎并不擅长跟其他孩子和大人打交道，当你的孩子突然进入“社交意愿强烈期”，你会被逼“改变”——你会改变吗？你会做出如何改变？

A. 当宝贝想邀请别的小朋友一起玩时，你第一反应是阻止，还是鼓励？为什么？

B. 别的家长（或其他带小朋友的大人）是什么反应？热情，漠视，或直接拒绝？会对你和宝贝产生什么影响？

C. 若别的小朋友一再地拒绝你宝贝的邀请，你是立刻阻止他进一步的邀请，还是协助他去邀请？你会说……

D. 在小朋友一起玩时，你会和其他大人闲聊交流宝贝的话题么？你觉得礼貌性地“寒暄”就可以了，还是可以深度交流成长的话题？你会说……

E. 做爸爸的，如何学习跟小朋友一起玩，帮助自己的宝贝交到好朋友？

教育孩子之前，必须先教育自己；孩子成长的背后，其实隐藏着的，是我们作为辣妈囧爸“第二人生”的成长。所以，跟孩子一起成长甚至比孩子更先、更快、更好地成长，其实是我们辣妈囧爸必须要先致力于解决的问题。

所以，罗光濯突然发现，自己最应该焦虑的，不是茑萝格格如何“交”朋友，而是自己如何围绕孩子进行“社交”。

让茑萝格格上舞蹈班，最初就是为了帮助她拓展“社交圈”，多交几个小伙伴；但接连上下来，被教育被改变的，往往是罗光濯和秦晓珺自己。

2

罗光濯第一次带茑萝格格去参加“云中的舞蹈”时，进门一看，原来这么多小朋友啊！

而且，原来这么多茑萝格格的“好朋友”啊。

不但有同一个小幼儿园班的同学，如绾绾、末末、安安、巫巫……以及罗光濯听说过但还对不上号的潼潼、凝凝；

还有茑萝格格带医生玩具出去时，一起玩认识的“大”小朋友，如雅雅姐姐、思思姐姐……

罗光濯第一感觉，是：茑萝格格在这儿找到伴了。

茑萝格格的第一反应，也的确是迫不及待，忙不迭地换好鞋，然后像小鸟一样地飞了进去，迅速地脱离了罗光濯的视线。

罗光濯有点急了。门口一堆鞋子，但没有大人的拖鞋，正考虑是否是脱了鞋，直接就这么穿袜子进去。

看见先来一步的某爸在皮鞋上套了一次性的塑料，罗光濯便急急地去翻门边的鞋柜，看见里面有一双，也不管人家穿过没穿过，拿过来套上，就赶紧迈过了门。

一迈门槛，茑萝格格重新进入了视线。她正在屋中央“茫然”地看着四周跑来蹿出的小朋友们——这是茑萝格格进入每一个陌生的环境时的“第一反应”，总是谨慎、茫然、安静的样子，四周看看，到处儿瞟，而且眼神还有点儿“漂”。这是她在一点点地了解和熟悉环境，但看在别人的眼里，总会误以为——这真是一个很乖很文静的小淑女啊。

罗光濯提到嗓子眼的心也就安然地沉了下来。

每一次茑萝格格一脱离自己的视线，罗光濯都会是这种反应，从心到全身，每一根神经都绷紧，就像刺猬似的。为了保证茑萝格格就在自己的视线范围内，那可真是亦步亦趋，移步换景，每一换都不超过五步之遥。

像浩浩奶奶那样，隔着一个广场只见到一个小背影，那是不可想象的。更不要说：N次浩浩跑到罗光濯面前，“叔叔，叔叔”，口齿不清地打招呼，罗光濯问他：“你奶奶呢？”隔了半天，才看见他奶奶或其他带他出来的人，一步三摇地从拐角处显出身影——这可是“拐了个大弯”，看不见的啊！所以，想想，罗光濯也蛮佩服浩奶奶的“放羊”——虽然浩浩是男孩，但比茑萝格格还小半岁啊。他们怎么就放得下心呢？

虽然罗光濯也不止一次地检讨和反省自己的谨小慎微，努力告诫自己也应该学着宽一宽心——当然，不可能像浩奶奶那样拐个大弯看不见的“放羊”，但至少在视线所及的范围内，适当地拉开一点点距离，“远观而不近身”，应该是可以的吧？试了几次，还是“不敢”。

一是需要就近预防茑萝格格一些比较“出格”的行为。比如，突然跑上去，张开双臂，用力拥抱（或者不如说拍打）刚走过的小朋友，把别人吓一大跳；或者，没打招呼，一下子就抓着小朋友的手，说“我们一起玩吧”，小朋友若不愿意，甩手她不让甩，越抓越紧；最后，变成箍，甚至是掐了……

二是，茑萝格格这个小丫头是比较野的。最近出现了一些苗头，一不注意，就故意要跑出“大人的视野”……母后大人带她到地下超市去买菜，她趁姥姥付钱时，自己一口气跑到了地上一层；当母后大人心急如焚、气急败坏地找了一大圈，终于有人指点才找到她时，茑萝格格还咯咯咯地笑得很开心。她觉得这个事儿特好玩……

这样的事儿，在罗光濯带她出去玩时，也发生了N次。她趁爸爸替她收玩具时，撒丫子就跑，一不注意，就跑得不见了人影；还是别的家长喊，罗光濯才追准了方向。你越追吧，她跑得越快；而且，跑一段，还停下来，看你是不是追在后面……

家里人议起这个事儿时，秦晓珺发狠说：“下一次带她去公园时，你就干脆隐起身来。让她看看，找不到大人，是什么滋味……”

罗光濯当时就急了：“亏你想得出。公园人那么杂，你一不留神，就找不到她了。那不是看她什么滋味，是看我们自己什么滋味！”

3

闲话少扯。

罗光濯粗粗扫了一眼，嗬，熟人真多啊——绾绾姥姥，末末爸、雅雅妈……在屋子边上排成了大半圈，正三三两两地闲聊着。

罗光濯仅仅是扫了一眼，就又把聚焦点缩回到茑萝格格身上——所以，这些都只是人影，很模糊，更不用刻意地跟他们打招呼了。

这大概是他的社交问题吧？不能放松，不能分心二用，不能进行家长式的社交。这一点马上就得到了“正面印证”。

因为下一秒钟，罗光濯就“正面”遇上了茑萝格格小幼儿园班的秋秋妈和五岁的秋秋——她学的是上一时段的大班课。

秋秋妈笑容满面：“你也带茑萝格格来学了啊！”

“是啊，是啊。”罗光濯漫不经心地答道，眼睛瞟向茑萝格格：“茑萝，你跟阿姨问好了吗？”

茑萝格格已经开始转着圈，找可玩的人可玩的事可玩的东西了。

“这孩子！”罗光濯抱歉地冲秋秋妈笑笑，连她什么反应都来不及捕捉，就又转起圈追踪着茑萝格格的脚后跟了，一边还心不在焉地问：“你家闺女下课了吗？”

这纯粹是废话！这不下课，小班的同学和家长能进到屋子里，闲聊的闲聊，玩的玩吗？

在这种情况下，秋秋妈大概也没什么兴致，没话找话：“是啊，是啊。带孩子来学学好。”不知道是说她自己带女儿来学好呢，还是夸罗光濯带茑萝格格来学好？

……

就这么两三句不咸不淡地扯完，就了了。秋秋妈什么时候走的，罗光濯都没注意。事后清醒过来，他才意识到自己的问题。秋秋妈是小幼儿园的志愿老师。

这是一个多么难得的机会啊！在非课堂之外的“偶遇”，家长和老师完全可以就孩子在班上的情况闲聊上两三句嘛。

我们不是一直想了解孩子在班上到底怎么样吗？平时跟老师见面都没什么机会。这个机会多难得啊！最重要的是，以此为契机，可以由浅入深，跟老师联络感情，加深印象嘛。

说到底，罗光濯还是不善于利用偶然出现的机会，进行“有效的社交”——同样只是两三句话，可达致的效果却是完全不一样。

像现在这样，不咸不淡，心不在焉的，完全是没把老师放在心上嘛。

同样的“错误”一而再再而三地发生。

雅雅妈跟罗光濯打招呼：“你们家茑萝也来了啊？学这个也太小了吧！”雅雅四岁多了，比茑萝格格整整大了一岁。

罗光濯迅速地“瞄”了她一眼，浮出一波两层的笑，眼光又倏忽地扫向了茑萝格格，语气急促：“不小了！这里好多她小幼儿园班的同学……”他的意思本是想说，在这些同学里还有比她更小的呢。

但由于嘴虽然是对着这儿说，眼却在茑萝格格处，心更在关注（茑萝格格怎么反应的）、担忧（她如何才能更快更好地融入到“环境”里呢？尤其是小朋友们欢快地玩着的气氛里）、防范（防止她做出什么“出格”的事儿或者遇到什么意外的事情）……各种复杂的情绪里浮起沉落，所以，说出来的意思却被雅雅妈理解成了另一个意思：

“是啊，是啊，同一个幼儿园、同一个小区里来的人真够多的！不过，你们家孩子真够小的！”

雅雅妈再一次强调。

罗光濯瞄了一下全场。是啊，在所有的小朋友里，茑萝格格看起来是“个头最小的”。哪怕是比她小一两个月的，看起来都高一点，壮一点。

4

开课了。

罗光濯从一开始就对准茑萝格格进行摄像。

一是为了纪录下茑萝格格的成长轨迹；二也是为了留下影像，便于自己和秦晓珺了解、观察和分析茑萝格格的反应和状况，并捕捉和反思教育的“微妙”心迹。

这么一做，还真是发现了一些“问题”。

在上半场，老师带领大家做舞蹈动作，小朋友们虽然参差不齐，但大致还是像模像样；尤其是有一两个小朋友，那真是做得“标准”、“规范”和“美感”啊……茑萝格格由于此前没有学过，所以只有跟着学，边做边学，边学边做。

罗光濯注意到她不是跟着老师学，而是看着前面和旁边的小朋友做——这样的话，动作就更“参差不齐”了。一个完整的动作下来，只能做对几个节拍，起起落落间，总是会有很多的空白；而且，就是跟着做对的几个节拍，也是要慢上半拍，所以，在一堆做得貌似很优美的孩子间，还是比较“扎眼”。

这很容易产生“比较”。“邻家的那个孩子”就是做得好啊！但马上，罗光濯就意识到自己的心态不对，需要调整为“赏识自己的孩子”——这些孩子可是上了好几节课的啊！基础的形体动作、韵律节奏……都比茑萝格格掌握得多一些，早一些。

茑萝格格还没有正儿八经地“学”呢，就这样自然而然地跟着学、跟着做，能有这么快的反应，已经很不错的了。

就这样，带着欣赏的态度边纪录边观察茑萝格格的反应——虽然摄制的只是后背，看不到茑萝格格的面部表情和正面的形体动作，也无暇去观察和比较其他孩子做得怎么样……这样也好，眼中只有自己的孩子，欣赏她每一个细微和局部的动作。

虽然动作不到位的情况屡屡发生，比如，背部该挺直的时候没有挺直，让伸腿时伸得不合标准……但那又怎样？她能做到这种程度已经很不错了！

虽然，旁边有一个“参照系”的小女孩，那真的是做得标准、规范和完美。

期间，茑萝格格扭头扫瞄了几次，罗光濯都冲她竖大拇指。

5

秦晓珺看这段录像时，问：“她是不是在找你啊！我觉得你这样录像，干扰了她的注意力。下次还不如不录了。”

罗光濯翻翻白眼。录这段像，不就是让你了解她真实的情况吗？当妈妈的，老加班，对孩子的现实生活和真实反应，会经常发生隔膜和误读。何况，这怎么是录像分散了她的注意力？完全是武断的判断嘛。茑萝格格是在回头寻求鼓励呢……

但秦晓珺还是很郁闷。

她郁闷的是在第二个单元，老师正式教一些形体舞蹈动作时，茑萝格格似乎跟不上老师的指令，理解和体悟不了教学的意思，所以，动作有些延误、迟钝和错位：“她的腿哪里绷直了的呀！那足尖根本就没有按老师的意思翘起……”

罗光濯不客气地说：“你的要求也太高了吧？这么复杂的动作，她第一次学，就要求她学到位，可能吗？！要知道，她前面的基础动作一个都没有学。

别看只缺了一两节课，那也是由简单到复杂，一步步地学过来的……”

秦晓珺沉吟了片刻：“那是不是应该从一开始就让她上课？像绾绾她们一样，从基础的课程学起？不对，你看安安她们，不也是第一次正式上课嘛……那她们怎么就跟得上老师的节拍呢？”

那就是说：你家闺女的领悟力比别人慢半拍？或者说，她的注意力不集中，所以学得比别人慢，比别人差？

这一点激起了罗光濯的“比较心”——谁都想自家的闺女“表现”得比别人好，是不是？但很快，他又意识到这种心态需要调整。他真没注意到安安等几个也是“第一次”来上课的，瞄了一眼录像，确实在某些环节做得比茑萝格格好。

虽然他下意识里也在找理由和借口：安安和雅雅都比茑萝格格大啊，大一些的小孩“听话”能力总要强一些吧？但很快，他又意识到问题的根本不在这里。

“如果真要起了‘比较心’，那你始终就会把自己的孩子跟人家比来比去。即使你比这个孩子做得好，那总有别的孩子比你做得好——所以，关键还是要放平自己的心态。目光要聚焦在自家孩子身上，放大镜要用来放大她的优点，而不是‘邻家孩子’的优点……”

“话是这么说。可自家孩子‘学’个什么东西，总还是希望她‘学’习能力强一些，能比别人‘学’得快一些，好一些……”

“那如果是这样，没准我们现在就需要送她去学‘学科英语’了。起点早一些，高一些，不是跑得快一些嘛……”

“我不是这个意思。我的意思是，看茑萝‘学’舞蹈时，形体动作、韵律节奏……似乎把握得不好。是不是我们平时给她放的音乐少了？在家里应该给她多放放舞蹈音乐？”话出口后，又马上否定自己：“关键是，放了以后，她也不知道那些动作如何做啊！”

罗光濯看着秦晓珺没说话，只觉得她是有点魔怔了。前面一个观点他同意，确实应该给孩子创造一种“家庭环境”：不仅仅局囿于舞蹈音乐……但不现实。这也是他调整自己心态的一个重要看法：孩子出“问题”，不是他自己的“问题”，而是我们在某些方面没有做到位。假若是茑萝格格对韵律、节奏这些反应不灵敏，除了遗传基因之外，根源就在于我们没有为她创造这方面的家庭环境。

但是，如何创造？没有姥姥姥爷的配合，仅凭罗光濯自己在家那点有限的时间，为她播放这种音乐，无异于三天打鱼两天晒网……如果你拿这个事儿去跟姥姥姥爷谈，他们很可能会嗤之以鼻：这有什么用？

老人的观念是很难改变的。所以，不现实。

而后一个观点，罗光濯其实也有点拿不准：“学，现在才三岁半，需要强调‘学’么？还是，只是让她快乐地玩一玩？”

6

接下来，秦晓珺就有点嫌班上人数多了。

“如果要校正小朋友的形体动作，她哪里顾得过来啊？你看，她根本就没有理茑萝嘛！”

她指着的那一段视频录像，正是茑萝格格站在老师的背后——在视线被遗忘的角落里。这一点罗光濯倒是非常赞同。孩子需要老师矫正形体动作。如果人多了，确实不利于自家孩子。

茑萝格格其实还是表现出了强烈的“学”的意愿。所以，但凡有矫正，都是极其配合的——这跟她在家里要她配合刷牙、洗脸、洗脚，可是天壤之别。

但若说老师没有“理”茑萝格格，这可不客观。在整个上课过程中，老师至少“点”了茑萝格格七八次：“这样做，不错。茑萝 100 分。”即使你把它理解成老师是为了鼓励罗光濯交钱上课——但能激励、鼓励和照顾到茑萝格格已经很不错了。

茑萝格格坐在最外围。老师在巡视中，还亲自为茑萝格格矫正过好几次形体动作，茑萝格格无一例外都配合得很。

茑萝格格本在中场，但自己跑到前面第一排，靠近老师。看样子，似乎是想近水楼台先得月，得到老师的指点。

在第四单元的教学中，老师还果真以茑萝格格作示范，“吼”着让所有小朋友坐下来，好好看着——然后，她亲自来调教茑萝格格的动作。茑萝格格真是配合得很。

但调教后，大概是觉得茑萝格格的整个形体不标准、不规范、不完美，所以，老师又指着那个一直都做得很好的小女孩说：“你，过来！其他人，坐着，看好。”又示范了一遍。

于是，茑萝格格在左，小女孩在右。罗光濯看不出来有什么差别。但是，不妨碍他不由自主地想，从这么小起，老师就要树标杆啊？

在整个课程中，绾绾的表现也引起了罗光濯的注意——很淘，很不安分，但很聪明，反应很灵敏。所以，老师也格外关注她：“绾绾，你的脚尖怎么不绷直？是因为没穿舞蹈鞋吗？——绾姥姥也跟她强调，没穿舞蹈鞋也可以绷直的。”于是，绾姥姥很严肃、很霸气、很强势地喝道：“绾绾！”

绾绾一偏头：“姥姥！我做得很好！”

大家就都笑了。

……

在整个课堂期间，绾绾一直会有一些“出彩”的动作、话语，引发老师的注意；大概也是因为绾姥姥的强势姿态，也会让老师格外关注绾绾，并比别的小朋友多了几分调教。

罗光濯猜想：这难道就是“会叫的孩子有奶吃”？如果这是真的，相比那个一直做得很好的“好孩子”和一直善于引发老师格外关注的“特别孩子”，茑萝格格又是什么样的呢？

她似乎一直想努力融入老师的标准体系，但又因为自己注意力分散或其他种种原因……做不到像“好孩子”一样标准、规范和完美，时时戴小红花；又不像绾绾一样善于以出彩的动作、言语和其他方面的言行而引发老师特别的关注，颁发特别彩票；而她自己，似乎也一直在老师、同学和家长的眼皮底下游走，但又“游离”在外——罗光濯实在找不到别的更合适的形容词来形容她在这些孩子中的位置——那她的位置，到底在哪里呢？

其实这个问题也是在问罗光濯自己：假若自己的孩子不是在老师欣赏的“好孩子”体系、格外关注的“特别孩子”体系，以及沉默的“大多数孩子”体系中……而是像一个游移不定的光点，在这些体系里游来走去，我们如何能以“赏识”的心态，把它放大成为一个优点、特点，而不是应该担忧的问题？

是的，我家的孩子是最特别的！

不管老师和同学们欣赏不欣赏——但至少辣妈囧爸是要以欣赏的眼光来了解、理解和接受孩子的“不同之处”。

这是面对自家孩子的状态和状况，提前培养父母强大的内心和自我——因为，当孩子的“特别”使得她在一个群体中很“特别”时，做家长的，还不能干预。

7

跳舞大厅里，有一面全是玻璃镜。

茑萝格格非常喜欢站在镜子前，点点头，又摇摇头，嘴里还没有韵律地唱着小调……完全是那种自我陶醉在音乐节奏里的状态。

中场休息时，别的小朋友喝水的喝水，吃东西的吃东西，玩闹的玩闹，唯有她站在玻璃镜前沉醉——哪怕是已经下班赶过来的秦晓珺把她短暂地拽过来喝了口水后，她又跑回去了，俨然一个在很严肃地琢磨老师上课内容的小学生。

虽然，很可能完全不是那么回事。但至少，看起来还蛮像是那么回事。

绾绾好奇地走近——这是罗光濯印象里她第一次主动地靠近茑萝格格——虽然，还有点小心、谨慎、提防和警惕。

茑萝格格没理她，仍然面对玻璃镜自演自唱。

绾绾也转过身去，面对玻璃镜，看了一会儿，开始张手拍打玻璃镜。

茑萝格格被干扰到了，很恼怒："不要拍！"

绾绾"顿"了下，看了茑萝格格一眼，又继续拍。

"不要拍！"茑萝格格再次言语阻止，"你会把玻璃拍碎的！"

绾绾不理她，继续啪啪啪拍玻璃。

"爸爸！绾绾拍玻璃！"茑萝格格扭过头来大声喊叫，"我叫她不要拍，她不听！"

大厅里的人都朝他们看来。罗光濯尴尬地挠挠头。

秦晓珺莫名其妙："这是什么意思？绾绾拍玻璃，影响到她了吗？"

"不是！"罗光濯解释说，"她刚来时，和圆圆一块儿淘，也啪啪啪拍玻璃，我就阻止她说，玻璃是易碎品，如果拍碎了，容易伤着自己的手，也伤着小朋友。所以，她可能是记住了，阻挠绾绾‘搞破坏吧’。”

“不会吧？”秦晓珺难以置信。

“不信，你瞧瞧。你闺女就像个‘世界警察’。”

果然。

“爸爸，绾绾不听，还在拍！”茑萝格格又叫了起来。

罗光濯脸上的尴尬色彩更浓了。他能怎么说？自己是这么教导闺女的，闺女把这个记成了一个原则，然后用这个原则去判断别人的对与错……他无论怎么说，都会陷入悖论。

他只好朝茑萝格格摇一摇手。意思是说，别管她啦！

茑萝格格没有等来期待中的爸爸的阻止，却见绾绾反而拍得更厉害了，于是，决定自己“动手”了：“我叫你别拍啦！”——她冲上前推了绾绾一下。

绾绾后退了一步。

“你走开！我让你别拍你就别拍！”茑萝格格仍然气愤难填，越说越来情绪，又上前推了一把，“我让你别拍玻璃你就别拍！”

……

秦晓珺罗光濯都傻眼了。还是罗光濯最先反应过来，一个箭步冲了上去，把自家闺女搂住：“茑萝，有话好好说。你怎么推绾绾呢？”

“谁叫她拍玻璃的！”茑萝格格理直气壮，“她拍玻璃就不对。”

“即便她不对，你也不应该推她啊。你应该好好跟她说，不要拍玻璃，琉璃容易碎，碎了容易伤着自己。”

“我说了她不听！”

“那你可以告诉大人啊。就像爸爸给你说的，就像小区里乱停车的，我们处理不了，可以告诉物业的叔叔阿姨，让他们来解决啊。你也可以把你认为不对的事情，告诉绾绾的姥姥，让她来跟绾绾说啊！”

这时，秦晓珺也过来了：“茑萝，你跟绾绾道歉吧。”

“我就不道歉！”茑萝格格在爸爸怀里扭来扭去，“爸爸，你放开我！”

“茑萝，你先跟绾绾道歉。爸爸就放开你。”

“你弄疼我啦。”茑萝格格扭着往地下坐。

罗光濯无可奈何地看着秦晓珺。

“那妈妈替你跟绾绾道歉吧。”秦晓珺看着绾绾，“绾绾，对不起哈。茑萝不应该推你。我替她向你道歉，你原谅她吗？”

绾绾退后一步，似乎愣了一下，然后又慢慢地朝前进了一步。

茑萝格格仍然在爸爸的怀里扭来扭去，不断地想挣脱离开，“呜呀！爸爸，你放开我！”

……

退回到原地，秦晓珺说：“你闺女真倔，就是不肯道歉。”

“就算她自己错了，她都不肯轻易道歉，何况这事儿她觉得她是在‘主持正义’。”罗光濯苦笑着说，“你现在明白了，你闺女就是个‘世界警察’。什么事都想管上一管。尤其是，你告诉她的那些不该做的事情……她记得可牢了！”

你跟她说，小朋友不要在电梯里尖叫！过了很久很久以后，她会跟你“告状”，爸爸，这个小朋友在电梯里尖叫！

你跟她说，小朋友不要光着脚在气垫床上玩。她会走过去，对光脚的小朋友说，你为什么不穿袜子！

罗光濯秦晓珺开车时，经常会抱怨那些乱停车的人。茑萝格格现在一见到小区楼门前停的车，总会说这个车真不应该，乱停车，真不像话！

尤其是那些在十字路口违规停着、从“村里”拉水果来卖的拖拉机，罗光濯停下来，本意是想买一两样新鲜的水果给她尝尝鲜，结果茑萝格格却说：

“你知道吗？你们不能在路口卖水果！这样堵塞交通！”

……

如此种种！

8

最关键的是，罗光濯还注意到，茑萝格格对绾绾态度有一些微妙的变化。

如前所述，绾绾是所有的小朋友中茑萝格格对她最热情，但她对茑萝格格最冷淡的——而且，是始终如一的冷淡。

或许，只能用“两个人性格不合”来说事儿吧。不，或许只是单方向的。因为，至少，从茑萝格格这个角度，最初，她是非常想跟绾绾做朋友的——只是绾绾不乐意接受而已。

据罗光濯观察，绾绾跟别的小朋友却不这样——或许还跟巧巧慢慢地成了一种搭对子的伙伴关系。

茑萝格格就没有这样比较稳定的、固定的小伙伴，包括跟圆圆也是这样的——爆发式的开始，爆发式的结束。两个人再见时，也没有某种恒定的发展。仿佛每一次都是归零开始。

在学舞蹈时，在玩找朋友游戏时，小朋友们往往会下意识地搭成某些对子——一次两次三次下来，你能发现某两个小朋友总是有规律地组成对子。比如，绾绾和巧巧。

但是，茑萝格格从来就没有。她都是满场蹿，经常是硬生生地想挤进已经搭好对子的两个小朋友里——她会拉着绾绾或巧巧的手，要成为她或她找的“好朋友”。但是，巧巧和绾绾已经是“好朋友”了，就会往外排斥她。巧巧还好一些，但绾绾在躲避的同时，也在竭力地推开茑萝格格……尤其是茑萝格格“强行”想要挤进并拆散她们时，巧巧经常是站在那里什么也不做，但是，绾绾是一个劲儿地想甩掉茑萝格格的手，就像是想甩掉粘在自己身上的小虫子一样……

于是，罗光濯秦晓珺不得不出面干预：“茑萝！小朋友已经结好对子，你就不要插进去了。你可以去找嘟嘟做好朋友，你看嘟嘟也是一个人啊……”

这种大人的干预只是临时有效果。到了下一次，又是故态重萌……茑萝格格总是下意识地找那几个她特别熟悉的小朋友搭对子，但是往往她们已经搭好了对子。她就硬往里挤，甚至拉过某个小朋友的手，就往自己肩上搭。

看得出，她还是渴望跟某个熟悉的小朋友作为“好朋友”的……

秦晓珺说：“我看了，心里真有些难受……我就委婉地告诉她，我们可以找那些想跟你做好朋友的小朋友玩啊。”

罗光濯说：“还好啦！茑萝格格现在已经开始学着辨别哪个小朋友对她热情，哪个不热情了……”

对绾绾视而不见，是不是这样一种“进步”？但茑萝格格的生活中始终没有这样一个小朋友出现。哪怕只是能够搭对子的小伙伴。所以，罗光濯还是有些焦虑。他还是希望茑萝格格能交到一个稳定而持续的好朋友——就像小闺蜜一样。

接连数次下来，罗光耀有一种很鲜明的感觉：茑萝格格自己，大概也在这个过程中意识到了，不是她想跟别人做朋友，别人就愿意跟她做朋友的。一个巴掌拍不响。所以，她的态度也在慢慢发生变化。

直到现在，罗光濯忽然发现，茑萝格格在遇到她这些幼儿园的“好朋友”时，忽然像她们一样了：视而不见，淡定冷漠……

难道，这就叫长大吗?

不知道从什么时候起，也不知道是因为什么而改变，总而言之，茑萝格格在重新遇到“那是我幼儿园的好朋友”时，不再兴奋，不再尖叫，不再热情，不再上赶着说“我们一起玩医生玩具好吗”……

罗光濯在松了一口气的同时，另外一种担忧和焦虑又浮上心头。

9

深思熟虑之后，罗光濯和秦晓珺“非常正式”地谈了一次。

他说，你在做买学区房的决定，甚至提前进入“学租房”时代时，有没有考虑到茑萝格格的心理感受？

秦晓珺做出从“学租房”到“学区房”逐渐过渡的决定时，正是茑萝格格从“Terrible Two”（麻烦的两岁）亦即“人生第一次叛逆”到整个三四岁最关键的“社交敏感期”：她正在努力辨认“自我意识”和“集体认同”，她现在非常需要这么一种熟悉的群体和集体……她才真正需要一个“过渡期”。

所以，秦晓珺的这个决定依次遇到：母后大人和皇帝哥的PK；再到跟猪头老公沉默无声的较量……其实这些都不是问题。但是，当遇上了宝贝事实和行动上的反抗——我还要在小区里上学，还要跟这些小伙伴们儿玩——后，就成了最大的难题。茑萝格格现在正在困惑和挣扎中，想要弄清楚，找啊找啊找朋友，怎样才能找到自己的好朋友？

从三居变蜗居，从小区变学区，其实最麻烦的，就是对这种“找朋友的仪式”的打断，以及茑萝格格好不容易才建立起来的“小伙伴”关系，就这么散了。

在一个新地方面对一群新的小朋友，如何能够那么快地建立起熟悉而亲密的关系？

从熟悉的人到陌生的地方，如何让孩子尽可能少尽可能轻地经受震荡？

可是，房子要租的都已经租了，没租的也都必须租出去了——这是不可改变的事实啊。怎么办？

真的猛士，敢于直面惨淡的人生和彪悍的学区房问题。如何应对这些挡在眼前的拦路虎？

秦晓珺想过很多选择。

扭头就跑？

这不是她的性格。她从不会逃避任何人生和现实的问题。哪怕这些现实问题就像压力山大。山不到我这里来，我就到山那里去，总不至于让它挡住天上的阳光。

正面抗压？

这也不符合她的性格。秦晓珺从来都不是鲁莽的人。哪怕只是一次很小的单元测试，她都想有没有诀窍可循。

当然，真正的捷径是没有捷径。但是，“书山有路勤为径，学海无涯苦作舟”，适合觉悟君，但不适宜辣椒公主。

为什么不可以省点力气？开车上去，坐快艇……不行啊？哦，这个比喻有点不伦不类。但是，可以表明：我们的辣椒公主，是从来善于利用工具、借用外物，甚至是取势乘时……来为自己服务的人。从来不会苦干蛮干，像笨牛一样的干。

略施小计，行贿取悦？

这当然是肯定的呢。对敌人从来是要分化瓦解……比如，对于老公觉悟君，自然是略施小计，让他自己主动向“组织”靠拢，争取宽大处理。“30+”的男人了，不就是有一种活得很简单很纯粹的“素心”——就是想要一张能够放得下自己、比天空还宽广，比海洋还辽阔的心灵的“大书房”吗？从

“宜居”到“蜗居”，第一个遭受冲击的就是他。但是，第一个做出“牺牲”、率先站在秦晓珺一边、以实际行动支持她的决定的，也是他。无他，爱一个人，就要在她最需要你支持的时候，无条件地支持她。哪怕，你对她的决定，其实很不赞同，很有异议。

对于老爸皇帝哥，自然是行贿取悦——一个小小的礼物，一句抹了蜂蜜的夸赞，还有就是一个轻轻巧巧的许诺……自然就轻易地让皇帝哥内心瓦解，虽然不至于明里背叛母后大人，但是在暗地里撬些墙角，通个风，报个信，甚至吹点枕边风，自然是能做到的。我们现在，需要在最大的敌人最亲近的身边，发展自己人——皇帝哥自然成了最佳的抉择。

至于母后大人，这个像千年冰山一样的最大的敌人，辣椒公主最有效的方法之一，就是“进入敌人内部”——就像猎人追踪猎物时能够进入它的心里一样。但是，如何进入母后大人的内心和隐秘的世界里……这确实是一个难题。

通过诸种策略和努力，秦晓珺终于把这些曾经反对的人都变成了自己的伙伴。

然而，她唯一没有想到的意外，就是茑萝格格居然会成为最顽固的反对者——

刚一开始，她真还没有上心。

三岁多的孩子，哪里懂什么故土难离？又知道什么情难舍意难分？哪里会有什么固定不变的小伙伴啊？又能有什么常性难以转移的友情啊？转过眼去，她就会认识新的小朋友，把旧的小伙伴们忘得干干净净……

这些都是大人们的常识和共识。觉得小朋友们都是图新鲜感的。哪怕是对旧的人旧的事旧的物，有着执着和眷恋，也就是那么三秒钟三分钟的事情。只要及时把她的注意力转移了，将其引向新鲜的人和事物上，还怕她不会把此前念念不忘的事情忘得干干净净的吗？

然而，无论她怎样巧舌如簧，百种道理，千种引诱，万种许诺……茑萝格格都是油盐不进，软硬不吃，以一会破十要，以一法破万法，就是一句话：我每天下午都要带医生玩具在小区里邀请小伙伴们一起玩！

“30+”的大女人，对付“3+”的小女人，以完败而告终。

秦晓珺噎住，直接无语，然后都快疯掉了。只能把求助的目光投向老……然后：老爸目光游移，老妈嘴噙冷笑，老公咳嗽一声……

怎么办？

难道，真的要重新审视一下：今年，我们买学区房——这个决定做得对不对？

第6章

买学区房是『教育出轨』：日常世界的非常之旅

引发改变的召唤，看起来像是外界的召唤，或是外面的刺激性事件：一个人（我要回北京为娃置换学区房了），一句话（你应该买学区房了），一件事（我的娃要通过学区房进二小）……但其实，秦晓珺们的内心，早就像兔子一样蹦跳了。不然，改变的信号弹一发升，她为什么就能立即接收到呢？因为，两者处于同一频率的啊。这只兔子在内心深处蹦跳的振幅，已经、正在、即将影响和制造整个家庭生活的摇摆和震荡。

1

怎么办？

难道，真的要重新审视一下：今年，我们买学区房——这个决定做得对不对？

觉悟君罗光濯洗完澡出来，看见辣椒公主秦晓珺正在托腮沉思——

或者不如说，她的精神正处于游离于九天之外的状态。但眼睛却死命地盯着iPad屏幕，一动也不动，似乎那屏幕上有一个大漩涡，像黑洞一样，向宇宙深处螺旋着钻下去，通过吸引注意力把辣椒公主的精力，牢牢地向宇宙的核心处吸去。

觉悟君探过脑袋一看："哟，你什么时候有闲心，耐看电视剧了？"

转瞬之间，又觉得不对。那屏幕没动啊。花眼了吧？揉揉眼一看，果然，原来屏幕按了暂停键——一个女人正在低下头去系白球鞋上的鞋带！

这很艺术吗？觉悟君诧异地再扫视了一眼。没觉得有什么特别的啊。以觉悟君研习几十部经典影视剧的眼光来看，这一个定格的镜头，没有任何高深的象征和隐喻，不就是一个日常生活中的女性系鞋带的普通场景嘛？为啥辣椒公主会像丢了魂一样，牢牢地粘在了这上面呢？

"这是啥剧啊？"觉悟君问，"咋这个演员看起来特面熟呢？"

"哦?!"辣椒公主大梦初醒，像个受惊的小兔子一样蹦了起来，"你什么时候进来的？怎么像贼一样听不到你的足音？"

"瞧瞧，你这是什么形容啊！"觉悟君不满了，"什么像贼一样？我正大光明地进来好一会儿了。明明是你自己走神了，好不好？"想想觉得有些不对劲，又把脑袋往前凑，"你这看的是什么片子啊？怎么像是把你的魂儿都勾走了。"

辣椒公主啪的一声把笔记本电脑一关，像防贼一样，一脸警惕地看着觉悟君：“你要干什么？”

“我能干什么？”觉悟君爬上了床，整个身体往前凑，嘴里喃出的热气忽悠悠地往辣椒公主耳根子里钻，“你说猪头老公对美颜老婆还能干什么？”

“哪儿凉快哪儿待着去！”辣椒公主奋力把觉悟君的猪爪子从自己身边推开，“今晚没心情！”

“你脑袋瓜里都想些什么乱七八糟的事情啊。思想怎么这么不纯洁呢！”觉悟君一脸无辜，“人家不过是想跟你一起看片子，享受柔软的晚睡时光。”

“那也不行。”辣椒公主毅然决然地说，“这个片子只能本宫一个人看。”

“为什么呀？”觉悟君一脸不解，“难道是什么禁忌片？不行啊，老婆大人，你不能一人吃独食啊！”

“本宫说不行就行。”辣椒公主斩钉截铁，“这片子男人不宜。”

觉悟君不像别的男人，老婆越这样说，就越好奇，就越是想看——他也不过是“逗你玩”儿。一看辣椒公主态度这样坚决，也就不再自讨没趣，转而问：“茑萝呢？”

“跟母后大人一起睡了。”秦晓珺道，“她说舍不得姥姥。”

觉悟君哑然失笑：“这有什么舍不得的？晚上睡觉前见，早上睁眼又见；说梦话，叫两声，姥姥姥爷都听得见——一步之遥嘛！”

“都是你们宠的！”辣椒公主剜了他一眼，“还不是在姥姥姥爷屋里，可以想玩到几点睡就几点睡。”

其实也没有啦。玩着玩着，不就睡着了吗？你看，现在那屋里不就没动静了？

不过，明智的男人是从来不会跟老婆顶嘴的。最佳的策略，就是你说你说，我说我说。不管你怎么指责，我就是不接招。

2

“也好，我们可以享受一下二人世界了。”觉悟君枕着自己的胳膊，悠悠地叹道，“就是老婆把我抛弃了。一个人睡觉，多么孤单啊……”

往日里必会得到娇嗔的调笑，今天却如石沉大海，半天都没有回音。觉悟君把头偏了一下，发现辣椒公主又把目光盯回了屏幕，戴上了耳机，压根儿就没听见，甚至根本就没有听他说什么。

这都什么世道啊？觉悟君不由悠悠地感叹。男人“30+”，不正颜值和内涵“双馨”的最佳年华吗？怎么对老婆大人就没有一点吸引力了呢？她注意力怎么全在另外一个女人身上呢？而且，还是隔着屏幕遥相凝望、“相爱两不厌”呢？

不由打了呵欠：“困了？睡觉吧？”

神奇的是，辣椒公主居然听见了。头也不抬，脸也不偏，干脆利落：“你先睡。我还要等一会儿。”

这“一会儿”是多久？谁知道呢？觉悟君侧脸躺着，静静地凝视着辣椒公主“专注”地看屏幕的脸——她毫无反应。或许是没有见着，或许见着了毫不在意。因为她的注意力全都在电视剧上了。

觉悟君就看见她看“一会儿”，就暂停“一会儿”，盯“一会儿”，想“一会儿”；然后，又看“一会儿”，甚至倒回去重看“一会儿”，然后，又是想“一会儿”……

不用说，这就是在“拉片子”了——从头到尾细致地观看和解剖一部电视剧了。觉悟君隐隐觉得有些奇怪。辣椒公主什么时候开始学习“拉片子”了？这不是一向都他干的事吗？为这，还备受她的嘲笑，说看一部作品，看就看过，还庖丁解牛啊？你以为你拿的是牛刀还是屠龙刀啊？

总之的总之，今晚的辣椒公主很奇怪。但是，睡意侵袭，潮流汹涌，觉悟君很快就抵挡不住了；那种奇怪的感觉只在脑海里盘旋了一会儿，眼皮子只一搭一合地瞅见辣椒公主专注的思考中眉头轻微地蹙起，略微感叹了一声，专注思考的女人原来也有一种别样的美丽和哀愁，尤其是在辣椒公主身上，可真是罕见得很……然后，就睡着了。

半夜突然醒来，四周一片漆黑。然后，忽然见到一个幽幽荧光，以及辣椒公主那夜明珠一样异常神采的眼睛，觉悟君吓了一跳，问：“你怎么还不睡？”

辣椒公主答得异常干脆利落：“不困。”

觉悟君大脑迟钝，费劲想了半天，只想得起来一个问题：“这个片子是谁推荐你看的？”

辣椒公主如此废寝忘食地看一部电影，绝对背后有人撺掇。

这到底是毒草，还是仙草？别把我家单纯简单直接的姑娘，给带入歧途了。

“干吗？”辣椒公主一脸的警惕。迟疑了片刻，还是坦率诚实地回答道，“谢老大。”

“噢。”觉悟君隐约提到嗓子眼里的石头又重重地落了下去，终于放心地沉沉睡去。脑海中的警报再也没有在半夜响起过。

谢雪梅谢老大的人品，觉悟君还是信得过的。

3

熟睡中的罗光濯，千想万想，还是没有想到，谢老大让秦晓珺看的，居然是一部“出轨片”。

而秦晓珺深更半夜，拉片子分析的，不过是开头十分钟，女主角是为何“出轨”的！

你还别说，秦晓珺还真是拿出“专业主义”的钻研劲头，一个镜头，一句台词，一个细节……去抠镜头背后的东西。

非但如此，秦晓珺还假想自己面对着一个无形的“观众”——那或许是谢雪梅，或许就是秦晓珺在这个世界上的另一个未知的自己——在一步一步地分析着这个片子……

秦晓珺把这个“出轨的开头”反复分析了数十遍，彻夜难眠。

她仿佛觉得，这是在影视中常看到的“开篇”，一种固定的模式：一开始，主角处于一种平“常”（甚至是平庸得让人窒息）的日常生活中，她的内心渴望着一种“非”常的冒险冲动，却因为畏惧（害怕秩序感和安全感被打破后找不到身心灵的安放处）而不敢迈出这一步，甚至都不敢正视自己内心的这种召唤；但是，在这一两分钟的突发事件中，一种让日常生活“非常化”的因素突如其来，即将打破主角正常的生活格局，她从此将走向一条迈往非常世界的不归旅程……

生活比故事更精彩。每个人都是自己生活的导演和主角。虽然秦晓珺并不像女猪脚一样，走到某种隐秘的极端。但是，决定购买学区房，难道不也是一个历史性的拐点：从一个正常而平凡的世界，进入到一个崭新而陌生的非常之旅?

秦晓珺作为自己日常生活剧的女一号，在正常而平凡的生活中，其实也是“平庸地幸福着”的。但跟这部剧中夫妻、两性关系“出轨”的欲望不一样的是，她在正常而平凡的日子中，隐藏的焦虑，完全是在孩子的教育上……似乎，总有一种声音在召唤着她，不要沿着正常的轨道前行，“不走寻常路，偏爱陌生人”，要打破常规，走上另外一条道路——这就是要在孩子的教育上“出轨”。

所以，让人匪夷所思的是，别人看这部剧看的都是婚外恋，都是在两性/夫妻/伴侣之外的“出轨”；而秦晓珺，看出来的，居然都是“教育的出轨”——跳出正常的轨道。

这不能不让人感到莫名的惊诧。不知道是秦晓珺的脑袋长得异于常人，神经元不是从猴子变过来的？还是这部出轨片确实拍出了象征和隐喻——让人能够看出自己“花有几样红、人人各不同”的欲望与焦虑？

我们的征途是星辰大海。但在这之前呢？我们为什么要踏上这个冒险的征途？

必须得发生点什么，才能让我们迈出征途的第一步。

不少影视剧或小说写作指南告诉我们，开篇的主体故事，必须写出：这“迈上征途的前一日/夜”所发生的里程碑式的重大事件——它是一号主角从日常生活到非常之旅的“拐点”。

但是，秦晓珺“今年，我们买学区房”的冒险之旅和心路历程到底是如何的呢？

4

每一个故事都是教科书，可以教我们一种思维方式，来比较和分析自己的现实与生活。

秦晓珺亦是如此。突破“出轨”这个表面上的伦理禁忌，她觉得这个故事模式，其实也是她自己决定买学区房、从日常生活到非常世界的冒险之旅，已经、正在和即将经历那N个里程碑式的关键阶段。

或许，可以将它们概括成五到七个步骤？每个步骤既代表着一种现实生活的改变，也预示着一种心路历程的蜕变。它们甚至可以整理成一种分析框架，让秦晓珺可以清晰地预见到整个心路的历程。

第一阶段的里程碑，或许就是从“日常生活”到“非常之旅”的机缘。

前一日/夜、里程碑事件、机缘和契机……种种莫名的关键词，都指向一个标牌：就像是一个“门槛”，你迈过去，便将昨日之生活抛在后，将今日之生活留下，迈向一个未来之生活。那是一种遇见未知的自己和未知的世界的旅程。

但就像故事指南所说的一样，如果你想刻画一条背井离乡的鱼，你就得先刻画它所在的正常世界，从而与它即将进入的离奇世界之间形成鲜明的对比。你只有把“生活的摇摆”描述得完整而精准，才能让人对后面突然发生的重大改变，做好心理的铺垫。

在“此”之前，辣椒公主秦晓珺的日常生活和正常世界是什么呢？呃，和传说中的童话讲述的一模一样：

在很久、很久以前（至少有十年了吧），在遥远的国度（四环以外五环之内，距离京都的核心，可不是非常非常的遥远嘛），举全国之力，终于建造了自己的宫殿（把全家的财富都敛集起来，买了一个城乡接合部“高档的小区”豪奢的大三居，可不叫“举全国之力”买房么？而且，是用光了所有纳税人的钱）；然后，母后大人、皇帝哥、辣椒公主，以及辣椒公主钦定的黑马王子……幸福地住在了一起——这是要打一个大的“？”的。

现实是，母后大人对这个女婿总有这样那样的不满意——所以，他们住过来其实是心不甘情不愿的；与其说是过来享受天伦之乐的，不如说是过来监督女婿是不是对自己的公主足够好……

所以，童话总是骗人的；说什么丈母娘看女婿，越看越有趣。美丽的故事背面，其实是“残酷”的战争。虽然是一边倒的战争。因为黑马王子脾气好啊，“打不还手骂不还口”、“挨了左脸”还笑嘻嘻地把右脸伸了过去；但是，仗义的公主不依啊，天天就像点了炮筒，跟母后大人吵啊吵啊的……就像吐啊吐的，然后就吵/吐成习惯了。

从皇帝哥到黑马王子，一个成了到处灭火的救火队队长，一个就成了和稀泥的泥水匠，天天奔东突西，黏合撕裂的缝隙——好吧，也正是因为这两个人，美丽的宫殿才不会被那两个像战斗机一样的女人拆成一砖一瓦。

直到有一天，小公主——茑萝格格殿下——诞生了。她就像上天赐予的礼物，宣告了战争的结束，和平成了这个美丽国度的主旋律。母后大人转移了注意力，把自己满腔的热血、在辣椒公主身上未曾实现的梦想——其实是自己的心愿……全都倾注到了隔一代的“公主教育”上。从此，辣椒公主和黑马王子过上了幸福的“二人”生活：

从明天起，
做一个幸福的人；
喂马，劈柴，周游世界；
从明天起，关心粮食和蔬菜；
我有一所房子，面朝大海，春暖花开……

其实，这也只是理想。理想很丰满，现实很骨感。

现实是，母后大人和辣椒公主爆发了更为激烈的内部战争——这一次，全都不是为了自己，而是为了下一代的“公主教育”问题……

中间省略 100 万字 N 年战争的细节。

5

直到，直到，突然有一天，“危机”降临了。

茑萝格格殿下应该接受“入世”教育了，所有人才突然发现：这个国度虽然美丽，却是如此偏僻；居然找不到一家像样的学馆、一座所谓的博学场所、一个能够成就未来公主的智慧长者来作为引导她成长的导师……

战争偃旗息鼓了。所有的人结束了内战，开始一致对外，举全国（全家）之力，来为茑萝格格殿下的小公主成长教育寻找出路……

尼玛，童话全是假的？当然是假的。如果真的到那个时候，才来为茑萝格格殿下的成长和教育寻找出路，那就是黄花菜都凉了，晚得不能再晚了……

事实是，作为这个美丽的袖珍国度最有天赋、最有才华、最有预见性的女性，辣椒公主秦晓珺至少提前三年就预见到了这个“黑暗的黎明”，然后提前为如何穿越那黑暗之后黎明之前晦暗不明的阴霾道路而绞尽脑汁，煞费苦心：要知道，最难走的路，其实不是那一段黑暗的夜路，更不是黎明那一缕金亮的曙光刚刚照进来还很微弱难辨的晨路，而是夜路和晨路之间那很长很长一段你根本无法辨清方向、无法看清道路、无法理清思路、更无法判明出路的雾霾之路……这才是真正难走的、比蜀道之难还要难于上青天的路。

辣椒公主作为这个美丽国度唯一的天才预言家，只身一人至少提前三年就投入到了这段晦暗不明的雾霾路段去探索——而且犹自觉得，已经太晚太晚，恨不能争分夺秒，只争朝夕。然而，让她倍觉深邃的悲哀的是，在这个注重“即见即得”的现实国度里，每一个人都活在当下只看眼前，没有一个人像她一样能够稍微看远一些。甚至，他们觉得现在这样就很好了啊。就像在宁谧、平静、祥和的小山村里，大家都在熟睡，你为什么不和大家睡在一起，做一个香甜而悠久的梦呢？

于是，辣椒公主深深切切地体会和感受到了那个民族的斗牛士在一个世纪前发现身处这种境遇时的悲凉的“自我解剖”：

“假如一间铁屋子，是绝无窗户而万难破毁的，里面有许多熟睡的人们，不久都要闷死了，然而是从昏睡入死灭，并不感到就死的悲哀。现在你大嚷起来，惊起较为清醒的几个人，使这不幸的少数者来受无可挽救的临终的苦楚，你倒以为对得起他们么？

“然而几个人既然起来，你不能说决没有毁坏这铁屋子的希望。

“是的，我虽然自有我的确信，然而说到希望，却是不能抹杀的，因为希望是在于将来，决不能以我之必无的证明，来折服了他之无所谓可有，于是我终于答应他也做……”

这是真正的现实。千年的铁门槛，千年的铁屋子，开一扇窗户，就会耗尽一个人一生的能量。

然后，辣椒公主终于还是透过那扇不知谁谁谁亲手打开的、小小的窗户，看到窗外阳光灿烂，如油菜花一样灿烂，还能眺望远方……

于是，她忽然大彻大悟：我为什么要唤醒这个屋子里的所有人呢？“一个人可以超越时代，大众却不可以。”

她为什么要让所有睡着的人都醒过来，把这个铁屋子打碎呢？这个铁屋子是“万难破毁的”。

既然有人已经开了一扇窗，而且正好容纳她娇小的身体可以穿过，她为什么不自己爬出去？“你可以清醒，请容许他人昏睡。”

为什么不像长江三峡的纤夫，把绳子挎在自己柔嫩的肩膀上，拖着整个“铁屋子”和“铁屋子里沉睡的人”朝前爬呢？

既然你是铁屋子中第一个醒的人，那就注定孤独、疲惫一生，走向你自己一个人的“英雄之旅”吧……

哇，多么高大全的“英雄史诗”啊！

辣椒公主自己都被这虚构出来的气势磅礴的史诗般场景感动、打动和心动了，都要热血沸腾、激情燃烧啦……

6

蜡烛成灰泪始干。燃烧成灰烬后，辣椒公主才忽然发现：尼玛，坑爹啊！

一个不到50公斤的弱女子，能够拉得动1万公斤设定的铁屋子吗？谁坑爹地还把它设定为天外飞仙、星际陨铁，密度还比地球上的铁矿石倍儿增的，还不兴女主开“金手指”——比如，来一个神仙帅哥帮忙什么呢，或者让自己吃一颗大力金丹丸，立马力大无穷，气拔山河什么的？就是一个普通、平凡、拎不动石头、拉不动牵绳的弱小女子——亲，你是来找虐的么？

更坑爹的是，壮士猛回头，铁屋子正在动——没错，谁说屋子里的人正在沉睡？他们不是一个个正睁大眼睛、匪夷所思地看着本宫吗？还大喊，大叫……噢，抱歉，谁特么设定的隔音壁？这隔音效果太好了吧？我一句都听不见。

然后，愤怒，咆哮，跺脚……母后大人的脸都气绿了，都扭得像麻花了。我怎么觉得这样的她比平时扮相青衣更俊更美呢？真像是欣赏一部无声的动默片啊。咦，他们想干吗？

铁屋子里的人也忙碌起来，拿绳的拿绳，找钩的找钩……觉悟君还扯了一扯，看结不结实。本宫刚开始还好奇好玩好笑地看着这一切，慢慢地就笑不出来了。他们居然也要设钩、套绳、拉纤……

天啊，天鹅、大虾和梭鱼一起拉车，这个童话看过木有？天鹅想将车拉到天上去，大虾弓着背要往后拉，梭鱼想将车拉到池塘中。结果大家累得半死，车子既上不了天，也下不了水，往后更动不了。

这个寓言告诉我们：如果各自盯着自己的目标，各有各的算盘，各打各的主意，不能同心，则不合力，不合力就做不成一件事情。人心齐、泰山移，做事时，要敢于舍弃小我，向着共同的目标，心往一处想，力往一处使，在共同的成功中收获自己的快乐，在共同的收获中分享自己的成功！

但这只是寓言的前半段。真正的后半段是，他们现在汇集众人之力，向着一个目标，朝着一个方向，一起使劲——他们要一起把铁屋子拉回原处，甚至是倒退几步。

一个小女子，对抗几个人的合力？就像拔河比赛，谁输谁赢？这不是虱子上光头——明摆着的吗？谁特么整这么坑爹的设计啊！你让他们在铁屋子里沉睡，难道不会一直让他们沉睡啊？整这么半段子沉睡半段子清醒，尼玛算什么事？不知道半梦半醒之间的人最有床气最容易发疯啊？

幻觉，这绝对是幻觉。没错，这个未来拯救美丽国度于睡梦之中、以避免未来梦魇降临的史诗女战士，现在正卡在铁窗口呢——是谁，整的这个坑爹的设定，准许这窗口可以自由伸缩，像如意金箍棒一样？还是单向的！只准许它对女主缩紧，不允许女主念咒伸张——哪怕她是女巫也不行！

欲哭无泪啊，谁特么有这个预言功能，能够预见到开端——我可以钻进窗子；却预言不到过程——我被卡在窗口，进不能进、退不能退；更是预言不到结果——猜，你猜，你猜猜猜：下一秒钟，我是出到窗口呢？还是退回屋子里呢？还是继续卡在窗口中间呢？

你笨啊，脑子进水了啊？没看见本宫特么动不了么？

再使劲揉揉眼睛，终于发现，最坑爹的是——你费尽千般心思，万种思量，想尽了百种办法，历经数十种幻象……最后发现，你还是铁屋子里没动！刚才种种，不过是黄粱一梦，神游太虚而已。

别说他们还在熟睡，就连你自己，也还在半梦半醒之间、犹犹豫豫之中——世界上最难克服的阻碍来自自己，人生最大的敌人是自己。

一切假想敌都不是你真正的敌人，你首先需要战胜的就是自己——战胜自己的缺点、依赖、自我压抑、恐惧以及各种神经官能症。否则，你怎么走上购买学区房的冒险旅程？

7

这样一场隐喻，如此逼近现实生活的真相。

只是，以前活在其中，浑浑噩噩而不自知；但现在，似乎有了故事的模式，让秦晓珺有了分析的工具，可以清晰地洞察自己生活于其中然后当局者迷的历程。

多少人在现实生活都是如此啊？被日常生活的河流裹挟着往前走，不知从何处来，又要向何处去。更难把自己抽离出来，观看自己的生活和生活中的自己。你见过谁能把自己拔离河中，站在岸上，看那在潮流中扑腾浮沉的自己？又有谁能扯着自己的头发，把自己提起来，离地万里，在半空中俯瞰自己生活的全局全貌，从而能够确认那像蚂蚁一样生活于其中的自己，到底处在什么位置？

现在，有这么一个机会，让自己能够抽离出来——哪怕只是以一种假想状态的抽离——观察与分析自己的生活，秦晓珺即使再怎么不喜欢反思，也难得地动了想洞见未知的自己和未来人生的念头。

起点是如此清晰，就是从日常生活的世界追根溯源起步。然而，在这日常生活的世界中，秦晓珺到底经历了什么样的“摇摆”？这是需要清晰明确界定的“第一个步骤”。

或许在大多数人的日常生活中，都不曾经历学区房的问题；就算有了孩子之后，也未必需要经受这种因学区房而来的焦虑……秦晓珺和许多高素质的妈妈一样，对学区房也有过不以为然或其他诸如让孩子快乐成长、让自己也活得轻松惬意的观念，试图凌驾于对学区房的考量之上。

然而，国情就是如此，目睹社会种种之现状，某些东西在该来的时候，还是会如期而至。比如，对学区房的焦虑。于是，生活的摇摆，必然带来内心深处的摇摆。

反过来，亦是如此。内心的诸种念头，就像钟摆一样，一会偏向东，一会儿偏向西；每一次振幅，都会扩大并传诸生活中，造成更大幅度的“生活震荡”……如此循环反复。不断地由外而内，由内而外；由小渐大，由大至更大——一度濒临最大幅度的崩溃的边缘，然后戛然而止。

呃，因为秦晓珺总会防御性地应付，并将它控制住。这也是“第二个步骤”的关键：秦晓珺通过自觉或不自觉、本能或有意地防御和应付，总能将自己从“生活的摇摆”到“内心深处的摇摆”，控制在还过得去的程度。因此，对于孩子成长和教育焦虑，还没有焦虑到可以失控的地步；对于学区房的问题，也考量，但没有考量到下定决心，马上就要付诸行动。所以，总可以巧妙地控制在一个适度的范围内。

但事实上，问题并没有根本解决。只不过无限期地推迟，或者延展开去——就像一个铁块，被时间的铁锤不断锤打成薄薄的拓片，表面上看来，那一瞬间的分量给摊薄了——让学区房的问题不再那么尖锐、冲击和让人压抑。

但实际上，这不过是以时间来置换空间。一个当初可以凝缩成拳头，一拳就击穿日常生活的平庸与琐碎，从而让你可以看到另外一个世界的铁拳，现在，不过是被摊薄到时间的长河里，在拉长的日子里可能每月每天、每分每秒……都要在你的生活里不经意地出现，让你时时刻刻都记得还有这么一件事情没有解决，又不能不解决。

这种滴水穿石的持续力量，其实更是对人的一种考验吧？

8

你若是置之不理呢？

好吧。

生活中很多亟待解决的小问题小事件，其实都不大、都很细微，就像日光中的微尘，又像电脑里的碎片……一个程序就自动或被动地清理掉了。但都在我们这种假装忽视，又或是真的忽视，又或是未知无知被忽视中，积累了下来。

于是，就像小火药末一样，一点一滴积累起来，然后积累成了一个大火药桶，甚或是一个躁动中的火山。

可以说，现在每一个有孩子的中国式家庭，如果要以这种小忽视为代价，迟早都会主动或被动地坐在一个大火药桶或活火山上。一点唾沫星子，都能将它引爆。

这个导火线——可能来自于“第三个步骤”的某种机缘。新人、新情况、新信息……某种不期而至的新东西，终于打破了这个脆弱的平衡，让秦晓珺们意识到：一切都变了，不可能再应付过去了，必须当机立断，采取行动，直面冲突……就是要买学区房！

别问我这中间到底发生了什么。到底是什么样的新人、新情况、新信息……新××系列事件，终止了这种生活的摇摆和内心的震荡？不在这个局中的人，是很难理解的。

若是把秦晓珺们经历的“生活摇摆”和“内心震荡”及其是如何终止的，都给描述出来，本身就可以写成一本书了。

（事实上，这部“作品”本身也就是要以秦晓珺们的经历为轴线，把这些都描述出来。现在，只不过是写了一个大纲而已。）

迄今为止，第一个大阶段基本上结束了。秦晓珺终于迈入了从日常生活到非常之旅的“前一夜”：明天，她就要迈上新的征程了。

但，谁都知道，最难熬的，还真不是明天。明天太阳照样升起时，一切就成了定局。马儿已经喂肥，金鞍已经装上，送行的人都到了灞桥边上……你就算再不想走，也得“被走”了，“被”踏上冒险的征程和旅途。

唯一可能反悔的，就是这前一夜。长夜漫漫，有多少变数可能发生？

所以，最难熬的，就是黎明前的长夜。如果熬不过去，一切都胎死腹中。明天的太阳再好，都跟你没有关系。

第二大阶段最核心的问题便是：如何才能成功地迈出第一步？

有谁能知道秦晓珺们内心的挣扎？从“前一夜”的焦虑、犹豫和不安等心魔，到外力介入时的临门一踹，又会遇到什么样的阻力、激烈抵触与反弹？

“第一个步骤”，就是秦晓珺们如何克服自己的“心魔”？是的，心魔。在冒险之前，首先魔怔的都是自己。

在这“前一夜”里，秦晓珺们已经做了决定，但始终下不了最终的决心。不安，焦虑，迷茫……还有自身种种的缺点，如依赖性，自我压抑，拖延症——就算你已经下决心要买学区房了，但一想起前路上的种种障碍，就会自然而然地生出畏难甚至是恐惧的情绪。

它们都是秦晓珺们不得不面对的拦路猛虎。每当你试图做出人生中的重大改变时，它们都会竭尽全力地张开爪牙。你伸出左手，就缚住你的左手；你伸出你的右脚，就捆住你的右脚；你想横冲直撞，就绑住你整个的身子，让你动弹不得。

每个人心里都住着一个孙悟空，但是，每个人身上都有一根缚妖绳——缚的不是你的心魔，而是你的心魔在以缚妖绳为工具，把你心中的孙悟空捆得结结实实。

所以，你没有选择。要想迈出这第一步，必须斩断缚妖绳，战胜心魔，甚至把它彻底打败。

但是，它看起来是如此强大，像星空战舰一样。而你是如此渺小，就像一只蚂蚁。螳螂尚不能挡车，一只蚂蚁又如何能击退像星空战舰一样庞大和强大的心魔呢？

9

借助外力？

于是，“第二个步骤”，便是外力介入到秦晓珺们的历险之旅中了。

它们宣告改变不可避免。重大的改变必将到来。你必须做出抉择。

它在逼着你改变。当然，它会先给你提出激励和梦想：假若你想获得你梦想中的生活，你就必须做出改变；你只需要迈出这一步，人生就从此与众不同。就像这样轻轻地一迈，对，很简单的，很容易……没有你想象的那么困难！

它就像蛇诱惑夏娃一样引诱着你。但其实，它们是对你撒谎了。做出改变，固然没有你想象的那么困难，但也绝没有它说的那么容易。

但真的到迈出去的时候，谁还顾得上呢？既成事实，你还能跑回去追责？那个时候，你已经在穷于对付路途中层出不穷的妖怪了……

由此进入“第三个步骤”，秦晓珺们就像一个承受一切的媒介，内外各种力量的博弈都汇聚到她身上。像双面胶一样，自己夹在中间，非常煎熬。

事实上，两边都势力均衡，处于脆弱的平衡之中。阻止的一方，甚至有“一毫毛”的脆弱的优势，让天平向“不改变”的一方微妙地倾斜。再不阻止，就有可能恢复到原来的样子去了。

甚至，作为改变的女主角，秦晓珺们的内心深处，也有一股力量渴望回到这种不曾改变的原状态中——哪怕另一股力量让内心微澜。倘若就此折返，真正重回到过去的常态生活中后，偶尔想起曾经欲图改变而未能完全改变的冲动时，也会感觉到惋惜和缺憾。但也就如风起涟漪，吹过了也就吹过了，不留下一点印痕。再惋惜和遗憾又能怎样？也就想想而已，想想而已。毕竟，在现实生活中，有几个人能够勇于改变自己及其生活与人生呢？

在这“最危险的倒退”时刻，怎么办呢？可能需要外力情急之下的临门一踹。对于秦晓珺们来说，是谢雪梅都在考虑买学区房、何竹筠回京“置换学区房”，还是朱荆蔓通过学区房想让孩子挤进“二小”……给了她刺激性的事变？

都有可能！

无论如何，她终于被迫改变这个状态了。从此，秦晓珺们“被动”而“不情不愿”地进入了“今年，我们买学区房”的冒险之旅——尽管在觉悟君、母后大人、皇帝哥以及所有身边最亲密的人看来，在买学区房这件事上，她都是积极主动的、情绪激进的。但事实上，这只是她的伪装而已。女人都是善于伪装的。尤其是秦晓珺这样貌似没有美丽的哀愁、但实际上内心少不了涟漪的倔强而麻辣的公主。

或许，反过来说，也行得通？引发改变的召唤，看起来像是外界的召唤，或是外面的刺激性事件：一个人（我要回北京为娃置换学区房了），一句话（你应该买学区房了），一件事（我的娃要通过学区房进“二小”）……但其实，秦晓珺们的内心，早就像兔子一样蹦跳了。不然，改变的信号弹一发升，她为什么就能立即接收到呢？因为，两者处于同一频率的啊。

当然，这种接收信号的天线也是经过了伪装的。就像女人的主动，也总要伪装成被动。秦晓珺们也需要把自己内心蹦跳的兔子，巧妙地掩藏起来。不然，总显得太过另类了不是？

尤其是，这只兔子在内心深处蹦跳的振幅，已经、正在、即将影响和制造整个家庭生活的摇摆和震荡……

10

于是，第三个大阶段，秦晓珺们就要直面阻挠。

这种阻挠主要是三个方面：一是自己和伴侣的个人生活、家庭和社会职场关系的困扰。二是身边最亲密的人的实际障碍：比如，一老一小不期然的阻碍。三是“它们”的敌意：气候、运气、趋势，中国复杂如牛筋一样盘根错节的人、事、钱。

人生总是如此。

当你试图让你的人生轨迹向你认为“好”的方向转变的时候，总会遭遇到来自周围的人强大的阻力——尤其是那些爱你你也爱他们的“最亲密的人”。

他们总是认为你瞎折腾。这哪里是往好的方向转变啊？完全是在滑向一种未知的危险深渊——作为你最亲密的人，他们认为自己有责任有义务也是“很有深情”地要阻止你自取毁灭。

其实是，他们已经习惯了你的精神状态、他们的日常生活以及彼此的相处状态。他们不愿意改变。因为你的改变会给他们带来威胁——打破自己既有的生活轨道，从而走向未知的状态。人都有不愿意改变的惰性。

所以，秦晓珺们“今年，我们买学区房”的决定，遇到家人们意料之外、情理之中的阻挠，就可想而知了——大家都习惯了现在的生活。这样生活下去不是挺好的吗？干吗要没事折腾自己折腾大家呢？

这只是一种现实的“缩影”。自从辣椒公主秦晓珺决定购买学区房后，就像每个人做出“改变”时都要在现实世界里遇到阻挠一样，她也遇到了来自社会现实生活中不可回避的障碍。

比如说，“坏运气”——这是不是购买学区房最好但也是最坏、因为它是最不确定的时刻？教育新政日新月异，谁也不知道明天会出台什么样的政策——你买学区房会不会遭遇不可预测的大风险？

还有“坏天气”——现在学区房的价格，一天一个价，甚至在整个行业不断看涨的趋势下，业主坐地起价，不断跳涨……甚至可能半夜三更中介都会打电话跟你说，晚上刚谈好的价格又崩了，因为业主又涨了。现在，出手学区房，不得不说是“高位接盘”，会不会有被套牢的风险？

以及“压迫”——限购、限贷、限售……这时面对的政策就像过山车，一会儿抛高，一会儿就低，对心理承受力是一个极大的考验。关键是，它的轨迹没有规律，不可预测。你也不知道你什么时候进场合适。甚至，在你进到场中央时，你恰恰就处于各种“组合拳”中最压迫人的时刻。你又将如何做？

或许，还有各种“偏见”——应不应该买学区房？买哪里的学区房？买什么样的学区房？……在各种信息满天飞、真伪难辨之中，你对任何学区房的考察，看似都能够拥有海量信息，但里面最核心的“内部细节”却永远被遮掩得严严实实。也就是说，任何一个学区房的抉择，都是在外部海量的圆圈信息和内核那一点永远不可知的关键信息之间“不对称的杠杆”中做出决定的。它有可能让你四两拨千斤，撬起一个幸福的星球；也可能让你做出一个错谬的决定，让整个家庭都落足于一个危险的支点上——所以，任何一个关于学区房的决定，都很难轻易地判定是正确还是错误的。如饮茶水，冷暖自知。

还有，你在学区房的购买之旅上，会遇到各种各样恶意甚至是敌意的人。虽然大多数时候，你会遇到那种会竭尽全力为你提供“专业”、“细致”和“贴心”服务的人——即便这种服务是出于他们自利的目的，但终究会给你带来便利。

但也有那么一种“小概率”的可能，遇到恶意甚至是充满敌意的人，或是给你有问题的房子，或者在你购买之路上因为种种原因不配合甚至阻挠，或是给你挖了许多坑以致你被坑了许久之后才慢慢回过味来、但已经既成事实，再也无力回天，甚至连基本的维权都不可能……

在这个缺乏基本的诚信、专业和契约的“大宗商品买卖”之中，你如何补课、成为专业甚至保持足够的谨慎警惕，才会有基本且核心的辨别力和判断力，不被中介或业主和客户忽悠、左右甚至被“坑”？

这都不得不提前做好功课和心理准备。你不能一头闯进去，却什么都不知——就像“三傻”闯进“屠宰场”一样。

然而，大多数人，难道不正是上路后，挨宰挨骗挨忽悠后，才去做功课的？甚至，一直都没有做功课，一路挨宰被骗被大忽悠到底……

11

居然有如此多的反对、阻挠和障碍，都被茑萝格格这个“最大的阻力”，像扯线头一样扯了出来。

一件织得再美好的毛衣，只要这个关键的线头被扯头，立马就变得破烂不堪。

秦晓珺在吃惊和直面之余，也在反思和犹豫：是不是自己太想当然了？是不是自己一意孤行？是不是……

她把罗光濯推醒。

罗光濯迷迷糊糊：“怎么了啊？”

辣椒公主如此这般说了一通。

觉悟君完全醒了。

“这都几点了啊？还不睡！”觉悟君有些不满，又有些心疼，“你不就是觉得茑萝的事比较棘手吗？”

觉悟君一沉吟，决定还是支持自己的老婆一把——我们搬过来就搬过来吧！但是让她还在那边的小幼儿园班上着，上完了再在小区里玩一会儿，再回这边吧。那就只有我辛苦一点了，每天接送吧。

这个活儿可不轻松。尽管物理距离并不远，但是时间距离却真的很远啊——如果再遇上早晚高峰，那可真的要多花上一两个小时啊！

那有什么办法呢？这不是钱的问题。时间、精力、努力……再值钱，也比不上茑萝格格殿下成长的心情重要啊。

只能让她慢慢习惯了这边小区后，再谋后事吧。

“你真的是好老公好老爸，我有你真幸福娃有你真快乐，我们全家有你真是有了顶梁柱……”一旦解决了实际问题，又是只需要“口惠而实不至”，辣椒公主从不吝于口水与唾沫齐飞，媚眼与飞吻共抛。

打住！毛骨悚然的，不是觉悟君，而是皇帝哥。出手喝止的，也不是老公，而是母后大人。

隔壁轻轻一声喀喇一声：注意影响！

这房间真特么不隔音！

……

罗光濯再次入睡后，秦晓珺很长时间都睁大了眼睛，继续梳理自己买学区房的心灵冒险之旅。

直到她意识到：身边这些最亲密的人，或许并不是真正地想阻止你，他们是想考验你改变的决心——考验你是不是真的下定决心接受改变带来的挑战。

最爱你的人，才不会一味对你说“好”——顺从和迁就或许是爱你的表现，但不是全部的表现；质疑和否定，也是爱你的方式——帮助你正视自己的缺点，修补性格的缺角，让人生更为完善和圆满。

所以，直面阻碍，当你学会“转化”时，这一切阻挠的力量，都会成为你新的力量的源泉。阻力有多大，助力就有多大。你会学着从这些反对者的身上汲取力量，吸收容纳并让自己的内心更强大，然后继续自己冒险的旅程和征程。他们会一直陪伴在你的身边，与你一同改变并且接受改变带来的契机和挑战……

想通了，秦晓珺觉得身心酣畅，可以安心入睡了。

临睡前，最挂念的一件事是什么？就是，真想知道啊：面对“3+”妖孽宝贝，老婆没辙，老公出马，搞得掂，还是搞不掂？

可是这样真的有用吗？

“改变现状”的车轮一旦启动，它的影响和后果就无法预估。

在这种激烈的“希望与变革”中，小区中阳光娘爸骑着单车带着酷辣萌娃飞奔的温馨场景，还能持续多久？

第7章

当『狼妈』找上『娘爸』：孩子上学『最后一公里』

谢雪梅的长线投资就在于，在娃还没生时，就盯准了这个二类学校，而且数年如一日，从不动摇。“她就是一个地地道道的‘狼妈’啊——对孩子‘狠’之前，先对自己‘狠’，而且比谁都对自己‘狠’。这忙还真的得帮。而且，要全心全意、竭尽全力地帮！”秦晓珺最后叮嘱道，“这可是在为她的孩子进入这所学校做公关的‘最后一公里’！你要添柴加火，而不能撤砖搬瓦。”不然——回去跪搓衣板！

1

自家的事才松了一口气，秦晓珺才想起，“五朵金花”的事儿还没了呢。

于是，秦晓珺打电话给“大姐”谢雪梅，说何老二就要回来了，我们是不是接个风洗个尘，几朵金花聚一聚啊？

谢老大拿出指挥娘子军的豪爽姿势，一挥手：就这么定了，你找时间和地点，确定了告诉我们。

然后，话锋一转：让你家罗光濯找找我，我找你们家觉悟君有事儿。

秦晓珺一愣。觉悟君？我想的是就我们金花聚会的啊，让男人走开。你找他干啥？谢老大以不容置疑的口吻说，别的男人可以不来，你家觉悟君必须来——什么事？跟你没关系。你跟他说谢老大找他！

然后，补充一句，最好本周五就找我。

秦晓珺立时泪流满面。她起头倡议让男人走开，结果神马的自己第一个就“被走开”。还想分辩，结果谢老大干脆利落地挂机，好歹不歹地还留下了一句话两个悬念——“就这样，我很忙，马上要开房。”

噢，不对，应该是“看房”？！

想谢老大行事豪爽如女汉子，但一直贤良淑德是传统女性范，怎么可能随随便便就“开房”？看房说成开房，当是受她们家那位普通话说不标准却还要说英文的南方小男人王远锋的影响吧？夫妻待久了，长成夫妻相不奇怪，奇怪的是连口音也要一样了吗？

联想到她最近频频在朋友圈里转中介的信息，想来又是要看哪一处的“学区房”——秦晓珺正想好好跟她打听打听，聊一聊“房事”，兴趣才起，勃然而止，留下一个大大的问号，从嘴上倒悬在心里，晃晃悠悠的。这不坑姐嘛！

姐现在正想找一个特大号的垃圾桶，倾倒一肚子苦水，寻求一下精神抚慰。

秦晓珺备感“孤立无援”时，总会想起找谢老大。

谢老大是这一辈子最能影响秦晓珺的人之一。谢老大影响了她的爱情观、奋斗观、人生观……还有房子观。

更别说“学区房”购买观。

其实，秦晓珺真想多了。

谢老大虽然霸气无比地对秦晓珺说要借用罗光濯，想往东就往东，想往西就往西。但实际上，她对罗光濯一直都很“客气”。

从秦晓珺把罗光濯领进“闺门”起，谢老大对罗光濯就很客气，客气得不近常理。至少没有罗光濯想象的宿舍老大对妹婿的威压，想了多少年都不明其理。

这次是一样的道理。罗光濯并不明白谢老大要“借用自己”干什么。秦晓珺一边酸溜溜地说你能耐了哈，老大都只找你，结果把我这人见人爱花见花开的秦小妹撇到一边，一边又千叮咛万嘱咐老大找你做什么你要尽心尽力哈，谢老大自尊自强自立，难得开口求人，开口找你就一定是很重要的事情，而且也没把你当外人……罗光濯说你这不是废话嘛，不说你们俩的关系，就我对她的尊重，也会竭我之力，尽我所能啊。

所以，向来都是居家活动范围500米、朋友聚会谈事都以他为中心的阳光宅男罗光濯这一次是主动出发，不辞辛劳地从中轴线一路北上，赶到谢老大所在的老城区中心。

谢老大见到罗光濯，没有矫情地说“哎呀辛苦你过来、让你屈尊大老远地跑一趟”，而是指着满架攀绕的藤蔓说：“等你多少回了，今天你可是见到了我的紫藤小院。怎么样，漂亮吧？”

罗光濯入眼一片紫色，确实漂亮。这藤这蔓也不知道是啥植物，也不知为何所有的叶子都染成了紫色，紫得透亮，流淌着一股“紫气东来”雅到极致的气韵。

“我应该把莺萝带过来。她特别喜欢紫色，紫色的车紫色的裙……”罗光濯啧啧称赞，“肯定会非常喜欢你这满是紫叶的小藤院。你是怎么捯饬出来的？”

“嗨！就是一年锄草，一年播种，一年搭架子，一年剪枝蔓……历经七年的时间，就蔚然成现在这个样子了。”谢老大轻描淡写道。不知道是在直接描述她这七年经营紫藤小院的事实过程，还是隐喻她进这个单位已历七年的心路历程。七年之痒啊！

谢老大的办公室就在一层，两人合用一间；她的办公桌靠着院门，打开来，就是小三步台阶，正正下到院子里。在这短短的五步到十步里，摆满了瓶瓶罐罐，花花草草。甚至，在下台阶的墙角，居然还垒了一个小石池，上面还吊着几盆四季常青的东东——“咋？你这是种了一个植物园啊！”

阳光就在那时穿过藤架，映射到院子里和窗台上。给罗光濯的感觉，这哪里是一个办公室啊，真的就是一个微型植物园，甚至像是一个小小的热带雨林。这简直就是一个“氧吧办公室”。

“我也就这点追求了。”谢老大笑笑，“七年了，现在就剩下孩子和摆弄点花花草草这两件事情最重要了。”

这话里似乎有别的意思。

罗光濯没有深想，直奔藤椅，用手一摸，虽然在户外，却干净得很，看来平时打理得不少，就直接坐了下来。

紫藤花架下，摆了两张小藤椅，一张小方桌，上面还搁了一套茶具，且清清爽爽地从屋里牵了一个插线板出来，煮茶用嘛。麻雀虽小，五脏俱全。

这是工作还是休闲？罗光濯印象里的谢老大，可没有这样精致的生活啊！

2

“来什么茶？红茶，还是普洱？”谢老大问。

罗光濯摆摆手：“你看着办好了，我没那么多讲究。”

谢老大于是道：“那要不还是普洱吧，这两天喝这种茶养生。”

罗光濯惊讶：“你什么时候对茶这么有研究了？家伙什整得这么齐备？”

谢老大笑而不语。罗光濯看着她煮水、泡茶、摆器具——谈不上纤纤细手，也谈不上优雅婉妙，但自有自己的流畅。

谢老大把茶冲上，递了一小杯给罗光濯，才缓缓起身，说道：“这还不是跟你家秦晓珺学的？她不也是整了一套家伙什，比我的更齐备？”

“她听了这话准得跟你急。”罗光濯捧起小杯，一口干了，犹还觉得口渴，便自己动手，端起那模样儿挺俊挺雅的鸟嘴壶，连倒了三杯，连干了三口，才觉得喉咙稍稍有些湿润，接着往下说：“她也就是衣服架子装摆设。她买了一整套茶具是不假，但从买回来那一刻，就往阳台上一搁，别说摆设，差点没被小时工当废旧家具给扔了。说好的，举杯对明月，闲谈看风景，连影儿都没有。”

谢老大看着这个动作装粗言语却精细的男子，微微一笑：“都说妇唱夫随。我还以为你们俩整天都在阳台上风花雪月、喝茶清谈，过的是神仙眷侣般不食人间烟火味的日子。”

“你这说得不错——那确实曾是我的理想。”罗光濯又干了一杯，抹抹嘴，方道：“买茶具的确是我的主意。当初装修房子时，我就设想在阳台上吊一个秋千鸟笼，摆一张藤椅小桌，放两张手扶座椅……闲来就喝茶聊天，荡秋千，晒太阳，赏月亮，想想都觉得是一种惬意。但真正住进去，才知道这原来是一种奢想。你知道是为什么吗？”

谢老大不由自主地问：“为什么？”

罗光濯一本正经地说：“因为垃圾太多。秦晓珺淘汰‘老旧’东西的速度可比电子产品更新换代快多了。所以，不到一个月，那阳台就全被秦晓珺买来没用两下，甚至只是过过手的新旧东西给占满了。秦氏垃圾大军占领华尔街，我那阳台茶舍秋千的空间三下两下就给挤没了。所以，那个时刻，我才深刻地明白，为什么遇上秦晓珺这种霸道公主，再大的房子都只是蜗居。所以，那一套茶具刚进门就阵亡了。要不，哪天我带给你？真的，还挺新的。你晓得的，秦晓珺买的都是好货。”

“别，别，别。我也就是装样子。”谢老大连连摇手，“也就是招待客人用用，我自己哪里是真的浸淫此道！不像你们，还真像过那种生活的人。”

“你还真的错了。”罗光濯说，“或者，不如说是我自己真的是想错了。我原来以为，我真是喜欢那种茶道生活的优雅。后来，发现我不过是个‘牛人’——就像喝茶水，一小杯端起来，不会慢慢品，只会牛饮。所以，就算秦晓珺把这套茶具拾掇出来，于我而言，也是‘一次性’的……”

“为什么呀？”

“因为我怕收拾呀！你让我喝可以，让我云淡风轻地坐享其成可以。但是，如果让我从茶具准备到煮茶再到品茶，品完茶后还要收拾茶具收拾桌椅……我就一个脑袋两个大。什么优雅生活，什么风花雪月，什么云淡风轻……那形象就全毁了。所以说，喝茶要喝出状态，还是要有那种心态。”

谢老大不由自主地想起了“再穷也要喝好茶”的王远峰王大官人，心中不由一软，嘴上打趣道：“难不成你还需要一个茶道丫鬟？”

“你还真说对了！”罗光濯一拍大腿，“我就是需要这么一个人，勤拭茶具与桌台，勿使染尘埃。从烧水，到泡茶、倒茶，再到收拾茶渣子……我呢，就管一件事：喝茶。喝前喝完都是甩手掌柜。”

谢老大又想起秦晓珺那刁钻狡黠样，笑道：“那这真就是你一辈子的奢望了。红袖添香，美人煮茶……在秦晓珺的一亩三分地上，你想都不要想！”

“是啊，是啊。”罗光濯竟不觉有些头痛，“别说她给我当煮茶的丫鬟，我现在就差不多是她的包身工了——在哪个阶层就要有哪个阶层的觉悟，所以，你看，我们不讲茶道，只是牛饮水解渴。”

又是三小杯茶水一干而尽。

3

“你是不是觉得小杯喝起来不爽口？”谢老大问，侧一侧手，变魔法似的变出来一个大碗，“来，喝大碗茶？”

“这才对嘛！”罗光濯一副我费了半天口舌你才明白的模样，“喝茶如喝酒，大碗才大气。我就不明白了，你原来很豪气云干的，这几年怎么就越来越雅致了？”

谢老大又一侧身，又像变魔法一样，拿出了一只如碗口大的粗瓷茶杯，上面同样一颗硕大无比的大虎头，问：“你想说的，不就是我还用不用这汉子才用的大碗杯么？”

罗光濯怔了一下，然后慢慢浮现出了“人不如新杯不如故”的熟悉的笑容：“这才对头嘛。这才是我熟悉的谢老大嘛。你整这一套茶具出来，我差点都认不出你来了。”

“没办法，跟客户打交道久了，懂得一些策略了。人家想看到的不是‘女汉子’，而是‘小娇娇’。什么是‘小娇娇’？比如说，男客户喊喝酒——”谢老大清了清嗓子，声音陡地婉转，如黄莺清啼：“就知道欺负人家，人家不会喝啦……”

声音猛地又粗起来：“来来来，我就是女汉子！今天谁不喝趴下谁孙子……”

“噗！”罗光濯刚喝进去的大碗茶，一口全喷了出来，如芙蓉花开！

没想到，谢老大原来也这么可爱！

谢老大一本正经地说：“客户都喜欢小娇羞，喜欢装淑女。所以呢，我这一套茶具，也就装装优雅。”

“这是‘姜太公钓鱼，愿者上钩’、谢老大装风雅，专熏客户。”罗光濯笑道，“你现在也算是左右开弓，两者皆精了。”

谢老大没言语，猛灌了两口大浓茶，才感慨道：“还是喝我这粗杯茶，才有劲儿啊。这些年‘作’精细，越‘作’越回去。还是不如秦晓珺，活得真本色啊。”

“她本色？”罗光濯嗤道，“还不如说是‘没有钱还特任性’。你看她买的那一套煮咖啡的工具。嗨，三年都没有用过两次！她哪样不是这样？榨汁机，烤箱，熬汤锅……所有你能想到的厨房里的家伙她都买齐了。有的还不是一样两样，一套两套……榨汁的她就买了四套，说是果汁、蔬菜汁等等啥汁要分开弄，不然味道就不纯了。甚至，还专门买了一套，要来榨土豆汁，说常喝土豆汁，可以抗雾霾、防癌。也不知道她是从哪儿听来的‘科普知识’。问题还不在这儿，关键是，她买了这么一大堆厨房用具，摆足了要当一个名厨的姿势。但是，用她妈的话来说，那些锅啊瓢啊，三年五年都还是新的。锅要用旧，人照常如新。秦晓珺就是一个光说不练的假把式。她倒是想‘作’，就是‘作’不起来，‘作’不长久。就说那抗霾防癌的土豆榨汁机吧，刚买回来那周，她还有兴趣捣腾一次，榨了一杯浓浓的土豆汁，非要我试验，喝得我那一周看见土豆丝就想吐——你是知道的，我最喜欢的一个菜，就是土豆丝，酸辣土豆丝、尖椒土豆丝、炝炒土豆丝……不管啥土豆丝，我都喜欢吃。你看哪一次我到餐馆，不点个土豆丝？委实是我觉得土豆丝是最普通最家常但也是最考功力的一道菜。考量一个餐馆，越是这样家常的菜，越容易看出他们大厨的水平。土豆丝做得好，这家菜的水平就错不了。结果，秦晓珺硬生生地毁掉了我的最爱……”

谢老大掩嘴而笑。其实，她也最喜欢吃土豆丝。因为，那里面有家的记忆和味道。这也是在“五朵金花”的男人里，她和罗光濯走得最近的一个隐秘的原因。

“她买一样厨具，我就怕一次。不在于像她妈骂的一样，这个‘败家的娘们儿’，好东西买来都不用，都搁烂了。最重要的是，她买一次新餐具，我就做一回试验品，就被毁掉一次‘最爱’……又比如，烤红薯，烤得半生不熟，硬生生吃下来，拉了两天的肚子。”

谢老大很好奇：“没有烤熟的红薯你还敢吃？拿回去重新回一下炉呗。”

“哪里敢啊！她那贼眼忒精忒亮地一直盯着……”罗光濯翻翻白眼，“连眼皮子都不眨一下。恨不得你带肉连皮甚至粘了点沫沫的手指头都吃下去，一个劲儿地夸她做得真好吃，比她爸做得都好吃，比一级厨师做得都好吃，真不愧麻辣无双小公主、傲娇任性美厨娘，连做个菜都这么有天分；如果你支一个摊子，不知道要创出多少流芳百世的秦氏私房菜，灭掉多少成名成家的厨子……然后她呢，面无愧色地听完你的马屁，大笑两声，丢下一句厨房里的那堆东西就给你收拾了，扬长而去，去敷她的蔬菜泥面膜了。你说，遇到这样一个女魔头，你焉敢不吃，焉敢不连皮带肉都吃下去？哪怕她只烤了个半生熟，你吃了铁定坏肚子。这是用我两天的上吐下泻，来换一世——噢，不，是一周的安宁啊。”

谢老大“噗”地一声，含着的那嘴水，就喷了出来。就像水蓄势半天，突然决裂而去，一下子澎湃奔流，飞流直下，激荡得水花乱溅。然后，就是爆竹被点燃了一样，笑声噼里啪啦地响个不停，由近至远，连半里地外的大办公室某男总监和另外一个小办公室某女主任都不经意地皱起了眉，百思不解又厌憎不已：“现在，你居然，还笑得出来！看你，还能笑到几时！”

而且，这笑声一声比一声高，一浪比一浪攀越，直到高无可高，越无可越，唯有以一阵阵笑呛住了喉咙的咳嗽和一颗颗笑出来的眼泪来作结。谢老大捧着心，捏着喉管下巴，连眼泪都顾不上抹，直指着罗光濯：“你……你……你……”

罗光濯一脸无辜：“就是这样的啊。她整幺蛾子，我来收拾烂摊子。你可不知道，那土豆榨汁机，网眼里全是土豆渣沫，我足足弄了两个小时：用洗碗布弄，用牙刷弄，用牙签弄……什么法子都用尽了。也不知道她是怎么弄的。烤红薯也是这样的。她每次一进厨房啊，弄得就像经历了一场世界大战似的；到处都是‘残枝败叶’、‘沉渣泛屑’，千里‘哀鸿’，万里‘悲伤’……别说我收拾起来苦不堪言，就连她妈都难以下眼下脚，所以，下了封锁令：非经母后大人允许，这个小魔女绝对不许进厨房一步。”

谢老大的眼泪又一次流了出来：“你啊，你啊，难道不觉得，秦晓珺是故意这样恶搞的？”

罗光濯眨眨眼：“恶搞？”

“是啊，是啊，秦晓珺买那么多厨具，哪里是为她自己买的啊，那都是为你买的啊。”谢老大笑中带泪，捶着自己的胸，“你不知道，对于一个资深‘美女吃货’来说，最重要的，不是自己下厨成行家，而是把自己的老公培养成‘美食制造者’？秦晓珺有一整套的‘老公美厨养成计划’啊！”

“老公变美食名厨？听起来蛮不错啊。”罗光濯咂咂嘴唇，“可是，她从来没有明确说出她的计划啊。”

“这还需要说出来吗？”谢老大反问，“一个女人需要把她心里所思所想说出来你才明白吗？一个吃货想要什么，需要什么，你难道不知道吗？”

“不说出来，哪能知道你在想什么，要什么？”罗光濯摇摇头，“女人心，海底针，靠猜猜猜，是猜不出来的。”

“这并不需要你猜猜猜，也不需要你有多强的领悟能力，需要的只是你去用心体察和观察。你只要稍加留意，就不难察觉到，一个女人想要什么。你不知道你身边的人想要什么，那是因为你没有用心的缘故……”

4

“咱们这是第几次谈论这个话题了？”罗光濯忽然问。

谢雪梅一下子也沉默了。

时光的闸门就此打开，仿佛很遥远又很切近的记忆似水一样流出。

这不是最后一次谈论这个问题，但第一次的的确确宛如昨日，虽然是遥远的七年之前。

那一天，罗光濯兴起之时去找秦晓珺，正适谢雪梅一人在宿舍。咸咸淡淡地说了几句，两人就默然无语了。谢雪梅自己看书，罗光濯玩手机，等秦晓珺回来。

约摸是觉得宿舍里有些沉闷，谢雪梅站起来推开窗，深呼吸了几口气，望着外面满眼的星光灿烂，随口问出那个积郁了许久的问题：“比如说，我是说比如，秦晓珺过生日，她会跟你说她想要什么东西吗？”

“不一定会。”罗光濯很自然地放下手机，“但我一定会问她想要什么。”

“她会说吗？”

“不一定。”罗光濯想了想，“但是，如果有她特别想要我送给她的东西的话，她会说出来。”

“但是，如果说出‘我想要什么’，那不就成为索要了吗？”谢雪梅摇摇头，“礼物难道不是发自肺腑、出自衷肠地自己想送，才有价值和意义吗？”

“话是这个理，但是……”罗光濯摇摇头道，“他如果不知道你想要什么需要什么的话，或许跑遍北京城，买来的都是‘他想要的东西’。他会以为，他想要的东西，就是你想要的。我们总是送给别人自己想要的，以为那就是她想要的。但实际上，我们满足的不过是自己的需求。”

“是啊，我们为什么就不知道对方想要什么，需要什么呢？”谢雪梅像是喃喃自语，又像是在回应罗光濯的话。

“所以，这得你说出来啊。你想要什么，你需要什么……你要跟对方说出来啊。不然，他怎么知道啊？”

“他应该知道的啊。两个人待在一起那么久了，他为什么就不知道我想要什么，需要什么呢？为什么就不能送给我想要需要的东西呢？”

“‘应该’只是一种理想状态。但事实上，两个人即便一辈子都生活在一起，除了他/她的眼睛眉毛鼻子，你又对他/她有多少了解和理解呢？如果不‘说’出来，他又有几多可能，能够把握住你内心隐秘的心思和波动呢？”

“那还是没有用心体察的缘故。”谢雪梅摇摇头，“如果真的在意一个人，是能够从那些蛛丝马迹中细致入微地体察到一个人真正的心思的……”

“何其难也。”罗光濯也摇摇头，“或许，一时、一地、一事可以。但若是两个人从相爱到相处，就算再在意，也不可能一直细察入微、体贴致精下去。还是得两个人好言好语，好好说出来……不然，不仅仅是时间成本、精力成本、耐心成本，整个相处成本、爱情成本都会很高。两个人的相处和相爱，经不起这种消耗很大的成本付出的。”

这或许就是两个人的观念差异了。

不同的观念总会决定不同的人生道路，何况爱情和婚姻？大概是谢雪梅在这个问题上困扰得太久吧，所以，才会这么不经意地跟罗光濯探讨起来？

罗光濯其实也无意与她争论。这不是谁要说服谁的问题。每个人的道路自己负责，思路决定出路，那都是自己的事情。又不是要为他人的人生负责，所以，何必非要强迫性地把自己的思想观念灌输到别人的脑袋里呢？

何况，这也不是想灌输就能灌输的——改变自己难，改变别人更难。这世界上最难做的有两件事情：一件是把别人腰包里的钱掏到自己的口袋里；第二件就是把自己的思想输到别人的脑袋里。

罗光濯本来就不是一个想用自己的观念去改变别人的人。只不过，既然聊起来，顺道说说自己的观点，以此打发时间，让宿舍里的氛围没那么沉闷。如风过叶停，了无痕迹。仅此而已。

谢雪梅大概也意识到自己问罗光濯这个问题不会有什么结果，加之，对秦晓珺的生活节奏了如指掌，所以在秦小辣椒还有五步就踏入宿舍之前，恰到好处地用这样一句话，结束了这次不期而至的闲聊：

“也是，秦晓珺就不是那样想来想去折腾自己的人，所以，也无须你那么复杂地考虑如何跟她相爱相处，就这样简简单单地一问一答好了。”

然后，秦晓珺就推门而入，看到罗光濯，喜出望外地绽放了小辣椒：“猪头，我正想你来呢，你果然就来了。”

谢雪梅端着自己粗头虎碗似的大瓷杯，慢悠悠地看着这幸福的小两口，面带微笑却内心苦涩地想：这是不是就是所谓的身无彩凤双飞翼、心有灵犀一点通？

然后，不到五个月就毕业了。毕业不到三个月，谢雪梅就跟王远锋闪婚了。

罗光濯从来都没有想过，谢雪梅自己也从来都没有想过，这跟他们这次聊天有什么关系。

只是，七年后，又一次谈论到这个话题，又一次闪念而过那第一次聊天的场景，谢老大也唯有又一次轻轻地感慨一句："秦晓珺就不是那样的人，哪里用得着复杂地让你猜来猜去、体察顿悟的啊！"

所谓"老公极品美厨养成计划"，不过是秦晓珺说说而已；那些精致漂亮的厨具，也就是她一时心血来潮买来养眼的——连亲手做做，也仅三分钟热情而已；遑论这种需要煞费苦心、呕心沥血的"老公养成计划"？

就算罗光濯有这个心，也得秦晓珺耐烦使这个力是不是?

这小两口过日子，其实也就是那个意思。你看，罗光濯对秦晓珺，其实不就一个字可以形容：宠！非要两个字，那就是宠溺。

她，谢老大自己呢?

5

不好深言，罗光濯就转了话题。

"秦晓珺买的那些精美厨具，也就她爸最后都用上了。她妈? 还看不起。觉得那花上千块人民币买的洋锅，还不如她土鳖摊上买来的瓷锅炖羊肉汤保鲜！"

谢老大笑了："这说不定跟她把厨房搞成战场是一样的，秦晓珺就是要恶搞一下。不然，她爸妈怎么可能过来收拾烂摊子？"

"我说呢！"罗光濯"恍然大悟"，"难怪，以前每次都要把'战场'视频给她爸妈看！现在，她爸妈住过来后，更是变本加厉！唉，看她就不是那样的人，还天天跟她母后大人斗小心眼斗得不亦乐乎，真心觉得累。"

谢老大看着这个揣着明白装糊涂的小男人，抿嘴一笑——唯有这样不经意的细节，这样不刻意的动作，才让人觉得她女汉子的强硬外壳之下，还有些许女性的温柔和妩媚。

只是，这样的温柔这样的妩媚，给谁看，谁能赏？

谢老大深深吸了一口气，把大虎头瓷杯重重地搁在茶桌上。

暖场的话说了那么多，现在，是应该切入正题了。

罗光濯不动声色，现在倒是细品起茶来了。难得喝谢老大一次茶，不知道要付出代价几何？

“是这样的，我们单位附近有所小学——算是以前的‘共建’吧。反正前些年我们单位好多职工的孩子都是就读的这所小学。我跟他们学校的老师一直都很熟，经常帮他们做做事儿……”

说到这里，谢老大顿了一顿，似在斟酌下面的措辞，如何才能把话说得恰当，但是意思透亮。

罗光濯意味深长地笑笑，给了一个“我懂的”眼神——天天被秦晓珺在耳边磨刀一样说学区房，差不多给磨起好几层茧子，就算再不懂这面里的道道，现在也明白谢老大肯定是在给孩子读这所学校铺路。

只是，不是说“共建”都已经取消了么？谢老大还这么铺路，有用吗？他罗光濯在这里面，使得上几块板砖的力气？百无一用是书生啊。

“学校老师给我打电话——”谢老大并不藏着掖着，但话锋一转，直接开门见山谈事情——那里面的道道就只是留给罗光濯一个背影，可意会而不可言传：“希望我帮他们找一个专家做校外教育导师，协助校内老师们给孩子们做思想道德教育活动……”

罗光濯听得一头雾水。这跟我有什么关系呢？

“这是配合整个北京市中小学生课程改革活动：学校教育、家庭教育、校外教育要三位一体发展。但校外教育一直是他们的薄弱处。所以，他们现在亟待加强这方面的人手和力量。”

罗光濯忍不住问：“需要我做什么？”

噢，时间才是最重要的资产。谢老大自嘲地笑笑。自己倒是忘了面前这个男人是花费了多少时间成本来到这边的。虽说好几年的姐妹情感，让她用不着再对他再三道谢——且，谢也不在嘴上。但是，她的确忽略了他需要快刀斩乱麻、直接接触核心的问题和本质。

他需要知道他做什么。他并不需要她详细说明那些背景。

谢老大沉吟了片刻，说：“我希望你能做他们的校外教育导师，一年的事情并不多。但最近可能有三件比较紧迫的事情：一是区里统一安排的，接受红领巾电视台的采访，讲讲少年儿童如何学习中华优秀传统文化；二是不定期地参加他们学校的课外活动，跟孩子们一起玩；第三呢，就是他们学校要承办一个区里的少儿大赛，想请你做评委，到时颁奖大会上做个主题发言……”

6

罗光濯一听脑袋就大了。如果是别人找上门来，他可能二话不说，就给拒了。但是，谢老大千年才找一回，他拒绝得了？

罗光濯苦笑着道：“说实话吧，如果是没有茑萝之前，我二话不说就接下来了——为啥呢？年轻气盛，不知道水深水浅，所以一脚踩进去，溅一身泥都没有关系。但是，跟我家小格格‘天天打怪兽’，打得多了，现在深深怀疑自己的教育能力——因为，你跟她讲道理讲不通啊。你连自家的孩子都讲不懂，你怎么给别的孩子讲道理？所以，我被我家孩子‘摧残了’，现在是半分信心都无。”

“你还担心这些？”谢老大奇怪，“秦晓珺跟我煲电话粥，是怎么说来着？俺们家觉悟君啊，现在也算是‘小有名气’了……到这儿讲讲课，去那儿说说教，也算是‘圈内知名人士’了。瞧瞧，啥语气，咋形容的！那个小嘚瑟样儿，就差没把你举成一个牌牌，满场来炫耀了。切，在自家姐妹面前嘚瑟样呀，不就是想在我们面前秀恩爱嘛！都多少年了，还改不了这个臭毛病！”

咳，咳，咳。罗光濯呛了两口水，不得不举起袖子当餐巾纸，抹掉嘴角喷出来的唾沫。虽然明知道谢老大要借这种插诨打科，来掩饰罗光濯软拒带来的尴尬，但是他不得不辩白两句：“这么多年了，你还不知道她的小性子？她越是在人面前赞我，就越会在人背后虐我。赞得越多，虐得越惨。这跟你说的她不断‘恶搞’还不是一个道理？她越是把厨房弄成战场，她爸妈就越不会放心她生活——你还教育孩子？你自己都还是个孩子！所以，这不，巴心巴肝巴肺地来伺候她了？噢，用她妈的话来说，不是伺候她一个人，是伺候我们一家仨。”

“这你倒是说错了。你想知道我跟秦晓珺说这事儿，她是怎么回我的吗？”谢老大不怀好意地看着罗光濯，“她说，俺们家觉悟君啊，现在大大小小也算是圈内知名人士了，所以，老大你尽管用，使劲用，往狠里用，把他最后一颗汁榨出来地用……”

听着谢老大模仿秦晓珺“咬牙切齿”的说话语气，罗光濯听得毛骨悚然，不寒而栗。

“你该不是想我就这样跟秦晓珺‘告状’吧？”谢老大挤眉弄眼，“你不怕你回去跪搓衣板？”

“别别别……”罗光濯赶紧摆手，“这一回去，我又不知道要当多少回的试验品。老大，您还是高抬贵手。说吧，是上刀山，还是下火海，我都去了……”

谢老大忍不住笑："太夸张了吧。你这大风大浪都趟过来了，还怕这小溪小沟趟不过去？想一想你给那些大腕精英都讲过课，我就油然而生仰望高山、景行景止的感觉。那种霸气侧漏的感觉，铺天盖地啊。还怕搞不掂一个孩子王？"

"行了行了，姐你就别拿我开涮了！"罗光濯赶紧举双手讨饶。再不讨饶，真不知道谢老大会不依不饶说些什么话来。抬得越高，摔得越惨。不过，一想起要当这个编外的"孩子王"，就真心犯怵，忍不住还是要跟谢老大先交个底："不过，雪梅姐，我真心跟你说哈，我可以竭尽全力地做好这个角色，但是能不能做好，我真是不敢保证。我现在给谁讲课都可以越讲越顺，越讲越有气势，越来越拥有内心强大的自我，可以裹挟着他们跟着我走。但是，就是面对孩子，越来越没有底气——当爸爸也越来越当得没有自信。每天都是兢兢业业，不停地反思，到底应该如何做一个爸爸。所以，我是真心不知道如何能够当好孩子的老师……"

破天荒地，谢老大没有拿罗光濯继续开涮。这番话让她深以为然："谁说不是呢？我们现在都是在战战兢地学着当父母。哪个还有那个底气和自信，说我就是一个好妈妈好爸爸的呢？你都还算是不错的了，觉悟到了这些问题，还在思考和解决。有些人呢，却真像是铁屋子里沉睡不起的人，始终都没有意识到自己的问题……"

或许是想起了某人——别说是当一个称职不称职的父亲，或许，连做爸爸的意识都没有，谢老大说起来都有些黯然。

7

"我们现在都没有父母的权威。不知道如何当好爸妈，如何教好孩子。"罗光濯说，"或许，一切归零，现在需要从头学起吧。"

“我听秦晓珺说，你在小区里现在知名度很高，简直成为‘阳光爸爸’的代名词了。秦晓珺说有好几次带茑萝出去，碰到那些姥姥姥爷、爷爷奶奶、爸爸妈妈甚至保姆亲戚，都会说：哟，她爸爸呢？嗨，她爸爸真是个好爸爸啊！说是有个妈妈还跟你提议过，让你去她家给她老公上上课，教她老公如何当个好爸爸。真的，假的？”

“是真的。那是茑萝两岁半时候的事情了，她遇到了一个比她小一点的妹妹，两人天天约在南广场玩。每天出去，遛个大弯也要找妹妹。那个小妹妹是姥姥姥爷带着，说是爸爸妈妈经常加班。所以，像我这样带着茑萝整天晃荡，就很惹眼。有两次茑萝玩得有点晚，就撞见了那妈妈回来。大概是很羡慕孩子有爸爸陪吧，就正儿八经地跟我说，要我去教育教育她老公……我说哪能呢？你这只是看到了我硬币的一面，另一面呢，我也是在不断改正自己的缺点……”

“有缺点的爸爸，那也是好爸爸——只要是在认真陪自己的孩子。”谢老大说。

“话是这个理。陪总比不陪好。犯错也是学习当好爸爸的机会。”罗光濯道，“不过呢，我在小区有很高的知名度，并不是因为我在人家眼里是个好爸爸，而是我家茑萝太有名气了。直到现在，都有很多人记得她。随便碰见一个小朋友的妈妈，就有可能说：哎呀，茑萝姐姐啊。你还记得吗？姐姐带医生玩具跟你一起玩过。拐一个弯，有个小哥哥可能就追过来了：嗨，你还记得我吗？我们一起玩过……大家总是会记得那个爱带玩具出来、爱邀请小朋友一起分享的小女孩。然后，就顺带记住了小女孩他爸。”

谢老大忍俊不禁：“这说明你们父女俩都有人缘嘛！”

“嗨！我现在总算明白了母凭女贵、父凭子富的真正意思了。”罗光濯感叹道，“你的孩子讨人喜欢，连带着你也看得顺眼；你的孩子引人关注，跟着你也有了光晕。这种改变真是蛮大的。你看，我一个大男人，谈事情本来多爽脆利落啊，一、二、三说完，该干嘛就干嘛。但一说起孩子，就扯得没完没了，都是鸡零狗碎的事情。我有一个很彪悍的女性朋友，很是就这个问题把我讽刺挖苦了一番，说：我们女人，在这里谈天说地谈理想谈人生谈身心灵修养，你们一群大老爷们，却在谈孩子谈奶粉谈尿不湿谈那些鸡零狗碎的打小怪兽问题……烦不烦啊？你看你们，99%的时间全都是在谈孩子那些杂七杂八的事情；只有1%不到的时间，在谈正事——就像那剪彩，前面全部的铺垫都是扯淡，后面那一剪刀，才是嘎嘣嘎嘣的干脆！真是一群'娘'爸！我现在，就是一个典型的'娘爸'。"

谢老大哈哈笑了起来。以前说"狼爸"，现在变"娘爸"——爸爸像娘一样，对于自家孩子的事情，拿不起，放不下！

笑完了，终于想起来正事——东拉西扯、鸡零狗碎地扯了这么长时间，就留了一点点来干正事。

"我现在给学校老师回个话？"谢老大道，"看他们那边什么时间有空，我们过去见见？"

罗光濯点点头。他也没想"一次性"就能完事。既然答应了谢老大，那就好事做到底吧。虽然实话实说，这样确实很费事。

"哎，哎……徐老师吗？我是小谢啊！"谢老大接通电话，就在紫藤花园的方寸之地走来走去，话音不断地从她的指缝里漏出来，"我已经为您找好了人选。他是……"

8

罗光濯不用刻意地竖起耳朵，都能一清二楚地听见对方的谈话。

在谢老大拨通电话、起身说话的一刹那间，罗光濯有一种很微妙的感觉，就是那一刹那间谢老大的神态和内心有着天壤之别的转变。

在那一刹那之前，谢老大就是老大，至少在她的这一亩三分地上，七年的积累蓄起了一种气势，让她有一种强大的不怒而威和自我；但是，在那一秒之后，谢老大挺起的脊梁略微有些弯曲，虽然只是一点点肉眼不可见的弯曲，但整个人的气势和自信不再，不由自主地诞生出一丝谦卑、恭敬甚至是……谄媚！

罗光濯忽然胸口很闷，有些难受。手机那些泄露的声音，听起来很年轻——真的，就像一个小年轻——但是老气横秋，颐指气使，对谢老大呼来喝去。这仿佛还不是一次两次，而是长期使然。谢雪梅和对方，似乎都已经习惯了。

罗光濯呼了一口气。对方似乎对他也无什么尊敬。倒不是他对罗光濯有什么成见，而是由于推荐人在他心中的地位不高，连带着被推荐的人，也没什么分量。罗光濯这些年见多了这样的事，好在他还有些雅量，通常也就一笑置之。

这就是一个江湖。人的江湖地位，其实都是人抬人、轿抬轿抬起来的。偶尔有一两次比较极端，办事的小鬼不知道罗光濯的“江湖地位”，误以为是来打秋风的，结果极其无理地把他当成了打秋风的人晾在一边。罗光濯也没做别的，就自己默默地随秋风而去。临到开会了，居然找不到主讲人。神一样的会议，居然就成了个猪一样的笑话。

想到这，罗光濯在心底先为自己哀叹了数声。难不成，这一次又会被降几个神格？被小年轻当做随便哪儿捡拾来的路人甲来对待？就像一个人习惯包机来回、接送地陪、出场还有一个说高不高说低但也真不低的红包、还会安排游山玩水乘兴而来兴尽而归……的人，却突然接到一个邀请你来开会的电话，说要你自己出机票或高铁票，自己到会场，还要跟人挤一个标间甚至是三人间，晃悠晃悠十二个小时，结果连十分钟的发言都不给你安排。你再好的雅量，也忍不住要爆一个粗口：靠，老子来干嘛！

罗光濯就忍不住有些埋怨秦晓珺。你答应那么快干嘛！好歹让我先摸摸底再说。现在可好，你老公现在变成了去“求”着要做这个校外导师了……我至于吗？不说别的，就说这一年，我推掉了多少所谓的社会兼职身份？

但看到谢老大放下手机那疲惫不堪的神态，罗光濯心又一软。谢老大不容易，我们不帮，谁还来帮她呢？秦晓珺这话真的是诚诚恳恳说的，没有用“跪搓衣板”来威胁。能让没心没肺的辣椒公主说出这样深沉忧患的话语，再铁石心肠的人，也会被春风化冬冰。何况，罗光濯的心底，在秦小公主面前，从来就是软软的。

“那个……”谢老大犹豫了一下，一脸的不自然和歉意，“徐老师说他特别高兴，本来想急着见你的；但是，由于他马上要开一个重要的会，所以现在没办法见你。你看，要不，改天你再跑一趟？”马上又补充了一句，“我给你报销车费。”

罗光濯轻叹一声。这个谎话也撒得太不高明了。明明是那个姓徐的小年轻，大概是在睡午觉，还有点床气，所以，对谢雪梅说话就甚不客气，连带着也不想见罗光濯。

再跑一趟？知不知道罗光濯过来一趟的时间成本有多大？本来那个小年轻同意“接见”的话，罗光濯就再走十分钟的路程，再花上半个小时，大概就顺利完成了公主殿下的政治任务。不是挺皆大欢喜的么？再跑一趟过来，浪费的其实又是小半天。这小半天，我们脑海里不断在印人民币的觉悟君大人，得浪费多少“Money 核变力”？

但是，罗光濯看看这个他一向很敬重的大姐，温和地一笑，说道：“你什么时候约好了，什么时候告诉我，我再过来就是。”

其他，什么都没有说。

虽然，友情是个易耗品。但是，毕竟，还是经得起几次消耗的，是不是？不然，那也恁不值钱了。

9

本想晚上再跟秦晓珺吹枕边风的。没想到，才出胡同，秦晓珺就打电话过来问，跟谢老大聊得怎么样啊。

罗光濯如此这般说了一通。

秦晓珺沉默了半晌。在罗光濯都误以为她已经挂电话了，她才幽幽叹了一口气，道：“谢老大真不容易啊。你知道她找你帮忙的这所学校，就是她想让磊磊就读的目标小学吗？”

“大概猜得出来。”罗光濯道，“不过至于那么早就考虑吗？”

“这还早啊！磊磊再有一年就应该幼升小了。”秦晓珺顺便给自家老公洗脑，“必须提前三年布局。不然，三年后，你就死翘翘了。不过，谢老大更超前。我现在是已经过了三年才意识到问题，她是提前六年甚至更早就开始行动了……你知道她所瞄准的这个普小在学区改革中，有很大比例可以直升牛中吗？”

“真的啊！”罗光濯真是惊呆了——这也太前瞻了吧？

“如何从一个渣到底的普通小学，一跃进入优质初中？就是买学区房！进到一个普通的二类小学作跳板，争取那直升 30%的比例。但是，谢老大最早选择的，不是这条路径。”秦晓珺道，“我这个寝室老大其实非常精明，非常有智慧，非常会理财。你看我们两个，一万块钱花起来就像一千块。但是，她一千块能够理财并花出一万块的感觉。而且，她眼光很准，敢于一掷千金，赌一个机会，做一种长线投资。”

比如说，你知道谢老大为什么要辞掉那个一周只上一次班的事业单位，却进了这个胡同的平房集团，当一个七八年都说不清楚有没有编制的聘用职工？就是因为，她提前六七年就瞄准了这个二类小学。

六七年前，谢老大就开始想方设法地在这个学校里渗透——你知道吗，她现在差不多都成为这个学校不拿薪酬的“编外人员”，有什么事都叫她跑腿。虽然，不一定重视她；但是，没有功劳也有苦劳。从校长到门卫她都混了个精熟，也没有人好意思驳她的面子。

因此，这所学校，早就已经口头答应她了：不管单位把不把原来所谓的“共建”指标给她，学校都可以让她以极小的代价甚至是不付代价，就让她的孩子入学；并且，会“操作”把那个未来可能有的30%直升比例给她孩子——虽然，这说起来也恁远了些，恁不靠谱了些。

反正，从政策上，这一点问题没有。至于，所谓潜规则明规则的几万块钱，学校看在她打了这么多年义务工的份儿上，就免了——这是学校自己的事情，不用汇报给谁；且，多这点钱不多，少这点不少，学校这个大牛，扯一根毛就够她使的了。至于，这根毛为啥扯给她，不扯给别人——废话，有谁数年如一日地来给他们打工，一分钱都不要？就算是扫地工，七年也把这人民币扫够了吧？

所以，不管学校找谢老大做什么事情，她都必须全力以赴、任劳任怨、不计代价地去做。

你看，学校这次不就又遇到这么一个紧急的事情，把她派了出来——帮我们找一个什么什么的人；我们要完成绩效，要在上级单位中树立标杆，要成为一面旗帜——于是，她找上了秦晓珺，找上了罗光濯：“兄弟，能不能帮姐一个忙？”

罗光濯恰恰是最适合帮她完成这些目标的人。何况，秦晓珺是她最好的姐妹，她的老公不免费拿来用，还拿谁的来用呢?

什么叫长线投资?

谢老大这就是。

她的长线投资就在于，在娃还没出生时，就盯准了这个二类学校，而且数年如一日，从不动摇。

一是，对娃的投资是非常坚定和专一，就是先进入普小，先把脚跟站稳了。

二是，想在这个二类小学“出类拔萃”——不仅仅是娃要“出类”，她这个当妈的也要想办法“拔萃”；至于如何出类，如何拔萃，那要讲硬实力，还要讲些软规则。

三是，最终的目标是盯着那个可以直升的“常青藤牛中”。

现在，就缺这临门一踹了。

“她就是一个地地道道的‘狼妈’啊——对孩子‘狠’之前，先对自己‘狠’，而且比谁都对自己‘狠’。所以，这忙还真的得帮。而且，要全心全意、竭尽全力地帮！”秦晓珺最后叮嘱道，“这可是在为她的孩子进入这所学校做公关的‘最后一公里’！你要添柴加火，而不能撤砖搬瓦。”

不然——回去跪搓衣板！

第8章

带娃上班OR弃娃保饭碗

『雾霾脸』下的部门政治：

袁石森的这个部门新规很“狠”。“狠”就狠在你别说你晚上早走点“接娃”成为一种奢望，就连早上“送娃”后再上班，也变得是一种梦想。……这等于是硬生生地逼迫谢雪梅在孩子和工作之间做一个两难选择！而这，原来不需要这么逼迫的。袁石森是故意的！袁石森就是故意针对她的！

1

送走罗光濯后，谢雪梅还未来得及缓一口气，新晋部门总监袁石森就阴沉着脸、踱着脚，慢慢走进了办公室。

袁石森推门进来，与谢雪梅处于一条对角线上——谢雪梅的办公室紧邻下庭院的门角，正好是和正门处于长方形的两个对角——按理说两个人的视线正常的话，是可以第一时间对接的。但两个人似乎都很有默契似的不看对方。

袁石森迈步进来的那一瞬间，脸庞刻意地往右侧了侧，把这半边的房间扫瞄了一下，但就是把谢雪梅摒于视线之外，最后聚焦在办公室新来不久的小姑娘韦见琪身上。

韦见琪诚惶诚恐地站了起来："袁总。"

谢雪梅眼皮子都没有抬一下。都说人在一起同事久了，别说能够听音辨人，几十步远就能根据脚步声的轻重缓急，判断出来的是谁；就连那空气的流动，在那一瞬间改变的频率，都可以折射出他此时的心情如何——这就是人养成了所谓的"气场"，或者所谓的"气势"？至少袁石森在三个月之前，被火箭提拔成部门总监之后，就在养这种所谓的"王八（王霸）之气"。

你别说，还是有点效果的。听音辨人，望气断心，谢雪梅就知道了，袁大总统又很不爽了。那又当如何？他那肚子邪火，跟我何干？他新官上任，想烧三把火，树立自己的权威，无可厚非。但这些，跟我谢雪梅又有什么关系？只要不烧到我谢雪梅的头上，我就懒得搭理。我把我自己的事情做好，就可以了！

袁石森摆摆手，努力挤出一丝亲民的微笑："没事，你坐。我就是过来看看。"

但没什么经验的小姑娘韦见琪更惶恐了，手足无措，战战兢兢，如履薄冰。不知道该坐，还是该站；是继续工作，还是陪伺总监？

小姑娘还是太嫩啊！换一个会察言观色的，早就给她一分颜色，她就开起几分染酱铺、顺杆子往上爬了。

袁石森本人长得还是有几分“颜值”的，虽然谈不上英俊耐看，但一眼望过去，还是属于少女可心动少妇可行动的那一类。但是，不知道是不是因为内心阴气太重，常年照不见阳光的缘故，从面庞到全身上下，总有一种发霉或是雾霾的感觉，让人看起来很不清爽。

“最近感觉怎么样？工作还顺手吧？有没有习惯了这里啊？”袁石森和颜悦色，一连串的问题，就像爆竹一样噼里啪啦。

韦见琪不知道该先回答哪个问题，还是说需要一一回答，只好诺诺应声。袁石森其实也不需要她回答。连他自己都不知道问这些问题有没有意义，只是为了“暖场”？

“如果有什么问题，可以来办公室找我。我乐意为你解答。或者——”袁石森顿了一顿，眼角的余光瞟了一眼无动于衷的谢雪梅，“跟我们的谢经理多请教嘛。她可是比我都还要资深的业务噢……”

2

又来了！

你烦不烦啊！连说句平常话都要挖个坑！好好说话不行吗？老是这么阴阳怪气至于吗？不就是我比你资历老点，年龄比你大点，你这个“新人新政”怕压不住阵场吗？老是小肚鸡肠地防着我跟你对着干！我有这么无聊吗？你这个当“领导”的，就不能气量大点吗？别整得就像三月怀胎的孕妇，肚量看起来是显得大了些，但实际上塞不下什么东西，酸的也不行，辣的也不行，整个啥都要反胃。至于吗?

谢雪梅内心不停地腹诽，但面部肌肉纹丝不动，语气也不见波澜：“不敢当。我也就是多吃了几年饭，也不见长肉。不像是袁总监，一口就能吃成个胖子。所以，能够后来居上，独当一面，挑起大梁。跟着袁总好好学学，小韦你能快速成长，火速成功。”

韦见琪怯怯地看了谢雪梅一眼，又抬眼看了看袁石森的眼色，丝毫没觉察出两个人之间有什么暗潮涌动，懦懦地道：“谢经理帮助我很多。我不懂的都问她……”

袁石森的脸就像阴天的抹布，已经湿得可以拧出水来了。但他本来就是“雾霾脸”，湿气重一点，轻一点，一时倒也无法察觉。

谢雪梅轻叹一声。可怜的小姑娘，想顾人情，就不能抱大腿。哪个腿粗，哪个腿细，这都看不出来? 圆个谎话，都不能圆好。

第一个月袁石森被火线提拔为部门总监，第二个月司蛉就从原来的办公室杂员坐火箭直升为执掌生死大权的办公室主任，第三个月韦见琪就来了，硬生生挤进了这间原来就只有谢雪梅“一个人的办公室”，且大半个库房或者说是样品库、资料馆的地方……

谢雪梅疑心韦见琪是袁石森所谓的“自己人”，安插在自己身边，当一个眼线。所以，一直对韦见琪冷冷淡淡，视若无物。虽说早上来，晚上走，韦见琪恭恭敬敬地都要叫两声“谢经理”，谢雪梅也只是轻轻点个头而已；两个人在同一个屋檐下，相处八九个小时甚至更多，一天加起来也不超过五句话……

并非谢雪梅性情冷淡，而是她刻意为之。若是韦见琪真是“间谍”，她理她干吗? 如果不是，她理她又何益? 谢雪梅不愿意跟她说话，韦见琪就算再没有眼力，也知道自己不应该去触这个霉头。所以，何来请教之说?

不过，谢雪梅也懒得揭开。眼冷心热，一个月下来，眼见得韦见琪笨是笨了点，但确实在努力学习和熟悉那一堆业务——这个打基础的过程，本来就是需要笨功夫的。小姑娘看起来真不是个偷奸耍滑的人。所以，谢雪梅有些信了她不是“内奸”。不然，以袁石森这样奸猾的人，会用这么一个笨丫头来做自己人，盯自己的梢？那他将来肯定不是“奸”死的，而是“笨”死的。

但是，谢雪梅也没那个指点她、教她、带她如学徒的想法——就像当初她刚进部门时“前辈”传帮带。现在，已经没有这个“传统”了。不是说怕“带会徒弟饿死师傅”，而是整个部门——不，是整个集团——现在都很浮躁和功利。一个新人第一天来，就恨不得马上把你扔到河里去折腾，赶紧抓上一两条大鱼上来，哪里还耐得了性子，用三年甚至更多的时间“传帮带”，把你从一个社会新鲜人培养成职场熟手？袁石森的火线提拔，从某种意义上说，就是传统断裂、新氛围主导的大势所趋。

耐心丧去，烦躁顿生，袁石森没有心思再伪装客气了：“雪梅，你到我办公室来一趟。我们谈点事情。”

称呼“亲昵”，语气生硬。谢雪梅白眼内翻：“我们很熟么？谁让你可以肆无忌惮地叫我‘雪梅’？”

3

两个人在办公室里已经默坐了几分钟，都不说话。

袁石森坐在大办公桌后面，手上玩弄着签字笔，大臀就像开关按钮，把座下的旋转椅子旋过来转过去，还不断自动调节升降，让他就像腾云驾雾一般升在空中，或者就像一只向上攀爬露出红屁股的猴子，可以倚高望远，俯瞰天下。

袁石森火线升任总监之后，干的第一件事情，就是“改造办公室”——尤其是弄了一个椭圆形的大办公桌，比普通的、一般的老板桌还要高上半截。整个背景墙布置得就像美国白宫似的——连那格局都相仿。虽然从面积尺寸上说天壤之别，不可同日而语，但是螺蛳壳里做道场，这个小小的空间同样布置得富丽堂皇。袁石森坐在那疑似真皮的总统椅上，还真有几分把自己当做“总统”的感觉。

所以，私下里，谢雪梅就给他取了一个“袁大总统”的绰号，简称“袁总”或“袁统”。这无形之中，就将袁石森上台以来刻意想要树立的权威给冲淡了几分，在宏大、庄严和史诗一般的风格之中，多了几分滑稽、戏剧甚至是暗讽的效果。

别的人或许面对袁大总统的威严，还得战战兢兢、如履薄冰。谢雪梅不必。她有资格来“倚老卖老”。相处好呢，是亲昵；相处不好不坏呢，是调侃；相处不好呢，就是讥讽。这完全看袁石森怎么想。

袁石森没有反应，不知道是没有听见呢，还是假装没有听到。不管怎么说，能坐到这个位置，他城府还是有的。不是不动手，而是时机还没到。所以，就先当耳边风过气了。照样我行我素，打造办公室的风格。

在袁石森看来，男人有三张不得不打造的“名片”：

一是身上这张皮，人要金装马要鞍。一个男人的衣服就代表着这个男人的品味。所以，品牌要满身，不管是大大小小哪种品牌，也不管是真货水货还是仿货——只要是乱花迷人眼，唬住不懂的人就行。

二是要有一辆好车，代表着男人的身价。可以无好房，但一定要有好车。虽然买不起一流的名车，但是，贷点款也要买一辆中档车。这样，参加老乡会校友会同学会……还有乱七八糟的资源会洽谈会，至少会因此占到一个稍微靠前的位置。

三是一定要有一个好办公室，代表着男人的身份。迎来送往，在办公桌对面的矮了几寸的两把椅子上一坐，自然地就把自己降了一个维度，气势就先弱了几分。若想不输气势，往墙上一靠，想让自己的姿态随意且恣意一些，以此来对抗袁大总统刻意经营的气场，那也可以啊。不过你总得抬起脸来说话吧，我居高临下，稳坐铁王座，久而久之，还能抗得住我的气势？

好吧，就算你能抗得住，袁大总统还有高招。本来这办公室是一个开间，推门进来是纵深办公场，一目了然整个格局：窗户、办公桌、沙发……连集团一把手的办公室都是这样的格局。袁大总统偏偏独出心裁，在入口处硬生生改造出了一个“玄关”，影壁遮挡，还放了一把小圆木凳。

隔壁办公室就充当了“传达室”。身在隔壁第一桌的司蛉亲自充当了袁大总统的工作秘书和私人助理，整天大门大开，眼观六路，耳听八方，时时刻刻紧盯着外面和袁办的动静。一有访客，立刻小碎步跑出来迎接：“您好，你是找袁总的吗？请问您是……稍等一下，我做一下登记，然后帮您看一下袁总屋里有没有人……”这是第一道拦阻。让势不可挡的访客先被阻下气势。

然后，司蛉假模假式地敲门，娇声问：“袁总，我可以进来吗？”袁大总统气势威武地说：“进来！”司蛉方才小心谨慎地迈过门槛，过玄关，转正面，目送，恭敬地说：“袁总，×××已经到了。您看您现在有没有时间接见？”

4

袁大总统多半不会马上就有时间的。

就算办公室里没人，他也会拿起座机，做出拨电话的姿势，然后示意司蛉等一下，他要先处理一件紧急的事情。

司蛉就会心领神会地退出去，请访客在玄关小圆凳上坐下，抱歉地说：

“请您稍等一会儿，袁总正在处理一件紧急的事情。处理完了，就接见您。”还很周到地问您喝咖啡还是喝茶，多半会送来一杯温开水；还体贴地在门外陪站，做出随时替客人关注袁总动静的姿态。这让访客深觉这个袁总的助理又有眼色又有能力，关键是态度还很端正，不知不自觉中，就又把自己的姿态调低了一档。这就是第二阻。

这一阻之中，访客不管再重要的身份，也得像来面试的毕业生一样，老老实实地在矮凳上坐上一遭，自己的身份也凭空矮了几分。当然，也有访客自重身份，见那矮凳子不屑一顾，夹着包自己在走廊走过来走过去，时不时还不耐烦地问：“老袁这是干吗呢？还日理万机？”

司蛉仍然面容不改、一脸微笑，像站台少女一样守在门边。心里把对方骂了千遍万遍，嘴上也就那么一句不卑不亢的话：“袁总就是有这么忙！”对方再有脾气，也被这像泥鳅一样的小姑娘顶得没了脾气。

袁大总统多半不会马上就结束电话。访客来前，其实这个电话都不用打的；但既然有外人来了，这个电话就必须打了——随便找了一件很琐碎的小事，随便找了一个必须接电话的下属，威严十足地交代半天，把一件豆腐渣的事情，也要揉碎了来讲上十遍八遍。

当然，再琐碎的小事情，在袁大总统的巧言令色里，也能揉搓成金光璀璨的七彩虹。这就是袁大总统的本事。不然，凭他这样一只一直被晾在边缘的刺猬，能说动空降而来的集团一把手，硬生生从虎狼狮豹环绕的肥肉里，抢下这么一个最肥的部门，并且立刻从士兵当成将军？

当然，“中国好秘书”司蛉多半也不会等到袁总把电话打完，而是拿捏到七八分火候时，就会对访客主动提议，“要不，我们进去等？没关系，袁总说了，对您没有秘密。”既让访客觉得倍儿有面子，又不动声色地卸掉了访客因为等待而来的急躁和郁气。

当司蛉领着访客过玄关，直面袁大总统时，司蛉多半会做个口型，用只有访客才能听见但袁大总统肯定听不见的蚊蚋一样的声音说："袁总，我让客人在您沙发上坐着等？别让客人等久了哈？"

袁大总统也多半会手捂话筒，暂离耳朵，歉意地冲访客道："不好意思哈，有件紧急的事情需要马上处理。你稍坐片刻。小司，给客人倒杯茶或咖啡……"

然后，司蛉立马就说："袁总，我已经倒了一杯温开水。本来想倒咖啡或茶的，但是，想到客人是您这么重要的朋友，怎么能用部门那些普通的茶或咖啡来招待呢。怎么着也得用袁总您珍藏好久的大红袍来待客。我一会儿过来再来泡？"

于是，袁大总统立刻就笑骂："小精灵蹄子，天天就惦记着我那一丁点好东西！"一挥手，把司蛉像赶苍蝇一样赶走，当然，也是把大红袍给赶走了。转过脸，对访客笑道："我这小助理，就是这样胳膊肘往外拐。只要是我重视的客人来，就恨不得把我的根全挖出来待客。"

不等客人回过味来，袁大总统又把嘴脸转回到话筒上，张口就骂："别给我扯犊子。你就说你能不能干吧？能干，我就放权给你，怎么做我不管，我要的只是一个结果。不能干，你就趁早给我滚蛋。老子手下，不要不能干活的兵！"

啪，把电话挂了。拿起烟盒，扔了一支烟过去，自己点燃一支烟，美美地抽了一口，方才道："让老兄见笑了。上头信任我，扔了这么一个大部门给我，不敢不兢兢业业，鞠躬尽瘁啊……"

这边厢，自然是一番你来我往的恭维。而那边厢，很可能就是接完电话都还没整明白啥事的韦见琪拿着电话手足无措，泫然欲涕。

就这样一阻二挡三显摆，访客即使是挟泰山以超北海的气势，到这儿已经弱了五六分。再加上两个人打拉锯中，袁大总统一向“吃葡萄不吐葡萄皮”的吃相，估摸着等访客要走时，能留下两三分力气苟延残喘就不错了。

但仅是这两三分，司蛉这个守门犬犹自不肯放弃。明着是送您出门，实际上是伺机再咬一口……所以，访客多半是趁势而来，势败而去。

什么叫做配合默契？这就是！两个人联手，不把对方剐层皮，也能让他们吐口血。工作嘛，要的不就是这个结果？所以，私下里都说袁大总统火速提拔司大主任，只是因为她的姿本，哪里知道，因为她的玲珑，给部门创造了多少效益？真是世人无伯乐，我独有慧眼啊！

主场作战，天时、地利、人和，办公室的风水格局功莫大焉。不管是外来的访客，还是内部的员工，基本上都是进“场”先被腰斩；然后，在司蛉的配合下，哪个不是被轻轻松松地拿下？

但是，遇上谢雪梅这个“刺头”，这一切苦心孤诣营造的“气场碾压”之势，就完全失效了。

5

像往常一样，眼观六路、耳听八方的司蛉听见动静，嗖的一声，静如处子、动如脱兔，就蹿了出来。

本来已经习惯性地浮出了两丝职业化的微笑，结果先看见的是刚出门的谢雪梅，那笑容就立刻冻住了，就像两道刻痕，深深地划在嘴角，变得特别沧桑特别难看；对待访客习惯性的“点头”像蜻蜓点水点了下去，这时候猛然一昂头，要变现出一个特别不屑一顾的表情，结果动静太大，就像一下子扯得水花四溅，让脖子都差点绷断了。

司蛉习惯性地想在谢雪梅面前摆出骄傲的孔雀姿态。但孔雀的屏还未开，马上就扫见了走在前面的袁石森——那一秒间，春风立刻解冻，笑容再度绽放；高昂的头马上就又点了下去，涌现出无限的娇媚和亲近：“袁总，要不要给您泡杯茶？”

袁石森摆摆手：“我要跟雪梅谈一下。一会儿再找你。”他刻意地把“谈”字咬得很重。司蛉会心地一笑，又拿眼睛斜了谢雪梅一眼，鼻孔里轻哼一声，如风摆杨柳、妩媚无限地扭着腰肢走了。

谢雪梅冷眼看着这个千面娇娃在那一瞬间像川剧一样的“变脸”，暗喟真是时势造人啊。当年那个靠着给她们做项目打下手吃饭、嘴甜得腻人、左一个谢经理右一个雪梅姐的办公室杂员，现在攀上高枝、麻雀变凤凰，一下子就换了副嘴脸：颐指气使，盛气凌人，恨不得把办公室的人都狠狠地踩在泥地里，再蹂躏几脚。

司蛉对谢雪梅她们这样所谓的“老人”尤其不客气。大概是因为当初谢雪梅见惯了她的伏低做小、谄上媚下，甚至一些上不了台面的小手段和阴暗面。尤其是，她曾经靠着谢雪梅“吃饭”。升米恩，斗米仇，说的就是这样的人吧？

他袁石森不也是这样吗？他刚进单位那几年，眼高手低，“怀才不遇”，总是牢骚满腹，若不是早已经是“资深业务”的谢雪梅带着他做了几单项目，他恐怕早就死翘翘了——死在绩效考核之下。哪里还有后面的一夜暴贵，指点江山，意气风发？

按照单位的老传统，其实谢雪梅都算是袁石森的师姐师傅——代师传艺，功莫大焉。只是，谢雪梅从来没这样说过，袁石森也从来没这样认过。

这大概是袁石森升任总监后第一次“正式约谈”谢雪梅。

知根知底的，原先的“气场裹挟”完全无效，袁石森把玩了一下签字笔，决定还是先打温情牌：

“最近，你家磊磊还好吧？小家伙虎头虎脑的，挺招惹人爱的。我这个叔叔都好久没见了。”

谢雪梅没言语。虎头虎脑，说的是磊磊吗？

“我哥呢？最近还是在折腾那一通艺术摄影？有梦想是好的，但还是要踏实些。这条路真不好走，你没有跟他好好谈谈吗？”

他瞎不瞎折腾，你管得着吗？何况你还叫他一声“哥”！在你最“穷困潦倒”的时候，他可没有嫌弃过你！对你跟对罗光濯、俞雷他们一样，都是拿出他认为最好的东西来招待的！

……

就是这样的。袁石森每打出一颗“暖男牌”，都像是打在棉絮上，软绵绵的，不着力。

袁石森难受，谢雪梅感觉更难受。因为，几乎袁石森每一张温暖牌，都引发了谢雪梅强烈的抵触、反弹，甚至是恶心。

谢雪梅自己也知道不对。这种心态不对。对别人都不这样啊，为什么对袁石森就这样？甭管他以前是不是自己的“学徒”，但是，至少，他现在是自己的直接领导。对待领导，就要有对待领导的样。

谢雪梅告诉自己，要学着调整心态。心态，决定态度。

心中想的是一回事，嘴上表达出来，却成了另外一码事。

在袁石森又一次惺惺作态说“我骤得大任资历尚浅，所以亟须你的支持，谁让你是我的姐呢”之类的屁话时，谢雪梅毫不客气地打断他的话：

“工作关系就是工作关系。”

“你忙，我也忙。没空瞎扯淡。”

“有话就说，有那个什么就放。”

“你到底找我什么事？”

“没事我就回去干活。我要对得起这份工资。”

……

把袁石森噎得一阵阵地打嗝，几乎都没法往下说话了。

6

袁石森沉默良久。

现在的谢雪梅就像一个绷紧了全身的刺猬，根根刺都指向他袁石森。他知道问题的症结在哪里。他也知道，在当下的情况，这个症结几乎是没有办法消除的。如果有可能，他宁可绕开谢雪梅。但是，这是注定不可能的。他若是想接下这个大部门，想顺利站稳脚根，搏一把未来的话，就必须降服谢雪梅。是的，降服，而不是说服。他需要的不是盟友，而是追随者。这就是他和谢雪梅最大的矛盾。

所以，打温情牌不行，说私心话也不管用，那就冷冰冰地讲事实讲逻辑——现在既然我是大当家的，那就得按我的规矩来。如果谢雪梅不肯驯服，他不介意用她来祭刀。一将功成万骨枯，哪一个成大事者，不是踩着别人的“尸体”上去的?

“我找你来，是想私下里跟你谈谈。”既然确立了立场和基调，袁石森也懒得再打那些机心，语调也恢复了冷漠和威严，“有人反映你中午干私活?”

“干私活?”谢雪梅第一反应，就是不怒反笑——她还真没反应过来“中午”这两个关键字。天地良心，“干私活”可是一种很严重的指控。这可是对谢雪梅七年来的专业形象和职业道德的践踏。所以，她不介意用特别粗暴的方式回应:“这是哪个王八犊子满嘴喷粪?有胆子在背后抹黑，没胆子当面来对证?”

“咳，咳，谢雪梅，注意措辞！”袁石森用笔敲了敲桌子，“都是同事。有必要说得那么难听吗？”

“难听？”谢雪梅反唇相讥，“就兴她们信口雌黄，恶意诽谤？”

“群众的眼睛是雪亮的！”

“群众？谁才是群众？”谢雪梅讥笑道，“别拿一小撮阴谋家来代表群众！”

袁石森脸上有些挂不住了：“那你中午见的是谁？谈的是什么事情？是客户吗？是跟工作有关的事情吗？那不是私事私活，又是什么？！”

谢雪梅这才回过味来：袁石森说的是“中午”干私活！不由得又震惊，又觉可笑：“中午？部门的手是什么手，伸得这么长？还管我中午做什么？难道我吃个饭，见个谁，做个什么事，都要‘请示汇报’吗？”

话到嘴边，还是留了些情面，没有直接指斥袁石森“你的手伸得真够长”，而直接替之以部门：“我中午见什么做什么事，管部门什么事？这是我的私人时间，我想怎么安排就怎么安排！”

饶是如此，谢雪梅话里话外浓浓的讥嘲还是让袁石森恼羞成怒：“谢雪梅！你是在用部门的地方和资源会客谈自己的事！你不注意形象也要注意影响！别的同事中午都在工作！你呢，却跟人谈天说地聊人生，要不就是睡午觉……你让那些勤奋工作的同事怎么想怎么看？”

谢雪梅直直地看着袁石森：“袁石森，你别对我吼！别以为你当了部门总监，就可以把别人当包身工用。是谁规定的中午不许休息不许会客不许谈自己的事情？是谁要求中午还要工作？”

“没有谁强行规定！但，这是一个部门奋发上进的新气象！”袁石森语气稍微弱了一些，脑子里迅速斟酌了一下自己的措辞是否会授人以把柄，然后又迅速地强势起来，“我们是一个老部门新团队，要想不落伍，不被人家超越，就要有新精神新气象！别说你，我以前也是老睡午觉，但是，自从有其他部门讥笑说‘你们居然还有人睡午觉！’我就下决心要改变这种风气。所以，我现在都不睡午觉，中午继续为了部门的业务和工作殚精竭虑。我能做到，你为什么做不到？别的年轻人能够做到，你为什么做不到！你是老人，更要起带头作用！”

“凭什么你不睡午觉，别人就不能睡午觉？凭什么你中午不休息做工作，别人就还要干工作？凭什么你加班，你要求别人也要跟着加班？”谢雪梅越说越激愤，“凭什么你做什么，就非得要别人跟着做什么？你不做什么，就不许别人做什么？这是什么‘神逻辑’？”

“就凭我是这部门的新领导！我要起新的领导和带头示范作用。”袁石森义正词严、大义凛然，“我要打造一个新的团队。这个团队可以为了工作废寝忘食，奋发向上，加班到深夜都没有怨言！而不再被别人指着脊梁骨说：这个部门怎么一下班就走人！甚至还没有下班就溜号！”

7

袁石森说得慷慨激昂，越说越入“戏”。

谢雪梅不可思议地看着他，就像在看一个着了魔的戏子，想不明白这世上怎么会有这样的人存在，袁石森怎么会是这样的人——在这种充满荒谬的感觉中，谢雪梅脱口说出了自己找死的话：“定时下班怎么啦？不加班又怎么啦？提前溜号又怎么啦？我拿多少钱，做多少事，难道我就把自己整个地卖掉了不成？”

假若谢雪梅有透视眼，能够看到在那个总统桌下面一个不起眼的角落，有一个微型录音机正在不动音响地旋转着，谢雪梅或许就能理解袁石森为何要这么卖力地表演，以及自己为什么正在掉进一个坑里。

人生如戏，戏如人生。每个人都是自己生活的导演，但也可能是别人人生的演员——而自己还浑然不知，就像《楚门的世界》一样。如果袁石森只是自己“精彩出演”的话，或许还不是什么大的问题。但是，问题是，他在设计一部戏，让别人入戏，让谢雪梅入局，让谢雪梅按照他的脚本来演出。悲哀的是，谢雪梅在一无所知的情况下，还真的就是按照他的脚本来演出，丝丝入扣。

假若谢雪梅知道袁石森在录音的话，假若她知道人生真是如戏每个人都是戏子的真谛……不，人生没有那么多的“假若”。其实谢雪梅只需要保持自我，平和、理性、就事论事地回应，她或许就不会陷入袁石森的戏里、局里、坑里，不会说出这些“政治不正确”的话，让她以后会因此掉进职场政治的大漩涡里，被碾压得粉碎——因为，谁不知道自一把手空降以来，新人新政，最重要的，就是要重新“立规矩”！

如果谢雪梅稍微聪明一点，她不需要正面反驳袁石森：“你不睡午觉，凭什么不让别人睡午觉；凭什么你中午工作，就要求别人也工作？”她只需要平静地陈述一个事实：“昨晚跟进项目，为了不影响今天别的部门的进度，我一直做到三点钟才睡。所以，中午要睡一会儿，下午才有精力继续跟进。”

她不需要正面反驳袁石森：“午休时间见什么人做什么事，是我的私事，跟部门无关？部门凭什么管我？”她只需要拿出那个共建学校的一个业务订单，用事实说明这其实是单位的一个机构客户；维护客户关系的一个重要手段，就是尽可能满足客户的需求——而中午趁着休息时间见的那个客人，恰恰能够满足机构客户最紧迫的需求。

她也不需要正面反驳袁石森：“准点下班怎么啦？凭什么你说加班就加班？提前溜号又怎么样？”她只要拿出最近六个月的出勤记录，看看到底有几天是准点下班的？又有几天是加班到深夜的？甚至，又有多少个时候，是她没有办法，“提前溜号”，跑回去把磊磊接到办公室，继续加班，而磊磊困得就在椅子上睡着了的？

……

不说表自己的功，说自己的劳，但至少，不要给人留下把柄。

真的，一条条，一框框，哪一条谢雪梅不是标杆、不是标准、不是榜样？就算拿袁石森最严的部门新规来裁剪，谢雪梅都是所有人里做得最好的。但是，具有讽刺意味的是，这一步步录音下来，谢雪梅成为部门里面最没有“职业精神”的刺头，而且，俨然成为自一把手空降以来新人新政的“反面典型”……

不是？有录音为证！那里面一条条，一框框，有冤枉她吗？不是她说的吗？她说的不是这个意思吗？就是那个话，就是那个意思，就是她说的！这还有什么好说的？

谢雪梅可能永远都不会想到，这种“授人以柄”的意气话，足以彻底摧毁她的职业生涯……谁会在乎这些话的背话，这个像老黄牛一样的女孩，七年如一日地奉献着她的青春？

怨谁？怨袁石森“小人手段”？那只能怪谢雪梅自己枉读了那么多年的书，枉工作了那么多年，对人性善恶理解得还不深、吃得还不透……如果自己聪明，怎么会自己往刀口上撞，留下这么多的把柄呢？

8

袁石森嘴角浮起了冷酷的笑。

录音已经差不多了，他不需要再跟谢雪梅虚与委蛇，也不需要再演什么温情戏悲情戏苦情戏和对手戏……他甚至懒得再跟谢雪梅费话，直接拿起电话，拨通了司蛉的座机：“通知部门所有人到会议室开会！立刻，马上，不允许缺席！所有人！”

司蛉不自觉压低嗓音：“那谢雪梅呢？”

“她是不是部门的人？”袁石森反问道，“如果是，她凭什么特殊！”

从司蛉到谢雪梅，都立刻感觉到了袁石森身上肯定发生了什么变化。但到底是什么变化，一时说不清楚。只是隐约感觉袁石森似乎就像一头野兽，撕开了温情脉脉的面纱，露出了狰狞的爪牙……

谢雪梅不由自主地感觉到了森森的寒意。

所以，当她精神恍惚地退出袁石森办公室，回到自己的座位上，韦见琪怯怯地说部门通知开会后，她一个人坐了几分钟，难掩内心深处隐约的不安，还是决定去会议室。

谢雪梅进到会议室时，人已坐满。袁石森已经开始，看都没看她一眼。司蛉嘴角噙着一丝冷冷的笑。韦见琪看了看她，一脸复杂的味道。

谢雪梅找了个靠后的座位，屁股还没着地，一下子就被袁石森强势的新规定给火烧得跳了起来：

“没有规矩不成方圆。新部门新规定：从现在起，每周一早上八点半，雷打不动开例会；每周五下班后，雷打不动开总结会。不允许定时下班，必须服从部门项目和业务的统一安排，什么时候把当天的事情做完做好，才允许回去。

“所有人必须严格按点上班，迟到五分钟就算旷工半天，迟到三十分钟就算旷工一天，不允许请半天假。你要请假可以，要请就请一天！”

……

谢雪梅立刻就急了。如果说“午不午休”之类的争议只是不可思议、愚蠢可笑，却不影响根本；那么，袁石森深思熟虑后拿出的这几条，那真是条条扼住她的喉咙。不谙熟内情的人，是看不出这个门道的。

比如，定点上班。原来部门的传统是带点弹性的：如果你晚来半个小时呢，那就晚走半个小时；如果早来半个小时，就早走半个小时。这样家里有娃的，就可以根据这个灵活安排。只要不影响自己的业务和项目。

袁石森的这个规定很“狠”。“狠”就狠在你别说你晚上早走点“接娃”成为一种奢望，就连早上“送娃”后再上班，也变得是一种梦想。

但更狠的，还是那个请假制度。原来部门的传统是早来点晚来点没有关系，也可以请半天假。谁家里没点事啊，尤其那些有娃的人，又尤其是那些父母没在、都自己带的双职工家庭……孩子生个病什么的、办个事什么的，不都是小半天时间。请半天假正好。另外半天，还可以兼顾着把工作做完，加加班也就不会影响进度。“请假一天”最狠的地方，不是你请一天假扣一天的钱，而是大多数时候，你办事哪里用得了一天？另外半天还是得干活。干活还扣钱，这是啥道理？不干活，项目是你的，业务是你的，最后一切都还是你的。你不做怎么行？

而且，最最重要的是，袁石森这些新规，强行地要把所有人都局囿在办公室里，比拼谁“加班”最久，谁最晚回家。这等于是强行把谢雪梅给限死了。她还怎么接磊磊？她还怎么把磊磊带到办公室加班？她还怎么在磊磊睡后，再开夜车完成这些项目？……

这硬生生地逼迫她在孩子和工作之间做一个两难选择！而这，原来不需要这么逼迫的。她这四年，不都把这两者兼顾得很好嘛？！

袁石森是故意的！

袁石森就是故意针对她的！

“还有最重要的一条，以后坚决不许将孩子带到办公室来！这是办公室，不是游乐场所！影响自己的工作不说，你还影响别的同事的工作！”

这真的是赤裸裸地针对谢雪梅！

“我反对！”谢雪梅一忍再忍，终于忍无可忍，“你这样规定，让有孩子又没有人接送的同事，怎么办？”

“那不是我考虑的事情。”袁石森面无表情，“我们是在做公司，不是在做慈善。要么，遵守我的规矩！要么，走人！”

第9章

晚归妈妈OR滞留儿童

一个人，原来是如此的孤单：

再远，都不孤单。“妈妈！”“哎？”没事，我就是想叫叫。“磊磊！”“呃？”没事，妈妈就是想叫叫。“你为什么一定要给妈妈送一辆世界上最快最好看的真车呢？”“有了车后，无论我在哪里，妈妈都能比别的妈妈跑得更快、更早地来接我……”谢雪梅抬起脸来看天。那些毛毛雨忽然如此之多如此之大，是老天爷也忍不住泪奔了吗？

1

其实，谢雪梅并没有她表现的那么强硬，她也没有自己想象的那么强大。

她内心其实很惶恐，很不安。因为孩子，因为生活，因为个人……有太多的东西让她忌惮。如果可以选择，她真心不想跟袁石森“顶雷”。她只想好好在这儿做事，好好地挣那一份工资，好好地熬到为孩子争取到“学票”（入学门票）的那一天……她只想好好地“活着”，让孩子“活得更美好”。

所以，面对袁石森咄咄逼人、碾压一切、苛刻残酷地针对她一个人的部门新规，谢雪梅在出离愤怒之余，不得不悲怆、悲凉和悲壮地认识到一个比现实还残酷的“现实”：除了“忍”，她真的别无他法——如果她还想为孩子争取到那张“学票”的话，她就得好好地“待下去”。要想好好地“待”下去，除了向袁石森低头之外，她又能做什么？

但是，“低下高昂的头颅”，说起来是一种诗意的句子，但做起来——如果不经过那血淋淋的争斗——又谈何容易？每个人都有自己的高傲、尊严和体面。哪怕那只是一种脆弱而可怜的心理慰藉和幻想维系。但是，就当是谢雪梅这种人不得不屈辱地放低自己的身段之后，维系最后一点可怜的“心底自尊”吧！

你袁石森不是要树立权威吗？好，我不说话我保持沉默我在行动上……配合你不行吗？你让做什么就做什么好了，你要安排什么就安排什么好了——不管在公开场合还是私底下，我都不会再质疑和挑战你的决定。当然，要我口头上跟你认错，或者像别人那样腆着脸来迎合你，我还没有那么无底线没节操。我还是像老黄牛一样做好自己的事。你需要溜须拍马的人，但也需要脚踏实地的人，是不是？我可以配合你把这些业务都抓好，也可以配合你“灭掉”这个部门最后一个“刺头”——那就是“我”自己——但所有“卑躬屈膝”的唯一意图和目的，就是还可以“默许”我在事实上能够按照“以往的事实”接送孩子，兼顾孩子和工作。

现在大家都没有看清楚：为何部门的新规，会单单针对谢雪梅她一个人？为什么别人都能适应，就她不能适应？为什么硬生生地，就是要把一个骨干和老黄牛逼成一个“刺头”？

这里面，除了袁石森忌惮她的实力和能力——谢雪梅是唯一一个有资历当这个部门总监的人。前任领导退休前，想提拔的正是她，而不是他——还有“有没有孩子”的区别：大多数人没有孩子，而且认为这个政策就是一阵性的，现在不要“顶风作案”，过一阵风就好了，还会是“该怎么样就怎么样”。

最主要的，也是谢雪梅自己的性格、态度和观念有问题。她还是没有摆正自己的身份和位置。下意识里还是不把人家当领导，不把豆包当干粮……

但谢雪梅很快就意识到了自己的这个问题。别说学历高不高，做人的智商和情商，那都是在基本线上的，想清楚这个问题并不难。最难的是迈过心里那道坎，做出抉择。但是混迹职场那么多年，而且为了孩子“放低过多少身段”，做过多少不情不愿的选择？所以，迈过袁石森心里这道坎，其实也没有谢雪梅自己想象的那么难——不就是又一次“为了孩子”，让自己接受某种“羞辱”，甚至是“屈辱”的处境么？再难受，再痛苦，想一想孩子，还有什么样的坡爬不过去，什么样的坎迈不过去？

所以，为了磊磊，谢雪梅决定退一步。退一步就得有实际行动。什么叫实际行动？那就得从“周五”下班开总结会不会早退请假开始！不能刚颁布一个“部门新规”，你就说不行，我得请假，我得提早去接孩子——那不是赤裸裸地“打领导的脸”吗？

你就甭指望能“早点”接孩子了——其实，别说“提早”接孩子，哪一次又是“准点”接过孩子的？周五不迟上半个小时一个小时接上磊磊，都不算是“正常”的。何况，周五没有“延时班”，经常还会提前点下课……

谢雪梅就算再挂念孩子，再心急如焚，也知道今天——周五——不适合“顶风作案”。所以，只能提前作出安排。但又如何能安排？还不是首先“死马当活马医”、“瞎猫抓死耗子”——先给王远锋王大官人打电话。

一如既往，那厮的电话，还是通了没人接。

2

事实上，王远锋永远都处于“电话通了无人接听”的状态——他就像这地球上的空气，随时随地，都消失在无影无踪的状态。

尤其是谢雪梅需要王远锋“临时”接一下磊磊时。

其实，谢雪梅压根也没指望王远锋。只不过，作为女人，下意识地，“第一时间”还是选择找自己的男人。然而，男人是靠不住的。家里的人事基本都指望不上王远锋。无论是早上送磊磊到幼儿园，还是晚上从幼儿园接磊磊，都是谢雪梅一个人的事。

王远锋不是蒙头大睡，就是晚归不定。如果是平常时日还好，若遇上谢雪梅需要突击加班，或者像现在这种“突发状况”，就只能腆着脸给老师打电话，千拜托，万拜托，拜托老师多照看一会儿。

还不敢接电话，只有频频发短信：我就在路上（实际上还在单位），堵住了（都还没出发），一会儿就到（实际上真不知道什么时候到，会都还没开完）……

不是舍不得电话费，怕直接电话三言两语，就套出实话；不是不肯说实话，而是怕说实话，老师当即就要甩手撂挑子；不是不想马上就去接娃，但一看袁石森滔滔不绝、绵延不绝的讲话姿态，一想到孩子的“学票”，谢雪梅就只有“我忍我忍我忍”的不断强行遏制住自己冲门而出的冲动。

这纯粹是浪费时间扼杀生命。这哪里是周末总结会？哪里是回顾过去，展望未来？又哪里是肯定成绩，寻找问题，探讨下一周的改进措施？纯粹就是袁石森的“三部曲”的个人秀场：

第一部曲，就是画个“大饼”——所谓擘画蓝图，怎么虚怎么来，一个大泡泡数十倍地吹。

第二部曲，就是“史上最大吹牛皮”——想当年他袁石森如何如何……人在江湖，哥就是一个传说。怎么辉煌荣耀，怎么丰功伟绩，贴了一层金不够，还要贴两层、三层、四层——贴到最后让谢雪梅像是在看“封妖记”：哪一个彪悍无敌的妖怪身上不贴上百层千层的神符，才能镇得住？

但谢雪梅还是低估了袁石森比“城墙倒拐拐还厚”的脸皮。百层千层算什么？十万百万才刚起步。反正牛在天上飞，人在地上吹。刚开始时视线偶尔扫瞄到谢雪梅低下头、半隐半现的脸庞，袁石森的表情还略微有些不流畅，但越说越自然，越说越自信，越说越神采飞扬，越说越是睥睨天下、顾盼生雄……“枭雄”就是这么炼成的。谎话说着说着，就连说谎的人自己都信了。

第三部曲，就是要“大家表忠心”——在一大堆“大家要团结”、“要有新气象”、“要开创新局面”等像棉花糖一样的话之后，就需要确立“部门的领导核心”。

大家必须牢牢地团结在以袁石森为领导核心的部门周围……

让谢雪梅大跌眼镜的是，第一个表“忠心”的不是被誉为袁石森“亲密助手”的新晋办公室主任司蛉，而是那个“社会新鲜人”韦见琪——她怯怯地第一个举手发言：“我觉得我非常幸运地进入到这个部门，袁总让我找到了人生奋斗的目标，我真的很幸福很幸福……”

小姑娘说得很真诚。甚至说着说着，连自己都感动了，泫泪欲涕。唯其如此，那效果才是极佳的。所以，从一开始，“表忠心”的氛围就戳中了兴奋点——大家就像打了鸡血似的，一个接一个，拍胸脯，吹泡泡，如夏花之绚烂，如烟花之璀璨，真真正正迷了人的眼。

直到司蛉慷慨陈词，最终把这推到了高潮：“你们要扪心自问：有谁，能在你们人生迷茫的时候，给你一盏通往未来的指路明灯？有谁，能在你们像数百万人彷徨在北漂迷失的雾霾里，为你们指出寻梦和奋斗的方向与道路？有谁，能在满腔的青春热血和激情无处释放的街头，为你们打造一个可以奋力拼搏的舞台？有谁，能为你们提供可以证明你自己并能为部门、为单位、为社会创造与贡献才华的机会……只有我们袁石森袁总！”

足足说了五分钟。一系列的排比和华丽的辞藻，把小伙伴们都震惊呆了，所以，最后她还不忘提醒了一句：“大家鼓掌！”

然后，司蛉率先鼓掌。半秒钟后，大家就噼里啪啦地鼓掌，如疾风骤雨。

3

谢雪梅没有鼓掌。

不是她存心拆台——虽然她在心底是真心惊叹，没想到一个中专毕业的打杂员，居然还这么富有激情、蛊惑和文采。

这一大段词，抄都得抄好一会儿吧？更别说全部背下来，还要背得这么流畅，这么精准，这么飞流直下三千尺地有气势……要演练多少遍，才能这么娴熟自如、铿锵有力？

但谢雪梅无心去“嘲弄”这些。因为她“泥菩萨过河，自身难保”。幼儿园老师的电话一个接着一个地打。谢雪梅看着那闪烁的手机屏，一个劲儿地发怔。这电话，接也不是，不接也不是。十分钟打一次，五分钟打一次，两分钟打一次……频率越来越快，间隔时间越来越短。

一次两次不接，还可以原谅；三次四次还不接……老师就不乐意。你不来接孩子，我们就得被你孩子拖在这里。谁家里没点事啊。但你不能老天天让我们加班，你更不能让我们五分钟十分钟二十分钟地等……我们家里也有孩子或者老人，也都有一本需要马上回去接着念的经啊。

何况，这里幼儿园的老师，其实也不是什么正规来路，可能就是村里“回迁再就业”的妇女，经过一定的培训，就拿到了所谓的资质。所以，从来不会曲里拐弯，藏着掖着；也不懂委婉不委婉什么的，说话要留三分余地，给对方一些颜面……一来二往，不耐烦地直接逼问：“你们到底什么时候来接孩子！”等到谢雪梅终于挺不住了，抽个冷子跑到部门会议室的洗手间里，偷偷地想接这个又一次打来的幼儿园电话，刚刚按下接听键——那个破锤敲铜锣的五大三粗的“土著大妈”大嗓门，直接就吼上了：

“你们怎么当父母的啊？把孩子扔在幼儿园不管了是吧！人家当父母的，都是捧在手心，恨不得在幼儿园受不到一点委屈，经常半天大半天就接出去，开点小灶……你们可好，把孩子一扔在幼儿园就不管了。当爷爷奶奶、姥姥姥爷的正点见不到人面！当爹的晚半个小时一个小时也见不到人面！当妈的，晚两三个小时，居然还是见不到人面……当我们这儿是收容所啊。我们是幼儿园，不是收容所。你们给那点钱，真不够给我们塞牙缝的。还指望着我们24小时托管啊——废话不要那么多，赶紧来接！再过五分钟不接，我们就把孩子扔在门房那里了！”

啪地就把电话挂了。谢雪梅杵在那里，心中涌起一丝丝深邃的悲凉和心痛。这个幼儿园的老师是做得出来的——等得不耐烦了，也不管什么规定不规定的，直接就把孩子扔在门房那里了。一想到磊磊一个人孤单地待在门房里，谢雪梅就觉得心如刀绞，立刻就感受到了在这个屋子里无法喘息的憋闷。

不行，不能再在这屋子里待下去了。谢雪梅觉得自己快要窒息了。不行，必须要赶紧“逃”出去。不过，就算再怎么“缺氧”，谢雪梅脑袋里还是保留了最后一丝清明——为了孩子的“学票”，她现在绝对不能做出翻脸的事情。现在，如何以一个体面、尊严、让双方都能下得了台的方式，找到一个合理合情合法的理由，安安全全地走出这个门？

一想到孩子，谢雪梅就恨不得插上翅膀，飞到他的身边。

4

正好，司蛉也来“上洗手间”。

其实不是她想来上洗手间，而是看袁石森的“脸色”，觉得自己必须来趟洗手间。在谢雪梅拿起手机起身时，袁石森脸色就一沉。怎么千算万算，就是没有算到，开会之前要立一个新规矩——必须关掉手机，调成震动都不行！不然，开会期间还能发短信、看微信、玩手机。大家都当了“低头族”，这个会还怎么开！

开会也要有灵感，要讲究气势，要讲究一气呵成。被打断了，就很难衔接起来。开会都开得磕磕碰碰，那还怎么“直捣黄龙”？

所以，看见谢雪梅频繁地低头看手机，袁石森的心情就很受影响。每次讲话正讲到风生水起时，结果谢雪梅一低头一侧脸，就硬生生地把那流畅的气势阻断了——袁石森就不由自主地“顿”了一下。这一“顿”不要紧，那一气呵成的气势就没了，后面一连串“灵感的火花”也被爆没了。再讲的话，就变得异常枯燥、生涩、干瘪。就算能勉勉强强地讲下去，也会是一种“面目可憎”的情况——连袁石森自己都听得想暴走，何况这些他竭力鼓动、游说并让其恨不得马上就甩膀子跟着自己干的人？只好草草了事。那种不甘、愤懑，有谁能懂？

尤其是他正要讲到高潮处，谢雪梅这一起身，立马就像腰斩一样，一下子就砍断了兴奋点。而且，回撤三千里，再也无法“勃起”——那种想高潮却再也无法高潮的难受，是个男人都懂的。权力不一定是最好的春药。但是，有种男人，就是能在讲话中获得“精神性的高潮”。这不是哪个女人都能懂的。

所以，袁石森的寂寞、孤独，以及“精神性的高潮”快来而未来、正要抵临而未抵临时，被拦腰斩断的异常难受与出离愤怒，还没办法跟人描述。满腔的怒火无处燃烧，精神的G点却还在灵魂中战栗——你再也没办法触摸，别说再次戳中兴奋点，就连一根毛发的轻触都可望而不可即。所以，他如何不怒？谢雪梅在他眼中异常的刺眼起来。

这世界就是这么奇怪。因为某些你自己不知道的原因，你就此成为某些人的眼中钉肉中刺——时时刻刻都“拔之而后快”。缘由居然是如此简单，因为你对他“太有影响力”了。这世界上最有影响力的其实只有两种人：一种就是你最亲密的人；一种就是你最仇恨的人。因为他们每一个细节的运动——一颦一笑、一皱眉一眨眼、一低头一玩短信——都能牵动你细腻到了极致的神经，让你喜怒哀乐，大悲大喜，甚至就像一根毛发的导火药，却引爆了一桶能够炸掉整个世界的火药，让你暴走如狂，濒临崩溃的边缘……

谢雪梅对于袁石森来说就是这样的人。袁石森再也无法忍受下去了，连一分一秒都忍受不下去了。

司蛉一直在细致入微、穿形尽相地观察袁石森，并揣摩着他内心深处每一次细腻的波动。这是她每天的必修课。往往猜测得八九不离十。这一次同样如此。于是，她明白自己必须做点什么了。比如，瘦死的骆驼比马大，但压上“最后一根稻草”呢？

在洗手间时，司蛉第一眼看见谢雪梅憔悴焦虑的容颜，居然生出了一丝丝的怜惜。于是，她决定给谢雪梅一个机会。这根稻草不是我强塞给你的，而是你自己来索取的。有时候，我们对敌人最大的怜悯，就是让她自己选择“找抽”的机会和方式，而不是我们不顾她的自由意志，强行塞给她什么……于是，司蛉洗完手，慢条斯理地用纸擦干，也不说话。她等着谢雪梅自己找“抽”。

司蛉进来时，谢雪梅正在对着梳妆镜中的自我形象，怔忡发呆。她看见司蛉，第一反应是恶心和厌恶——这个女人来干什么？盯梢吗，攻击吗？跟屁狗，也会经常露出狰狞的獠牙。不能不说，女人的本能和直觉是最可靠的——可惜的是，谢雪梅没有抓住本能和直觉行事。

以至于，谢雪梅还会羞辱、屈辱地，想到第二个反应，或许可以找司蛉为桥梁，寻找到一个体面的、尊严的、让双方都能下得了台的理由，让袁石森不至于丢了面子，而谢雪梅自己，也可以找回里子——我真的真的，现在必须去接孩子了。

但真正让谢雪梅事后觉得羞辱和耻辱的是，她居然曾经有过第三种反应：或许，可以说动、打动和感动司蛉？大家都是女人，女人何苦为难女人。女性本能的善良、母性和温柔，是不是可以起到良好的沟通和桥梁？哪怕她还没有自己的孩子，甚至，还没有结婚……但是，应该是可以体谅一个当妈妈的焦虑、担心和憔悴吧？

但谢雪梅绝对没有想到，自己这种最合情合理的想法，仍然是高估了那些不可理喻的“女性生物”与生俱来的节操与品质，更是低估了某些孤身至今，甚至是一听到“孩子”两个词就发疯发癫的“女性生物”歇斯底里的癫狂……

谢雪梅：“司蛉，我想请个假，我孩子……”

谢雪梅不想“顶风作案”，但是，孩子那边孤苦伶仃地没人接。所以，她想通过这个新办公室主任，委婉地表达自己想要提前走，如果有活儿安排，她带回家周末做，或者周末带着孩子来单位加班干也行……她现在，已经想不到去质疑这种下班后还开所谓的周末总结会是否“合情合理合法”，也不去想周末加班是不是又是无偿劳动，是不是又只能对孩子充满歉意。

谢雪梅现在身心俱疲，只想尽快找到一种“妥协”的方式，解决孩子和部门政治之间的尖锐矛盾。

结果没想到，话才起了一个开头，司蛉就突然歇斯底里地大爆发了：

“你们怎么能这样呢？一个个就顾着你们自己的小家。孩子！孩子有那么重要吗？是你工作重要，还是孩子重要？难道部门是你们家的幼儿园吗？你不为部门好好工作，你拿什么去养你的孩子？不懂得感恩，还一味地向部门提要求、求条件！有你们这样忘恩负义的吗？是部门养活了你们和你们所谓的孩子，而不是你们和你们所谓的孩子养活了部门。做人要知足，不要忘本！要守住自己的本分，不要净瞎折腾。这样折腾自己，也折腾别人。有意思吗？我都替你们觉得没意思。你们还好意思来说这说那。这样活着还有什么意思？干脆端厢豆腐把自己碰死算了……”

5

谢雪梅死死地盯着司蛉。

一句话都说不出来。

从内心深处再度涌出来一丝丝深邃的苍凉和悲哀，然后无限地膨胀，全部转化成一种无以言表的羞辱、屈辱和愤怒……

我都做到这种程度了，我都如此放低身段了，我都这样的……你们还想我怎么样？向她这个谢雪梅从来就没有“看起过”的姑娘“请假”，何尝不是一种“低头”，一种“示弱”，一种把姿态放得低得不能再低了的“卑微”？

也就只有一个母亲，才能为了自己的孩子，做到如此卑微的地步。

然而，就连这种“卑微”，换来的仍然是一种道德审判官式的、盛气凌人的羞辱！

这种羞辱、屈辱、耻辱和因此而来的愤怒迅速膨胀成一个大火球——然后，是更大更大的大火球——就要、就要、就要撑破了。就差一丝头发，就差一根细小的导火线，就会宇宙大爆发了。然而，就只有一“线”之隔时，所有膨胀的悲哀、羞辱和愤怒，最后不过都化成了一声深深的叹息。

每个人都活得很不容易。女人何苦为难女人？这世界，最充满敌意和恶意的，竟然会是跟你一起共事了许久的人。

这才是真正的没意思、没意义、没价值。

所以，谢雪梅什么都没说，只是默默地走出去，拿起自己的包和其他东西，就这么走了出去。连个有劲儿的动作都没做——摔一下门什么的；连像样的狠话都没有说——你们爱怎么就怎么吧。我反正要去接孩子了；连一个过得去的交代也没有留下——现在，还能交代什么呢？司蛉的歇斯底里，就是最有劲儿的爆发，席卷一切。房间里的每一个人都听见了，都静默如渊。

总之，谢雪梅什么都没说，什么都没做，就一个人走了出去。直到走到街头时，才停下来，深深地吸了一口气。

这么多年来，原来一直是一个人。

一个人，原来是如此的孤单。

勉强稳住自己的心境，开拨幼儿园老师的电话。一遍电话不接，两遍电话还是不接……谢雪梅心又揪起来了。伸手拦出租车，一辆又一辆，就是没有一辆空车；想用滴滴打车，那限定为 2G 的网络老是打不开页面。

于是谢雪梅拔腿就跑。现在唯一能跟时间抢跑的，就只有地铁了。到地铁的路格外的漫长；中间转站过的通道也格外的多；绕来绕去，终于到站了，却又人堵人，像蜗牛一样攀爬。再心急如焚，也只能偷空，拐个S形。很容易就撞了别人的腰，蹭了别人的肩，踢着人家的脚后跟……得来不少的白眼。

你以为你是袅娜多姿，不过是残花败柳！

“挤什么挤，没看见前面都是人吗？”

谢雪梅也无心赔不是。她整个人心很慌，前所未有的慌。那颗心吊在嗓子里，就像钟表一样，不停地摇来晃去，一秒都不肯停下来。整个胸腔挤满了空气，不断地膨胀，挤压得很憋闷，几无喘息的余地。

有一个声音不停地说，快点停下来，不能再胀了。再胀一点点，就要爆炸了，把所有的都炸成齑粉。但就是停不下来。

直到濒临地铁门口，吹进来一点点清凉的空气，才让这种疯胀至炸的趋势，稍稍冷却了一下。

但谢雪梅的大脑仍然是浑浑噩噩的。她茫然四顾，仿佛都不知道该往哪个方向走。那些像苍蝇一样的土三轮哪里去了呢？如果走路，至少也得二十分钟啊。过过街天桥，到对面坐公交？谁知道这不靠谱的公交会几时来？三十分钟，一个小时？而且，公交车站在桥对面，要走老远；开到小区外停，走回去，也老远。她哪里能让磊磊等那么长时间？

只有选择坐“土三轮”。终于看到了一个“土三轮”。物以稀为贵，“土三轮”坐地涨价，平时三块今天五块。你不坐？有人坐。在谢雪梅犹豫的一瞬间，已经有一个女孩猛地抢了上去。

好吧，姐不跟妹抢。谢雪梅又退了回来。那就只有拼车了！拼那些黑车！

6

地铁口停了几辆私家车，在那儿拉活的人一波又一波。

但是，谢雪梅恍恍惚惚，居然对那些已经拼了两三个人就差一个两个就走的黑车视而不见，而是直愣愣地穿过去，走到了居然一个人也没有的一辆黑车里。就连黑车司机，也愣了一愣，怀疑这姑娘是不是精神有问题。

谢雪梅坐了好半天，才忽然醒悟过来：“为什么还不开车？”才发觉只有自己一个人，想拉开车门下来，但门把已经锁了。

黑车司机赶紧说：“马上就开！马上就开！再等一两个人。”就是不开锁。

谢雪梅没有坚持。实际上，她压根儿就没有注意到外界正在发生什么。甚至，根本没有想起，一个黑车司机把她锁到车门里，到底意味着什么样的危险。她现在满脑子的心思，都是磊磊怎么办？磊磊一个人怎么办？

这个问题已经占据了她全部的注意力，以至于她根本无暇分神注意和思考这以外的东西，甚至根本就没有注意到时间的流逝。五分，十分，二十分钟……直到谢雪梅忽然感觉到了冰凉，然后，注意到车窗玻璃润润的。

呀！下毛毛雨了！

谢雪梅终于清醒过来，急了：怎么还不走。这都多少分钟了！

再等一两个人。

我还要接孩子呢！

我这一趟不能只拉你一个人吧？那样亏死了。再等几个人！

那还要等几分钟。我孩子在淋雨呢！

再等几分钟！

几分钟到底是几分钟。

我哪知道几分钟是几分钟！

开车，让我下车。

不行！你再等一会儿。

……

僵持不下时，又来了几个人——终于拼好车！谢雪梅于是不再坚持。但那股火，仍然盘聚在心里。

一个车坐四五个人。每个人去的地方不一样，收费也不一样。有的十五，有的二十，有的三十五，有的七十——自然是最远的那个。

谢雪梅这才想起，自己还没谈价格。

师傅，我这个多少？

平时十块今天十五块。

怎么涨价了？

就这个价，你爱坐不坐。

好吧，多就多给点，至少比那土三轮安全！

司机采取曲线政策，先送近的，再送稍远的，最后送最远的——在经过路口时，谢雪梅看到了一辆三轮车歪在路边，玻璃撞得满地都是，一个女孩抱着胳膊蹲在路上，痛苦而无助的样子。

一看，正是那个抢坐自己车的人。

司机？司机早没影了。

正在犹豫是不是要下去搭把手，黑车司机已经猛地一踩油门，迅疾地蹿了出去。嘴里还骂骂咧咧：TMD，又想讹人了！

他开得很猛。真不像是在雨天开车。谢雪梅心尖儿一巅一巅的，直颤。终于开到小区，离幼儿园还有五六百米之遥。过不去了，因为有一辆车横在前面下货——NND，你这个时候下什么货啊？

按了两三声喇叭无效，黑车司机说，过不去，你走过去吧！

态度极其蛮横和霸道。

谢雪梅心情本来就恶劣，一听就更恶劣了。我付了钱，你怎么能不把我送到目的地？

才开口，车上的其他坐客群起而攻之：你没事，我们还有事呢！矫什么情啊！

谢雪梅出离愤怒，却不得不下车，下车时重重地摔了车门。

黑车司机爆了粗口：你TMD想把我车门摔坏是不是？

谢雪梅积郁了一天，“老大”脾气也上来了，一脚就撂了过去：我TMD还想砸了你的车呢！

雨虽然很大，但两个人的火还是腾地都冒起来了。

眼看着就要干柴烈火，火上浇油，那帮坐客又起哄了：赶紧走啊，我们还要回家呢！

谢雪梅一摸头发，凉凉的，湿湿的，终于想起，磊磊还在等着她呢。于是，心又慌了起来，拔腿就跑。

拿着扳手下车的黑车司机愣住了。

你跑什么跑啊！我不过是要弄一下车门……

7

很远，很远，谢雪梅就看见了磊磊。

磊磊就一个人，背着自己的小红书包，双手拿着自己画的画，孤零零的一个人站在门房和铁栅栏门旁的大伞下。

路灯昏黄，树影斑驳，再加下雨雾蒙蒙，投到他的身上，显得是如此的孤独和凄凉，让一路跑来的谢雪梅，远远看见，就止不住落泪。

在拐角处把眼泪处理干净，重新收拾好脸容，整理好心情，一路小跑过来，强打起笑容："对不起，妈妈来晚了。你饿了吧？"先递了个面包进去。

磊磊摇摇头，向妈妈举起自己画的画。

"真棒。"谢雪梅夸道。

其实灯光暗，根本就没有看清楚。她现在也没有心情看画。她急着想叫醒门卫大爷，赶紧先把磊磊接出来，接回家里。

但是，或许是门卫大爷酒喝得太多了，或许是门卫大爷也有点烦了，不待见她，所以假装没有听见。或者听见了，反而呼噜打得更响了。

谢雪梅无奈。看了看这还很传统的铁栅大门，心底实在是有些恐高。母子俩隔着铁门，大眼对小眼，对视了好一会儿。磊磊再一次把画举了起来。

"你今天画的？"这一次谢雪梅认真地看了。借着路灯的直射，她看不太清楚磊磊画的什么，隐隐约约，感觉就是一辆汽车？

"这次画的什么啊？"

"车。"磊磊道，"送你。"

"为什么想到画一辆车送给妈妈呢？"谢雪梅有些诧异。

"妈妈，上班，辛苦。"磊磊道。

谢雪梅怔了一怔，眼泪又忍不住出来了，但紧接着，脸上绽放出一个大大的像向日葵一样灿烂的笑容——是啊，为什么要哭呢？这是应该笑的事情啊。谢雪梅忽然觉得，日子并没有想象的那么苦逼。

就像住的是小屋子，但是有了相爱的心，家就是如此温暖和芳馨。在如此的深夜，不管别人万家灯火，也不管这路灯凄凉，雨雾苍茫，只要一大一小两个人儿，心如此贴近，那整个夜晚都是明媚和温暖的。

谢雪梅又一次抬起脸来，看看那个高高的铁栅栏，心中默念数秒，忽然豪情万丈起来——雄关漫道真如铁，而今迈步从头越。她把高跟鞋一甩，裤脚一挽，那职业套装一撩——去特么淑女。女汉子，就特么的女汉子。她准备克服自己的“恐高症”了，翻爬过栏杆，去接磊磊。

“妈！”磊磊看着妈妈像壁虎一样手脚并用爬上了铁栅门，仰望着上面尖梭的刺，小脸满是担忧。

“没事。”谢雪梅的脚虽然有些颤，腿虽然有些软，但强自稳住声线，安慰磊磊道，“你妈小时候还爬树捣过鸟蛋呢。”

当然，她不会提到，正是那一次，捅了马蜂窝，被蜇了一下，从树上栽了下来——从此，天不怕地不怕就怕给双胞胎的哥哥掏不到好吃的疯丫头，多了一怕：怕高！

哪怕只是比她高半截的台子，站上去，双腿都要晃悠悠半天。

磊磊点点头，放了心。

他相信妈妈。妈妈说什么，他都相信妈妈。

因为，妈妈从来都是全能的。哪怕，妈妈其实也有很多缺陷。但是，至少在磊磊那个幻想的画里，妈妈都是全能的。

过去是，现在是，将来也会是的。

8

谢雪梅深吸了一口气。

现在，她只是爬到半中间，离地不过三尺，往下偶尔瞟了一眼，就已经有些头晕目眩了。

她不敢再往下看。努力告诉自己——就像小时候上树掏鸟蛋，下水摸螃蟹，入洞捉蛇……只要能让双胞胎的哥哥吃上一顿好吃的，没有什么好怕的。

只比哥哥晚出来两秒钟的她，从小反倒更像“老大”一样，护着孱弱而瘦小的哥哥——像老母鸡一样。

她母性的慈爱和呵护，从小到大，一如既往。不过，以前对哥哥，对王远锋……现在，是对磊磊。藏在她身体里的，真真切切，就是一颗母性的心。

一颗母亲的心，有什么是不能包容的？又有什么是不可克服和超越的呢？不就是一个铁栅门吗？再高，也不过就是一道门嘛。有什么跨越不过去呢，只要再爬一寸，再爬一寸，再爬一寸……

一阵冷风吹来，谢雪梅打了个哆嗦。她忽然想到了一个致命的问题——爬进去容易，但爬出来呢？她一个人翻爬这道铁栅门，已经很困难了。但接了磊磊呢，怎么办？还是爬出来吗？怎么爬？难道把他背在背上……

磊磊已经很重的了，就算平时正常地背着走平地的话，谢雪梅都觉得很吃力，还得双手拖着他的屁股，才能稳住自己的身体并支撑起整个人的重量。如果现在要背着他翻过这道铁门，且不说这门上全是尖刺——她一个人翻越时都要竭尽全力小心翼翼才有可能顺畅通过。如果背着一个人，她能这么顺畅通过而不伤及一丝毫发吗？

何况，当背着磊磊时，她没法像平地走路时双手托磊磊的屁股，来稳住并保证他的安全。往上攀越时，她手脚并用，都用于铁栏上，只能靠磊磊自身用胳膊紧紧抱住她的脖子。虽然她可以全心全意地相信磊磊会听她的话，紧紧抱住她而不放松的，可他毕竟只是一个还不到五岁的孩子啊。哪有这么大的劲儿，就可让他牢牢地吸附在母亲的身体上，而不下坠？如果在平地上，感觉到不对劲时，还来得及补救，也有足够的手脚来补救。但是，当你在半空中，尤其是还有尖刺的大门，如果真的有意外，你如何补救。

谢雪梅吓出一身冷汗。她这才发现，自己莽撞起来时，原来也是这么前不着村后不着店的。现在怎么办？悬在半空中，上不得上，下不得下。

正在思考着，忽然一阵重重的咳嗽声传来。谢雪梅猝不及防，一吓之下，手一颤，脚就蹬了个空，“哗”，黑色职业套装挂在了铁栅门中间的圆环钩上，嘶的一声，裂了一道口子。

“我的职业装啊！”谢雪梅心痛肉痛并牙痛，差点就叫了起来，“这可是我唯一能够穿得出去的职业装啊……”这可是她唯一的“牌子货”啊。

要不是部门有这么一个病态的新规定，必须穿职业装上班，谢雪梅怎么可能花这么肉痛的价钱，给自己买这么一身华而不实的套装呢?

门卫大爷再也装不下去了，踱着脚从门房里走了出来。做门卫的大爷姓胡，就是“村里”聘的，土著，是个热心肠，但就是嘴碎，爱训人，见一次训一次。

“您这是耍杂技呢？”他问。皇城根儿下那土坷垃的话，又硬又酸还挂着倒钩，每句每字都在挖你的肉钩你的筋，“还来个‘倒挂珠帘’？小子，你这妈能耐啊。可以到国际上拿个杂耍金奖什么的啊。组个马戏团，都可以全世界巡回演出了。什么时候，给老头子来张票？要一等一座位的。老头子也可以看个全套的杂耍。”

谢雪梅讪讪的。吃人的嘴软，拿人的手短，承人照顾，人整个从气势到形态上，就矮挫穷了一大截。何况，这门卫胡大爷典型的刀子嘴豆腐心。如果说整个幼儿园里对磊磊最好的，他若自认第二，则没人敢认第一。他这样做，也是想逼一逼谢雪梅他们。人老了，心就没那么硬了，见不得风花雪月花花草草的事情了，更见不得那爹不是爹妈不是妈样的孩爸奶妈们：

“哪个孩子不是来要债的？哪个当爹妈不是来还债的？还债就要有还债的样。你们这样当爹妈不行，别说还本金了，连利息都还不上！”

尤其是这小孩子老懂事了，也不添乱，也不添堵，连屋子都不肯进，连水都不喝他们的一口，因为怕给老人添麻烦。

就一个人孤零零地站在树底下，望着妈妈快要来的方向……

“就一个人一站就是一两个小时啊……”老爷子欲言又止。想像往常一样，说教两句吧，开了个头，就觉得索然无味。

家家都有本难念的经。若不是真遇到难处，谁又肯把自家这么懂事的娃扔在这里，一扔就是两个小时？

9

小小的一道门，隔开的就是两个世界。

世界外面，有爷爷奶奶、姥姥姥爷、爸爸妈妈，甚至七大姑八大姨或者索性请来的全职保姆，带着孩子在广场上一群群、一堆堆、一波波，欢声笑语，潮起浪涌——前浪还没有死在沙滩上，后浪就已经猛地扑过来，把前浪给湮灭掉了。

而铁栅门这边，就是一个逐渐湮灭于黑寂之中的“庞大”的幼儿园，以及一个“弱小”的孤单的身影——陪伴他的，只有一双洞察世事、人情练达的老眼，以及一条老得走不动的狗。

就连那些外来务工人员的丫头狗蛋的，都没有像磊磊这样“凄怆”的。亏你们还是名牌大学毕业、留在北京、还说是混出了人模狗样的新北京人——老爷子一想起那个从未谋面的磊磊他爹，就忍不住想呸两句。越对磊磊和谢雪梅了解，就越发同情和愤青。啊，呸！算了，算了，人家屋檐底下的事情，操个什么鸟淡心？

他颤颤巍巍地从小门亭里拿出钥匙，虎目一瞪：“怎么，还舍不得下来？想挂在上面，成为风干腊肉，给老头子做下酒菜！”

谢雪梅早就脚蹬脚地往下滑——她不敢太用劲，那恐高的眩晕还一阵一阵地在。真是上去容易，下来难。老爷子这么冷不丁地一吼，她那已经踮地的脚尖禁不住一软，脚后跟就歪了过去，身形踉跄，那套装撕裂的口子更大了——谢雪梅禁不住腮帮子都有些酸了。

这还能补吗？补不上可怎么办？难道再买一套“品牌”职业装？一想到那工资卡有可能就此又要划掉半个月的生活费，她就禁不住恨得牙根儿痒痒——这就是那个袁大总统上厕所擦屁股没有擦干净结果却去擦脑袋擦出来的“翔主意”？我们这样并不需要对外“宣传”注意公共形象的部门，用得着男的西装革履衣冠楚楚、女的职业端庄娴静淑媛吗？

但现在，哪里还顾得上这个。赶紧接上老爷子的话头才是正道理。“哪能用这个来倒您老的牙啊。”谢雪梅一脸赔笑，“我的肉是酸的。赶明儿我给你拎瓶酒来，再给你卤几个五香猪蹄给您做下酒菜？别的我不敢说，这卤煮的手艺，我还真得家传的绝技。”

“得，老头子承受不起。”胡大爷大手一摆，“你有这个时间孝心，还不如多花点时间，给你儿子做点好吃的……你看看他，小肚子饿得一瘪一瘪的。不知道挺了多久。脾气又犟，叫他跟老头子一起吃点，又千不肯万不肯的——好像老头子的菜里下了毒似的。”

虽然是斥责的口吻，但谢雪梅还是听出了浓浓的关爱。这是真的。胡大爷真心喜欢磊磊的乖巧懂事。虽然不像别的小朋友话多，嘴甜，爷爷爷爷地叫个不停——但转过背后，真心记住你的没几个。这还是大人教的啊。

磊磊不是。他是真心觉得爷爷辛苦啊，不肯给爷爷添乱。门外的小朋友一包饼干一盒水果一些乱七八糟的零嘴，早就把小肚儿撑得滚圆滚圆。而磊磊呢？那四点钟幼儿园吃的东西，早就消化得完完全全。明显看得出他肚子一抽一抽的，喉咙一咽一咽的……但就是不肯吃胡爷爷的东西。

磊磊说：“爷爷的。”

胡大爷开始不懂。三遍五遍之后，磊磊一再重复，胡大爷终于弄懂了。磊磊的意思是，他的那一份，他已经吃光了；这是爷爷的那一份，如果他再吃，爷爷就会少吃。他以为爷爷跟幼儿园的小朋友一样，都是定量定额定份的。

弄明白磊磊真实的意思后，胡大爷又是好笑，又是心酸，又是感动。他很想对他说，孩子，没关系，爷爷这儿多的是，你想吃多少都没关系。但话到嘴边，又忍了回去。

现在，有几个孩子像磊磊一样有节制并且感恩？他不想破坏小孩子这种纯真的观念和思维。另一个方面，就是人老成精、防患于未然的心态作怪了。帮着看孩子是一回事，这孩子只要没出格的动作，再怎么都不会有危险；吃东西就不一样了。饭从嘴入，病从口出……真要吃坏了什么，谁说得清楚？害人之心不可有，但防人之心不可无。如果连个基本的信任度都没有，怎么能像自家孙儿一样看待呢？说起来，人家谢雪梅对于孩子在他胡大爷这儿待着放心，都是一份天大的信任了，论理胡大爷都应该充满感激。

胡大爷的钥匙一捅进去，锁就弹了出来。谢雪梅把门推开一条缝，磊磊不紧不慢地从里面出来。谢雪梅伸出手去牵他，指尖刚一接触，磊磊忽然想起了什么，往后一缩。把背后的小包取下来，往地上一搁，翻腾了好一会儿，找出一张纸，跑了进去，递给胡大爷。

“爷爷！”

“呃，给爷爷的啊？”胡大爷笑道，“是给爷爷的钱吗？多少，一百块，还是五十块？爷爷可告你啊，少了一千块，爷爷不收。”

磊磊：“画。”

“磊磊的画啊。”胡大爷找老花眼镜，“那可比一千块值钱多了。签名没有？爷爷收起来，专给孙子当传家宝。到时卖个万儿八千的，一平米房不就出来了。”

谢雪梅笑：“来，跟爷爷拜拜。”

“爷爷，拜拜。”

“磊磊，拜拜。”

老爷子还在找老花镜呢。

10

说实话，对着胡大爷，并不好受。

胡大爷就好杯中酒，每次都是满嘴喷酒气，酒臭加嘴臭一阵阵袭来，谢雪梅强忍着恶心，才没有当场吐出来。

但转过角去，就忍不住弯下腰去，对着万年青一阵阵干呕——磊磊担心地看着妈妈，年少不谙事的童真的眼里满含忧郁。

谢雪梅呕啊呕的，没有呕出来，背过身来，勉强地摇摇手说：“没关系，不要紧。”

然后，母子俩牵着手往家走。在昏黄而雾蒙的路灯照耀之下，一大一小两个影子交错着前进。

这是磊磊和妈妈最喜欢玩的游戏。看谁能踩着谁的影子，然后影子铺好了回家的路。再远，都不孤单。

“妈妈！”

“哎？”

没事，我就是想叫叫。

“磊磊！”

“呃？”

没事，妈妈就想叫叫。

……

“磊磊？”

“呃？”

“妈妈有个问题想问你，可以吗？”

“嗯。”

“你给妈妈的车外面，画了层什么啊？黑漆漆的。”

“车罩！”

“噢，为什么会给妈妈的车画一个车罩啊？别的小朋友画车，不都是五颜六色的吗？”

“假！”他们画的车很假。

“为什么呀？”

“真车！”生活中的真车不是这样的。

噢，谢雪梅有些讶异了。她一直以为磊磊画画，全是想象的产物，而不是他观察到的事物。而画车，却表明他是对车有着细致的生活观察的。

“那你为什么又不按照生活中的车的颜色来画呢？”

“不好看。”

“噢，那磊磊觉得最好看的车是什么样子的呢？”

“不知道。”

“这样的啊。”

“嗯。”磊磊重复道，“车罩！”

想不出来什么车最好看，所以，要用车罩罩起来。

“这样的啊。”谢雪梅重复道。

这是毫无意义的重复。因为她不知道接下来说什么了；她也觉得根本没必要往下说了——这种无意义、下意识的重复，是她思绪开始散乱、准备转移注意力的前奏。

“妈妈！”

“呃？”

“送你，真车，最好看。”

我会送你一辆世界上最好看的真车。

“呃，我相信！”谢雪梅微笑但有些敷衍。

“会做出来的。”

我一定会为你做出来一辆世界上最好看的真车的。我发誓。

“是啊，是啊。”谢雪梅不经意地回应道。谁会把一个五岁小男孩的誓言当真呢，“妈妈，等着呢。”

爱怜地揉了揉他的小脑袋瓜。

“最快。”小男孩握握拳头，“我会的。”

我一定会为你造出世界上最快最好看的车。

“是啊。会的。”谢雪梅忽然有些怅惘——因为她在那不经意间心弦一动，想起某个男人也曾这么以小男孩似的纯真和坚定所发的誓言，像烟花一样绚烂，只不过，也像碎屑散尽后，没有留下任何痕迹。

“你为什么一定要给妈妈送一辆世界上最快最好看的真车呢？”

然后，谢雪梅就听到这个纯真和坚定的小男孩人生中第一次一口气出来的三句话。三句话像无数废话一样没有用，但确实是戳中了泪点：

“妈妈，走路，太辛苦了。”

“妈妈最好看了，所以，（应该）有一辆最好看的车。”

“有了车后，无论我在哪里，妈妈都能比别的妈妈跑得更快、更早地来接我……”

谢雪梅抬起脸来看天。

那些毛毛雨忽然如此之多如此之大，是老天爷也忍不住泪奔了吗？

第10章

败家水晶男PK凤凰女汉子：比着钱包过日子

谢老大自以为是个“粗”人，生活过得很“糙”。她的内心已经像女汉子一样强大而彪悍，她的生活确确实实是像汉子——而且是最粗的汉子一样糙。但王大官人不一样。就算没有条件也要讲究日常生活烟火味：一盘土豆丝，二两猪头肉，一碟花生米……王大官人都能对月独酌，一小杯酒能喝到天亮！说起来是穷酸，讲起来是格调，其实还不是“穷讲究”！

1

大周末，难得一家仨逛超市。

日子难过，但还是要过。而且，要一笑而过。

但是，当王远峰王大官人品尝那一杯五谷糨糊并啧啧有声时，谢雪梅谢老大内心深处那一条毒舌的火苗就压抑不住，滋滋升涨。

“味道真不错。你觉得呢？”王大官人一小口一小口地咂完，仿佛遗老遗少品尝最名贵的红酒，末了意犹未尽，用舌尖一卷，“我们买一袋，如何？”

他的目光望向谢老大，看似在征求谢老大的意见。但仔细一瞧，他眼神空洞，双睛缺神，飘忽的目光早已经不知落到哪里去了。

这种状态谢老大早就熟悉得不能再熟悉了。王大官人整个人都是游离的。连他自己都没有了，哪里还会在意妻儿的反应？

就像现在，他铁定又是沉醉于自己所谓的“品味”中去了，整个人就像被抽离了这个现实的生活场景，压根儿就注意不到谢老大铁青的脸和疲惫的倦容，自顾自地做了决定：“姑娘，来，给我磨两斤！”

“姐，你也来一杯？”促销小姐又端起壶，倒了一小杯，递向谢老大。谢老大再一次拒绝了。

几乎是在王大官人遥望见这个“五谷”磨坊，主动走拢靠近时，促销小姐就以职业和专业的眼光判断出这一家仨里，女人才是真正的主事者。所以，她首先热情促销的对象是谢老大而不是王大官人。但是，她猜对了开场，却没有猜中后续——接过她小杯的，却是王大官人。

谢老大对这个不感兴趣——一个对生活还定义在生存阶段的“职场主妇”，对这种所谓高级阶段的精致的五谷杂粮养生，还提不到那个档次。何况，作为一个举家高考、从山沟沟里考出来的凤凰女，小时候这些粗粮还吃得少吗？不少东西，都是猪吃的，鸡啄的，鸭觅食的……现在换个概念换个由头换个包装，就用来忽悠城里人了？绿色，健康，生态，原味……虽然，她现在假假的，也是一个“城里人”，而且是一个“新北京人”。但是，骨子里，她仍然觉得自己是一个“农民”——噢，不对，是农民的女儿——是“北京欢迎您”那种歌里热情洋溢欢迎、但总是“被某种优越感所歧视和排斥”的对象。

但是，王大官人是真真正正地对这个感兴趣。这也是今天逛超市王大官人唯一感兴趣的“杯中物”，其他都兴致缺缺，哪怕是陪着妻子和儿子必须采购下一周的生活必需品——这也是最让谢老大生气的地方。

让他陪孩子上课，他说他要在家里干工作——你看坐在门外走廊，等着孩子上课的，有几个不是男的？又有几个不是爸爸妈妈一起来的？甚至，有些人更夸张，全家总动员，姥姥姥爷或爷爷奶奶一块儿来。独独是谢老大孤零零的一个人。

让他饭点过来，就近小摊随便吃点，这样就不用回家做饭吃了，他还老大的不情愿——不情愿，那你就给我做一顿饭啊！哪一次不是谢老大带孩子下了课后，回到家里，给这老小两个爷们做完饭，伺候他们吃完，然后再给自己做点面条，随便对付一顿？饥肠辘辘不说，还很晚点。这哪是在吃午饭啊？简直是人家下午加餐了。不仅影响孩子午睡，谢老大自己也疲惫不堪。王大官人却一脸理所当然。

中午，你说凑合吃点面条就行了。孩子上了两堂课，早就饿得不行了；再说，还要急着去超市呢，早点买完东西，早点回去睡一觉行不行。

谢老大昨晚没有睡好，一想到工作那些破事儿就窝心——天快亮时，才迷迷糊糊地睡去，还全是袁石森、司蛉那一帮人“丑陋的嘴脸”。她全身散架，就想好好地躺着休息。

结果，王大官人不满意，说中午要吃好，点了一个所谓维生素搭配最丰富的大拌菜，以及最耗时间的五香猪蹄；单就这个菜，就抵得上谢老大平时一顿午饭的花销——想了想，给孩子长身体补营养，也就忍了。

可正是中午饭点，上菜特别慢，这道菜又特别耗时，催了不下十次。足足等了一个小时。谢老大和孩子都吃完了，等得着急。

王大官人却一点都不急。慢悠悠地说，我们要“慢”生活。

2

逛超市，对于王大官人来说，也是一大酷刑。

飘飘悠悠的，根本就不在状态。走两步就说累了，要找地坐——没有板凳，就把超市展销的藤编椅搬下来坐，还直说舒服，也不管人家销售人员翻不翻白眼。连孩子都不如——磊磊虽然也累，却一直咬着牙，紧跟着妈妈，不叫苦也不叫累，更懂事地不会叫妈妈抱。

但妈妈看着心疼啊。想照顾，但怎么可能有时间来管孩子？你不帮着我选东西，那你就帮着照顾孩子吧。

他倒好，大官人做派，只顾自己，两不管。害得谢老大只能一边挑家用的东西，一边还得拿眼瞄着孩子。身累，心更累。实在看不下去，谢老大就说了两句。结果，他怎么做呢？捡起好东西就往筐里扔——谢老大看着真是肉痛，赶紧往架子上重新摆。

王大官人很不解，这东西不好么？难道我们不应该买好的东西用？

谢老大说，好是好，可是贵啊。照你这种买法，我们一周的生活费，就要赶超原来一个月的。

王大官人说，一分钱一分货，好的东西贵点是有道理的。我们不能将就自己，用那些差的东西呀。

这怎么是将就呢？谢老大说，不一定是最贵的东西就是最好的。何况，我们还得考虑自己的钱包和腰包。超市里还有一些东西是不错的，性价比比较高的，我们得选那些东西。

王大官人难得地点点头，表示受教，虚心地问：那应该选什么呢？

比如打折的，优惠的，买一赠一的啊……谢老大也有了点“驯夫”的念头，就耐心教导，这些东西都可以去选啊，既实惠又经济。

于是，接下来，王大官人现学现用，见到打折的、优惠的、买一赠一的……凡是觉得顺眼的，就往筐里扔。谢老大赶紧又都一一捡回去。王大官人不满了，这是咋的了？不是你教我，要选既实惠又经济的么？

谢老大说，那你也不能凡是菜都往筐里捡啊！你得看咱家需不需要啊。而且，凡是东西，尤其是入嘴的，都要看生产日期和保质期啊。有些打折、优惠的，可能就是快到期了的。你买一大堆回去，保不准明天就到期了……所以，得仔细甄别啊。而且，买什么样的“买一赠一”，也是有讲究的啊……

王大官人不耐烦了，小男人脾气就上来了。这也不行，那也不行。都是你说了算，干脆你自己一个人选全得了。

谢老大也生气了。说你两句，你就甩脸子，给谁看？这也是门学问。你得学会过日子。你不学也就罢了，还净添乱。一边去……我自己选就自己选。没男人，我还不过了？哪一次不是我自己一个人选的……

总之，都是一些很鸡婆的小事。但不管怎么说，对于王大官人来说，逛超市确实是一种酷刑。虽然，他也反复告诫自己，这是一种应尽的义务。他全部男人的担当，就在于一会儿把这些东西搬回去……除此之外，就再无别的要求了。

如此想想，倒也就放下心来，勉强苦中作乐，闲庭信步。

3

对于谢老大来说，有王大官人在，还是能减轻负担的。

至少，有男人推车吧？当娃走累，要待在车里时，有男人看着娃吧？谢老大自己可以多花些时间，来选那些“性价比”好的菜啊、果啊、速冻食品啊……这都是有讲究，有窍门的。

谢老大不敢说现在把这些摸得门清儿，但是，至少对什么时段买什么样的物品，什么样的食品什么时候买……最实惠，还是大致差不离的。这其实是一个很耗时间、精力和心血的过程。

因为，就同一种食品，要反复比较几个价签，就有可能要来回走几趟路——别说谢老大了，就连王大官人和王小官人，都被往复折腾得没有烟火气。

以至于王大官人不止一次不耐烦地问，怎么回事？不就一块豆腐吗？至于跑四个来回吗？

谢老大充耳不闻。姐过日子，你这小屁孩不懂。不这样精挑细选，反复比较，你们老小两个爷们，能用最实惠的价格，吃到搭配最好的饭菜？比着钱包过日子，就得这么做。

所以，谢老大不但要反复往返筛选货品，还得在心里不断计算价格。是的，别的人就是再权衡价格，也都是买完了所有的货品，到收银台一汇总，才知道今天到底花了多少钱。而谢老大，每选一种，都要在心里计算一下价格——总价有没有超？单个品种是不是过高？高了，就要换一种便宜的。因为，一周就是要用那么多东西，而预算是有限的。你不能超价，就只能做好货物的组合。同样的总价，到底能够组合多少种类和数量的货物，就完全看主事人的算计了……所以，谢老大不但计计算算，算算计计，还得不时地拿出一些选好的东西，还回架上；然后，重新选一些新的东西，放回去。

看得王大官人、磊磊大小两个爷们完全莫名其妙。你的世界我真的不懂。如果真的懂了，就应该感谢上苍，赐予他们如此美丽而伟大的女人，能把局促的日子过得如此经济，能用有限的金钱构建如此精致的生活……至少，这两个老小爷们从来就没有感受到过生活的艰难与局促。

可惜他们不懂的。不懂，所以不会感恩；就连欣赏，都不会。一个穿着白上衣绿裙子的女人，就像一只忙碌的小蜜蜂一样，飞来飞去，停停留留，是如此的专注而美丽。

一大一小两个男人，在超市如此的惬意和悠闲，而谢老大却是如此的忙碌和充实。

全身绷紧时，不觉得疲惫。但是，当购物目标快到达标时，就像长跑快要看到终点时……是人最容易松懈、松懈下来也最容易感觉到累的时候。

当长长的购物清单上只剩下两三样东西时，谢老大明显感觉自己已经透支的身体就快要支撑不住了。这个时候，靠着那种超节省和超有效率购物的亢奋感支撑，她觉得自己的身体还像一个高速运转的机器，依照惯性，还可以支撑她多走三五步，把最后那几样东西收入购物车，就可以买单走人了。但是，也仅仅是这样了。谢老大已经明显感觉，自己是“只吊着那一口气”，恐怕得加快点速度，不然再拖延那么一点点，她就会像燃油耗尽的机器，再也撑不住了。

就是这种只剩三五口气、需要百米冲刺的关键时刻，王大官人整出了他的幺蛾子——他要现磨两三斤“五谷杂粮”！

4

好吧，如果只是现成的袋装，买了就走，谢老大凭那一口气还能忍住。

或者，如果现磨，只是三五钟就立等可取，谢老大倚着购物车让自己发酸发软的脚后跟歇息片刻、恢复一两分的元气，也能够挺住。

但是……

王大官人在那儿挑捡货物时，就磨叽了半天——他拿出异常罕见的、比谢老大翻捡打折货还要细致耐心的态度，对每一样杂粮进行精心比较和挑选；还不时跟售货员细心询问，同时，将那些细小的颗粒扔进嘴里，仔细咀嚼，咂摸品味中间的味道，点了头后，才说：这一种选进去吧……如是者反复。

王大官人最后总共选了八种，凑成了所谓的“八珍”——八种啊！每一种都至少耗时三五分钟，恰恰是谢老大心理时间的极限；他每选完一种的时间，都刚好抵临谢老大几近崩溃的边缘——然后，戛然而止，谢老大喘了一口气，才重新活过了一遍似的；然后刚想“总算结束了，现在可以走了吧”，王大官人却又开启了下一轮的模式。于是，谢老大又在心理极限几乎崩溃的边缘被蹂躏和摧毁了一遍；类同于凤凰涅槃，每一次轮回都像是燃烧成灰烬，然后在绝望中重生为希望；在希望中重启一遍几近崩溃的模式——如是者八轮。蛇皮都蜕了八层，唐僧都八世轮回了，谢老大却还在重生的路上。你说，除了麻木，你还有什么法子，能让你解脱的?

真正像最后一根稻草，把谢老大这个疲惫的骆驼背压垮的，还是王大官人和促销小姐轻描淡写的那句话——现磨至少半个小时——而且，还得排队。

额滴神啊！你坑爹不是这种坑法吧。为什么就像挤牙膏，不一次性将整个过程所耗时段说完：选货半个小时，现磨半个小时，晾冷半个小时……除了耗在这里，我们还能做什么！

谢老大那一瞬间就崩溃了。疲惫和瞌睡的暗流，就像泛滥的黄河水，一下子决堤而出，冲垮了她那仅凭一口气筑起来的意志……瞬间，她就成了抽掉了灵魂的空壳，只有行尸走肉，像蝉蜕留的空壳，还撑在购物车筐上——魂灵和思维早就漂游到了空气里，随着流动不流通的空间拼命地浮游着——所朝向的唯一方向，就是家的方向。是的，现在她的魂灵唯一想做的事情，就像溺水的人，想赶紧游到家的岸边，挣扎着上床，然后躺下来，就一动不动了。现在，只有睡眠，才能让她像死鱼一样的灵魂能够活过来一分精气神。

有谁，能够体会到这种深邃而悲催的感觉？反正，王大官人是不会体会并体谅的。促销小姐还抱歉地冲谢老大笑笑：对不起啊，要让您久等了。现磨的新鲜，原汁原味。

王大官人则只是例行公事式地扫瞄了一下，又把目光抬头冲向天际——虽然，看到的只是超市装饰的顶，而不是那所谓的蓝天白云，让他可以思考那缥缈无涯的哲学、艺术和人生。

甚至，他那扫瞄的一眼里，也是如此的空洞，几乎都不曾囊括进任何人、事、物，哪怕是身边这个其实最值得珍惜的人。

5

那一刻，哀莫大于心死。

人的心理其实是很奇怪的。拐点就在那一瞬间莫名其妙地发生。

在“现磨还需要三十分钟”之前，谢老大再累再疲惫再难以承受之重，仍然还有一口精气神，支撑着她像一个女战士不屈地站着——哪怕是以购物车为拐棍——仍然可以不屈服于生活的重压，仍然可以在短暂的喘息之后，重新投入到新的战斗中：跟物价斗，跟生活琐事斗，跟孩子的成长教育斗，以及跟永远像个长不大的孩子的“小丈夫”斗……而且，她同时又像是一个忍辱负重的伟大的女性，可以包容自己的男人和孩子的一切，为了他们可以挺起胸脯和脊梁。

然而，在“现磨还要等三十分钟”之后，谢老大忽然觉得这一切都没有价值和意义了。日子是如此的琐碎，货品是如此的低劣……一切脚踏实地的生活，似乎在一瞬间都被拉得十分遥远。连谢老大自己，都变得那么不真切。

她精神恍惚，麻木机械，直愣愣地看着磊磊从购物车下的儿童座椅里钻出来，又钻进去；把安全锁条关上，又打开；钻出来，又钻进去；把安全锁条关上，又打开……进进出出，就像小泥鳅似的。唯有这个时候，磊磊似乎才像是一个儿童——一个真正的、天真、活泼、不谙世道艰难的儿童。

谢老大盯着他，就像在盯一个越来越远的物象：刚开始还能看得清楚是一个人，逐渐的，就是一个游动的抽象的小人；再到后来，就像是一个个线条和抽象的笔墨，在到处蹦跶……

来来往往的人很多。好几次，谢老大都避闪不及，堵住了人家的购物车的去路。或者，别人的车都推到脚后跟了，磊磊还站在打开的儿童车门前，人还在门背门前，比划着是继续钻进去，还是继续停留在外面……人家都很有礼貌地等候半天，促销小姐也很热情地帮着拉了几把：“小朋友，要注意车噢！”谢老大才木木地叫道：“石头，往边站！”

石头是谢老大的妈妈给磊磊取的贱名。狗贱好养活，人贱能成材。谢老大走神的时候，才会脱口叫磊磊为“石头”。

“姐，喝一杯吧，解解乏。”促销小姐察言观色，善解人意，又递过来一小杯五谷杂粮糊，“很累吧？老小两个爷们，都得你照顾啊。喝一杯，让你的身体补充点能量。”

“谢谢。”谢老大犹豫了一下，还是接过来这一小杯。不为别的，就为她能说出这样暖心的话。再说，拒绝了人家两次，事不过三，这第三个“不”，无论如何也说不出口！

大家都不容易。女人何苦为难女人。即使是超市空调开得很足，但因为卫生要求，促销小姐还得戴着口罩，因此，当她凑近时，谢老大很清楚地看见她的额头上有着非常细密的汗水。

她不禁猜测，她们是拿日薪呢？还是走提成？不管哪样，赚钱都不容易吧？其实，她和她，谁赚钱又都容易呢？

6

大概是妈妈手里端着的小杯吸引了磊磊的视线，他停下了钻进又钻出儿童车的游戏，歪着脑袋，吸吮着拇指，仰望着谢老大。

谢老大一点都没有注意到。

这是不正常的。若在平常，但凡儿子有一点风吹草动，她都能立马捕捉到。因为，儿子从来都没有脱离过她的视线，而她的注意力，从来都是以儿子为焦点和核心，除此之外别无其他。但今天例外，因为她还处在持续恍惚中……

促销小姐却立刻注意到了，马上半蹲下身子，脸上仍然挂着甜甜的职业微笑："小朋友，你想喝吗？"从持着的壶里又倒了一小杯，递到磊磊面前。

磊磊往后缩了缩。身后就是谢老大的身体。磊磊依到妈妈的身体上，就像藤缠树，找到了倚靠。

促销小姐轻盈地笑笑："哟，小朋友还挺害羞呢？见着阿姨不高兴吗？"手中的小杯又往前递。磊磊又不自觉地往后缩了缩，就像一撮柔弱的小草，都快嵌进妈妈双腿的缝里了。

谢老大不自觉地皱了皱眉。小男孩什么时候，才能改掉这见人怕羞的毛病啊？噢，不是毛病，是性格——也不能说是"性格的缺陷"。

但谢老大就像护短的老母鸡，只允许自己烦恼这个问题，却不允许别人在言语中有稍微的轻视。她挺不喜欢促销小姐“轻浮”的语气，眉宇蹙起来，一时就没有散开。伸出胳膊，拉着磊磊转了小半个圆，圈在自己胳膊肘可以保护的范围内，正好将磊磊和促销小姐分隔开来——谢老大自己的身体就成了圆环。她弓下身子，背对着促销小姐，把手中的小杯递到磊磊眼前，问：“你想喝吗？”

小杯还冒着热气。但估计温度已经不烫了。磊磊探脸看了看，然后拼命地摇了摇头。

促销小姐就在背后轻笑道：“是不是颜色不好看啊？闻起来其实挺香的。不信，你闻一闻？”

磊磊抬脸越过妈妈的肩膀，看了促销小姐一眼，又不自觉地往后缩。促销小姐又笑道：“真的很好吃呢，不信，你尝一尝。阿姨保证。没有吃了第一杯，不想吃第二杯的。”她的声音充满魅惑。

谢老大有一种不好的感觉，就像蛇信子吐着，舔在脸上，滑腻腻的。胃里一阵阵翻腾的恶心。

她知道自己过敏了。她一过敏时就会出现幻觉幻象。其实跟他人无关，而是自身的状态开始恶化。是的，一旦她累、疲惫、压抑，甚至只是单纯的饿……过劲儿了，她就会开始对周围的人、事、物过敏。那种玄异，就像是稻田里划了一个圈又一个圈，指引着外星人着陆一般。她的内心深处，涌动着古怪恶心的念头……

谢老大咬紧嘴唇，能够感觉血在唇齿接触线的边缘涌动，下一秒钟，就要破皮喷薄欲出，伴随而生的就是一阵剧烈的疼痛。这让她的大脑清楚了些。千闪万念，她不停地告诫自己：“这就是累的；这就是累的；休息一会儿，就好了……”

然而，什么时候，能够休息呢？

谢老大茫然地抬起脸来，看向“五谷杂粮”处——王大官人选择的“八珍”还没有磨好呢。

他正反背着手，怡怡然地围着人家的柜台，一样一样地仔细看过去……让人感觉，他似乎刚刚渐入佳境。

这可跟谢老大的状态完全相反。谢老大是马拉松长跑，从一开始斗志昂扬，到后面逐渐疲沓；王大官人是从一开始就不在状态，到现在却像找到他的机缘，焕发出“第二春”——

“第二春”，这真是一个恶心的词汇。但是，现在用来形容谢老大对王大官人那厮的感觉，确实是最合适的字眼，除此再无他语。

7

“这五谷杂粮喝起来挺有益身体的。”

王大官人像转经筒一样，转到了谢老大和磊磊这边来，难得地表示了一下对妻子和儿子的关怀，“你平时有事没事可以冲两杯，给自己和磊磊品一品。真的，比喝饮料什么玩意儿强多了。”

这话其实是正确的。只是谢老大心里有了芥蒂，对什么都是正解反听。喝？儿子如果喜欢喝，早就抢过去喝了。还让我品一品？谢了，那是贵太太的下午茶歇。老娘我是奔波劳碌：伺候了老少爷们，还有单位的一大堆事儿伺候……喝水都要牛饮。哪有所谓的柔软时光可以享受？

是的，这些都是陈芝麻烂谷子堆积起来的怨气和感受。在体内积蕴得久了，就跟血液融合在一起了。就像体内寄宿了一股妖气，平常潜伏至深，丝毫看不出来。但一显出苗头，就滋滋地从毛孔里蹿出来……导火线，其实就是谢老大不大看得起王大官人的品味和讲究。

谢老大自以为是个“粗”人，生活过得很“糙”。这真不是夸张或自谦。用汉子一样的词语来形容一个女人，要么是她本来就不在意，要么她本身就真的是这么生活的。谢老大两者兼备。她的内心已经像女汉子一样强大而彪悍，她的生活确确实实是像汉子——而且是最粗的汉子一样糙：喝水用大杯，吃饭用大碗，随便到哪儿，一碗面条管饱就行。哪儿谈得上什么优雅、精致、婉约！

若不是这几年带娃，需要考虑娃的营养均衡，从而强迫自己为孩子改变不小，恐怕整个家都还是这种粗糙的活法——比起“五朵金花”之一的朱荆蔓每天早上给孩子做六到八个菜、一周七天都不重样那真是差到了极致，就连磊磊这样从不轻易夸赞别人的内秀孩子，都不顾谢老大的颜面说：“饭，好吃！阿姨做的饭比妈妈做的好吃多了。”是啊，是啊，面包夹鸡蛋，或者馒头拌咸菜，甚至是路边匆匆忙忙狼吞虎咽的煎饼果子……能比吗？

但王大官人不一样。王大官人要的就是精致、格调和品味。什么意思呢？别说喝茶这些所谓的风雅事儿：谢老大用茶盅牛饮，甚至不耐烦浪费泡茶的时间，最后直接喝凉白开；而王大官人要慢悠悠地焚香，泡茶，静心，小杯慢饮。就连没有条件也要讲究日常生活烟火味：一盘土豆丝，二两猪头肉，一碟花生米……王大官人都能对月独酌，一小杯酒能喝到天亮！

那是什么境界？说起来是穷酸，讲起来是格调，其实还不是“穷讲究”！谢老大一直都很看不惯王大官人的这种假做派，忍不住会夹枪带棒，冷嘲热讽。还好，王大官人在平时都像是一个长不大的热血男孩，冲动、易怒、一点就燃；但一旦进入到这种做派，就真的仿佛变了另外一个人，进入到另外一种状态……一派世外高人的悠然自得，采菊东篱下的闲人气质，甚至颇有“大肚能容，容天下难容之事；开口便笑，笑世上可笑之人”的胸怀和格局：“世间有人谤我、欺我、辱我、笑我、轻我、贱我、骗我，如何处置乎？”“忍他、让他、避他、由他、耐他、敬他、不要理他，再过几年你且看他。”……对谢老大的话充耳不闻。两人倒也能相安无事。

然而，谢老大真正气的，不是这种做派，而是这种做派的假讲究，真浪费。

像这五谷杂粮，估计那小杯所谓的精致和养生生活，吸引了王大官人。他买回去，若是能一小杯一小杯……喝得干干净净，那谢老大也是真心佩服他的。

然而，真实情况是什么呢？他喝下去的，绝不超过三杯！三杯之后呢，他就疲了，厌了，不耐烦了，再无兴趣了……于是，就把它抛诸脑后了。片刻之后，就忘得干干净净的，“终其一生”，再不光顾——就像那青楼的“从不回头客”。

于是，每隔一段时间，谢老大做家务活时，都能清理出一大堆这样的物事，都过期了，都不得不扔掉——小巷里捡垃圾的人都笑歪了嘴，谢老大的心和肉却是一抽一搐地痛。扔掉的，都是曾经的人民币啊。败家也不是这么败的啊！

你说他两句，他还不依；顶多气急败坏之下，赌咒发誓，大不了，下次一买回来，就消灭得干干净净。

但，真的到了下一次——王大官人，又是故态重萌。没药救了。他就是这样一个人。三分钟的热度，对一个物件，只能维持一段时间的热情；他不是像有些人，真真正正是推崇和践行一种生活方式。比如，吃素——人家真的是有那种观念，并且持之以恒，付诸自己的生活，并且坚持自己的信念，不受外界的诱惑。王大官人，其实只是浮于表面的“概念”而已，别说最深层次的观念和信念，就连最基本、最恒定、最可持续的生活方式，他都意识不到那个层面。

这大概是家学渊源吧。谢老大的公公婆婆，就是两个“穷酸状态”中都还要端着架子的人——当然，他们自己不会认为自己是穷酸。对于这个山沟里飞出来的凤凰媳妇，他们是有足够的优越感的；对于那个举家高考，然后全家都想依附过来的农村寒家，他们这样的小城小镇工薪阶层家庭，也是有足够的“门不当户不对”的轻蔑和贱视……

这其实是谢老大和婆婆家的关系持续与普遍紧张的源流。

8

大概是“转经筒”转悠得久了，王大官人转出了感觉，良心发现，终于看出了谢老大的疲态和不满，不禁有些讪讪。

“对不起哈，磊磊。”王大官人曲线救国，不是对着谢老大，而是对着磊磊道，“还要等一会儿。”

谢老大抬头看一看天——看不见天。今天，太阳从西边出了么？

不过，也足见王大官人心情大好。他也只有在心情大好的时候，才会格外的好脾气——伏低做小，放低身段。当初，谢老大是不是就是被这样的“假象”给骗了的呢？

王大官人拿眼偷看谢老大，见她面无表情，不禁心下有些惴惴——也只有在这样的时候，他才会在意起谢老大的情绪和状态，也才会有些担心谢老大的爆发和迁怒。男人，是不是都是做了坏事，“内愧于心”时，才会对老婆好一点？

“磊磊，你看那边阿姨要走了，我们赶紧去抢凳子，让妈妈坐一坐，好不好？妈妈现在太累了。”这个男人啊，嘴巴抹起蜂蜜来，真是甜死人不偿命！

磊磊用劲地点点头。

“来，一、二、三……十米，冲刺！”

爷俩还真就冲刺起来——三步五步，就冲到了五谷板凳上——那前面磨粉的阿姨屁股刚刚离座！另一个八九岁的小女孩，也疾跑过来，明显就是冲着这个座位来的。王大官人眼明手快，立刻一巴掌拍了过去，“啪”一声，就像如来佛祖拍孙猴子一样，硬是把自己的大掌压成了五指山，牢牢地压在了板凳上，像八爪鱼一样牢牢吸附在凳子上，不可移动。

“来，磊磊，”王大官人一迭声地催促，“快叫你妈妈过来坐！”

磨坊背后的姑娘们目瞪口呆——这还是那个衣着“品牌”且风度翩翩、谈起养生谈起益元谈起人为什么分食五谷杂粮要食什么样的五谷杂粮才算是良好人生……的“绅士”么?

一向沉默寡言、喜怒不形于色的磊磊咯咯地笑了起来:“苍蝇?！”他的意思是爸爸在拍，并拍死了一只苍蝇吗?

谢老大觉得挺丢脸的。这哪是拍苍蝇啊，他爸就分明是只大苍蝇啊！也只有他才做得出来跟小姑娘抢板凳坐的事情。

那个小姑娘疾冲过来，结果只是半步之遥，却被这可恶的怪蜀黍把板凳抢了过去！而且，还是用一只手抢的——明明他整个身子还要比自己晚上两步的啊。不是就近者得吗?

两人大眼瞪小眼。小姑娘愣了一愣，回过味来后，在王大官人别过头后，也拼命地跺了三下两下脚，然后转过背去，跟后面的一男一女自己的爸爸妈妈求助……

王大官人假装视而不见。实际上，他眼角的余光把小姑娘、她的父母，甚至是谢老大的反应，都圈了进去。对其他那些人的反应，他才不在乎呢。认准了要为自己妻子做的，再没品的事儿，他都做得出来。何况，不过是跟小姑娘抢凳子。

她是抢给自己妈妈坐的吧?

王大官人还真猜错了。

小姑娘开始哭闹:“我就是想坐嘛! ”

妈妈安慰:“我们去别的地方再找找? 别的地方应该也有这样的凳子。”

“不嘛! ”小姑娘像踩了脚一样跳了起来，又重重地跺了下去；旋即围绕着父母边跳边跺边哭边闹转了两个圈，“我就是要坐这个凳子嘛! ”

女孩的爸爸深深地看了一眼王大官人的后颈。假若王大官人第六感官通畅，必然能感受到那平静的海水下面如刀的火焰，可以沿着他的颈动脉一直切割下去，把整个脊梁柱都能挑出来。事实上，他也确实感觉到了。但那又如何? 意念再强大，也只是意念。有本事，你来动手抢啊?

有素质的人是做不出这样没风度的事情的。要指望人家的觉悟让出已经占好的座位，也是一件不靠谱的事情。

女孩的爸爸只有转过身去，安慰并劝诫自己的女儿:“蕾蕾，我们要讲道理。谁先占的位子谁就先坐；叔叔先占的位子，那就叔叔先坐。”

他把“叔叔”两个字咬得很重。

9

谢老大向前一步的脚立刻顿住。

她本意是想让王大官人把座位让给小女孩的——跟小孩争座的没品的事儿，咱可做不出来。何况都是当父母的人! 然而，女孩爸爸夹枪带棒的话，让她眉头皱了起来。

什么意思? 暗讽叔叔不应和小孩抢座位? 叔叔并不是先占的座位? 可能他是对的。但是，你是在教育小孩，还是在挑衅大人?

她看看王大官人，王大官人满不在乎。他才不在意这种口舌之争呢？板凳在我手，奈我何？

小女孩："不嘛！我就是要……"

妈妈："可人家不让啊……"

小女孩："我不管。你们让他走开……"

谢老大决定不让了。这家人教育小孩明显有问题。小女孩如此蛮横不讲理，肯定都是平时惯的。

她往前一步，握住磊磊的小手，静观其变。因为，五谷坊里的手磨工姑娘出来了，"来，来，来，小姑娘，阿姨把自己的小凳子让给你坐，好不好？"

促销小姐又借势递过去一小杯："尝尝我们新磨的五谷杂粮，很新鲜的。"

真会做生意啊——但也太功利了点。如果只有前一句，或许会让人感觉很好。

小姑娘一下子就猛推开板凳，小杯也被碰洒了一地："我不，我就要坐那个板凳！"

手磨工姑娘为难地看着王大官人："先生，你看？"

意思是能不能换一换，把王大官人现在整个身子都倚靠上的高板凳，换成那个低矮的小板凳。反差太大，连她自己都觉得不好说出口来。大人坐小板凳，小孩坐高板凳？

"别叫我先生！"王大官人反应很快，立马就道，"我是不是你们的客户？你们这板凳是不是为客户提供的？我媳妇走累了，坐一会儿你们专为客户提供的板凳歇脚，该不该？我刚买了你们的东西，现在还没有提货，你们就让我让出板凳，合适吗？就算你们要发展新客户，嫌老客户占了你们的资源，也不要做得这么明显好不好？"

一串连环炮式的逼问，疾风骤雨一样，直打得没有经验没有准备的手磨姑娘脸色苍白。老虎不发威，你当我是病猫啊。蔫人里面还出豹子呢。没错，王大官人就是这样的人，平时“低调地奢华”，偶尔露一露峥嵘，还是能够惊艳四方的。

小女孩的爸爸气得一抄手，抱起女儿：“姑娘，我们走。”

小女孩拼命挣扎：“我不！”

小女孩的妈妈远远的声音飘落过来：“……什么人哪！”

王大官人一本正经：“正常人。来，儿子，让你妈坐坐。你妈今天可累坏了。”对着谢老大，一脸的谄媚：“来，老婆。坐上来歇歇脚。这个高板凳还是很舒服的。”

转过脸去，对不知所措、还没有回过神来重新进入状态的促销小姐夸道：“你们这板凳真是舒服。你们考虑得真是细致和细心。只是，你们为啥不摆三张四张高板凳，让所有走累了的人都坐在你们摊位前歇脚时，好推销你们的产品？”

谢老大哭笑不得。你那嘴就不能不“得理不饶人”？事情已经算揭过去了，你干吗还夹枪带棒，明褒实贬，讽刺人家下不了台？

人家还得给你磨粉啊。把怨气磨到你的五谷杂粮里，你吃得通畅吗？不是说，食物靠的就是人的心意吗？何况，你还要在这儿等上半个小时，把气氛搞尴尬了，你难道不难受吗？

王大官人才不考虑这些呢。“姑娘，再来一杯？这真好喝。走，儿子，让你妈在这儿歇歇脚。我们俩去把剩下的东西，买了！”王大官人叫上王小官人，“不就是只剩下酸奶和豆腐了吗？”

10

还没等谢老大有什么反应，王大官人拉上王小官人，一溜烟地跑了。

谢老大撇撇嘴。你说他浑浑噩噩吧，他有时候心眼又玲珑剔透——知道不把王小官人拉走，谢老大是铁定没法好好歇脚的。你说他是为了老婆走累了好好歇歇吧，是心疼怜惜老婆吧，他这分明是捅了篓子，不想留在这儿受罪，避祸去了。别的客户在等磨粉时，手磨姑娘都是和他们有说有笑的，聊聊闲天，说些闲话，顺带再科普一下五谷杂粮的知识……要多融洽有多融洽，要多热闹有多热闹。

然而，轮到谢老大时，一是她太累了，累得不想说话，何况谢老大本来就不是一个会跟人搭讪聊天的人：不会主动走近别人的世界，也不会主动邀请别人进入自己的世界。二是手磨姑娘被揭了皮，心中有了芥蒂，对谢老大一家有了看法。所以，两个人之间就冷场了。此时无声胜有声。

谢老大却无所谓。就像王大官人说的，我花钱了，我有权利在此歇脚。谁比谁脸皮更厚啊？只是，王大官人混沌，但也犀利；王大官人世事洞明，却也口无遮拦；王大官人有见识，人情却也不练达……所以，才会说出这样的话，没有了回旋余地。想让老婆歇脚，却又无心搞乱了氛围——要不是谢老大脸厚心强大，这脚，歇得可能惬意吗？

不管怎么说，这冲淡了谢老大刚刚诞生起来的“恶感”——或许两口子就是这样。心有灵犀，一方波澜才起时，另一方就会自动感应到，并会本能地用最简单、最直接的方式来消除隐患。多少次，关系紧张到看似都快维持不下去了，不就是这样缓解下来的吗？

而且，这难得的歇脚，确实恢复了谢老大的生气。人的身体有了活力，内心的震荡真的就少了一些。世上都说，要有强大的内心，才有强大的言行。

其实，反过来也是一样，有了强大的身体，也才会有强大的内心。

总而言之，伴随着状态的恢复，谢老大脑海里的警报自动解除了。以至于她现在能平静无波地看着爷俩儿优哉游哉地过来，虽然做不到和颜悦色，但至少，无怒无怨了吧？

王大官人往筐里一扔。谢老大目光一凝。王大官人讪讪一笑："儿子选的。"又辩白道，"他非要选这种酸奶的。"

谢老大叹了一口气。算了，贵就贵点吧。本来儿子喝的酸奶就要比他们平时的贵——噢，他们？谢老大根本就没有喝酸奶的习惯。只有王大官人有这个讲究。平时，谢老大给他买的，都是要次一些的。不是存心虐待他，只是预算有限。王大官人倒也没有提出异议。这次自己选，想来也是有自己的小心眼的。

谢老大懒得计较。她确实也真的跑不动了。

11

走吧，走吧，去结账吧。

王大官人很自动地选择了"你推车我牵儿子"的模式。谢老大也不在意。反正也不需要什么体力。

就听到爷俩在后面简洁而明了的对话：

"妈妈，去结账！"王大官人道，"我们到出口等她。"

王小官人："你？"意思是问为什么不是你去结账。

王大官人脸不变色："妈妈才带了现金。"

王小官人："你？"意思是问为什么你不带现金。

王大官人耐心解惑："爸爸习惯刷信用卡。"

王小官人疑惑地抬抬头。

王大官人理所当然："一直都是妈妈用现金结的啊？"

王小官人很费劲地思忖了片刻，想清楚了，就说了一句完整的话："家里的东西，都是妈妈花钱买的吧？"

王大官人的汗当时就流下来了；周围目光炯炯；可是又不能当着儿子撒谎啊；只好干咳了数声，干涩地回应道："是啊，是啊……"

然后，牵着王小官人的手落荒而逃。

谢老大嘴角泛起了笑，心中卷起一丝丝愉悦的涟漪。

这个老公，至少有一点可爱，就是坦白。是就是是，不是就是不是。

但是，这些愉悦的涟漪很快就荡然无存。整个超市的收银台，马上就响起了谢老大气急败坏的河东狮吼："王那厮，你这个吃货，给我滚回来！"

小小一盒五谷杂粮，居然要198元！

比谢老大采购的一周生活必需品还要多！

这个败家的爷们！

不当家不知柴米油盐贵。

谢老大整整一中午拖着疲惫的身体、耗尽心血所做的勤俭持家的努力，全在王远锋大官人王那厮弹指一挥间付诸东流了……

第11章

暴走娘子驯夫记：奶瓶丈夫OR蛋白质老公

好，你说你会承担一个男人应该承担的事情！我相信。但别说那么大，行不行？你说到天上摘星星摘下来给我当耳环戴，把月亮捧下来给我当宫殿……现实吗？十七八岁，说起这样的话，叫浪漫；二十七八岁，还这样说，叫白痴。这个世界，不是甜言蜜语就能抹平的。生活就是酱米油盐醋。日子就是一把杀猪刀。你不想成为钝刀子慢宰的猪，你就必须要学会把这种琐碎和平庸过成一种幸福与诗意。

1

这一场突如其来的“小事件”，完全打破了谢老大一家仨勉强维持的脆弱的平衡，也激活了她日积月累隐而不发、越积越深但一直喧嚣和躁动着的“大火山”，让谢老大隐忍而内控的情绪终于一下子就引爆了……

王远锋！你说，这么几年，你对这个家做过什么？你对磊磊做过什么？你对我做过什么？

男人都是家里的顶梁柱，女人才是家里的半边天。可是，你做过一天哪怕是一分一秒的顶梁柱吗？最起码的，你连顶起半边天的意识都没有。家里大事我拍板，小事我也管，你当的是哪门子甩手掌柜？你对这个家没有一分一厘的贡献，也没有替我分担过家里一丝一毫的负担……

在家里最需要一起面对困难、共渡难关时，你还要拎着酒壶，去找你那些不靠谱的狐朋狗友，过你的小日子？家对你来说，是什么？旅馆，酒店，有人替你打扫，有人替你收拾，你还不用花钱？好了，就住；不好了，就走。不想在外面待了，又回来凑合凑合？

这些年你对磊磊做过什么？你还是一个父亲吗？你当过一天的爸爸吗？你连爸爸是做什么的，从来都没有搞清楚过，何来谈做一个好爸爸坏爸爸？不，你连爸爸的身份都没有放在心上过，如何能做一个合格的爸爸？

不，不，我还是高估你了，你其实从来就没有意识到“你是一个爸爸”，你从来就没想到你已经是一个爸爸、你正在成为一个爸爸、你需要学习如何做一个爸爸……既然从来都没有意识到，怎么能指望着你像一个爸爸那样呢？

噢，我还是高估了你的智商，夸大了你的情商……你到现在为止，都没有意识到你已经有了妻子，有了儿子，有了一个家，你还以为你是一个人——是，而且只是一个人。

妻子和儿子？不过是跟你住在同一个屋檐下的陌生人。心情好时，可以打个招呼；心情不好时，视若无物。所以，你还是按照一个人的方式在思维着、生活着和行动着。你下意识里，觉得只要你把自己一个人过好就是了，只对自己负责就是了——噢，你还不是对自己负责！

对自己负责的人，是可以把自己收拾得好好的，不麻烦别人。而你呢？你还太依赖别人，还是你妈心中那个永远长不大的小男孩。连你自己心中，也觉得自己就是一个“高中”小男生，别人照顾你天经地义。学习累了，有人端点心；游戏累了，有人做饭；玩累了，有人给你脱鞋洗脚；睡醒了，自然就有人把饭递到你嘴里……生活中一切都有人为你操心，你只要操心自己怎么玩得高兴就是了。

那哪里是你妈啊，就是你保姆啊。你找的哪里是妻子啊，你找的就是又一个保姆啊。从你妈到我，不过是把你从一个保姆手里交到另外一个保姆手里。噢，哪里交了啊？你另外一只胳膊还拽在你妈手里不放啊。你妈还像监工一样，虎视眈眈地盯着我，就看我能不能做好一个兼职保姆的事儿。哪一天，让她用放大镜找出一根丝样大的毛病，就好找个理由和借口，把我踢出门去，再去找一个全职保姆是吧？噢，不需要她用放大镜。她肉眼可见，我身上一堆的毛病。随便拎出哪个来，都不合格是吧？那她为什么还不行动呢？以你妈那一根毛都要炸乎好半天的性格，能忍到现在真是辛苦啊！

噢，忘了，这个家是我经营起来的。要踢也是把你踢出去。她怕你伤心怕你难过怕你流落街头没人管是吧？那有什么关系呢？你完全可以去找你那些狐朋狗友啊？再不济，可以各回各家，你找你妈？

你还赖在我这儿干什么呢？就像一条癞皮狗一样。我还骂你我还踢你我还对你有这样那样的怨诽……你都像那样一条癞皮狗一样赖住不走是吧？

2

怎么，嫌我尖酸，嫌我刻薄了？更过分的话我还没有说出口呢！我还等着喝一口水，从头再说，从一开始，细细数到九百九十九呢……

人家都说，喜欢一个人是一种感觉，感觉不可理喻，你找不出为什么喜欢他的一个理由；但是，不喜欢一个人是一种事实，事实无可辩驳，你可以找出一千个不喜欢他的事实。现在，就是事实在说话。

事实就是，你连一条癞皮狗都不如。癞皮狗还可以看家护院，拖鞋拽衣，撒娇卖萌，讨好女主人……你呢，做什么？你除了端着架子，像一个老少爷们，等人伺候；或者，就像一个不会照顾自己的孩子，要靠哭闹和乱发脾气来引起大人的注意，对你多看顾几分……你还能做什么？你对这个家能做什么？

别急着摇头，别忙着否定——越摇头越否定越表明你心虚。咱们先从最小的事情说起。清洁你会做吗？卫生你会打扫吗？家里一堆乱糟糟时，你收拾过吗？

我一遍、两遍、三遍……无数遍跟你说过，孩子需要一个干净整洁的环境。我们或许为他提供不了一个豪奢华丽的精装房，但是为他打扫出一个干净舒服的简洁家，是我们力所能及、做得到的，不是吗？

磊磊整天有一大部分的时间，都是在地板上地砖上磨来蹭去，屋子不收拾干净怎么行？我不是怕他蹭脏了一件又马上得换另一件——大不了，多花半个小时的时间再洗一次两次；我是怕他这么磨来蹭去，地上的灰尘浮起了，呛进他的鼻子，进入他的肺，影响他的呼吸系统。别以为这是小事。日积月累，那些看不见的细菌，却会损伤孩子稚嫩的健康。我们大人，或许已经习惯了五毒不侵的生活，但是孩子，却需要一个干净整洁的环境。

我又不需要你做什么特别为难特别繁杂的事情。大多数时候，我再忙再累，晚上都会拖一两个小时的地，擦一两个小时的家具和门框。我只是要求你，在我实在累得照顾不过来时，能把地拖一下——最不济，把磊磊常活动的几个地方，都清理一下吧？磊磊活动的地方，不就是那几个吗？茶几，客厅，还有睡的小床……你顶多半个小时，就能把它们收拾出来。

半个小时你都抽不出来，就像扼杀了你生命？那我说过，你实在不想自己收拾也行，那找个小时工来做吧。不就是二三十块钱吗？你不出钱我来给！咱们家钱是紧张，但这点小钱还是给得起的。何况，为了磊磊，有什么钱是不能花的？大品牌我们都敢用，这些小零嘴，我们还不敢花？

找小时工多简单的一件事啊，到网上随便搜搜，一大堆钟点工的用人信息啊——你怕搜索和选择浪费你的时间成本，小区家政公司随便约一个，不就行了？再不济，出门拐角那么多做保洁的阿姨，或者小区带孩子的那些爷爷奶奶姥姥姥爷保姆小时工，你随便问一句，能不能抽时间或推荐个人到我们家做做？

好多人都是愿意帮忙的。不为赚那个钱，有些老人就是闷得慌，想找个事来做。也有好多是热心肠的人。不愿意收钱的话，你就捡家里实惠的东西，送一送。这也是人间世态，人情往来。

非常简单的一件事啊，你为什么，每次提起来，都像便秘一样痛苦万分呢？这事，有那么难吗？你有那么畏之如虎吗？一说就两个脑袋三个脑袋大！

3

别说又浪费你宝贵的时间。

这能浪费你多少时间？三分、三十分，还是三天？

还跟我细细计算，下楼多少分钟，找人多少分钟，等人多少分钟，盯着人做多少分钟……说什么这些实际上浪费的时间不算实数，最重要的是，这些时间的浪费让你心烦意乱，不能静下来做成一件事——你做事需要一个完全安静的空间，才能寻找灵感，思路流畅，一气呵成？所以，你在干家务上只要浪费三十分钟，就有可能一整天都一事无成？

啊，我呸！你有这么傲娇吗？活在地球上的人，哪一个人不是整天在这些日常琐碎的生活里挣扎羁绊，从中挤出时间来做成自己或工作的事情？有谁是完全活在一个真空的、不食人间烟火味的林中空地？那样，你不如住在月球上算了，还赖在地球上干吗？

何况，就算浪费，你好意思说浪费了吗？为了孩子，再浪费也不算浪费。一年三百六十五天，一天二十四个小时，你有几个小时——不，有几分钟——是“浪费”在孩子身上的？跟我比起来，一天两三个小时到五六个小时的家务活，你一周甚至是十天半个月才那么一个半小时，算得了什么？

好多时候，你在梦见周公时，我还在洗你的衣服——注意，不是磊磊的衣服，是你的衣服！你一扔在那儿就不管了。知道家有良妻，如有好保姆，是吧？这算不算浪费？

这我也就忍了。现在，你居然来跟我谈浪费时间。你自己做浪费时间，你找小时工也没有时间，那你的时间都到哪儿去了？你说你要有充裕的时间才能平心静气做成一件事吧，那么，这几年，你有大把大把充裕的时间，你又做成了什么事情？一根毛没有！

天天给我们画大圆饼，近十年了，就像天天喊胎动，不问世则已，一问世就像孙悟空出世，惊天动地。现在，天也没惊着，地也没动，我倒是惊着了——你还敢这么说？不嫌硌得慌。

好吧，退一万步讲，你需要一个安静的时间和空间？这个跟我要求你的矛盾吗？不矛盾吧。你把家里弄得整洁干净，自己做起事来，不也舒心畅意？住在一个乱糟糟的屋子里，你静得下心来吗？

别说让你打扫整个屋子了，你就把你办公学习的地收拾好，行不行？你把自己个人的生活整理好，行不行？你看你工作过的桌子，哪一次用过后，不像是狗熊刨过的？你自己的衣物也到处乱扔——你看你这臭袜子，客厅一只，屋里一只。我想象不出，你到底是怎么扔出来的？难道是猴子掰包谷，急不可耐地要扔了西瓜去捡芝麻吗？就算你压根儿从来没想到要自己收拾自己洗，难道你妈就没有告诉你要把它们扔到盆里吗？老妈子都不会满屋去找你要洗的东西！

而且，榜样榜样，什么是榜样？并不是好的模范，才叫榜样；坏的行为，也会树立一个很糟糕的样。

我一直跟磊磊说，要把自己的东西收拾好；玩过的东西，要归类收拾回原位；自己换下来的鞋，要在鞋架上码好；自己的衣服，不要东一件西一件到处乱扔；干净的要叠好，放在要用的地方；换洗的衣服，要收拾到自己的小盆里，等待妈妈归拢起来给他洗……明明教得好好的，井井有条，循序渐进。

但一遇到你就全乱了。你看你进门的鞋，横七竖八像丘八；你看你的衣服，从客厅到卧室，上身和下身乱分尸；就连你要换洗的衣服，都揉得皱巴巴的，就像“工作如初恋，虐你千百遍”——有那么大的仇恨？

你说，你放进去时，顺手把它理伸，对折一下，放进盆里不行吗？或者，你就这么顺着搭在盆架上，不行吗？你知不知道，你每一件衣服——哪怕是刚买的新衬衣——都揉得皱巴巴的，就像是毛线团，甚至是像干腌菜。每一次我洗衣服，都要花大半天时间，才能把它理得顺当一点。

你说你时间宝贵，我的时间难道就不值钱？浪费别人的时间就是在谋杀别人的生命。每天花在你身上的时间，就要扼杀掉我多少生命细胞？你跟我有这么多仇恨吗？

最重要的是，每次收拾你这像干腌菜的衬衣，有臭味的袜子，以及带脚气的鞋子……真的让人很恶心。恶心别人的事儿，能不能不做，或者尽量少做？恶心得真的想吐。虽然，吐啊吐啊的，就吐习惯了。

但是，孩子不一样啊。

4

三岁孩子看大，七岁看老。孩子的习惯从小就是耳濡目染地养成的。父母的行为对他的影响潜移默化。

你看看，一次又一次，我本来就把他调教好了——至少在这件事情上，他已经有模有样了。

结果，早上的钟，晚上的鼓。才养成的习惯，转眼之间，就又破坏得干干净净。又一次，我得苦口婆心地给他讲道理，做示范……一箩筐又一箩筐，既费时间又耗心血。

孩子的回答，就一个字，真的是干脆利落："爸?!"

这既是一个感叹句：爸爸就是这样的！又是一个疑问句：爸爸可以，为什么我就不可以？

你让我怎么回答？把自己拉低到跟一个小孩子的水平上，你好意思吗？难道，你现在快三十的人了，还需要跟四五岁的小朋友，在一条起跑线上，重新学习那些最基本的规则：自己的东西要收拾好；能不麻烦别人的事儿，请尽量不要麻烦别人……难道我在教孩子之前，还得先教你？你好意思吗？你难道不脸红吗？

你说你这个人，真不知道你妈是怎么教的？难道从来就没有教你洗过衣服，晾过衣服，叠过衣服……你看，你叠的衣服像什么啊？那叫叠吗？折纸都不算，简直就像揉成一团的乱麻线，胡乱地就往哪个犄角旮旯里塞了进去——放衣服，是要一层一层平整地放进去的！

再看看你晾的衣服，你不会抖一抖啊！你不会扯一下衣角啊？你不会把衣服翻过来晾啊——难道你不知道衣服是不应该内翻外晒的吗？更别提毛衣之类不能用衣架撑着晒，走形了，晒暴了，还怎么穿啊？

花钱买！说得轻巧。我都多少年没买件像样的衣服了？你都多少年没给我买件衣服了？不，从来都是——要么是我给你买，要么是你妈给你买。

给你买的衣服哪一件不比我的好！就像和磊磊一样，都穿"金"带"银"，大小都是"牌子"。我的，哪件不是地摊货，或打折货？你以为买一件好衣服容易，舍不得银子舍不得肉痛！

你知不知道你晒坏的这一件毛衣值多少钱？这可能是我最好的一件毛衣了。穿了那么多年都还没有磨破。别看它土，皮实，这个"寒冬"我还指望着靠它来撑过去。你从来就没有关心过家里的冷暖！

别扯偏了。是我扯的？你不胡扯我能扯吗？让你做一件事情，为什么就这么难呢？不是方法问题，而是态度问题。这些都是基本的生活常识和人生技能，就算以前你妈没有教过，现在我替你妈教你，教一次不会，两次不会，三次、四次……你还是这样！你是猪吗？猪都没有你这么笨！

好吧，你不是猪！你就是不耐烦。你不耐烦做家务事。一让你做家务事，你就不耐烦，三秒钟不到，莫名其妙地发脾气。你有什么可发怒的？哪个男人不做家务？哪个老公不做家务？何况，我让你做家务了吗？我就让你晾两件衣服而已……

你是不会晾，但你不会学着晾？为什么你不学着做呢？为什么你一做就心烦意乱呢？为什么你一心烦意乱，就要敷衍塞责，乱揉一团呢？

5

这跟你在所谓的“艺术”上精益求精、雕琢细节、苛求完美，可是天壤之别。

为什么你在这件事上就能专心致志，甚至从早做到晚、从白天做到黑夜、从黑夜做到天透亮透亮，你都不厌倦呢？你哪怕把这百分之一——不，千分之一、万分之一的劲头，略微用到洗衣服、晾衣服、叠衣服上，你也能把它做得很好。为什么你不呢？为什么你就是要做得如此“糙”？

你妈没有教你这些生活的技能，难道没有教你必备的素质和态度吗？不懂不重要，不会不重要，重要的是，态度要端正，要学要会。

什么？艺术？生活就是最大的艺术。不懂生活，你还讲什么艺术？好，我们不扯这些。我也不要你帮我洗衣服、晾衣服、叠衣服了……一看你做的，我就来气。什么玩意儿?!

每次都要我重新整理一遍，再重新收拾一遍。整理和收拾你做过的东西，比我自己做的还要累上一两倍。我哪里花钱请了个“小事工”？简直是请了一个瞎折腾的“大爷”！

你还无辜，你还委屈！有本事，你把自己的东西收拾好。有把不能机洗的东西，都一股脑儿塞进洗衣机的吗？你都多大了，还让你妈给你洗内衣内裤？就算再笨拙，这些贴身东西，都应该自己手洗的！手洗不搓几遍，你能洗干净？只冲两遍，就敢晾？那泡沫都没有冲干净，那细菌都没有洗干净……你不嫌脏？我嫌！

有你这么湿淋淋，就往衣架上挂的吗？你难道不知道要拧干吗？你手上没有力气吗？是谁克扣了你的粮食，饿了你三五顿，以致你的胳膊软绵绵的，就像小鸡崽吗？

你看，这一路，从卫生间到阳台，地板上都是水。我才拖了的地，就这样被你白白地糟蹋了一遍。你不窝心我窝心！

你要不会洗，那就不要“制造”这么多的垃圾！有本事用，没本事洗，算什么男人？真想不到，为什么看起来居住和办公环境那么邋遢的人，居然个人还这么讲究干净！恨不得一天洗几次澡，换几次个人卫生？

我就不明白，你有那么多“个人”时间，为什么就不能匀出点时间，把周围的卫生搞干净？住在鸡窝里的鸡，再怎么光鲜，不还是粘一身干草？你就算是一只美丽而骄傲的孔雀，也不敢把你这丑陋的雀窝展示给别人吧？

你有本事换了就扔！还一次性的！你真以为你是还没有长大的奶娃，穿纸尿裤是吧？就算你不怕羞人，你还真的戴得起？别以为你真是少爷！你要是真的少爷，我们用得着“蜗居”么？

好吧，你要真是少爷，就当我前面说的，都是放气！你左耳朵进，右耳朵出，对穿而过！

这是对你的人身攻击？

少爷，说人身，真是抬举你了。我要是你，早就羞愧要死了，该干嘛干嘛去了。

我不求你对这个家有多少贡献，但求你不要成为这个家的“负资产”。一桩桩，一件件，细数下来，哪一件不是你没把自己该做的事情做好，让人来给你擦屁股的？

时间就是金钱。这都是钱啊！扔在你身上的时间，都是钱啊。我把大把的时间花在磊磊这一堆衣物上，是理所应当；把大量的金钱浪费在你的身上，算什么事？难道，我真的是老妈子吗？

6

好，你说你会承担一个男人应该承担的事情！我相信。但别说那么大，行不行？你说到天上摘星星摘下来给我当耳环戴，把月亮捧下来给我当宫殿……现实吗？十七八岁，说起这样的话，叫浪漫；二十七八岁，还这样说，是叫白痴。

这个世界，不是甜言蜜语就能抹平的。生活就是酱米油盐醋。你与其买一束玫瑰，让老婆除了闻点香味，没一点实惠——何况，人家还真的送花，你的花永远是镜中花画中花——还不如实实在在地为过好日子做些小事。

我不求你突然一夜间就灵光开窍，马上就从一个衣来张口饭来伸手的草包少爷，变成一个勤快能干的小蜜蜂，打打下手，总可以吧？

你不会做饭不会切菜都没有关系，但你买一下菜买一下水果，总是可以的吧？

每天我既要顾家又要顾单位，还要折腾你们爷俩的事情，就算分身有术，但毕竟时间有限。回到家里就是七八点，再去买菜，回来做完，又得几点？你难道不可以提前一点，把该买的菜买回来。哪怕不洗不切，就先泡着，等我回来弄，也可以的吧？

买什么不买什么，难道还需要我教你吗？好吧，姑且算你妈从来没有教过你吧，那你想吃什么，总知道吧？至少，先买你自己想吃的菜，然后再想一想，我和磊磊想吃的，或者应该吃的菜。

不会挑菜不会选菜不会择菜有什么关系，你冲着新鲜的挑，好的坏的总分得清吧？蔫了没蔫，新鲜不新鲜，肉眼凡胎，也是一眼都看得出来的。就算马王爷长了三只眼，也不会比你更会看。

不会询价不会砍价，那又有什么关系？多走两个摊位，看人家老太太是怎么买，学上三两眼，也全都会了。遇上摊主不实诚，跟着老太太走两圈，心里也全有数了。

这些菜贩子做的都是回头客。偶尔欺生，多两回，也不会太过分。大不了，不在他家买了，换一家试试。你自己，不要一个劲儿往刀口上撞就行。不然，人家不宰你宰谁？

什么意思？寒冬腊月，你不捡普通的菜买，非要整那些“新鲜时令蔬菜”——有好多还是反季节的，比如：一根丝瓜就十五六块钱，一捧豌豆苗就二三十块钱……你一口菜就抵得我们一家仨一顿饭菜！比下馆子还贵。

再有钱，也不是这么挥霍的。何况，你以为你真的是有钱的主儿？人家捧你有钱，你就真有钱啊？那是因为你一来，人家就高兴自己又可以有钱赚了——世界上最难的事情，不就是把自己的思想装进别人的脑袋里，把别人腰包里的钱掏到自己兜里。你这样的“冤大头”让这一切都变得异常简单。久而久之，人家都说，这是个大方的主，有钱的主，肯花的主——不买最好，只买最贵；不买最鲜，只买好看；不买实惠，就买另类……人家不宰你宰谁！

难选？当然难选。哪个买菜的，不天天犯难？吃什么好，买什么好？又头茄子青椒小油菜？三日一小重复，五日大重复，甚至，天天都有可能重复——西红柿、大白菜……就这些家常菜，才便宜。但凡沾了新、鲜、时蔬甚至是反季节的……哪一个不贵？就算你买了贵的，图一时新鲜，到明天也会犯难。

买菜就是这样，过日子也是这样。就是那几样菜，翻来覆去地搭配、组合，重复，重复，再重复。这就是过日子的滋味。没有惊心动魄，只有平淡无奇；没有新鲜惊喜，只有重复厌倦。

琐碎，无聊，鸡婆？你以为只有你觉得这会把最有才华的人生，全都消耗进平凡平常甚至是平庸的人间烟火里？短短几年里，我们就从最风华正茂的青春少女，变成了鸡毛蒜皮、鸡零狗碎的平庸少妇，甚至直奔烟熏火燎的黄脸婆……不就是因为，生而为人，生而为凡人，生而为小人物，你就是要过这种人生，这种生活，这种日子？

岁月是一把雕刻刀，日子就是一把杀猪刀。你不想成为钝刀子慢宰的猪，你就必须要学会把这种琐碎和平庸过成一种幸福与诗意。

就像多少年里，我一直在想，买两个西红柿斤斤计较、锱铢必较的厌恶和厌倦，全都在磊磊就喜欢吃妈妈做的西红柿炒鸡蛋，以及你淡淡的一句“嗯，手艺不错”的赞叹里消失了。

吃食物的人真心实意的喜欢与赞美，就是我们用来抵抗菜市场这个磨刀石的最好的武器。

7

好，就算这些人间烟火，你都沾不了，说这些都是女人应该做的事情。但那些男人应该做的事情呢？

厨房里那块面板坏了多久？用透明胶粘了又粘，粘了又粘，最后连厚厚的透明胶都跟着断裂了，都不见你有什么行动。

其实，多简单的一件事情啊。就是到家居市场或五金店买一块面板，自己动手分分钟就解决了。就算你啥也不会做，电话找物业来换总会吧？或者等我回来动手，也可以吧？如果你白天没有时间去，下了班去一趟也行啊——家居建材市场有开到晚上九点的。你为什么就如此犯难呢？

洗手间的灯灭了一个，又灭了一个，到最后第三个也灭了……也不见你有行动。我都把灯管从超市里买回来了，就差没塞到你手里了。难道这事情还要我说吗？女人说了，男人就不应该马上行动吗？为什么你一拖二、二拖

三、三拖四……一直拖到无限期？真不知道你有什么可畏惧的！

最后，还不是老娘搬了个梯子，摇摇晃晃，抱着那圆灯罩，使劲地旋转——这有什么“唯恐”的！它又不是瓷器，一动就碎。你那么小心翼翼的怕什么？像你那样，只使小孩子吃奶那么一点儿劲儿，当然转不动了。

而且，你为什么不多试一下？做什么事情都是，蜻蜓点水，一沾就走，旋两下，旋不动，就马上跳下来了：哎呀呀，这个弄不动，算了，算了！

算个毬。黑灯瞎火，你让娃怎么刷牙洗涮？你说弄不动，为什么老娘上去，用力一转，就把灯罩旋开了。不就换个里面的灯管吗？多简单的事儿啊。是啊，多简单的事儿。但你为什么就做不好呢？

还有洗水池、地漏，跟你说了千八百遍，不要把毛发、杂物等东西往里扔；一看到台边地下有这些东西，一定要立马收拾。你嫌用手弄脏，那就用纸巾包着裹着弄不行啊。不然，堵住了，水就下不去了。万一真的要有些许堵塞，那就找东西把它们钩出来，或者捅通，不行啊？

这个时候，为什么你就显得特别弱智、白痴和手足无措呢？没有工具！见鬼，难道生活中任何小意外小事件发生时，都需要别人把工具找好了塞到你手里，你才能解决问题吗？就算把工具塞到了你手里，你又真的知道用它解决问题吗？作为一个男人，为什么不能主动点，发现问题、思考问题、解决问题？

有条件要上，没条件创造条件也要上；有工具要做，没有工具做个工具也要做——绝不能把这一秒的问题留在下一秒。怎么做？非要老娘示范给你看吗？把曲别针弄直，往里面钩钩试试。太短，着不力？就把衣架拉直，就是那种细细的、铁丝包一层塑料皮的衣架，钩钩弄细弄小弄弯一点，伸进去不断往外钩……你看，不就钩出来一些。全都是毛发、织物以及其他那些水溶解不了的东西，全都堵塞在孔眼里，成了盘根错节的堵塞物了。

这些事情，没有多大的生活大智慧，就是需要开动一下脑筋，就地取材，多试几种方法，总有一种法子是可以解决问题的。你为什么就像一个从来不会动手动脑的呆子呢?

8

这些事情出现，难道不是男人应该冲在前面吗?怎么反要靠女人来解决呢?

就像马桶堵住了，这是女人应该去解决的事吗?男人呢?男人怎么能往后躲往旁闪呢?嫌看着恶心，谁看着不恶心啊?

黄白之物，从来就不是赏心悦目的水中花镜中月。你在有滋有味地品味你那原生态的五谷杂粮时，难道从来就没有想过，它最终还是会排泄成现在这样子?人的身体就像一个长长的隧道，上面一个入口，下面一个出口;不管什么样的好东西，从入口出，钻过这长长的隧道，从这个出口出来，都不过是一堆黄白之物。这就是生活的原理。

听起来更恶心?但话糙理不糙。真的猛士，敢于真面自己的黄白之物。何况，你是这个家里唯一的真正的男人!当马桶被堵住时，黄白泛涌时，你应该第一时间就要想办法疏通——用棍捅，用虹吸，甚至用手捞……也要把它第一时间解决。

或许，如果你那个时候，就当机立断，采取了处理措施，后果不会这么严重。哪一个真正的男人，不是在危险之火刚刚冒起的时候，就立刻勇敢地扑上去，把它掐灭在摇篮里——哪怕用身子滚两圈，也要把它给滚灭。

也可能有过犹豫，也可能有过怯懦，也可能会有比女人和孩子还要强烈的恐惧和恶心……可是，一想到自己背后就是女人和孩子，自己如果一闪躲，就会让女人和孩子去直面这些本应该自己直面的问题，所以再犹豫、再怯懦、再恐惧、再恶心，也要克服自己，超越自己，自己来解决一切问题。

真正的男人，是一定要赶在女人和孩子回家前，把一切隐患都解决消灭的。甚至，会把它们处理得干干净净，让他们看不出发生过的痕迹。无知者是最幸福的。当他们在毫不知情的状态里享受这种明亮、温馨和干净的家之温暖时，你难道不会感觉到由衷的幸福吗？

可是你呢，没在第一时间掐灭这种危险的火苗；甚至，没有想方设法——哪怕是打电话、搜索、咨询各种解决的办法。知之为知之，不知为不知，这不丢人。不耻下问，寻找解决问题的办法，最终把问题解决了，才是正道。

你不是。你甚至都没有告诉我一声。你就这样厌恶地远离它，任它就这样堵住，顶多就把马桶盖儿盖上。眼不见心不烦，但你，难道鼻子堵住了吗？那么大的臭味你都能忍得住！

而且，你不解决问题，但别添乱啊！你到底做了什么，把水管也给整出了问题。以至于，我和磊磊回到家，那黄白之水泛滥，湮灭了整个卫生间；而且，再慢那么一寸，就淹到客厅来了。从没有见过这种阵仗、有轻微洁癖的磊磊，看了，当即就吐了。你还一脸无辜的样儿！

我已经懒得说你了。事实上，我没有力气来说你，我更没有时间来说你。我的力气和时间，都要用来对付这个正在膨胀中的洪水猛兽。我能怎么做？还不是一脚就踩进去，用手掏，用棍捅，用盆舀，用拖把堵，用抹布弄……

那个时候，我一边手脚麻利，一边特悲愤地问青天：我特么还是一个女人么？我特么还是一个受过高等教育的、曾经有两本（知本、姿本）只无一本（资本）的知识女性吗？

9

我现在，说得好听点，特么像个女汉子；说得不好听点，特别像是一个乡下来的、刚进城的、专门疏通下水管道的乡下女汉子！

身上的脏多洗几遍，就能洗掉，虽然味道还在，只有时间才能慢慢淡掉——所以，磊磊只能捂着鼻子接受我。

那也是从他出生以来、我在家时唯一一次不曾陪他睡觉的夜晚。

但我已经麻木了。唯有心上沾了的污点，自己是擦不掉的。只有对方用尽百倍千倍甚至万倍的努力，才能把它擦干净。但是，你会去擦吗？我真的很怀疑。

就连磊磊从小到大，拉臭臭，你给他擦过几次屁股，倒过几次？屈着手指头都数得过来！而且，每一次都是塞鼻、皱眉、手把小马桶伸得远远的……仿佛再近一寸，那臭味就能把你自己熏晕似的。有那么夸张吗？有哪个爸爸会如此“嫌恶”自家宝贝的臭臭？你还是当爹的人吗？你还是当老公的人吗？

我真的不想做女汉子，我也想做个小娇羞。可是现在这个男人可以么？能让我做一回小娇羞么？自己修水电修马桶，绝不是我自己想自立，而是“被自立”。

“我也不希望我强，我也希望有一个男人可以娇滴滴地依靠。但是，当他看着马桶漏水，还要打电话给他妈，还要打电话去骂物业（不肯来修），说还要维权，却不肯自己把手伸到马桶里去……这种男人，让我怎么依靠？”

你也被归到这个行列中了么？

以前，孩子问爸妈，我是从哪里来的。爸妈会说：你是从垃圾桶捡来的。现在磊磊如果再问我，我会说，你是我下载下来的。因为你爸爸还会立刻跳起来回答：不，你是我上传上去的！

只有这个时候，你才会体现出一点点你男子汉的幽默么？

……

“嗨！你在干吗呢？”王大官人牵着磊磊的手碰了碰谢老大，“赶快结账走了！发什么呆呢？后面排了一大队人呢！”

谢老大如梦初醒，才看到自己拎着那盒价值小两百的五谷杂粮，看着那机打出来的账单，嘴巴瞪得像能够吞两个大鹅蛋似的。

从收银员到后面排队的顾客，都在用一种很怪异的眼神看着谢老大。

原来是个白日梦啊！

谢老大尴尬地笑笑。

真的是没有力气了啊。连吵架，都只有在做白日梦里才能出现。

一秒即一生。

那一生一世的怨气，在这黄粱一梦里，能够发泄得干干净净吗？

10

终于从超市回家了。

还没跨过家门，王大官人就直嚷嚷：“我太累了，哎呀，我不行了，我要睡了……”脱掉鞋，衣服也不换，果真就进屋躺床上了。

浑然不顾谢老大其实更累更疲惫更“快不行了”更想躺在床上一动不动，更别指望着他能替她分担一点点，照顾磊磊脱鞋、洗手、换衣……让她也睡一会儿午觉。

谢老大已经习惯了王大官人的自我，一边吩咐磊磊“你自己乖，换鞋洗手，等妈妈收拾好东西再来陪你睡”，一边紧抓快赶地收拾好购回来的一周生活必需品——像牛奶、豆腐之类的，得赶紧放回冰箱。由于太累了，谢老大也没力气收拾得太精细了，只能大致归类整理，三下五除二，马马虎虎收拾好了。

磊磊已经自己搬小板凳，到洗手间，把手洗好，用毛巾擦干了，正在专心致志地画着自己的涂鸦——孩子懂事真好啊。而且，磊磊画涂鸦时，就像完全沉浸到了一个全新的世界——线条，就像他指尖随意揉搓的泥块，可以编织成一个灵动的空间；而色彩，在他的涂抹里，完全就像有了生命，可以表达那种连父母都不知道的喜怒哀乐。

谢老大最喜欢看这个时候专注而可爱的磊磊了。欣慰，又有一丝丝的辛酸。所有的疲惫都像是在被这种纯粹的力量给净化了。

静静地凝视了好一会儿，谢老大才不忍心地打断道："磊磊，我们该睡觉了。"

磊磊太过于沉浸在自己飞翔的世界里了。以至于谢老大轻声说了三遍，他才抬起来脸来，迷茫但又坚定："我想画！"

母子俩的目光对视了片刻。谢老大的心，突然间软化。在儿子的视线里，她看见了一丝哀求，还有一丝兴奋和一丝灵动……从来都"温和而坚定地"说不的她，在那一刻犹豫了。

"妈妈，"磊磊说道，"我不吵。"

我会很乖的；我会安静地画画的；我不会吵着你们的。

谢老大瞬间就被内心深处涌动起来的一股暗泉击败了——就这一次。她对自己说，也对磊磊说，"就这一次，好吗？"

磊磊的大眼睛瞬间明亮了很多，就像烟花一样灿烂地绽放。他用劲点点头。谢老大转过身去，赶紧往屋里走，再不走，她就忍不住要掉泪了。

扶着门框，稍微平息了一下心情，她想了想，还是有些不放心，回来叮嘱道：“磊磊，就在客厅画啊。不要开门，不要到楼道里去……妈妈太累了，必须要去睡一会儿。你自己要学会照顾自己，别让妈妈担心，好吗？妈妈会开着房门，如果你有需要，你就叫妈妈，好吗？”

“好。”磊磊头也不抬，“妈妈，我安静，不吵。”

我会尽量安静地画画，不会吵你睡觉的。

11

谢老大躺在床上，眼皮已经沉重地向下沉，但耳朵还努力地向外张开——似乎只要客厅有一丝丝的动静，她就会立刻捕捉到。

这还是第一次单独把磊磊留在客厅里自己玩。谢老大总是担心他会自己开门跑出去。虽然从理论上说绝无这种可能。但是，当妈的哪个不担心呢？

耳旁听到王大官人的呼噜声，不禁有些羡慕又有些怨恨。为什么他就能睡得如此香沉？一点都不担心。似乎天塌下来，都影响不了他睡觉。他为什么就不能在客厅帮着带一下娃，让自己老婆好好睡个午觉？

别人的老公，再不济，也会轮流看顾小孩。为什么到了谢老大这儿，就是一个人的事情呢？虽然一个人带也习惯了——这叫什么，“假性单亲妈妈”？但是，偶尔，累了，也是希望能有一个肩膀可以靠，有一个人可以撑把雨伞，有一个人可以放心地把孩子交给他，然后自己安安稳稳地睡着了……

就这样，迷迷糊糊地就睡了过去。砰！忽然客厅一声轻微的响动。谢老大条件反射式地跳了起来，以百米冲刺的速度冲了出来——她睡得很浅。心底有了惦念，就会一直反复告诫自己，不能睡死，不能睡死。睡死了，天大的动静就都听不见了。总担心孩子会动一些不应该的东西，比如，刀、电插板、火具……

所以，谢老大貌似睡着了，其实还像是醒着。至少，浅表层里，做了一些奇奇怪怪的梦，就好像是在客厅里时，跟孩子一起活动；或者，至少，她和孩子都在客厅里，她虽然在做着家务的事情，孩子却是在她眼皮底下活动着的。这种“梦境的假象”承续了她的担心，却以一种安全的情境，安抚着她的焦虑。所以，谢老大才能自以为安全地“浅”睡着。

连做梦都要以一种安全的看顾方式来欺骗自己，才能放心地睡下去，这是一个女人自欺欺人的悲哀，还是一个母亲可怜但值得尊重的伟大？

谢老大冲到客厅时，其实都没有完全醒过来。就像一个失去自主意识的僵尸，完全是靠着本能冲出去的；而且，心底深处涌起的情绪，越是焦虑担心，就越是深陷在那个“安全”的假象梦境里不肯醒来——没事的，没事的；那个在客厅里游走的“妈妈”反复地说，孩子不过是磕了一下头、流了一点血……

于是，谢老大就奇怪地看见那个客厅里的“自己”朝自己摆摆手，安抚地笑笑，示意她不用焦灼不用担心，不是什么大问题，她会处理好的。

谢老大就看见那个“自己”拉开抽屉，找到第二格放药的地方，不停地翻捡，嘴里还嘟囔道：“酒精棉球呢？创可贴呢？包扎的白纱布呢？”那东西明明就在她的手指尖呀？

甚至，谢老大不止一次地看见她拿起，又放下；又拿起，又放下！似乎始终都不能确定到底什么东西才是她要找的酒精棉球、创可贴、包扎的白纱布。

谢老大不止一次地想提醒她，你手里拿的就是酒精棉球，你刚刚放下的就是创可贴啊！你手腕上缠着线头的，不就是包扎的白纱布吗？但是，想张嘴，却发现嘴怎么也张不开，似乎是两张嘴皮被缝住了，被粘住了。想说话，话在肚子里滚来滚去，像肉丸子一样，熟得不能再熟了，但就是滴溜溜地滚不出去。

谢老大急了，抬腿伸胳膊，想自己亲自过去拿，但发现自己全身就像被施了定身术一样，或者被缚了捆妖绳；又像是被冻僵的冰棍，手和脚都不听自己的指挥……只有眼睁睁地看着那个“自己妈妈”还是挑啊捡的，寻啊找的。

磊磊呢？这时，谢老大才忽然想起这个最重要的问题——难道不是磊磊受伤了，“自己”才急着要找酒精棉球、创可贴、包扎的白纱布？不是说磊磊磕着了吗？磕哪里了？是茶几上，还是额头上？

谢老大把目光稍微偏移了一个扇形的弧度，终于把“磊磊”扫到视线范围内……

天哪！谢老大惊恐地捂住了嘴——“磊磊”的额头撞出一个洞，那个洞就像生命的泉水，在外汩汩地冒着血泡；而且，这个血洞还像是宇宙的黑洞，无限地向底下延伸和扩大，像是有一股巨大的吸力，从遥远的星际穿越而来，要把整个客厅连同谢老大都吸进去……

咦，自己的手怎么能动了？

12

然后，谢老大就醒了。

然后，就看见自己就在客厅里，下半身还保持着冲刺的姿势，但是，上半身却伴随着夸张的捂嘴，往后仰了一个三十度的角度……看起来，真像是一个高难度的机械舞动作啊。

接下来，谢老大看见磊磊很奇怪地看着自己，两只手里分别拿着好几种颜色的画笔——他正在安静地涂鸦呢。

谢老大远远地扫瞄一眼，感觉真的像是黑洞，但又颜色艳红，真的像是额头上撞出的血洞。

磊磊安静："妈妈？" 妈妈，你怎么了？

谢老大："妈妈以为客厅里掉了东西？"

磊磊："噩梦？" 妈妈，你做噩梦了吗？

"可能吧！" 谢老大说，"妈妈可能太累了，出现了幻觉。你继续画，不用理我。妈妈接着睡一会儿。"

"嗯。" 磊磊点点头。

……

谢老大躺下去，闭上眼睛，才一会儿，感觉到眼前有人。睁眼一看，磊磊抱着他的海绵宝宝枕头。

"枕它。" 磊磊递了过来，"舒服。" 不做噩梦。

这个海绵宝宝有安睡音乐。磊磊小时候睡不着时，谢老大就会让他枕着它，放着海洋梦幻一样的音乐，慢慢地就睡得很香甜……

后来，就珍藏起来了。很久很久，都不用这个了。也不知道，他是从哪里找出来的。

谢老大眼睛湿润了："谢谢。"

就算有天大的烦恼，在孩子的懂事和体贴面前，又如何不烟消云散？

……

但接下来，谢老大就怎么也睡不着了，又不想起来，就睁大眼睛看着天花板。

不知道为何，忽然想起了那个把磊磊当作"最好的朋友"的双喜，以及她的"村里土著奶奶"。

身旁躺着的王大官人睡得一如既往的香甜。只有一个指尖的距离，却仿佛如天涯海角一样的遥远。

她和他，从来没有像这样的陌生，这样的遥不可及。

这已经不是所谓的“七年之痒”能够说清楚的问题。

第12章

从『蜗居梦』到『进城上学』

假性单亲妈妈的痛：

王大官人就是那“在场却缺席的中国爸爸”。家就像是旅馆一样，来了睡，睡了走。妻子像是钟点工，儿子更像是屋里的盆栽，而他，不过是来看风景的人。甚或是，他是看风景看累了，把这儿当成一个歇脚的——对眼下这种平淡至极的风景，完全无视：装瞎装聋功夫一流，好像这个家除了提供他吃饭睡觉上网看电视打电话聊天之外，都不干他屁事。于是，永远都是谢雪梅一个人在带孩子，也只有她一个人日日夜夜地承受着如何让孩子“进城上学”的痛……

1

谢老大和双喜奶奶不止一次聊过。双喜奶奶是对磊磊最友善的另一个人。

幼儿园报“延时班”时，人家通常只报一个两个，但谢老大把一周能报的都报了——周一到周四全都报了，除了周五人家不开课。为的就是能多有一个小时，可以晚接磊磊。

双喜奶奶说：“你怎么报那么多啊？这幼儿园的延时班，说的是‘兴趣班’：音乐、绘画、舞蹈、科学……其实，就是托管班。那些上课的老师都是什么呀？好多就是她们幼儿园自己的老师，就是‘村里来的’。你想她们能教什么？”

“我哪里要她们教什么啊。”谢老大道，“无非就是能多一个小时，照看磊磊而已。老是晚点接磊磊，不好意思。交点钱，也讲个心安理得。”

“那你为什么不找小区周围的托管班？”双喜奶奶道，“把磊磊送到这样的托管班，也比在幼儿园强啊？”

“幼儿园的便宜啊。”谢老大有些羞涩地说，“小区其他托管班，再便宜的，也比幼儿园要贵一倍的价啊。最主要的是，小区周围的托管班要接出来，送过去——我有时间接出来送过去，也就不用报这个班了。让他们来接吧，他们人员又经常是流动的，我不放心。”

“唉。真是苦了你们。没个老人照顾，自己又要打拼事业，真的是焦头烂额啊。”双喜奶奶叹息道，“你说又不是一天两天。若只是一天两天临时有事，托管班上其他孩子的爷爷奶奶、姥姥姥爷，或是爸爸妈妈，帮助照看一下，也不是什么难事。就我这把老骨头，帮着带一带，也没什么问题。但长期带，就吃不消了。”

谢老大只是含笑听着。双喜奶奶真的是古道热肠的人，她说的也是事实。

但就算如此，现代的年轻父母，哪个又肯把自己的孩子托付给别人呢？就算不是为了怕给别人添麻烦，也要计算由此需要付出的隐性成本——还不如花钱找托管班省事呢！

这些常规的都还好算。最怕的是半天放假的那种。别的家庭都是上午就纷纷接走了。虽然，老师说，原则上如果没有家长接的小朋友，可以下午也待在幼儿园里。但基本上这种情况，午饭一过，就人去班空，留不下两个小朋友。最极端的情况，常常，经常——就只有磊磊一人。

“那次，我接双喜时，双喜说，磊磊好可怜噢。班里就剩他一个人没人接。其他的人，要么爷爷奶奶、姥姥姥爷接走了，要么就是爸爸妈妈接走了。就只有磊磊一个人，没有爷爷奶奶、姥姥姥爷、爸爸妈妈……所以，双喜说，奶奶，我可不可以也不回家，就在教室里陪磊磊一起玩？我就说，磊磊不是没有爷爷奶奶、姥姥姥爷，是他们都在老家，没有办法过来帮忙接送。磊磊的爸爸妈妈工作也忙，这样半天半天的假，他们没有办法赶回来，所以只有把他留在幼儿园里。所以，我们要多关心磊磊，多跟磊磊一块儿玩。这样吧，你去问磊磊，愿不愿意奶奶把他接出去，你们一起在外边玩？如果他愿意，那奶奶去跟老师说，让老师跟磊磊的妈妈说，让她下了班再来奶奶家接磊磊。双喜还真就跑过去问磊磊：你愿意跟我一起出去玩吗？你猜这孩子怎么说？翻来覆去就三个字：等妈妈！我猜他的意思是说：我要在教室里等妈妈；妈妈一会儿就来接我；我走了，妈妈一会儿找不到我。唉，这孩子可懂事了。真让人喜欢又叫人心酸。结果，那天下午磊磊就一个人待在教室里，也没老师管他，一个人自己坐在小板凳上画画，画了一张又一张。双喜可惦记她的好朋友了。在外面玩着也不安心，一会儿又说，奶奶，奶奶，我们回幼儿园去看看磊磊吧。然后，每次我们就回到那幼儿园后面那边路上——磊磊双喜他们班的教室就挨在这路背，从隔离带翘起脚，就能通过窗户看到他们教室里边的情况，然后我们就能看到磊磊在里面专心致志地画着画。双喜拼命地朝他挥手，叫唤：磊磊，磊磊……他也听不见。这孩子画起画来，可真专心。就沉浸在自己的世界里，对外面的事情充耳不闻。我就对双喜说，磊磊在专心画画呢，我们不要打搅他吧。她还不愿意走，一步三回头，还说：奶奶，我们先去转一会儿路，过一会儿，再回来看磊磊吧……”

这话听起来有些心酸，又有些难堪。尽管，谢老大并不怀疑双喜奶奶的热忱和善意，但是，没有哪个妈妈愿意别人用“可怜”两个字形容自己的孩子。无数次，她也想结束这种“凄怆”的场景——不想让孩子在别人同情而异样的目光和氛围里长大。

这个时候，就特别期望王远锋能够负起一点点儿的责任，能提早一点点去接孩子，像别的父亲那样……

但是呢？在另外一些关键的时刻总是抹了蜜一样甜的王大官人，在这样关键的事情上，却总是掉链子。

2

谢老大明明有老公，却活得像单亲妈妈一样。

一个人带小孩，一个人陪他吃饭，一个人送他上幼儿园，一个人带他去游乐场，还经常一个人带着孩子睡，一个人操心家里这个家外那个……

这就是“假性单亲妈妈”——比“隐婚”还要隐蔽，却影响力更大也更容易为人忽略的“隐亲”关系和状态。

老公就像一个“隐形人”，活在你的呼吸里。一呼一吸里，都有他，却感觉不到他的存在。

只不过，比起真正的单亲妈妈，就是半夜醒来，会发现自己身边或沙发上睡了一个熟悉的陌生人；填各种表格时，这个睡了几年除了眉毛眼睛鼻子好像还能辨认得出一点点，其他的心理思想和精神等大脑里一切幽微隐秘的东西均一无所知的男人，还可以堂而皇之地占据一个标准头像的位置……

其他的，还有什么区别吗？

水电燃气费是自己支付的；

孩子托管班的费用是自己支付的；

大米和油是自己搬回家的；

……

噢，还是有区别的，就是偶尔有一个人，你还是想打电话给他说："我今天晚上要加班。你能不能去接磊磊？"

当然，注定是打不通的，或是打通了没人接，即使是有人接，也会说："哎呀呀，我今晚不回家吃饭。还是你晚点去接吧。"

其他，还能有什么差别？

噢，还有一个可以跟他吵架的人。

"你们为什么吵架呢？他做了什么？"

"他没做什么。我们吵架，就是因为他"什么都没做！"

到最后，就算是想吵架，也吵不起来了。

王大官人很早出门，很晚回家，一天跟谢老大和磊磊说不到两句话；或者半夜醉酒归来，日上午头才起——跟需要早起去幼儿园的儿子和上班的妻子根本就照不到面。

家就像是旅馆一样，来了睡，睡了走。

谢老大更像是钟点工，儿子更像是屋里的盆栽。而他，不过是来看风景的人。甚或是，他是看风景看累了，把这儿当成一个歇脚的——对眼下这种平淡至极的风景，完全无视。

即使平时早回，或周末待在家里，但所有活动的范围，就是他的电脑五米范围内，打游戏、上网聊天、美其名曰“加班”那些事儿，或者刷微信屏刷得不亦乐乎……但注意力经济一丁点都不会放到磊磊和谢老大身上。

甚至，连吃饭、喝水都端到电脑前解决。你就别指望他能陪你和孩子到小区里走走；指望他带孩子到游乐场好好玩玩，让你彻底放松、休憩一下，更是奢望。一家仨借着这难见的“蓝天工程”游山玩水……做梦吧你。

凡此种种，就像那个帖子说的：“衣服晾在外面，不叫他收他不会收；脏衣服堆积如山，不叫他洗他不会洗。满床衣服，他可以说不叠就不叠，自己拨开来一块地方可以睡觉就行。房子脏乱，不叫他整理他通通看不见；孩子哭得再大声，都远不如电话一响来得有反应。装瞎装聋功夫一流之外，好像这个家除了提供他吃饭睡觉上网看电视打电话聊天之外，都不干他屁事。”

所谓的好男人就是帮你做家务的，带孩子的……遇上了，就是幸福老婆；遇上没头没脑、没心没肺的，你再怎么想办法，也不会帮你的。

很不幸的是，谢老大遇上的，就是一个没头没脑、没心没肺的老公。

举个典型的例子，王大官人会经常说走就走，接到一个电话，说：“我出去一会儿。去去就回。”还真别把这句话当真。他这一去就了无踪迹。

你以为他就下楼抽支烟？遛个弯儿？买件东西就回来了？……还真高估了他的时间观念。王大官人这一去，不是距家500米男的活动范围，而是很可能从南边跑到北边，从东边跑到西边——跟人喝酒聊天开神仙会。也不知道他怎么有那么大的活力和精力，还能在大周末折腾出个东西南北中，还恭喜“发财”。

你问他为什么不跟老婆请个假？请示汇报，备个案出去，至少打个招呼，让人也知道你是离家应酬去了吧，这样家里也不用给你留饭吧……王大官人会很惊讶地问：这也需要说啊？我不就出去一趟吗？他们不见我回去，不就知道我不会回去了呀！

敢情这哥们脑子里从来就没有这个概念——他从小就是这样，出门寻亲访友，也不跟父母说的；以至于他妈做的饭热了一遍又一遍，结果他早就吃得肚滚腰圆去找夜活动消食去了……结了婚，有了娃，还像是一个人一样，走了就走了，没有一个留言条什么的。

谢老大也习惯了。至少不再像刚开始那样，打 110 报警，说我老公是不是在小区走失了啊?

3

呃，王大官人还是“没长大的男孩”习性。

似乎还没有身为一个老公和老爸的觉悟，一个人独来独往惯了。跟陌生人相处、聊天的时间，都远远超过自己的妻子和孩子。

更为奇葩的是，王大官人还要求完美，所以，要求谢老大也要完美——这样才能匹配他完美的要求和属性：

“这个男人，要求我开朗恬淡，所以我有情绪的时候，不能打电话给他，那会被嫌弃；

“这个男人，要求我要有深度和城府，所以我有小收获小进步的时候，不能分享给他，那是显摆；

“这个男人很久才谈一次我和儿子，说得最多的，就是挑我带孩子的毛病；

“这个男人的账务不向我公开，每个月不够花的，还要求我或者他爸妈给固定转账，最后还埋怨我没攒下钱……

“说到这儿，我真不知道我为什么还和他在一起……孩子只是个借口，还是自己没勇气吧？”

但是，说到孩子，才是那个男人现在真正的问题。

无论是在小区，还是公园，别人一家仨其乐融融，妈妈牵着孩子，老公提包扇风；只有她们母子俩形单影只——那个只手撑伞，为母子俩遮风挡雨、蔽日荫凉，同时另外一只手，又为他们扇风送凉，或者接水递食的男人，哪里去了呢？在玩键盘！

无论是在超市，还是菜市场，别人一家仨推车提袋，老公大包大揽，妈妈牵着孩子闲庭信步，幸福惬意；只有她们母子俩相依为命——那个为她扛包提袋，紧紧牵着她的手，她的手又紧紧牵着孩子的手，就怕他们一转眼就走丢了，再也找不见的男人，哪去了呢？在打游戏。

无论是孩子生病，还是例行体检，别人一家仨都是排队的排队，抱孩子的抱孩子，爸爸和妈妈一同焦虑，一同承担，一同安慰和照顾孩子，让孩子从心理到生理都减轻不舒服的感觉，只有她们母子俩形影相吊——那个为他们焦急奔走，为孩子喂水，甚至也为她擦去额头的汗水，安抚孩子的同时也以此宽慰她焦虑的心的男人，哪里去了呢？在喝咖啡。

无论是夜幕降临，还是晨曦升起，别人永远都是一家人总动员，做饭的做饭，洗衣的洗衣，监督孩子吃饭的监督，给孩子准备上园的准备；而她呢，永远只有自己一个人面对煮饭、洗衣、给孩子穿衣脱衣、洗脸洗澡等做不完的事情——那个给孩子洗澡时搭把手，我给孩子做早饭时你给孩子穿衣，我给孩子刷牙时你为他准备出行的东西……时一路唱着快乐的小调，以此缓解她和孩子的焦虑、烦躁和莫名的情绪的男人，哪里去了呢？夜不归宿。

无论是上男女厕所艰难的选择，还是做游戏时要有父亲的角色，所有这样的场合爸爸都勇于上场，跟儿子一起做着勇敢者的游戏，共同分享一些男人的秘密，甚至给儿子科普一场男人成长的知识时，只有她和他面对着这种无言的尴尬——那个可以理直气壮地带着儿子上男厕所而不是偷偷摸摸上女厕所、可以很自豪地说“儿子，男人都是站着撒尿的”，甚至可以一起比谁撒的尿高……的男人，哪里去了呢？醉了。

无论是什么场合，只要是最需要爸爸的时候，别人的爸爸都在场，只有那个男人永远“缺席”：你看不到他去幼儿园开家长会；看不到他像别的爸爸那样去给小朋友们讲绘本；看不到亲子活动时，他自告奋勇地说，我来当××——让孩子可以很自豪地给小朋友讲，那是我爸爸耶；甚至做不到最正常的接送孩子，在广场的座椅上安静地坐着，就是看着孩子快乐开心地玩；做不到当孩子看到别人手上的玩具羡慕嫉妒恨时，可以拿自己的爸爸说事儿：我爸爸会给我买十个二十个……

尤其是，在幼儿园“爸爸宝贝亲子蒙面集体舞”中，看着儿子拉着其他爸爸的手贪婪地叫爸爸，大家摘下头套他茫然地问：“怎么没有我的爸爸？”心里真的如插上一把刀一样难受啊！

4

于是，孩子对叔叔永远比对爸爸熟；爸爸对孩子，永远比陌生人还陌生。

当谢老大忍无可忍、不能再忍时，给王大官人提出抗议：“结婚几年来，‘你叠过几次衣服？铺过几次床？洗过几次碗？擦过几次地？煮过几餐饭？刷过几次马桶？收过几次玩具？洗过几次小孩衣服？如果你的答案都是‘个位数字’，那么，你老婆所做的，就是‘几千次’！——这些我都不说的。抄这句话过来，不过是给你提个醒。你可以不用管我，但你总得看顾一下孩子吧？不能只要孩子是你的种，其他的什么你都不在乎吧？扪心问问：儿子活在这世上已经一千多天，累计和爸爸相处有没有几十天？哪怕你每天陪孩子十分钟都好啊。”

王大官人振振有词：“你以为我喜欢这样吗？我还不是为了你、为了孩子，为了这个家——抓住分分秒秒奋力拼搏，为你们搏出一个光明灿烂的未来！”

“这话你都说多少年了？是谁结婚前说要给我买个大房子？是谁要给孩子一个大玩具室？是谁一次又一次地满嘴跑火车，说我有一个前所未有的机遇，会让你和孩子过上幸福美好的生活……结果呢？哪一次不是画了个好大的饼。不，你比‘画大饼’还不如。别人‘画’大饼，吃不着，好歹看得见。你的呢？就听见满嘴火车跑，连个影儿都见不着……你还要跑多少趟空火车啊？王远锋，脸面不是别人给的，是自己挣的。你什么时候做一件靠谱的事情，让我尊重尊重你?!”

王大官人立马就熄火了。哑了半天，才嘀咕道：“不是不兑现，是时机未到——天将降大任于斯人也，必先苦其心志……”

王大官人又背起了自己的“座右铭”，自觉得很彪悍很霸气很男人味，却不知道正是这句话泄露掉了他所有底气——你哪里是在外面打拼啊？你现在其实就是在混日子，把日子混成了段子，每一个段子都成了一种日子。

久而久之，谢老大也懒得戳穿他，只有心里自我安慰自我麻痹：“好吧！我就再忍忍，等孩子大一点了，他也成熟一点了，就有当爹的觉悟了。”只能相信：咬着牙做好自己的事儿，总有一天幸福会来敲门。

很不幸的是，这两个人说的想的，都成不了事实。

这句说辞就像酒精，说得久了，王大官人就自我陶醉了。仿佛他真的是在成就自己，成就家庭，成就人生——但事实上，他连自己都成就不了，又能成就什么呢？但问题在于，他的自我麻醉，让他并不能直视自己的问题，从而去做出改变。

除非，有人能一脚把他踹出这个梦境。

谢老大自动放弃了把他踹出虚幻的责任，于是，她的隐忍，非但等不回一个永远不回家的男人，也等不来一个永远不肯长大的男人的长大和成熟。

于是，只能等待另一个是真正的小男孩的长大和成熟：小子，你要让你未来的媳妇幸福。我也就是陪你这一大段路而已。你的媳妇，才能陪你走完完整的人生。媳妇幸福，儿子也就幸福吧，家庭就幸福……这是谢老大现在骨子里唯一的执念。

至于王大官人？你想指望着他能像骑着白马的王子，将陷入困境的公主和他的儿子，拯救出人生的泥潭，那就是等到花儿都谢了，也只有三个字可以形容：做梦吧！而且是：白日梦！

或者，你要想像看到其他“在场上”的爸爸一样，比如，像罗光濯一样，看到王大官人进场、上场、在场，几乎是一件不可能完成的任务：

骑着单车，带着孩子骑遍小区任何一个角落，甚至走遍国内外许多山山水水，一路留下许多欢声笑语且为世界摆出各种POSE的阳光娘爸；

带着孩子穿越小路，走过园林，在博物馆外，在大自然之内，利用任何一个机会，认识每一种动物和植物，让孩子长见识也让自己涨姿势的博物娘爸；

利用各种绘本馆，寻亲访友，寻找外援，自助、互助、共助，利用一切机会构建起教育网络，用经典陪伴孩子，与孩子一起亲子阅读中共同成长的知识娘爸；

没有什么想法，但是顺应孩子的天性，可以在每周都带着孩子去游乐场，哪怕只是单纯地看着他玩他跳他叫他笑、他快乐自己就快乐的娱乐娘爸；

又或者，只是在家相伴，在小区里玩，甚至只是带着孩子去超市购物，去菜市场买菜，只是在人间烟火味中厮守相伴的日常娘爸……

所有这些在场的爸爸角色，王远锋都不是。他就是那“在场却缺席的爸爸”。

假若说，“中国的爸爸是全世界最不负责的爸爸！中国爸爸把孩子的养育责任都推到了妈妈身上！”那么，王大官人就是一个典型：他可能是中国最不负责的爸爸；他把孩子的成长教育，全都推到了谢老大身上。

5

不由得想起了自己的一生。

想得最多的，就是上学以来的事情……

难道，真的是老了么？只有年老的人才会怀旧的啊！

谢老大是全家举债读书、山沟里飞出来的第一个凤凰女。她有两个弟弟妹妹，还有一个双胞胎只比她早出生几秒但却像晚生几年的小哥哥，负担很重。长姐如母，很重视家庭观念，很有责任感；并且，她是宿舍里唯一一个工作了几年、阅读了社会这本大书，才来读研究生的；而不像其他几个姑娘，从学校到学校，内心世界再复杂，也不过是张单纯的白纸。

或许，正因为如此，从年龄上谢老大比其他四个姑娘大不了多少，却把这些女孩当妹妹——貌似她就像“上一代人”似的，对她们很宽容，真心地关心和照顾她们。这赢得了姑娘们的爱戴和尊重。没错，爱戴和尊重！

谢老大外形上是“贤妻良母”，骨子里是“女汉子”——贤妻良母和女汉子就是一个硬币的两面，决定了她一生的双重属性。所以，她是一个很传统的人，但并不意味着跟这个时代脱节，相反，还很现代很前瞻：

“什么，你让我做个‘小娇羞’？现在，有哪个男人能让我做个小娇羞？以前我跟着我爸会担水，扛大米，修电灯泡，换门锁。现在这些小男生，只会打CS，刷副本，打怪升级玩DOTA……想想他们要成为我的老公，我都绝望了。”

所以，大学四年、研究生两年——谢老大读的是两年制专硕——都没有谈恋爱。姑娘们善意地取笑她“要为未来的老公守贞”。谢老大一挥手，你们这些乳臭未干的黄毛丫头，只懂恋爱和感情，哪里懂什么婚姻和家庭？适合谈情说爱的人不一定适合婚姻和家庭。

这话，姑娘们当时是不懂的，也都是N多年后都成家有老公有娃后才慢慢体会出味道：从谈情说爱到谈婚论嫁，想要什么，需要什么，这是不一样的。我想要LV包，但我现在需要的可能就是方便面。很多姑娘在情感之路上，未必知道自己想要什么，需要什么。

谢老大早熟，清楚明白自己的优势和弱点，也简单明了地知道自己要什么。为了“婚姻”而不是“爱情”，为了“家庭和孩子”而不是“事业和前途”——在别人看来是牺牲，在她自己看来，这就是对自己最正确的选择。知道自己想要什么，但更知道自己需要什么，所以说，谢老大其实应该是“五朵金花”里“最睿智”的。

谢老大想要传统型的男生。很多小男生也渴望一个传统型的女生：她温柔贤惠，不是女权主义者，甚至以老公为天。但是，男生们不知道——女人也希望，有一个传统型的男生。这个男生有担当，有责任，重承诺，重情义；能够事事都考虑到她，能够真正撑起家里的半边天……而不是像现在好多人都还像长不大的男生，自私、算计、小气、没有责任感。

但是，谢老大需要的……却是另外一种男人。“五朵金花”里，她是第一个结婚；而且是闪电式：认识王远锋不到半年，毕业不到三个月，就闪婚了……

这个男人貌似“一无所长”，除了手里一个“单反”还行，“据”说他是一个很优秀的“艺术摄影师”，一个很有“才华”的男人。

但京城里满地走，随便砸一个馒头下去，哪个被砸中的人不是“有才华的狗”？

最要命的是，据说这个单反还是谢老大给买的！

6

以下事实，在姑娘们以及她们的男友或未来的老公里广泛流传，却始终未得到谢老大的证实。

传说谢老大认识王远锋时，他“穷困潦倒”却“依然闪烁着梦想和希望的光泽”——别人都忙着打工、赚钱、养活自己，他在东一家西一家的赞助中勉强吃了上顿没有下顿时，不去想着改变和提高自己的生存技能，而是整天做着“白日梦”……

第一个讲梦的对象，就是刚刚第一次见面、还不知道能不能见下一次面，更不知道会不会成为自己女朋友的谢雪梅谢老大！

王远锋舌如莲花，给未来梦想的女一号勾勒他的梦想：我要买一台单反，买了单反就能什么什么……不但能实现我的梦想，还能给你买一个大大的钻戒，还能让你过上好日子——只要给我一个镜头（当时流行红镜头、黑镜头——“镜头热”是世纪初最为流行的语汇，不知王远锋是不是受了这种毒害），我就能给你一个美好的世界。

王远锋在第一次相亲时居然要谢老大赞助他买单反！秦晓珺和她的小伙伴们都惊呆了。但更让人震惊的是，一向被姑娘们视为太理智、太踏实、太现实，甚至可以被誉为“脚踏实地”楷模的谢老大，这一次太不理智了、太不踏实、太不现实了……居然，当场就答应了。

连王远锋自己都愣住了！

事实证明，理智的人不理智起来比谁都可怕。谢老大这样认为“人生就是生活”的人，“头脑一热，噢，是脑壳烧坏了”（何竹筠语），把自己补课、做家教、卖东西、走秀，甚至是代考等辛辛苦苦赚的钱全都拿了出来，还不够，就跟宿舍姑娘们借——她以前再困难也从没开口借过钱的啊："再困顿的人，也有一颗骄傲而高贵的灵魂！"

结果……谢老大自己整整一个学期都吃糠咽菜，甚至一度只吃一顿饭（还减肥？那身材板，不说她是从非洲出来的营养不良的儿童，就已经是客气的了），还四处打工赚钱还债——即使姑娘们说不用还，这些钱不算什么，但自尊和骄傲如她，还是咬着牙一分一分地还完了钱。

王远锋呢？却优哉游哉地玩着镜头，甚至把这个当成了"泡MM"的工具："别动，就这个姿势……对，对，就是这样！你知道你为什么不'美'吗？就是因为你的'美'需要一双发现美的眼睛。难道没有人告诉过你，你要这样，才真的彰显自己的美吗？……"

"真的，那个时候，他有一种强大的自信和气场，让你不由自主地自卑起来——我怎么就这么没有眼力呢！不过，实话说，他确实能把每一个女孩不同于他人的美精微地拍出来——没看他的摄影之前，我确实看不出你们各人细微到极致的美……尤其是大姐。"对王远锋最尖酸刻薄的"宿舍小妹"邹晓琳最后都如是说。

是的，谢老大是一个普通而平凡的女孩，甚至是有些卑微而敏感的女孩，但是，在王远锋的镜头中，那种非同寻常的美细微而极致地表现了出来——圣洁的母性光辉，柔韧而坚毅的气质，温柔而怜爱的样子……多年以后，女孩们都感叹说，这是最美的青春，最美的时光，这是我们最美的谢老大。

这么美的人呀，怎可不婚，怎可不嫁？所以，谢老大毕业不到三个月，就嫁给了认识不到六个月的"学弟"王远锋——这是赤裸裸的"姐弟恋"啊——除了一个还没有拿到的毕业证之外，他全部的财产，就只有那个"能够发现美"的单反了。

但是，这有什么用呢？美是不能拿来当饭吃的。王远锋有一双会发现美的眼睛，却不会用来发现钱，只会烧钱，于是继续欠了一屁股的债。这些债是谢老大继续一分一分地还的。

在这个“伟大的美的梦想”里，男一号负责花钱和烧钱，女一号负责挣钱和还钱。

女孩们都替大姐不值——每一次冷嘲热讽完毕，争着去欣赏镜头中的美了。男人们没那么刻薄，尽量保持绅士的风度和优雅，但偶尔也会流露出一丝不屑——就只会给女人拍照，就只会“泡妞”，却不会养家糊口。

这样的男人，算是男人么？

七年如斯。谢老大和王大官人都习惯了。

7

谢老大也是宿舍里第一个买房的人。

不知道的人，说她是一个挺有远见、杀伐果断且勇于抉择的人；知道的人，是知道她不想自己未来的孩子一直住在租来的半地下室里，或者是下雨漏水、刮风漏风、没有暖气的屋子里……

秦晓珺第一次去看她时，就很震撼，怎么可能在这么恶劣的环境里怀孕生孩子？这直接影响她推迟到买了一个三居的大房子后，才决定要孩子。

谢老大又一次“全家举债”。但即使这样，谢老大也只买得起一个最大的睡城最偏远的角落里的“睡眠小区”小两居房——其实就是人家的大一居做成的袖珍小两居。除了房子不好、户型不好，小区不好，和生活、工作、学习有关的一切也都很麻烦。但谢老大仍然很满意。她就想在北京城有一张自己的床，她就想有一个自己的家，她就想在这个城市里扎下根来。

“你能不能在这个城市扎下根来，只有三个指标：一个是爱你的人（老公）；一个是你爱的人（儿子）；还有一个就是可以把你们流动的心和爱凝固成音乐并构筑成家的家（房子）。”

女人一定要有房。一个凤凰女更是需要在这个城市里有自己的房——即使只有“蜗居”，凤凰女也能有春天。

“如果只有爱没有房子，你的内心就会永远像浮萍一样在时间和空间的河流里漂浮，找不到能够将自己在迷茫和惶惑中确定下来的定海神针；如果只有房子没有爱，那就是一个冰冷的水泥建筑，只是用来睡觉的石板床，而不能称之为家。只有房子+爱才能成为家。只有在这样的家里，像我这样的人，才会有一种从小就梦想和寻找的安全感和确定感。”

在这个城市里有一个自己的“家”，是谢老大奋斗了十八年，噢，整整二十四年的梦想：我奋斗了十八年，不是为了和你喝一杯咖啡；我奋斗了二十四年，也不过是想有一个蜗居的家……

那个时候，谢老大挺着大肚子自己跑建材、买材料，监督装修。只有秦晓珺偶尔陪同，罗光濯都做了几次“专职司机”。

王远锋呢？“最近有一个很好的机会，他必须要抓住。”这是美饰的说法。这么多年了，年年都有机会，哪个机会他抓住了?!

“一提到装修的事儿，他就烦。”这像是真话。生活中一切日常和琐碎的事情，对王远锋来说都是不堪重负的负担。伴侣、孩子和家庭，对他来说，都是蜗牛的壳，沉重得让他无法负担。

一朝买房，十年举债。到后来，就连谢老大自己都发觉，这个蜗牛的壳，为什么越来越沉重？

不仅仅是房债，还有这个小区、这个物业，以及周边生态和环境越来越重的负债。

8

谢老大所在的小区，其实就是一个村里自筹自建的“白领楼盘”：青春，炫酷，TOWN，我的地盘我做主——年轻人是目标群体，他们的生活方式是消费亮点。

但真正买这个房子的，有几个是高素质的年轻人？在一群生意人以及一大波回迁户里，谢老大都是另类。何况，年轻人也会长大，也会当爸妈，也会有孩子的啊。于是，经过“三波流”后，孩子的教育和父母的养老就成了问题.

第一波，整个小区都是年轻人或者小生意人、土著回迁户，晚上灯火通明，白天成为睡城中的睡眠小区，黄昏和早上只见或匆忙或疲惫的步伐；

第二波，父母多了，老人多了，白头银发的人多了……人头攒动，小区周边拥挤得就像菜市场。

第三波，孩子多了，蚁族多了，外来人口多了……于是，周边又周边，一圈又一圈做孩子、老人和女人钱的小生意越来越多，人群也越来越拥挤。最关键的是，周围尚有许多未经拆除的低矮的平房，以及乱七八糟搭建的“城中村”……

结果，慢慢地，随着过度和滥开发，内外环境都在恶化。

外部大环境呢，由于京津冀一体化大发展，这个地方越来越成为交通要道：原来坐地铁，这儿就是终点站，临近三站地时，车厢就几乎没有人了。

现在，这里又成了起点站，是大批住在京外、在京内工作的人每天上班的起点。尤其是，当京津冀直达的地铁或公交以此为终点站后，这儿成为两个地带重要的交汇地带。不但成为皇城根下的新城乡接合部，现在又成为京内省外几十万京漂大军的中转地。

由于这种大环境的影响，小区外和大动脉内的中间，就像一层又一层的同心圆，不断被过度开发，中间布满了一层又一层所谓的生活圈——而这样的生活圈又形成了形形色色的城中村，里面杂糅着各种人等，以及脏、乱、差，拥、堵、塞。

不说别的，就说每天回来，在小区门口要堵半天。三分钟就能走回家，结果坐公交或开车三十分钟都到不了家。甚至，小区找半天，都可能没有空车位，只有停到路边。而且，路边停满了车，要停到非常远的地方。

甚至，连路中间都停了一溜车。稍有点事儿，就堵住；稍堵住，连错车都错不了。除非，一个人退车。如果两个人都不退，那就杠在那里，整个交通就彻底瘫痪了——罗光濯和秦晓珺开车过来看谢老大时，就曾遇到过这样的奇葩事。他是正向行驶，对方蹿到自己这条车道，逆向行驶，并不到正常车道上，又不肯退，就抱着胳膊在那里候着："我就这么的，你怎么着吧？"最后还是脾气好的罗光濯让路才结事儿。

内部环境呢，也越来越恶劣。物业只管收钱，不管停车。停车已经饱和了，还为了收钱，让外面的车辆也纷纷停了进来。外面的车辆没车位怎么办？随便停。马路牙子、楼角死角、路边、草坪边——全都停满了车。

关键是有些社会车辆在小区里不减速，开得极快。小区没有专门给老人和孩子玩的地方，人车不分流，许多老人带着孩子在停车场里玩——罗光濯一不注意，突然就从哪儿钻出两个嬉闹的小朋友来！猛的急刹车，吓出了一身的冷汗。不管是为了自家的孩子避免在私家车中遇险，还是自己开车面对别人家的孩子，这都不是一个安全的地方。

物业还重复收费；收费没交代，席卷款项的传闻一直就没有断绝——甚至雇佣社会闲杂人员上门恐吓老人小孩收费；业主维权，维出一堆的毛病……这些正在发生的事情，就像火药一样，一点一点地积累成大火药桶，就等着一根导火线，一点火星，就能大爆炸，炸得地动山摇。

9

最核心的是，周围十万八千里，都找不到一所像样的小学、一个好一点的三甲医院——无论老人看病，还是小孩上学，立刻凸显成为一个大问题。

唯一一所小学，还是要走“最后一公里”的村小——就连这个村小，也人满为患。没办法，最近几年人口膨胀得太厉害。你就算提前几年蹲坑，都不一定能排上队。

从小区居民到小学学生，都是三种成分占了大多数：一类是回迁户子女；第二类是，非京籍新奋斗青年（意思是，还处于中下层艰苦打拼、并未上升到一定社会阶层）的业主；第三类是，那些底层阶层（如做小生意）的借读人员（外来务工人员）……真正像谢老大这样“新京籍业主”的子女，还是占少数。

就连附近几个差得不能再差的幼儿园，也都人满为患——要加塞才能插进去。就连这个“中国大妈”的小板凳幼儿园，仍然是坑位有限，需要提前蹲坑排队——两岁半就要参加亲子班，进行幼儿园入学的预选和筛选。

还一副“你爱来不来”“我就是不屌你”的臭样：别说顾客是上帝！我们的社会主义国家，就没有上帝。要有，也是我们，不是你！

所以，从不放低身段的梦想家王远锋都去放低了身段，终于报上一个蹲坑班；终于磕磕碰碰地上了幼儿园，终于一路风雨地上到中班……但是，就那“中国大妈”式幼儿园老师的素质，中间磕磕碰碰的事儿还少了吗？

不说别的，就是那几个想转园的孩子所遇到的事儿，知道内情的人哪个不心寒啊。幼儿园的第一反应就是：现在，坑没填完，你又要撤——哪有这么便宜的事情。这也不是上毛厕，你想来就来，来也匆匆，去也匆匆。只要稍微流露出一点转园的口风，各种刁难的事情就出来了……

你说，这样的地方，你还待得下去吗?

你甘心让孩子一直待下去吗?

谢老大不甘心啊!

环境的种种，对一个人的成长影响，那是潜移默化的。

你想想，如果一个人从孩童时所浸染的语言环境，全是城中村的底层社会——我擦、SB、滚粗、玛勒戈壁……尽管他在家庭教育中被净化，但实际上仍然有一种阴暗面被深深掩藏。

当然，生活在底层，也有所谓市井的人性、人心、人际之“闪光点”。但是，这一点在孩子心灵的土壤到底能不能成为一颗优良的种子?

或许，能够给点阳光就灿烂的，还是父母给他的深沉的爱——让他即使经历全世界的冷漠和敌意，连骨子里也对整个世界充满敌意和冷漠时，仍然能葆有寒冬里那温暖的一丝光亮。

大概“进城上学”，是像谢老大这样的凤凰爸妈，踮起脚尖向老天借一点阳光，不得不迈的关键一步吧。

何况?磊磊真正让人担忧的问题并不在这里……

所以，谢老大一直想的，就是奋斗博取“进城上学”的学票:“我不想让我的孩子上村小!”

而像她这样的情况，想“进城上学”，如果得不到那个看起来越来越有些悬的“学票”，难道就只有又一次“全家举债”买学区房?!

第13章

裸辞即失业：职场女王的回京之旅

不是每一个人，都有勇气让自己一切归零，重新开始自己的第二人生。何竹筠就敢让自己数年的奋斗彻底归零，再一次从谷底开始。而且，不止一次。虽然，这样的代价之大，是生命中不可承受之轻。不说别的，何竹筠第二次归零所制造出来的家庭裂痕，到现在都无法缝补起来。但这一次，刚“裸辞”就又马上“失业”，她和她的整个家庭，是否还能够承受？

1

“猪头老公——”秦晓珺从洗手间里探出脑袋，“忘了给你说了，过两天何老二回北京，让你到机场去接她。可能需要先接她的行李……”

罗光濯非常奇怪：“干吗让我去接啊？她家老俞呢？她家的车比咱家的还好！何竹筠回来是人生一件大事，他不可能出差吧?!”

“废话那么多！”秦晓珺一瞪眼，“让你去就去！”

“好，好，好……”罗光濯举手投降，转过背去就嘀咕，“我是你一个人的包身工还不算，还要成为你们闺蜜帮公共使用的劳工！小心我背叛啊……”

“你说什么？”秦晓珺“耳背”没听见。

“我说坚决服从老婆大人的命令！”罗光濯陡地提高声音，“我们严格遵守两项基本原则：第一，老婆大人说了算。第二，老公有异议，还是老婆大人说了算。”

“这还差不多！”秦晓珺满意地点点头，“让你接美女你还有意见？养眼又养颜！比你那些书好看多了吧！”

“再是美女，那也是孩她妈了！”罗光濯又小声嘀咕道，“再说了，兔子还不吃窝边草呢！”

“啥？你还真有色心啊！”秦晓珺一把厕所文学扔了过去，砸得罗光濯抱头鼠窜：“你吃了熊心豹子胆是不是？”

“嗨，嗨，嗨！”母后大人敲敲卫生间的门，“注意点公众影响！别当着俩老人家打情骂俏。你一早上就霸着卫生间，还让人活不活啊？”

秦晓珺马上偃旗息鼓。

……

说实话，罗光濯对接何竹筠何老二，是有那么一丁点儿抵触的心理情绪。

不像对谢雪梅谢老大，那是发自肺腑地想帮忙。

对何竹筠，他一直有些疏离。或许是因为某些微不足道的、谈不上愉快不愉快的小事儿。

但是，何竹筠就是喜欢抓他的差，宁可找罗光濯去机场接他，也不愿意打电话给自己的老公俞雷。中间可能有些说不清道不明的缘由。罗光濯觉得秦晓珺肯定知道，但她就是不告诉他。这是两个闺蜜的私房话。

这次也是。何竹筠去欧洲出长差，人未回，行李先到。打电话给秦晓珺说，亲爱的，我为你买了一大堆东西，托提前回国的同事带给你。但那同事只能在机场交接，能不能让你家猪头老公去机场取一下啊？

两个人嘀嘀咕咕了半天。秦晓珺容光焕发，好似何竹筠送回来的美容面膜具有让时光倒流的神奇功效，立马就能让她从三十变十三。

罗光濯也很高兴。以老婆大人之忧为忧，以老婆大人之喜为喜。何竹筠走南闯北，漂洋过海，仍然千里情牵，万里挂念……毕业那么多年，两个人闺蜜情深，仍不见一丝一毫消减，是不是很值得高兴？人生这一辈子，就是要有那么一两个朋友相知相惜，才不会觉得孤单，对不对？

所以，罗光濯欣欣然去了机场。午夜十二点，飞机还晚点，等到大半夜，机场的人都睡了一大半，终于见到了“那传说中的礼物”。

当时，罗光濯就傻眼了。

这哪里是一份礼物，简直是“一座大山”啊！

2

那个捎带礼物的年轻男子已经够高大的了，至少比罗光濯高大一两倍吧。

但是，那箱子，比他还要高大一倍！所以，他把行李车往罗光濯眼前一竖，罗光濯立刻就被阴影覆盖了。

这忒伤人自尊了。这个时候，才能深刻地明白那句话的真谛：浓缩的就是精品啊。他本来还一向很自傲自己比上不足，比下有余——中人之姿，尚可！这下彻底摧毁了他的自信心。男人不怕打脸，就怕没了信心。何竹筠的这个大箱子给罗光濯留下了多少年都挥之不去的阴影啊！

年轻同事姓陆。陆同事说这个大箱子是特制的——因为何竹筠买的东西太多了，现成的箱子根本没法装。当然，这又多花了多少银子；在机场是多么的不合规定，是如何折腾折腾又折腾……BLABLABLA。总之是陆同事为这没少受活罪，还没上飞机就已经疲惫不堪。

罗光濯深深钦佩这种受人之托、忠人之事、千里送箱子的男子。就像生活中我们做不到那些只有英雄才能做到的事情，但不排除我们很崇拜能够做到这些事情的英雄。

陆同事没有一句怨言。只是很抱歉箱子上撞了一个大洞，就像谁一锤子砸了个大洞出来，好在里面的礼物没坏也没丢。可惜了，这么好的箱子！他猜竹筠肯定是有大用的。罗光濯注意到他说“竹筠”两个字时，语气里有些尊敬，有些亲热，有些暧昧，有些说不清道不明的味道。

然后，陆同事就问罗光濯，可不可以送一送他。他在燕郊哪儿哪儿。且不说现在机场大巴、地铁停运，就算可以出机场到市区，还有到燕郊的车吗？他又不想在宾馆里住一晚，急着回家看父母。

当时，罗光濯正琢磨着这个大箱子，如何才能搬运到停车场，车子上能不能放得下，没有及时回复。陆同事等了一会儿，又问：那你可不可以借我五百块钱？我净是外币。现在也没地换回人民币。出门两步路都走不了。

罗光濯这才回过神来，想都没想：不用吧？我送你！一半是因为他急着回家看父母——他说他在那儿给父母买了房子养老；一小半是很钦佩他千里送百宝箱的义举。另一小半呢，是因为罗光濯面皮子薄，很难直接拒绝别人……

然后，两个人一起合力，折腾了好大的劲儿才把如小山一样的箱子折腾到停车场。幸好罗光濯开的是那种内部空间很大的越野，把后面的座椅拆了，把茑萝格格的安全座椅拆了……终于把这个破了一个大洞的百宝箱给塞进了车厢。

这很短暂又很漫长的搬运之路，让罗光濯累得真的像猪头一样。但很奇怪的是，陆同事活力无限，不忘搭把手推拉拽百宝箱的同时，还喋喋不休地讲自己光鲜的历程——里面不乏溢美之词。这让罗光濯就像回到做面试官的现场，看着一份份“优秀”得吓人的简历，对着一个个滔滔不绝的应聘者……挤掉所有的泡沫，剩下的干货没有多少。

罗光濯很奇怪。陆同事跟自己说这个干吗？好像是在参加面试，要竭力推销自己，要争取复试的机会。

然后，陆同事若有意若无意地打探罗光濯跟何竹筠的关系：“她说你是这个城市里跟她最好的人……”

罗光濯正因为脚底被百宝箱磕了一下有些烦何竹筠，所以在心底立马嗤了一声；但那话又让他眼前立马浮现出秦晓珺“巧笑倩兮美目盼兮”的千娇百媚，嘴角不自觉地噙着一丝微笑；又在脑海里很冷静很理性地想起秦晓珺和何竹筠从小到大的“发小”关系，不由自主地点点头……这三种情绪复合冲撞，结果让罗光濯很严肃很郑重地说：“是啊，好得穿一条裤子。”

可不是吗？秦晓珺和何竹筠好得可以穿同一条丝袜。罗光濯可不是“这个城市里跟她最好的人结婚的男人”？

真是个冷笑话。

也是一个冷幽默。

如果说罗光濯和何竹筠还有那么一丁点儿脾性相投的话，就是两个人有时候说话都很高冷，经常话只说半截……别人还听得莫名其妙，但两个人就是都懂了。

因为残缺，所以完美。我不是个完美的男人，但正因为你，另一半才可以完美。

难怪，秦晓珺偶尔会酸溜溜地说："你们俩才真正是'身无彩凤双飞翼，心有灵犀一点通'啊。"

310 宿舍的"五朵金花"和他们的老公/伴侣们，都深以为然。

所以，罗光濯习惯性地以为何竹筠又说了一句不完整的话，需要他"高冷"的残缺。没想到这句话还有把水龙头给拧上的奇效，喋喋不休的陆同事一下子就沉默了。

然后，就没有然后了……

陆同事找了个托词，说自己找车回去得了。临走时，还是问罗光濯要了五百块钱，没提还钱的事儿。罗光濯也不以为然。这账自然算到何竹筠的头上。当替她请人家吃顿饭了。

他诧异的是，说好的我送你回燕郊的啊？怎么说不送就不送呢？

3

罗光濯并不是一个咸吃萝卜淡操心的人。

这个问题浮上脑海，只是一刹那，就被他抛诸脑后。剩下的事情，就是专心致志地开车，把百宝箱拉回到小区，往那儿一扔，先回去睡觉了。

第二天，秦晓珺把他摇醒，像小狗一样趴在他身上，就差伸出舌头舔舔脸了："礼物呢？"

罗光濯一言不发，穿好衣服，就拉着她去停车场。车门一打开，秦晓珺和她的小伙伴们都惊呆了："天哪，何竹筠是想把整个欧洲搬回家吗？"

罗光濯一竖大拇指。还是俺老婆有才，"把整个欧洲搬回家！"这句话形容得多贴切，多妙！

两个人费了九牛二虎之力把箱子搬到楼底下——噢，不对，是罗光濯费了九牛二虎之力！瞧秦晓珺那细胳膊细腿儿，哪儿经得起重压啊？搭把手什么的，也是吆喝声大于实质行动。

但就算是这样，也很是让人怜香惜玉。而且，还轮不到罗光濯来怜香惜玉。她的手还没有触碰箱子，人家守车库的大爷就一溜儿小跑过来了："哎呀，闺女，你怎么能干体力活呢？给大爷吱一声，帮你扛下来就是了。"

一边搭手还一边教训罗光濯："小伙子，不是我说你，老婆是拿来疼的，不是用来干活的。怎么让姑娘家家的搬箱子干粗活呢？这都是我们大小爷们才干的事。爷们就是天，爷们就是地，爷们就是顶天立地的脊梁柱……你还得学着点，做一个疼自家婆娘的爷们！"

秦晓珺在一旁挤眉弄眼。让你不疼老婆，自有人收拾你。群众的眼睛是雪亮的，当你陷入人民战争的海洋，光这个唠叨的唾沫就能把你淹了……

罗光濯翻翻白眼。他真是比窦娥还冤！若说疼老婆排行榜，他自认第二，没人敢称第一。当然，是在有限的范围内——比如，310 宿舍"五朵金花"的男人们。但问题是，没人信。至少从这个家到这个小区没人信，都觉得像是他亏欠了秦晓珺八百年的债似的，用一辈子去还都还不清。所以，一回两回地疼老婆，哪里够！就恨不得他做牛做马，让秦晓珺骑一辈子，犹自嫌不够，得三生三世！

这从侧面也证明秦晓珺人品好，小区的人混得溜熟。一路上，搭手的人还真多。七大姑、八大姨，二大爷、五大叔……就连匆匆而过的快递小哥在莫名的情况下，似乎不搭把手都说不过去。

秦晓珺一律“嘴巴蜂蜜甜”，就是“心头锁了一把钥匙链”，姑、姨、叔、爷……所有的称呼都轮了一遍，但都是口惠而实不至——虽然谈不上是个“小貔貅”，只进不吐，但其实也是个“小抠门”。

罗光濯在感慨她记得住这么多熟悉而陌生的面孔的同时，也油然而生中国的关系和称呼真是丰富啊——不知道将来茑萝们人孤亲单后，还有多少亲朋好友、熟人社会的亲切称谓会消失啊？

他还没有杞人忧天完、悲天悯人完呢，就发现，最应该悲悯的是自己。因为，几乎每个人都会教训他一番：“你找了一个好老婆啊！疼惜还来不及呢，怎么能让她做这么重的活呢？”就差没有斥问：“你还是不是个男人啊？”仿佛他犯了多么罪大恶极的罪行。

不就是搬个箱子吗？罪魁祸首又不是我！这才是秀才遇到兵，叫天天不应，说理说不清。

罗光濯“悲愤”莫极之余，就深深“恼恨”上了让他背了个大黑锅的何竹筠。

4

但，这还只是小碟子、开胃菜，真正恼火的是在后面。

回家把大箱子一拆，的确是“百宝箱”，的确琳琅满目。但是一看何竹筠的礼物清单：

给多多 50%；

给公公婆婆俞爸俞妈 30%；

给俞雷 10%；

居然还给小姑子即俞雷的妹妹俞蕾 9%……

敢情 99% 的都是给俞雷一家人的，而只有 1% 才是送给秦晓珺！

这让罗光濯深深怀疑何竹筠有“皇帝就差饿兵”之嫌——这不是拿一丁点礼物做诱饵，实际上就是要我帮你接这些东西嘛！

“中国好男人”罗光濯这次是真正的恼了。

“何竹筠这是什么意思？打发乞丐吗？我稀罕你这些东西！每年出国的朋友那么多，别说有多少人送我，让人带点东西多容易的事儿！”

“不送东西，怕我不到机场接箱子？且不说你们是什么关系，单说我这个人，这么多年还不了解，是那种眼小皮子浅的人吗？你就把话撂开了明说——我就是要你去机场，帮我接带给家人的东西——我会拒绝你吗？我可能拒绝你吗？干吗非得要说，亲爱的，我送了一件礼物给你，要你到机场去拿！似乎她送了多重的礼似的。就这么怕我不去机场，要这样‘骗’我？我就见不得她这种精于算计的小心思小手段。”

“给老俞一家也就罢了，都在同城，我哪天开车过去。给她小姑子的，怎么着，还要快递到深圳？运费还得我们自己出。虽然钱是小钱，平时我也就不在乎了，但她这是怎么回事？”

……

巴拉巴拉小魔仙——蔫人也出豹子。暴走状态的罗光濯，就像完全变了个人似的。

以至于秦晓珺都听傻了，最后一声暴吼：“罗光濯，你还有完没完！不就是送的礼不多嘛，至于像一个娘们一样嘛！”

罗光濯戛然而止。

想想也是，不就是送的礼少了点嘛。他至于这么大光其火吗？又不是眼小皮子浅没见过世面的人，开会讲课逢年过节，他推掉的礼还少吗？怎么就给这一叶障目了呢？这股邪火到底冲什么而发？肯定不是因为礼物的事。礼物只是一个导火线。他真正不满的到底是什么？

想不明白！

秦晓珺自己闷坐了一会儿："你想我怎么样？这是我最好的闺蜜啊！她这样'算计'我也不舒服啊！但你让我怎么做？难道，要拿一个显微镜，把它放大，再放大？那我还想不想要这个朋友了？"

不知道是邪火发完了心头舒畅的原因，还是罗光濯意识到自己肯定是因为别的什么而不舒服——哪怕自己还没有意识到——而绝对不是因为何竹筠的礼送少了，转过来反而安慰起秦晓珺来："你也别多想，何竹筠这么做可能也有她的苦衷。我只是觉得，她这么多年折腾来折腾去，其实挺让人心酸的：事业、家庭、孩子……"

秦晓珺和罗光濯对望了一眼。这句无心之语，就像一道闪电，啪的一声，照亮他们俩看清楚一些幽微不明的东西。他们终于知道问题在哪里了。

秦晓珺："她都没给她爸妈买东西。或许，是另外买的，我们不知道，但是……"

罗光濯："但不管怎么样，已经看得出她和老俞家关系很紧张了。以致一挥千金，想用这种方式来改善婆媳、姑嫂关系。这种心态我很懂的……"

秦晓珺："有没有效果，存疑。多多生下来之后，不到九十天，她就加班、出差，甚至长期驻外……这种缺席，你用什么样的东西都无法补偿。何况，因为孩子，这两三年，他们的家庭战争还爆发得少吗？听说，就因为她这种状态，俞爸俞妈始终没法到深圳去帮俞蕾带孩子，所以，俞蕾对何竹筠那不是一般的怨恨……"

罗光濯轻声问："俞雷和何竹筠，是不是都快过不下去了？"

秦晓珺默然，良久，才轻声道："她这样，谁受得了呢？"

5

当罗光濯接到何竹筠时，以为是要把她送回家，没想到她说要把她送到酒店，说她要先见一个人。

还说，她这次突然“改机”，由南下突然折返北上，就是为了见他。可能时间会久一点，今天，罗光濯就做好准备，做她的专职司机好了。

与罗光濯想象的“风尘仆仆、疲惫不堪、面容憔悴”不一样的是，何竹筠出奇的有精神。怎么说呢？就像一枝一直在狂风中挣扎的枯枝，忽然浇了一滴观世音菩萨净瓶里的水，一下子就恢复了所有的生气、元气和灵气。那一双眼眸格外地熠熠发光。

罗光濯笑道：“遇到了什么样的天大的好事？说出来一起乐呵乐呵。”

何竹筠笑而不语。过了一会儿，在罗光濯都以为这个话题就此轻轻揭过时，何竹筠说道：“我就要回北京工作了。一会儿去见老板。”

“这是好事啊！”罗光濯真心替她高兴，“我和秦晓珺还以为你会到年底才真正回来呢。”

“原来确实是这么打算的。跟那边都说好了的，干到年底，调回到北京分部来工作。哪怕降一两级也没有关系。”何竹筠撩起被风吹起贴到眉眼间的鬓发，把它仔细地贴回耳根，方道：“这次从欧洲回来，原本也是回到南方总部去述职；结果在中途收到这边老板的短信，要我再回来。我就当机立断，改签机票，转机北京了。”

罗光濯没注意她用的关键词是“再回来”，既感慨她换工作就像换双碗筷一样有魄力和爽脆，更感慨两边的用人单位也都不拖泥带水——罗光濯是知道的，这些年，不管何竹筠是如何像跳蚤一样跳来跃去，那些单位可没一个是孬的：“这个南方总部也真敢剜心头肉啊！当初费了九牛二虎之力把你挖过去，现在，说放手就放手，魄力真不是一般的大啊！”

“哪有你说得这么轻巧！”何竹筠苦笑道，“他们都不肯把我放去分部，怎么可能轻易就放我走？当初说好的我在总部干一年，就回北京分部任负责人。结果斗争了两年，直到今年我威胁说，再不放人我就辞职，才勉强同意我到年底调到北京分部。”

“那他们又怎么会同意你跳槽？”

“那是因为——”何竹筠深吸了一口气，“我放弃了一切！”

“放弃了一切？”罗光濯没听明白，“什么意思？”

“意思是，我放弃了提成、分红、期权……一切当初去他们公司就职所议定的所有利益。这就叫‘裸辞’！”

罗光濯好久都没有说话。绞尽脑汁，才刻意轻描淡写地说道：“放弃了就放弃了呗，还整出这么一个新鲜的词。反正你大头都拿了，那些虚无缥缈的东西拿得到拿不到都还说不定。不对！”

罗光濯忽然想到一种可能，瞪大了眼睛：“难道是——不会吧？何竹筠！你可别告诉我你签的是‘最糟糕’的一种就职协议。”

“没错！就是你想的那种情况。”何竹筠满脸的苦涩，“我签的是三年对赌协议。三年里，我只拿薪酬的最基本部分——就是刚好能够满足生存和生活的底限。如果三年你绩效超过预期，你就能获得协议中一切丰厚的报酬；如果三年的业绩达不到预期，那么你的报酬就只有这么多……”

“这意味着……”罗光濯试探着看了何竹筠一眼——她一脸的平静，“这三年都是俞雷一个人养家？”

6

“是的。他一个人养家。我这三年对家里没有一点贡献。”

何竹筠把脸转过去，望着窗外，整个语气语调波澜不惊。但这就像海水，水面越是平静，海底就越是动荡得激烈。

“我想赌一把的。我以为我能够赌成功。我确实也离成功一步之遥。”

罗光濯沉默，专心开自己的车。过了好一会儿，不耐车里的沉闷，他才轻声问：“那你为什么不等到年底呢？至少三年期满，拿了钱再走人啊。这样才好交代啊。虽然说钱不是万能的，但是，至少能给大家一个说法啊，给双方一个台阶下。”

他这话里饱含深意。不懂这三年俞雷和何竹筠家的反复曲折，是不懂罗光濯为什么这么说的。

何竹筠知道他的意思。说真心话，她也觉得罗光濯说的是对的。但是，女人做事情，哪里是事事都按照对和错来选择？

“其实，南方总部也是这个意思。”何竹筠一脸惆怅，“他们对我确实不错。老总亲自给我打电话挽留，实在挽留不住了，就说：你还是把年底做满吧。按照你这三年的绩效和当下的趋势，你成功赢得协议是没有一点悬念的。所以，留到年底，拿走你应该拿走的东西，就当是有缘无分、大家好说好散的一点念想吧。”

“说真心话，这个年头，像这么有人情味的资本家，真的是不多见。”罗光濯苦笑道。

“是啊。我也知道。”何竹筠淡淡地说道，“可是我拒绝了！所以，他们也没有办法，只有让人力资源总监和法律顾问跟我通电话，我在机场手签了一份放弃一切的辞职声明，传真给他们。”

“为什么？”

“因为我想马上回来。”

“为什么！”

“因为他需要我！”何竹筠毫不犹豫地说道，“就这么简单！”

“他?!”罗光濯瞪大了眼睛——这一次，确确实实是瞪大了眼睛，“冯超？你说的是冯超！”

是的，就是冯超！

那个传说中的“不败王者”——但在三年前确确实实地败了。

“他要重新出山了！”

罗光濯已经不知道如何表达自己的震惊。“冯超要复出”这个消息所带来的震撼，远远比何竹筠放弃一切的“裸辞”所带来的震撼，效应要大得多。

这么多年，虽然罗光濯自己已经是大大小小的“圈子中的牛人”，但是，比起冯超这样传说中的“牛人的牛人”，那还是差得不是一星半点。何况，这样的牛人，居然离我们如此之近——罗光濯第一次从秦晓珺嘴里听到何竹筠和冯超那些不得不说的故事时，第一反应就是这样的。不追大神的人不懂这种粉丝心理。

但转瞬之间，罗光濯就恢复了理智。他苦笑着问：“三年前，你因为他离开北京，一无所有；三年后，你又因为他回到北京，一无所有……值得吗？”

“是啊，值不值得？”何竹筠喃喃自语——这个一向自强自尊很有范儿的职场女王第一次流露出丝丝的脆弱与迷茫，“谁知道呢！”

只是——很不甘心的啊！

不经历过那种马上就要攀顶，却一下子被摔到谷底的人，是永远也不懂这种“不甘心”的。

7

罗光濯沉默了良久，又问："俞雷知道了吗？"

"没。"何竹筠摇摇头，"我只是说有可能近期就回北京。"

像是自言自语，又像是提醒何竹筠注意些什么，罗光濯喃喃道："为什么男人总是最后一个知道那些最重要的事儿?!"

何竹筠没有言语。她侧过脸庞，看着外面一闪而过的风景，是如此的熟悉又是如此的陌生。没有哪一次，像今天这样，越是靠近，就越是畏怯。这就像水洗一样，起先的光彩，经过一遍又一遍的冲洗，现在不复刚下飞机时的亢奋和闪亮。

已知的路程越多，未知的前途就越长。越是靠近城区、靠近内环、靠近酒店，何竹筠的内心就越有些不确定和惶惑。

起步的时候，何竹筠就给冯超打了一个电话，冯超没接。中途的时候，她给冯超发了个短信：我已回京，正在去酒店的路上。冯超仍然没回。

何竹筠就不禁有些惊疑起来。这一次的决定，是不是太草率和冲动了？

严格说来，她这一次并没有跟冯超通电话。只不过是接到冯超那条短信："我要第二次创业，需要你回来。给你定好了京都大酒店，房间 1201 号。到了我们再谈。"

没有条件，没有许诺，什么都没有；甚至都没有征求她的意见——你愿不愿意回来。而就这么平平淡淡，我需要你，你来。

如果不是这个手机号是冯超十多年里一直在用的老号，何竹筠现在都会怀疑是不是别人冒用他的手机，她是不是被骗了？

十多年里，冯超只用这个手机号给她发过三次短信，每一次都是这种平淡的语句和语气，但每一次，都发生了惊天动地的大事。至少，每一次短信，都让何竹筠的命运发生了重大的转折和改变。所以，何竹筠看到这条短信，毫不迟疑，第一个决定就是改签机票。然后，才是辞职，手写声明。

今天，北京的交通，意外的顺利。但是，何竹筠的京城回归之旅，意外的不顺利。

就在何竹筠好不容易才抵制住第三次电话或短信的冲动时，冯超的短信姗姗来迟："在开会，你先到酒店住下，回头我找你。"同样是没有原因，没有事实，没有解释……

这就是冯超的风格，但又不像是他的风格。

何竹筠心里蒙上了一层雾霾。

一路再无他话。到了酒店，罗光濯边停车边开玩笑："你们老板好手笔啊，谈个简单的事情，都要让你住五星级总统套房啊？"

何竹筠勉强笑了笑："要不换你来住？我去和秦晓珺聊夜话去！"莫名地有些畏怯，恳求道："师兄，你能不能陪我上去等？"

这是那么多年来何竹筠第一次再次使用这种熟悉而陌生的称谓。罗光濯怔了怔，点点头："我今天就是你的'司级'干部。"

何竹筠感激地笑笑："谢谢！"

"甭跟我客气。"罗光濯大手一挥，很豪气，"请我一盘土豆丝。"

何竹筠深吸一口气，拿出随身万能包，对镜抹了抹淡紫口红，又拂了拂被风吹乱的头发，迈出了人生中又一次最重要的一步——每一次，都以最好的自己出现；每一次，都为自己争取到更好的机会。

"竹筠！"罗光濯叫住了她。

"什么？"

"做自己最好。"

扑哧！好不容易提蓄起来的那口气，一下子就全泄了。何竹筠绷得紧紧的身体一下子就全放松了下来。她轻笑了起来。

“这是在干吗呢？搞得就像上刑场似的。”

“是啊！没有爬不过的坡，过不了的坎。”罗光濯附和道，“你何竹筠可是大风大浪都经过了的，还怕这些小溪小沟？”

“别往我脸上贴金了。”何竹筠往后摆了摆手，开始往前走，“是我自己患得患得失了。大不了，又是一次人生归零，从头开始。我输得起。”

罗光濯望着她的背影，有些感慨。这正是这个美丽而坚强的女子让他最佩服的地方。不是每一个人，都有勇气让自己一切归零，重新开始自己的第二人生。但是，何竹筠就敢让自己数年的奋斗彻底归零，再一次从谷底开始。而且，不止一次。

虽然，这样的代价之大，是生命中不可承受之轻。

不说别的，何竹筠第二次归零所制造出来的家庭裂痕，到现在都无法缝补起来。

8

何竹筠刚进酒店大堂，就意外地遇见一堆人。其中的一个人马上抛下正热火朝天聊着的同侪辈，疾步走来。

“竹筠。”陆同事伸出手，似是想握何竹筠的手，又似是想揽何竹筠的腰，又似只是想拎何竹筠的包——最终，什么都没有做，就缩了回去，“你也来了？”

因为，何竹筠不动声色地举起包来挡了一挡。

何竹筠皱了皱眉。你“也”来了？这个“也”用得怎么这么意味深长。他怎么在这儿？难道冯超也叫了他过来？这不可能！

很快，何竹筠就看到了其他纷纷起座奔过来的人，就知道自己猜想错了。

刚放下去的心，又立刻提了起来。这些都是媒体圈的人。他们定是风闻“冯超要复出”的消息，来抓第一手的内幕了？

但是，以冯超的性格，怎么可能提前释放出来这样的消息？想想，连他曾经最信任的助手何竹筠都对此一无所知，第一时间就往现场赶，其他人又怎么可能从冯超的嘴里套出内幕和细节？

唯一可能的，就是这事还不确定！所以，有人别有用心，将这种绝密消息提前泄露，要搅黄这事儿，或是，再一次“逼宫”——要逼冯超接受什么样的条件，就像当年的“逼宫门”一样。

多年的职场政治敏感和新闻嗅觉，很快就让何竹筠抽绎出这一缕缕的蛛丝马迹，并开始理出那线团背后隐约的阴谋和迷宫样的斗争。她的心底一沉，事情远没有她想象的那样简单。

接下来的闲聊，印证了何竹筠的猜测。

这些奔走而来的人，纷纷跟何竹筠打招呼。何竹筠一一回应，错落有致，此起彼伏，游刃有余，中间还穿针引线，为罗光濯引见这是谁谁谁：什么报什么媒体的主编，什么电台什么栏目的主持人，什么集团什么部门的外宣总监……

罗光濯第一次亲眼目睹何竹筠的长袖善舞，也是第一次见到她另外一些圈子里的“名人”。都是“久仰”、“久仰”的寒暄一片——好多人还真是“久仰”！至少，名字在媒体上是常见的。不少居然还是新媒体的大V号——真是大开眼界啊！

罗光濯一边握手一边想，何竹筠是不是天生就适合这样的舞台？

寒暄没两句，陆同事就又单刀直入：“你也来了。是不是得到了别的消息？”

刚才还喧哗声一片，顿时陷入沉寂。大家都在看向何竹筠。

罗光濯印象里是一家大报新媒体频道主编的余胖子笑悠悠地插话道："是啊，何总，有什么独家消息，分享分享。在座的都是一起混的兄弟姐妹，我敢保证出得你口入得我耳，流出什么不流出什么，大家绝对会有分寸。"

在这一群人中，余胖子似颇有威信。此前大家本来是一盘散沙，但他话音一落，大家立刻就有了结盟之势。

罗光濯暗道厉害。余胖子的话很简单，但却像葫芦娃五兄弟，滚尖溜圆，把几个关键点都卡住了。

第一，就是裹挟大家来"逼宫"——你何竹筠不吐点独家消息，不脱层皮也得掉几根头发。

第二，就是反过来为大家划了底线——别作那无良的偷窥狂和裸露癖，若何竹筠真爆出什么猛料，大家别净都端到台面上——隐私值钱，但把最后一块遮羞布撤掉就不值钱了。

第三，就是把公和私分开。公家的报道和私下的信息交流是两回事，听多说少，什么该听，什么该说，什么只是大家分享的内幕，什么才是交公差的爆料，大家必须有一条分水岭。

但最厉害的其实还是第四条，余胖子把把握分寸的自由裁量权还给了各人。看似向何竹筠做了保证，其实啥承诺也没有。因为，到底什么该报什么不该报，还不是各人"自由心证"？

每个人心头都有一杆秤，公平、正义是什么样的，自己说了算。按照我的标准，我这就是信守承诺的啊。

所以，到最后，各人还是按照各自的原则和标准来裁量做事。所以，他既没有得罪任何人，也不必为最后真有意外出了岔子，而需要对何竹筠负责——换句话来说，何竹筠还不能怪罪到他的头上，相反，还得小心照应着，不能得罪他。

这就是“滚刀肉”啊。在江湖这个油锅里混不吝地油盐不进，沾衣十八跌，点点不沾身。罗光濯暗叹自己真是望尘莫及，就看何竹筠怎么应对。

这是给我挖坑呢？挖坑呢？还是挖坑呢？

9

何竹筠微微一笑，也不曲里拐弯，直接问道：“你们都知道什么？”

从余胖子到陆同事，都是一愣。

何竹筠这话问得大失水准。按照圈内的黑话标准来看，这连入门级都没到。在这个行业远谈不上“大姐大”，但至少在某些圈子有“小大姐大”之称的何竹筠，怎么可能问得这么鲁莽，这么草率，这么直截了当无遮拦？

但仔细一琢磨，面对余胖子话里设的局埋的坑，怎么说都有掉进去的可能，反倒是这么简陋粗暴的一记拳头，更容易“一力降十会”，破掉这个局，埋掉这个坑。

想我吐点内幕，那先把你们吃进去的东西吐出来吧。

怎么？不愿意。你们都不愿意说，凭什么要我说？

在座的没有一个不是老江湖。最不济的，也是混了好几年的。在这个人才流动就像割韭菜一样，割了一茬又一茬的代际更替极快的行当里，新人入行两三年，就敢自称“资深”。而这一次来的人，居然都是资深中的资深：一年入职，两年入门，三年入行，五年就攀一个小金顶……这些人大多数是六七年以上，正是这个行业中所谓的“中流砥柱”——中生代的精英骨干，如何不谙熟何竹筠这简简单单的“阳谋”？所以，都流露出些许的尴尬脸色。

因为，别说想跟何竹筠透露点什么，就是他们自己这一帮子，在何竹筠到来之前，兜来绕去，也没说出点啥名堂出来。大家心知肚明。每个人的角落里都藏了点货，那货或许说出来根本就不值钱——就像大家都自以为藏了一棵千年老参，结果真的要晒出来，发现大家藏的都是大白菜。

事实上不需要晒，三言过去，两语过来，大家现在基本都能判断——每个人遮着掩着的私货，其实都是大白菜。但为什么这个大白菜不能大大方方地晒出来呢？就是因为：虽然都是大白菜，但是提供这大白菜的人不一样啊。

所谓拔出萝卜带出泥，扯掉线头看到肉，你把你的大白菜晒出来了，没准不小心就把"背后的人"给扯出来了——这才是真正的私货啊！

所以，大家都只有打哈哈。但也就是打哈哈，仍然让何竹筠听出了不少的苗头——尤其是，现在她和这帮人，有一个严重的信息不对称。这些人还不知道她已经从南方总部辞职，所以以为她跟他们一样，是来"跑消息"的。

在这个每天都有"惊天内幕"的海量信息时代，判断真正有价值的"内幕"消息，倒成为大家的基本功，以及能不能成为高手的关键能力了。就从现在的蛛丝马迹出发，这些嗅觉灵敏的中生代精英，一致公认：这个消息，真的有可能是有"惊天内幕"。

余胖子甚至笑称：王者归来，不管成功不成功，都有可能是一个划时代的大事件，有可能改变整个江湖格局。

加上，还有陆同事，或许是为了献媚，或许是为了邀宠，或许只是为了彰显自己的能力，在这个女子心中强化自己的表现分和印象分，说了许多实实在在的干货：

不败王者冯超确实就在这个酒店里，现在就在，但一对十八，十八个"组织"成员围成一圈，你可以说冯超是被审视的那个点，但也可以说他就是这个小宇宙的中心。

这十八个人来自于最顶层的圈子——华夏会。每一个人都是行业内名动一方的人物。

冯超确实要重出江湖、王者归来。现在，就是一对十八，谈判最后的关键细节。

双方已经整整谈了三天了。这在华夏会的历史上是前所未有的——因为华夏会的人从来没有在一个地方超过一个小时。

据说昨天六点前就要结束的，大家都等待着举杯庆贺了。但是，最后五分钟的时候，那个一直没有说话的华夏会副会长插了一句话——这句话改变了历史——于是，又多了一天。

这个大厅里的所有人，都是在那五分钟后得到线报的——陆同事都是今天凌晨才被紧急电话吵醒的。还没清醒是什么事，就已经被总部的专车司机，连夜送到机场。山中无老虎，猴子称大王——南方总部至今还在因为何竹筠的裸辞而震荡，仓促之间就只有把陆同事这只“熟猴”派出来了。

现在，几乎所有重要的专业机构，都在关注这个地方。不信，你去调查一下酒店的住客，有多少包房是跟这个有关的?

我们这些人，不过是放在明面上的天线!

有人捂着盖子的手撒了一点风出来；大家都在等着揭开来的到底是什么?

10

何竹筠越听越心凉。

按照时间推算，冯超给她发的那条短信，正是那五分钟前一秒!能够让这个一向不动如山的男人，在面对十八个真正的中国大佬级人物时，还能“第一时间”给她发来邀请的短信，足以表明他的自傲、自信，或者事后来说是自满——他以为大局已定，应该邀请那个最重要的女子，一起来分享他的喜悦和骄傲。

是的，他喜悦，他可以重出江湖了；他骄傲，因为他始终认为自己就是王者。即使三年前那一场所谓的惨败，让他众叛亲离，一蹶不振……

但是，当他想弯道超车时，那个老爷子偏偏搬了一下轨道刹。虽然只是偏离了 0.05 分，但是，奔过去的，就完全是两个方面……

何竹筠已经看见了一个无底的黑洞，正在前面展开。她弯下腰去，干呕起来。

陆同事又想摸手或是搂腰或是拎包，罗光濯上前轻轻一旋，就把何竹筠圈在自己的保护层里。

“今天，我是她的拎包小弟。”罗光濯说，“谢谢！”

……

这一帮人聚久了，就无聊；无聊，就想找乐子。想找乐子时，就有些顾不上所谓的专业和职业精神了。

因为，直到现在，都还没有消息出来。有些人就开始琢磨，出现重磅消息的可能性不大了。比如，余胖子。

碰了个不大不小的软钉子后，余胖子就带着一拨人，回到酒店大堂中心的咖啡厅里，继续闲坐海侃，但眼角的余光一直瞟向何竹筠这里。

见到这边有点动静，他就告了个罪，走了过来。在他走到面前时，何竹筠已经强行恢复了平静——只因为她忽然想到在地下车库时和罗光濯的对话。

是啊，不过是“又一次归零”而已。有什么可怕的呢？

“妹子！”余胖子微微笑道，“还要等下去？还是跟哥走——去搓两圈麻将？”

何竹筠转向罗光濯。

罗光濯明白她的意思，说：“谢谢，我不会搓。”

余胖子深深地看了罗光濯一眼，微笑着摆摆手，很有风度地走了。

罗光濯觉得莫名其妙。

何竹筠看他一脸不知所谓的样子，扑哧一声笑了，问："你真不知道还是假不知道'搓麻将'的意思？"

这一笑，如沐春风，芙蓉花开，把陆同事看呆了，忍不住问："竹筠，你一会儿怎么安排？"

何竹筠一努嘴："你问他！"

陆同事把脸别向罗光濯。

罗光濯无奈地道："一会接她到我家。"

陆同事同样也很风度地摇摇手，走了。但临走时，仍然深深地看了罗光濯一眼，充满了怨毒和嫉恨。

11

这一次，罗光濯有点懂了："干吗不说我老婆和你是闺蜜呢？"

何竹筠不客气地说："那样还要你有什么用？要的就是你能做挡箭牌。"

"何必呢？"罗光濯叹道，"直接说你是有夫之妇，不就得了？还要我来背这么大一个黑锅。"

"你以为他们在乎这个？"何竹筠讥笑道，"这些人的吃相已经难看到肆无忌惮的地步了。找个门神往那儿一站，什么废话都不用说了。"

"余胖子我还能理解点——看起来还有点道道的样子；陆同事，我就很难理解了，比你差了一大截，他凭什么认为自己能够'吃'你？"

"他以为自己帅可敌国——所以可以吃软饭。"何竹筠漫不经心地说，"所以，你以为我为什么费尽心思要让你去接百宝箱？"

"可问题是，我这个挡箭牌，也不管用啊。"

何竹筠上上下下打量了罗光濯一圈："你嘛，颜值还可以，身份也还匹配。最关键的是有气场！你的气场很强大。可以把别人裹挟着跟你一起走……所以，偶尔拉出来当个衣架子，也还是能够唬退某些人的。"

"谢谢！"罗光濯由衷地感谢，"我真不知道我在你心目中的地位和评价还这么高。不掺水分吧？"

"掺！"何竹筠很肯定地说，"不掺，怎么能辨真假？"

话说到这里，何竹筠的心态已经完全平复得差不多了。

于是，罗光濯问："说真的，一会儿，你打算怎么安排？"

何竹筠望了望富丽堂皇的大酒店："要不，你住下，我去你家？或者，把秦晓珺接过来，我和她聊通宵。算了，我不想住酒店，我跟你回去吧。"

"那你只能睡沙发了。茑萝跟秦晓珺一起睡。你肯定睡不习惯。因为茑萝会满床打滚。"

"你别忘了我也是有孩的妈！"话一出口，何竹筠的心就痛了一下，"真想多多啊！"

罗光濯看着她："真不今天回家？"

何竹筠咬咬牙："有家不敢回！"

"我知道。"罗光濯轻声道，"但有些问题迟早都要面对。"

"能晚点面对，就晚点吧。"何竹筠死犟。

"那我们还要等吗？"

何竹筠刚想说"等"，手机震动了一下，她低下头一看，是冯超的短信："我失败了。对不起。我走了。"

何竹筠的眼泪一下子就出来了。

罗光濯静静地看着她。

何竹筠无声地哭泣了一阵子，把眼泪擦拭干净。

“我不想去你家了。”

“好。”

“我想你今晚陪我喝酒。”

“好。”

“我们就住酒店吧。总统套房，不住白不住。”

“好。”

“我要你陪我喝酒喝到天亮。”

“好。”

“我要你陪我踩遍马路牙子。”

“好。”

“罗光濯，你为什么对我这么好？”何竹筠抬起脸庞，泪眼蒙眬。

罗光濯伸出纸巾，很温柔地为她擦拭干净泪痕。虽然，刚擦拭完一道旧痕，又一道新泪流了下来。

“因为——”他说，“你是茑萝的干妈，你是秦晓珺的发小，你是我最好的兄弟最爱的人，你也是我最优秀最优秀的师妹……所有人对你的爱都寄放在我这里，我怎能对你不好？我怎么敢让你一个人流泪？怎么会让你一个人孤单？”

“那为什么我刚‘裸辞’就马上‘失业’？”何竹筠禁不住号啕大哭，“为什么老天总要让我辜负我爱的人？”

第14章 待业悍妈『摊上大事儿』：学区房买到1%最差概率

如果能够把三年的怨气全都一次发泄掉，当一次“全家出气筒”又如何？然而，真正的事实不是这样的！裸辞失业的工作问题，熊孩子的教育问题，家庭的危机，成为何竹筠北回京城必须直面的新“三座大山”。但比起“学区房失效”这件大事来，其他的事儿，还算是事儿吗？“巨额买学区房”，买的是一个概率。但现在，这个概率，不是向99%最优质的方向发展，而是向那1%的最差结果滑落。这才是何竹筠这个“待业悍妈”，真正摊上的大事儿。

1

终究，何竹筠还是没有在外面“过夜”。

罗光濯在马路牙子上陪她坐了大半夜。两个人没有“入住”所谓的“总统套房”，也没有找一个24小时的夜场喝酒，而是就随随便便找了个小超市，买了几袋花生米、豆腐干之类的小零嘴——当然，最重要的是买了两瓶“小二锅头”——随随便便找了个马路牙子，就坐在那里喝酒……

期间，何竹筠哭了喝，喝了哭，边喝边哭，不哭不喝……总而言之，一瓶小酒，把各种情态都喝出来了。

在外面哭够了，闹够了，眼泪一抹，就应该“神色如常”地回家了。

因为俞雷还是“忍不住”打来电话，说多多老问妈妈什么时候回来，不止一次兴奋地说要去接她。

何竹筠没有问俞雷是怎么知道她回北京的。一起这么久了，虽说真的很难“心有灵犀”，但彼此都还是能够从一些蛛丝马迹猜到对方的行程和作为，只是具体的事情和缘由不知道罢了。或者，即使知道，也假装不知道。

更何况——秦晓珺还是有些担心闺蜜，就把这个消息婉转地透露给俞雷了，但没有过多地说什么，只是替她圆了一圆，说何竹筠帮她带了点东西，想说些私房话——暂时借她一借，或许一个时辰，或许一晚。女人的私房事，说不准的。

这就留了一个充足的回旋空间。两个人的事情还是两个人才能说开。旁人说得再好，只能误会加误会。

何竹筠回到家“酒气冲天”，俞雷自然聪明地没有问什么。但是，俞爸俞妈却没有那么好的脾气，自然是想冷嘲热讽一番。

别人老牵挂着家牵挂着孩子，千里迢迢，归心似箭，恨不得一步就迈到家门口。自家媳妇倒好，不着家不着调。自己有家不回，住别人家；回归北京，第一时间不是回家看孩子看老公看老人，而是先去酒店……心真是野了，拴不住了，没法管了。

“多多等你这个妈哟，等得太辛苦……”

当何竹筠拖着沉重而疲惫的脚步，敲开家门时，迎来的就是这样不咸不淡的“呲她一句”。

让人意料之外又情理之中的是，这不像是迎接她两三年归家，而是平时她“例常加班”时回来的待遇——因为，俞雷只不过是一句例行公事式但更淡漠的口吻：“你回来了！”这让何竹筠恍然觉得自己哪里是“离家两三年”，而是“从未缺席”，只不过是时常加班，很晚回家而已。

真正让何竹筠很意外的是，“呲她一句”的，不是最有可能的俞妈丁海燕，而是坐在客厅里的、最不可能的俞爸俞建国。这句话，看似在客观地陈述着某个事实，却更像是在表达某种不满的情绪——而且是，积怨甚久的“怨气”。

何竹筠非常不恰当地油然浮出一个词：怨妇男！

怎么可能?!

何竹筠下意识地瞄了俞雷一眼。难道他们“一家仨”重新分工了？俞建国来扮黑脸了！

俞建国一向都对何竹筠很和蔼很客气。即使需要表达不满，也顶多是委婉曲讽。这次出面挑头还是“第一次”。

何竹筠原来以为是俞妈跳出来戳破这个气球的——大家真的“忍”你很久了。蔫人里面也出豹子。

或许，让“蔫爸”俞建国出面，捅破大泡泡的效果，更具有震撼性?!

何竹筠搁包的手僵了僵。空气为之一凝，大团大团的黑云席卷而至。

2

何竹筠现在，有点像是全身绷紧的刺猬。

她非常想“若无其事”地回到家，一针一线，把自己缝得严严实实——让人偷窥不到一点点里面鲜血淋漓、肉烂骨绽的创伤。她也很想继续低眉顺目、伏低做小，把这一段时间平平常常地渡过去，不想让自己的任性、骄纵和傲气，再把好不容易才缝合好的和谐家庭，又变得满目疮痍。

最重要的是，她确实想捂严实自己“裸辞即失业”、“人生又一次归零”的际遇。因为，这会让她内心的惶惑、不确定、不安全感一下子就暴露出来……至少现在，她不想让任何人触碰到她的脆弱。

可是，人就是这样，越不想什么，就越有可能遇到什么；越遇到什么，就越有可能不想要什么；越有可能需要什么，就越要不到什么。

何竹筠期望回到家“神色如常”，一切照旧，仿佛三年的时间没有间隔，仿佛裸辞的事情根本就没有发生，仿佛“人生又一次归零”根本就不存在……她不过像平日一样，正正常常上班，又平平常常下班，就像出门给公公婆婆淡淡地打声招呼“我走了”，回来公公婆婆也不过不咸不淡地说一句“你回来了”，顶多再问一句“你吃晚饭没有”……

真的，何竹筠现在要的，就是这样一种“平平常常”。她既不奢望“宾至如归、归家更温暖和热闹”——全家人都排队等候和热烈欢迎她这个在外面“一个人打拼了那么多年、终算回来了——回来，就好”的孤单女人；也不愿意看到那种“孩子在仍然驻外”的职场妈妈“终算肯回来、终于舍得回来了”的冷眼旁观；更不愿意把自己的伤口裸露出来，寻找“家这个港湾”那些虚幻、缥缈和不切实际的安慰和抚慰……

她只是想像平平常常的日子一样，平常地回到家里，没谁刻意地温馨，也没谁有意地冷落，“平常就好”——各人该干嘛干嘛。谁也不用看谁的脸色，谁也不用要特意地说上几句，谁也不用非得要陪上那么几分钟……然后，蒙头睡觉。

睡一觉，就好了。一切就回到正常轨道。没什么特别的。是的，没什么特别的。回来了，就是“回来了”！仅此而已。

但就是这样一点简单的愿望都可望而不可得。

何竹筠越想“神色如常”，就越不能“神色如常”。为什么？因为这三年她哪里“如常”了？想想两三年，其实你过着一种相对你身份、地位和社会角色比较“特殊”的日子，怎么可能让人“如常”对你？这种“如常”又“如什么常”？

就像你哪怕只是简单地加一次班、出一次差，也打乱了大家习以为常的生活状态——这就是一种特殊的事例。现在突然回来，只不过是让生活回到正轨而已，怎么不让大家把你的回归当作一种特别的事件？因为你的回归，后来的日子才能如常。

所以，俞爸俞妈看着何竹筠离家两三年、回来却酒气冲天，就忍不住想“呲”她两句……

但也就是“呲”她一下而已。

何竹筠离家三年才归家，是好事，也是难事。自然是风不平、浪不静，但说是滔天巨浪也不至于——俞爸俞妈淡淡的讥讽两句是有的，但要说狂风骤雨、狠狠打脸，那是只有脑残电视剧里才会出现的极品场景。

且不说俞爸俞妈自身的素质不可能低到这么无下限，就算是为了俞雷和多多的家庭幸福他们也极会“隐忍”——你又不是真的想拆散他们的婚姻，离间他们的夫妻情和母子情，怎么可能这么不知分寸？

何况，这两三年何竹筠自知理亏，也学着放低身段，不断地低眉顺眼，也在老人心目中改善了不少形象——他们最主要的目的，还不就是为了“逼”何竹筠回归北京，回归家庭？既然她能做出这么大的退让，那么其他的都是细枝末节，何必在意？俞爸俞妈直教导自己的孩子要大气，要抓大放小，没道理在儿媳妇身上，反倒斤斤计较锱铢必较起来？

这个道理大家都明白。大家都想克制，都想隐忍，都想好好过日子而不想刺激对方……

但实际上，说起来轻闲，做起来牙疼。话一开闸，就锁不住洪水猛兽。何况，这三年的时光，对这个家庭的每一个人来说，都是一种锤炼和煎熬。每一个人都给熬成了某一种猛兽。

被闸门关得太久，任何一种洪水猛兽都不易轻泄——好不容易弄出一个泄洪口，哪有那么容易拿捏好分寸，就只开一条小缝隙？一不小心，口子开得大了点，那洪水猛兽就泄洪而出，结果本来只是煎锅炒鱼，结果就演变成了熊熊大火烧鱼，而且一烧就烧焦了。

他们会这样吗？何竹筠其实是非常非常的恐惧。

3

但对于何竹筠来说，事情还不只是这么简单。

如果能够把三年的怨气全都一次发泄掉，当一次“全家出气筒”又如何？

然而，真正的事实不是这样的！

何竹筠驻外两三年，已经让她在这个家的“缺席”成为一种新常态。大家已经习惯了她的不存在。似乎日常生活中没有这个人才是“正常”的。如同新婚夫妻习惯了二人世界，父母过来一起生活，同在一个屋檐下，总会有些磕磕绊绊。

而俞爸俞妈甚至包括俞雷和多多，都貌似习惯了没有何竹筠的日子。现在何竹筠突然回归，不像是远游他方终于回来的旅人，也不像是这三年如一日的“旅馆如家家如旅客”的过客，而像是未经邀请突然闯人家里的“熟悉的陌生人”。

所以，除了那“呲她一句”还算正常，整个家庭的接续反应就统统不正常了：第一反应是愣怔，第二反应是硌硬，第三反应是客气中的冷淡和疏离。

我们对于远乡近邻那些未受邀请就闯进家里的“熟悉的陌生人”，不都是这样一种态度么？既有“你没有接受邀请就来我家”的不满和拒绝，也有碍于面子必须扮演好客主人的“客气和冷淡”，还有一种谨防“狼来了有何居心”的警惕和提防……

所以，何竹筠回到家里，第一感觉不是“熟稔”，而是“古怪”。她洗完澡出来，正在客厅里聊天说地的俞爸俞妈俞雷忽然就停止了说话，等她像“幽灵”一样飘到阳光下，才又开始絮絮聊天；当她又一次飘过客厅时，又一次短暂的沉寂……

这还不是那种“冷战”中的沉寂，而是真真正正对待“熟悉的陌生人”的沉寂。因为，俞爸偶尔会很客气很疏离地说：我刚烧了一杯水，给你倒在那儿晾着了哈；我给你削了一个苹果，放在桌子上了哈；我给你……总而言之，就像是招待客人似的，而不是对待家人。

越是这种客气的招呼，越能显现那种沉寂的冷漠。就像在众人喧嚣之中，越有可能彰显一个人的孤单；而一个人的狂欢，越能衬托众人喧嚣的冷寂。何竹筠在这个家里，就像是一个客人，一个外人，一个入侵者，一个主人不得不招待但又时时刻刻警惕和提防着的“熟悉的陌生人”……

所以，大家都不舒服，都不适应，都在克制着。

何竹筠还不能有所作为。

这就像你呼吸的空气，如影随形。如果它天朗气清，沉浸于其中，自然舒畅；如果它已是雾霾，你怎么呼吸都不舒服。你还无法消除它。无论用拳击，用扇扇，还是用扫帚扫……都像是扫在空气里，着不了力，如何扫得出去，扫得干净？它无孔不入。你想把它隔绝在外，但它就在你的房间里，就在你的生活中。就算何竹筠把自己关在自己的房间里，假装这个房间没有雾霾，但实际上，她仍然生活于其中。一呼一吸，均是那种说不出来的难受。

呃，这种“熟悉的陌生人”，让整个家庭都说不出来的难受。没有谁去刻意地做什么，但陌生和疏离就这样自然而然地发生了。大家前所未有的相敬如宾。且不说俞爸对何竹筠很客气，俞雷对她视而不见如同常人，就连一向吹毛求疵的婆婆丁海燕，对她这个怎么看都不顺眼的媳妇，也出奇的“相安无事”……

但越是这样，何竹筠就越感觉到不自在。打是疼，骂是爱，哪怕是婆婆的指桑骂槐，其实也是表明何竹筠在这个家是有位置的。而现在，客气代表着冷淡，相敬如宾代表着漠视。

这个家，本来就是她的家啊！为何她反而成了外人？

4

何竹筠曾经设想过自己回到家里后的千种情况万般反应，甚至一一为此想好了应对，但就是没有想到这种“熟视即陌路”的态度。

似乎大家都在意她回来，但是，其实是没一个人在意她的存在；似乎每一个人都在意了她，但那不过是对一个外人的客气。她就在这个自己生活了数年的家里，像一个熟悉的陌生人，走哪儿哪儿硌硬。

何竹筠禁不住产生一种用不着力、踩不了点的失重感觉——到底从什么时候开始，她于这个家，成为这样的一个人这样的一种状态？

何竹�面对这意料之外情理之外的"归家"情境，有些不知所措。哪怕是再彪悍的女子，家都是她心灵深处最柔软的地方。

何况，何竹筠的外表虽然像果壳一样坚硬，但是，内心和自我其实一直都是有些脆弱的。

在路上，她一直在想象归家的情景。爱因斯坦说，想象力比知识更丰富。的确如此。她在脑海里想象出了无数画面。最重要的不过就是这三种：热烈欢迎——不可能！冷嘲热讽，甚至又一次一个小事件就引爆一个大火药桶——很有可能？不顾不问，继续冷战——极有可能？就是没有想到第四种：非常客气，就像招待客人一样，但就是面热心冷，甚至不屑于伪装，都能让你看到那种"皮笑肉不笑"的筋骨肉脉。

这让何竹筠有种积蓄一路的力量，就像拳头一下子击在棉花上，软绵绵的，找不到着力处，所以非常难受。

如果俞雷是冷战冷暴力，那她也冷面冷语冷着不说话。正好，她真的不想说话。一句话不说。虽然她竭力克制自己，不把外面的风暴带回家里。但是，那种裸辞即失业的内心激荡，就算再怎么强压，怎么可能一下子就能压制得住，还想瞬间就消失得干干净净，不留一点痕迹？

更何况，让何竹筠内心激荡和风暴的，不是"裸辞即失业"这件事情本身，而是由这件事情的脉络所牵扯出来的冰山之一角，已经触碰到那下面大面积积蓄和沉淀了数年之久的"情感与信仰冰山"——是的，这或许无关儿女小私情，但绝对是倾注了所有的梦想、希望和情感的曾经，简直就已经成了一种"人生的信仰"。如果这种信仰冰山，出现了巨大的裂隙，甚至有可能崩塌，你让何竹筠如何承受？她是一个女子啊！而且，她的双肩像夹竹桃一样瘦削，如何能够扛住雪之冰山这种庞然大物的重压？

内心是如此像天要塌下来一样的重压，表面还要维持什么事情都没有发生的如常样貌，这本身就构成了一种巨大的张力——让何竹筠全身绷得就像一根极紧张的弦，一扯就有可能发出巨大的轰鸣，甚至是一扯就有可能崩断了，震天动地。

跟自己内心—身体这种紧绷状态的持续对抗和勉力维持，已经让何竹筠疲惫不堪，怎么能还有余力去注意周遭的氛围，甚至刻意去安抚公公婆婆以及老公俞雷那审视的目光？

这个时候，正是她最脆弱、最彷徨、最无所归依、最需要他人抚慰的啊。自己默默舐伤，也就罢了；怎么能强求她拖着虚弱的身体和心灵，去抚慰他人呢？

就因为她欠了三年的债，所以，从踏进家门的那一刻起，就要像奴隶一样拼死拼活来清偿？

就算道理是这个道理，那总得容忍她喘一口气，休息一阵子，缓过劲儿再说吧？怎能要求一个经历了长途跋涉，甚至刚刚被抛入生和死之间巨大的蹦极场，被折腾得奄奄一息的人，一迈过门槛，就要扛起生活的大沙包？

5

是的，没准他们就是这样的！

公公婆婆挂着一脸的嫌恶感：你欠了我们八辈子的债，从现在起，就赶紧还吧。就像下班一进门，就扔给她一块抹布，我们已经带多多带了一整天一整年，现在轮到你了。从这一刻起，多多就跟我们无关，家里的事就跟我们无关。八小时之外，时间是我们的。我们给你们带了八小时，就已经很够意思了。我们有自己的生活，有自己的娱乐。现在，是该我们放松的时候了……

而俞雷呢，也像是松了一大口气，把“接力棒”一递，剩下的路程就是何竹筠一个人跑的事情，跟他没有关系了。也确实跟他没有关系了。他已经跑完了自己的接力棒，甚至在何竹筠缺席的日子里，他帮着何竹筠跑了无数趟本应该她自己接棒跑的路程……

你还能要求他怎么样？能够像他这样又当爹又当妈还能干好自己职业和事业的男人，已经是很不错了。你还能指责他不怜惜不疼爱自己的老婆？没看见我很累很疲惫、心情很不好、还没有到家就像是耗尽了所有的精力和气力、就想一到家就靠在沙发上倚在垫子上甚至躺在床上，一动都不想动？就等着老公把热水端到嘴边，就像哄小孩子吃药一样“来来来，张嘴，就只是张一下嘴”，连眼皮子都不睁一下的？

何竹筠确实无限羡慕这样的“归家”待遇。但这只是奢望和梦想——哪怕是她和俞雷最甜蜜的时候，也别指望你拖着疲惫不堪的脚步回到家里，他能给你倒一杯热水，递来一块热毛巾，甚至系起围裙带，给你端上一碗浓香扑鼻的鸡汤：“来，来，来，给你煲了一下午的老母鸡汤，先喝一口解解乏，暖暖身子。”如此的温馨和体贴，只有在电视剧的“偶像”身上或少女的梦里才能见到，怎么可能出现在何竹筠日常生活的家里？

俞雷不抱怨不驳斥不指责……就已经是很不错的了。你累，我不累？你上班，爸妈带孩子不也累？我还要再加班，不更累？你怎么就不能早点回来做饭，早点回来接过爸妈的活，怎么能一拖再拖，还要他们继续甚至是我来带孩子？……

瞧瞧，这就是俞雷典型的心态。他不管你是不是也在上班，他就是认为孩子就应该由女人来带。他体贴父母八小时内带孩子很累很疲惫，但他就是不会体贴你八小时内上班很累，八小时外如果还要带孩子会更累——你又不是铁打的身体，如何熬得住？

他体贴自己出差回来，至少两三天内不想动不想干就只是想睡觉或是就算只是躺着啥都不想干，把什么都甩给妻子甩给父母——即使何竹筠不管，他父母肯定立马管，心疼儿子，嫌恶媳妇，还要碎碎念一嘴，指责你是如何如何不体谅他儿子的辛苦。即便你翻白眼也没用。你儿子挣钱，我没有挣钱？他养家，难道我就没有？——咳，咳，何竹筠现在真是没有底气这么说。

无论如何，他就是不会体贴你千里迢迢回来也想躺也想睡也想啥都不干——他恨不得你一进门，就把家里所有的事像烫手山芋一样马上全甩给你！本来，你就没他这样的好命，还有爸爸妈妈候在身边随时迁就照顾。

你看有哪个儿媳妇出差回来，婆婆公公像对待儿子一样体谅和照顾的！都是那一种脸色那一种腔调，你总算舍得回来，总算可以把这一摊子事全还给你了……如释重负，而且理直气壮。我们都做了一整天一整年甚至整整三年，你这些时间里全都缺席，难道现在不应该还给你？

是的，这家人全都是这样！从何竹筠归家一进门时，他们就视同把所有东西交接给她了。他们就可以当甩手掌柜，啥都不用管了。浑然不管她是不是身体疲惫心灵憔悴，整个人是不是都是靠着那一口气回到家的！关键是何竹筠还理亏！他们说的确实是道理，你想反驳都没得反驳。但是，现在哪里需要讲理啊！她想要的是感情，是家，是港湾，是温馨和体贴。

最不济，也就像是“熟悉的陌生人”一样，先容我歇一会儿，喘一口气。不要一股脑儿先全推给我。你们先继续理着做，我缓过劲儿，再来全部接，行不行？哪怕这一段你们做的，我全折算成“工钱”或“替班”行不行？就算是“熟悉的陌生人”，不是也可以相互之间照顾一下，代一下班，交换甚至是交易一下什么的吗？

这样的念头一生，何竹筠自己都知道非常愚蠢。想都不用想，一旦这样说出来，会遭遇如何激烈的反驳！爸妈过来帮我们看孩子，是要你的“工钱”吗？要过你一分“工钱”吗？他们往里面贴了多少，你知道吗？如果全都要折算成工钱，你这三年折算得清吗？就算你这三年挣了大钱回来，你用得着用钱来砸大家吗？有钱了不起啊。这三年的付出，是你用钱就能了清的吗？……

要真是这样，那就是掉进黄河也洗不清了。我只是——只是想要一个喘息的空间啊。

茫然四顾，何竹筠真的觉得自己很孤单。一个人，孤单。

6

做一个想象的人，其实是世界上最美的事情。

我们“自由地想象”，或者在“想象的游戏”之中，大胆地尝试一切可以尝试的，让自己的思想不被禁锢，从而让我们自己就率先突破并成为一个“想象的人”，用想象的丰富让我们的生活和生命，一下子变得有多种可能性……

但现实给了何竹筠的想象一记“响亮的耳光”。事情不是这样的。她没了“假想敌”作为自己精神的支柱，于是，发现自己的人生陷入了“有史以来”最糟糕的泥泞之中。

这次“人生又一次归零”，并不像前面两次那样，还能有个“交代”。这一次是真真正正的“没法交代”。

第一次人生归零，还有父母的支持。

对父母其实是无须“交代”。那时还是姑娘。姑娘在出嫁之前，父母是自己心中最重要的人；越是对于重要的人，我们越是任性，越是肆无忌惮地不会顾忌他们的想法、担心和顾虑。哪怕他们为了我们的远行愁得睡不着觉，吃不下饭；哪怕我们草率的决定近乎疯狂、冲动，甚至是毁灭性的决定。

但就因为我们是父母的心肝宝贝，就算他们再反对，再担心，再愤怒，到最后还是会迁就、支持自己的孩子……即使为此一夜白发，三百六十五夜夜夜难眠，一想起孩子就相顾无言。但仍然默默地支持着她，衷心希望她能够顺遂如意。成功不成功，辉煌不辉煌都无所谓，只要如她心、顺她意就好。当然，也做好了充分的准备。万一，假若说万一，她失败了的话，摔了一个大跟头的话，无处可去、无人安慰、无什么凭借可以舐自己的伤口的话，还有家这个温暖的港湾。

那一次，何竹筠放弃了“国考热”中优渥的前途，选择了追随声名不彰的冯超白手起家。

而第二次，人生归零，她还有老公俞雷的支持。

一个女人有了伴侣后，其实他就成为她在世界上最重要的人。只要有他的包容、宽容和纵容，她又何须对他人作出交代？哪怕对方是她的公公，是她的婆婆，是她最难容也最难相处的小姑子……

爱一个人，就爱他身边所有的人，容忍他们所有的事——但是，何竹筠做不到。尽管她的确曾经试着去爱、去容忍，但她骨子里何曾是“低眉顺眼”的人啊？即使已经爱，已经婚，已经生了孩子……在那早些年里，她仍然是任性的，仍然是骄纵的，仍然是只为自己考虑，而不肯替他人考虑半分半毫的。连自己的父母都尚且如此，何况跟自己没有血缘关系的公公婆婆，以及八竿子都打不着的小姑子？

那一年，她毅然决然地“弃子”而工作，出京而择业，不顾公公婆婆的强烈反对，就是因为自己骨子里的任性、骄傲和自私吧？好在，那个时候的老公俞雷，还是一心一意地支持、呵护、纵容着她的吧？哪怕天塌下来，他也能用一只肩膀扛着，为她撑起一片可以自由恣意的天空。

但这第三次“人生又一次归零”，她还有谁能够支持？

这三年时间不长，但她也知道，她已经耗尽了所有的耐心、包容和纵容；就连她自己，也耗尽了所有的任性、自私和骄傲……从不低眉顺眼，但已学着讨好公公、婆婆和小姑子；尚未学会体谅，但已经学着尽可能不让父母担心、焦虑和牵挂。

重要的是，母子连心，随着多多一天天长大，那种血肉相连、扎根生芽的羁绊越来越重——她越来越质疑自己三年前为了自己的职业/事业而不是为了孩子的教育/成长的选择，是一种错误。

只要有了这么一点点质疑，就时时刻刻忍不住想：假若人生重来一次，她还会不会这么做？于是，就想着纠正，想着改变，想着再给我一次机会，我一定好好从头再来。

因为，最重要的是，她现在前所未有的恐慌和焦虑——俞雷正在越离越远。仿佛在下一秒钟，他就会在她手够不着的地方……从什么时候开始，这个最亲密的爱人，就要与她形同陌路了？

7

本来，重回北京，是何竹筠“最后一次挽救”的良机。

也确确实实如她所预期，年底是俞雷和他的父母耐心耗尽的最后极限。何竹筠掐在这个时间节点回来，正是否极泰来、重新开始的良机。

至少，俞雷已经默认这是一种“新起点”。何竹筠能够感受到自从她认真地跟他谈起这个问题后，他的心态的变化——像是原来无法预期这种漫长的“分离”何时结束而焦虑、迷失、狂躁，甚至濒临崩溃的边缘，但现在终于看到前面的一点点亮光，虽然还很遥远，但总算有了期待，有了可以计量的距离，所以他的心情也一步步地愉悦和轻松起来。

两个人的关系，也正在一点点的柔顺和滑润起来。两个人这种关系的微妙变化，带动整个家庭从原先阴云密布、电闪雷鸣、紧如绷带、随时都有可能撕裂出疾风暴雨的氛围，也渐渐向晴好转起来。

尤其是公公婆婆有了这个明确的预期之后，也衷心地“良善”起来——似乎这个“抛家弃子罪不可赦”的媳妇，只要年底确实能够平平顺顺地回归，就值得原谅一切。

人生最难熬的日子，不是未来有没有希望有没有盼头，而是现在这种状态不知道尽头。就像人生最难走的道路，不是漫漫长夜苦苦寻觅的时候，也不是黎明前曙光撕开一条缝隙照进一丝光亮的时候，而是漫漫长夜和黎明曙光照进来之前那一段黑夜即将过去但尚未过去、曙光欲要到来但尚未到来的这一段像雾霾一样的路。因为，这个时候的人心最脆薄。生命不可承受之轻，即使只是一根稻草搁上去，也可能让一切立刻碎成齑粉。

何竹筠这次的“人生又一次归零”，最大的隐患，就在于把原来已经明晰确定的“黎明前那一丝曙光之路”，再一次倒推成“晦暗不明的雾霾之路”：虽然那“曙光之路”点灯如豆，但是在心理极限的倒逼之下，归期可定，预期可安，点一盏灯，可照三截路——过去的路，当下的路和未来的路；但是，“雾霾之路”却将一切重新推进混乱，让“过去的路”变得没有价值和意义，让“当下的路”顿时消失进深渊，让“未来的路”也一下子没有目标和路标……你让她还怎么走？你让俞雷和整个家如何能够接受？

何竹筠还能怎么办？如果不想再生波澜，只有“瞒”着——死死捂着“潘多拉的盒子”，把一切祸端都牢牢地禁锢在盒子里。绝不能让俞雷、公公婆婆特别是小姑子知道她“裸辞”的事情，更不能让他们获悉她“裸辞即失业”——否则，那个“潘多拉的盒子”将无可避免地被打开。谁也不知道这将会释放出什么样的灾难。海啸、地震、龙卷风……都有可能席卷这个“看似坚固但实际上已经非常脆弱”的家庭。或许，崩塌也就是在一颗冰雹砸下来的那一瞬间……

所以，何竹筠必须要做些什么来挽救——因为，这是“她现在心目中最珍贵的事物”，没有之一。

人总是耗费巨大的代价，才会明白什么是自己最重要、最珍贵的。但讽刺的是，当我们去挽救和保留这些我们“最珍贵的东西”时，最让我们提防和警惕的，不是敌人，恰恰是拥有这些“最珍贵的东西”的亲人和爱人。

8

如果这些都是“事儿”，何竹筠觉得，现在她、俞雷和整个家“真正摊上的大事儿”，就是他们买的学区房出了问题。

比起“买学区房上学”这件大事来说，其他的事儿，还算是事儿吗？

何竹筠提前返回北京，另外一个很重要的原因，就是学区房的问题。

看到网上流传的北京学区制新政后的划片小学新分布图，细到每一号楼，何竹筠心哇凉哇凉的。他们高位接盘的学区房重点小学，对口居然没有一所好中学。

不仅仅是教学质量的问题，主要还是学风的问题……传说中这几所中学口碑都不好，学生那啥什么什么的，男孩容易学坏，女孩容易堕落——虽然可能夸张了点。并不是所有的学生都不学好，再差的班也有掐尖的。但这是一个概率问题。全班都学坏的人更容易学坏，全班都学好的人更容易学好。当初，“巨额买学区房”，不就是买一个概率问题吗？

买一个重点小学的学区房，是买能直升或考入一个优质中学的概率，是买一个好生源、好教师、好学风好校风的整体生态环境……的概率；同时，也买一个教育房产投资增值有涨幅（虽然并不指望它暴涨）的概率……但现在这概率，不是向99%最优质的方向发展，而是向那1%的最差结果滑落。

小概念大事件，那种1%最差的结果，就这样毫无征兆地落到了何竹筠的家庭。100个买学区房的家庭里，可能总会有一个或两个家庭会遇到这种悲催的结局；对于某些人来说，只是轻描淡写地在文件上画一个圈；但是，对于这一个家庭来说，却意味着整整数年筹划的心血全都落了空。

学前靠家长，小学看学校，中学看学生，高中看老师……人生中三次最重要的叛逆期，正对应着这三次最重要的抉择：两至三岁第一次人生叛逆期，抉择买学区房，买一个好的环境，家长的判断与抉择至关重要；七至九岁第二次叛逆期，小学整体的素质和环境至关重要；第三次青春叛逆期，正是初中关键期，正是“三观”（世界观、人生观、价值观）形成的重要时期，有什么样的同伴就有可能有什么样的人生……近朱者赤，近墨者黑。这同样是一个概率问题。而且是最重要的一个概率：决战中考，就是一个分水岭啊。

怎么办?

9

何竹筠现在彻夜难眠。

有目标的人睡不着觉，没有目标的人睡不醒。有目标但半步之遥却怎么也跨不了，那怎么办？尤其是，这个目标还要不断地裂变成N多个会飞的小金球，每一个都非得要像哈利·波特那样的身手——噢，还要有那极光扫帚——才有那么几分可能抓捕……你让何竹筠这样一个小女子怎么办?

光是看，都让她眼花缭乱，彻底晕菜了。

说来说去，还是学区房惹的祸。三年前由俞雷主导买的学区房，由于教育新政，现在成为鸡肋，进也难，退也难。难道，就这样顺其自然，不做一丝丝努力，去引导改变？

这可以说是俞雷的“半步”决策失误——他买学区房的方向和时机，或许是把握对了；但踩的点，却踩偏了。这“半步之遥”，却真的让整个家庭现在骤然陷入很尴尬的境地。

但何竹筠还真无法生出怨怼之心——虽然，这隐隐成为她归家而来失掉所有底牌，但还可以跟整个家庭对峙的“唯一理直气壮”的底气所在。

一是不敢。现在因为她在孩子成长教育中的缺席，夫妻之间的关系已经很紧张了，随时随地都坐在大火药桶上，一点唾沫星子，都能让它像原子弹一样爆炸。

二是没有道理啊。你凭什么来指摘我？你当时做了什么，现在又做了什么？对这个家庭对这个孩子什么都没做——只一心一意顾着自己的工作、职业和事业发展——有什么资格来说三道四？

这确实是实情。三年前，当俞雷决定买学区房时，何竹筠还根本找不着北——什么是学区房啊？

就算俞雷指着何竹筠的鼻尖骂，口水都喷到她脸上了，她也只能当照照镜洗洗脸了——颇有些唾面自干的味道。

吵架也是一种交流和沟通啊。但就算这样，现在也是一种奢望。俞雷已经懒得再跟她说什么了——是的，并不只是懒得表达自己的愤怒和不满，是已经懒得跟她说话了——整个地无视她为空气。

这就是“同一屋檐下的陌生人”啊！

何况，诱发这一切战争的根本矛盾和冲突——何竹筠个人工作、职业和发展“上升瓶颈期”的突破和规划，和整个家庭需要她扮演好妈妈、好妻子、好女儿/媳妇的角色预期和践行，还是没有得到解决啊。

尽管她已经走出了这最重要的一步，“北”上回归到地平线上……但由于“裸辞即失业”的变数，这一系列的考量，还是没能解决人生和家庭中的主要矛盾啊。

所以，何竹筠彻夜难眠——一半是思量这些问题辗转反侧；一半是故意拖到俞雷都睡了才进房间，导致作息越来越晚，打乱了整个作息规律……

不是她不想早睡啊。晚睡的危害性，她的微信收藏了一篇又一篇的文章的啊……但不晚睡怎么办？

她实在是没有勇气去跟俞雷在台灯中的房间面对、对峙或冷战——你视我是陌生人，我就在你睡梦外飘来散去好了。

10

越晚睡，思绪越纷乱。千万个麻线条，越理越像乱麻团。但中间闪闪烁烁的，都是“学区房”三个光标。

思来想去，勉强理出三个方案。

一个就是顺其自然。学区房暂时就这样了。虽然，在这一系列的新政冲刷下，落了一地毛，但毕竟是重点小学，落地的凤凰毕竟还是凤凰……先就近租个大两居或小三居；过一两年就在那儿换个三居或两居？或者，等确定了政策后，在孩子读三年级前，再置换一个重点中学附近的房子？

但这样带来的问题是：一租多少年？这么多年来，无论是何竹筠自己南下北上，还是整个家庭为了孩子和老人，放着自己的房子不住，只有租别人的房子来住……何竹筠都觉得自己受够了。

租房没有归属感。别人的房子不能按自己的想法来改动，哪怕是很小的改动；没有安全感——随时有可能被迫搬家；有时还会受房东的气——哪里像个温馨的家啊？

难道我们真的要一租六年，甚至是十二年、十五年吗？让自己永远成为学租房的租客？她“漂”得实在太久了，已经没有力气再像尘埃一样飘来飘去的了。她现在，真的很需要有一种“家”的房子，让自己能够落足下来，落到地上。

但是，置换买学区房也有一个问题，必须要就近买——距离小学 500 米。时间是最稀缺的资源。就近接送孩子，才能让时间资产变得可控。否则，如果离单位不近，离孩子的学校也不近……每天耗在铁三角上的时间从十分钟拉长到一个甚至是三个小时，那这样的生活和学区房，还有什么价值和意义？

但是，如果就近买学区房，那可是四环外啊——把城里两三环内的好房子，换成四环外的差房子，值得吗？如果你不想卖掉好房子，房票、首付和贷款怎么解决？就算能通过各种路径解决，需要用全款——那对还负有“巨额外债”的家庭，不啻于又是一笔巨大的经济压力。

就算，就算这些一切都能解决，就算在那儿买了一个宜居的房子，如果孩子上中学又需要一次迁移，你要置换到中学附近就近居住……这个地段的房子，届时还好卖吗？或者，一进一出，如果会亏四分之一甚至是三分之一（就算是考虑了通货膨胀的因素），你甘心卖吗？

就像俞雷三年前决定买这个重点小学的学区房时，无法预料这两三年内会发生这么多让人猝不及防的变化，你如何能猜测未来六年和十二年的趋势？

人总是会高估未来二十年的发展趋势，却会低估未来两年内发生的变化——根据这种变化莫测的趋势，来决定自己当下最重要的抉择，这是一种明智，还是一种愚蠢？

无论是学租房，还是置换房……还有一个重要的关键词要考量："位置"。

这个重点小学有三个校园。一二年级、三四年级、五六年级，分别处于一条横纬上的三个地点上课。你要租或买在哪个位置，才能最大限度地兼顾六年如一日的接送生活?

而且，如果就近学区租/买房，都是离两个人单位的距离越来越远——距离俞雷稍近，距离何竹筠拟投靠的单位最远。公共交通也不如现在这个住地方便，难道进出就只有靠开车或打的?

能不能换一个思路，不局限学区横轴上的位置，而是也考虑一下纵轴上——比如，至少在俞雷单位和学区间纵轴线上的社区/房子，都可以考虑?这样，是不是可以在兼顾小区宜居性、接送孩子就近性和上班便利性上，找一个最佳的结合点?这样，也适当平抚一下俞雷的怨怼。至于自己，折腾就折腾点吧。为男人、为孩子、为这个家庭，做出一点点的牺牲，难道不是现在他们最想自己做的吗?

虽然何竹筠自己也明白，说"牺牲"，那真是小事用大词。何况，他们要的"牺牲"，哪里是自己这种概念上的"牺牲"啊!

俞雷，肯定是不想再折腾的了。男人嘛，即使再顾家再不顾事业，他的心还是在外面的世界外面的舞台上的。学区房/学租房就算是他一时考量的重点，但是他的焦点也很快会转移，哪怕房产是家庭最重要的投资，学区房是家庭优化资产最重要的配置。他有更重要的事情要做。

11

如果不想这样折腾，那就还有一种方法，换"学区房"，把整个学区都换了。

比如，换成现在一条马路之隔的那个小区和学区？

在这儿住了三四年了，虽然何竹筠南来北往，聚少离多，但和家里人一样，也逐渐感觉到了这个位置、社区和学区的便利性。小学就在社区内，中学就在一站地，医院也在两站地。距离俞雷单位也就四五站，离何竹筠想投靠的单位虽然还是远点，但至少不像上一种方案那么遥远。同时，由于公共交通等的便利，至少他们开车、打车和坐车/坐地铁……都多了很多种选择。

所以，住在这个学区，其实是一种最便利的选择。人都是这样，住习惯了一个地方，就只会看到它的优点，而刻意忽略它的缺点……

在何竹筠现在看来，这个学区才是现在综合各方面考量——“性价比”最高的学区房。当初为什么就没有选择这个学区房呢？虽然是俞雷一力主导，觉得如果要买一居室，还是价太高，性价比不如那个最终选择的好吗？除非置换成两居、三居……但难道不也是因为她没有破釜沉舟的勇气，把两三环“好房子”卖了，在这里换成一个大两居或三居的房子吗？学区亦居住。

那个时候，在整个家庭里，她话语权的比重还是很大的。虽不至于一锤定音，但是她提出质疑之后，俞雷和她的父母其实还是很少驳回的——尤其是认为她还是有些道理的。所以，置换房的方案就被搁置。重点，还是专攻小户型。最终，选择了另外一个学区的小户型。

但现在看来，还是何竹筠的思维有所偏狭和短浅。

她考量这事的着眼点，还是房产投资——但现在，已经不是房产投资的时代了，而是转到教育地产投资的拐点上了。学区房兼顾教育和房产的双重投资，所以，才会在这数年里一路暴涨，成为热炒的概念股。当初，他们切入进去时，正是波澜刚起、飓风起于青萍之末时，正是可以以最小的成本，一举解决教育、宜居、养老、工作距离与位置“四座大山”的关键点。

但那一波的节点和趋势……他们终究没有踩中。而现在，即使花再大的成本，也无法解决了。

因为，何竹筠突然想起，这个小区有落户三年的规定……而多多，只有不到两年的时间，就要上小学了。

如果要换学区，只有转战到另外一个学区，甚至是跨城区寻找那只需要“落户一年”的地方了。这意味着，她只有不到一年的时间来看房、买房、落户。问题是：

第一，她能够找到那种只需一年且能够像现在这样一体解决教育、宜居、养老、工作距离与位置四大问题的学区房吗？

第二，以她现在半醒未醒的状态，在如此短的时间里，如果俞雷和整个家庭并不配合，“冷眼旁观”，她能够以性价比更好的方式，找到这样一套房吗？并跟时间和政策赛跑，跑赢大盘吗？

第三，最关键的是，她能够解决房票、全款或者首付、贷款（甚至是有可能卖掉好房子，进行置换）这些核心条件吗？她能够说服俞雷及全家人支持并陪她再疯狂一把吗？

何况，在如此“工作、职业和事业转换转型”的敏感期，她真的有这个时间、精力和补足功课的见识和行动力，来解决这个真的可能会事关她、孩子和未来十二年人生的最重大的事情吗？

12

这事儿的关键，与其说是何竹筠没有对从房产投资到教育投资的转型时代的“觉醒”觉悟，不如说是她一直以来聚焦于个人职业/事业上升与转型，而罔顾孩子、夫妻/父母/公婆、家庭关系的焦点和问题，所以在这方面缺了很多课。

现在，不仅要补课，还要把脉，还要前瞻和洞见……真的是狗咬刺猬，无从下口。

但如果就这样顺其自然，她又很不甘心——她是一个追求完美的人啊。每一个细节追求极致臻至完美。以前工作上如此，现在，如果转向家庭，也是如此；未来，对生活的预期和构建也是如此……

当一个力求每个细节都很完美的人，转向像俞雷这样抓大放小、让一切都精密可控的人做的事情，就会发现中间很多的缺憾——比如，学区房的抉择，对孩子现在和未来的规划……

但是，她能责怪他么？敢责怪他么？有资格责怪他么？这都是她自己欠的课啊。

……

如果，如果她真的不甘于现状，不希望就按照这样的轨迹下去，那她除了改变自己，竭尽所能，来填补孩子和整个家庭发展的残缺环节之外，别无他法。她不但要补孩子教育的课，也要弥补夫妻和父母/公婆的关系，更要拯救和规划整个家庭"美好"生活的规划……

但是，这一切，又跟她个人工作、职业和事业的上升与转型发生尖锐冲突啊……

这就让何竹筠处于一种矛盾和荒诞的处境和感受里，进退失据。

所以说，何竹筠北上回归京城，遇到的棘手问题，这是最后也是最重要的一个。

裸辞即失业的工作再就业与择业问题，离家三年的孩子成长教育补课问题，以及由于孩子成长教育引发的自身发展、夫妻矛盾和家庭战争问题……成为这个"待业悍妈"的新"三座大山"。

但比起"学区房的抉择产生最坏的概率甚至让学区房失效"这件大事来，

其他的事儿，还算是事儿吗？

和俞雷本已经没有力气大小争吵战，与婆婆、公公也尽可能维持表面上的关系，在淡定日常中掩盖着一直处于僵化和持久的冷战；但，何竹筠万万没想到，熊孩子问题，以及接踵而至的置换学区房问题，还是引爆了死火山……

一系列的争吵和互相指摘之后，何竹筠和她身边这些“最亲密的陌生人”，再一次伤痕累累，疲惫不堪。爱就是彼此折磨和伤害！

谁来开解？

（未完待续，敬请期待《今年，我们买学区房 2：房奴孩奴》！）

从东方到西方，
从莎士比亚到汤显祖……

习近平任浙江省委书记时曾到
嘉兴图书馆仔细阅看朱生豪译莎手稿……

我不到16岁就从北京来到了中国陕北的一个小村子当农民，在那里度过了7年青春时光。那个年代，我想方设法寻找莎士比亚的作品……最后我立下为祖国、为人民奉献自己的信念。我相信，每个读过莎士比亚作品的人，不仅能够感受到他卓越的才华，而且能够得到深刻的人生启迪。

——国家主席习近平2015年10月访问英国演说

新青年成长教育

有趣、有爱、有用的“讲故事的成长教科书”

书名：今年，我们小升初

ISBN：978-7-5153-1371-9

作者：陈盈颖

出版日期：2013 年 3 月

定价：25.00 元

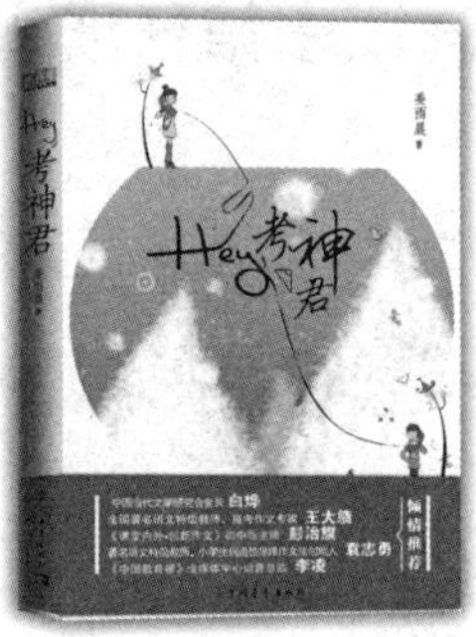

书名：Hey，考神君

ISBN：978-7-5153-2865-2

作者：姜雨晨

出版日期：2015 年 5 月

定价：29.80 元

书名：11 岁的住宿生

ISBN：978-7-5153-1950-6

作者：陈盈颖

出版日期：2014 年 1 月

定价：29.80 元

书名：小升初那些囧事儿

ISBN：978-7-5153-1949-0

作者：姜雨晨

出版日期：2014 年 1 月

定价：29.80 元

书名：哦，初三，原来是你

ISBN：978-7-5153-3964-1

作者：陈盈颖

出版日期：2016 年 4 月

定价：29.80 元

书名：今年，我们小升初 2（家长版）

ISBN：978-7-5153-2872-0

作者：吴晨阳

出版日期：2015 年 1 月

定价：35.00 元

家有辣妈熊孩，生活多姿多彩！

“当然是啊！你是从妈妈肚子里钻出来的。”

“那你怎么这么不心疼我啊？”

“我哪里不心疼你了？”

“心疼我还一直让我穿衣服，啊？”

“那么好玩儿的玩具都不给我买，你就是不想让我开心。”

“妈妈是我的小可爱！”

辣妈、熊孩，加上一个“不靠谱”的酷爸，一家仨就开始了打小怪兽。

辣妈熊孩系列全方位纪录熊孩子的“熊”，以及辣妈的对策和思考，为辣妈酷爸们解决孩子成长的烦恼提供有益的借鉴。

后续作品有：

《辣妈熊孩交朋友记》

《辣妈熊孩成长旅行记》

……